KB128475

눈 처럼

흰

빨강

§ **눈처럼 흰 빨강 2** §

2020년 11월 18일 초판 1쇄 인쇄
2020년 11월 25일 초판 1쇄 발행

지은이 § 문은숙
발행인 § 곽동현
기획&편집디자인 § 신연제, 이윤아
발행처 § (주)조은세상

등록 § 제2002-23호(1998년 01월 20일)
주소 § 서울특별시 동작구 동작대로1길 27, 5층
TEL § 02)587-2966
E-mail romance@comics21c.co.kr
Blog https://blog.naver.com/goodworld24

값 10,000원

ISBN 979-11-6591-380-9 | ISBN 979-11-6591-378-6(set)

눈
처
럼

흰

빨강

VOL.2

문은숙 장편소설

(주)조은세상

목 차

15
도미노2

"…아. 말도 안 돼. 미쳤나 봐."

어느 결엔가 깜박 잠들었다가 깨어났을 때 서우의 입에선 절로 그런 말이 흘러나왔다. 덩달아 자고 있던 태승도 그녀의 부산에 부스스 눈을 떴다.

"좀 비켜 봐요, 시간이 벌써 이렇게 됐는데."

"몇 신데?"

일어날 생각은 안 하고 외려 그녀의 허리에 얹어진 손을 슬쩍 미끄러뜨리며 태승이 물었다. 서우가 얼른 그 손을 잡아떼어내며 말했다.

"12시 반 다 돼 가요. 정오가 넘었단 말이에요."

"그래? 늦잠 자버렸네."

너무도 한가로이 말하는 양에 어이가 없다. 서우는 애써 그를 밀쳐내고 몸을 일으켜 앉았다. 쉽지 않은 일이었다. 태승의 무게도 무게지만 온몸이 노작지근한 게 영 내 몸 같지 않다.

도로 쓰러져 베개에 머리를 붙이고 싶은 마음이 굴뚝같은 것을, 겨우 달래가며 침대에서 내려가 잠옷을 주워 입었다. 그리고 태승의 옷가지를 챙겨서 침대 위로 던져준 뒤 안경을 쓰고 새삼 시계를 확인했다.

"이 방 욕실 써요. 난 1층에서 씻고 올 테니까. 1시에는 나갈 수 있게, 서둘러요."

"왜 꼭 1시야? 나 목도 마르고 배고픈데."

"그 시간이면 두 분이 돌아오실 거예요. 씻고 내려와요. 뭐라도 챙겨줄 테니까."

서우는 서랍장에서 번개처럼 갈아입을 옷을 챙겨 후다닥 방을 나갔다. 말할 수 없이 나른했지만 현실에 쫓기니 마음껏 나른해할 여유가 없다.

서우는 5분 만에 샤워하고 머리카락을 말리며 또 그만큼의 시간을 허비했다. 이 긴 머리를 올해만큼은 어떻게 해버릴까, 몇 번이고 생각했다. 욕실에서 나가자 어느 틈에 내려왔는지 한결 산뜻해진 태승이 문 옆 벽에 기대어 그녀를 기다리고 있었다.

"마녀여, 한 컵의 달고 시원한 물이라면 영혼을 조금 팔 생각도 있습니다만."

"그래요? 조금? 얼마나 조금일까."

적당히 맞장구쳐주면서 서우는 주방으로 걸음을 옮겼다.

"달고 시원한 물에 더치커피로 만든 아이스커피까지 내어 드린다면?"

"흠… 커피. 커피라."

냉장고 문을 열어 더치커피 병을 꺼내 들고 그를 향해 흔들어 보이자 태승이 나지막이 탄식했다.

"그대는 마녀가 아니라 악마였군요. 흥정은 관두겠습니다. 영혼을 다 바칠 테니 뜻대로 하세요."

서우는 자그맣게 웃음을 터뜨리며 컵을 가지러 갔다.

"영혼은 받은 걸로 칠 테니까 두려워하지 말고 실컷 마셔요."

"두려움이 뭐죠? 어디선가 들어본 것 같긴 한데."

"퍽 행복하게 살아오셨나 봐요. 두려움이 뭔지 모른다니."

"그게 행복의 대척점에 있는 건가요? 그런 걸 내가 왜 모를까."

정수기 옆에 컵 세 개를 놓고 하나는 물만 따르고 다른 둘엔 약간의 물과 얼음을 가득 채웠다. 먼저 물부터 태승에게 주고서 더치커피 원액을 조금씩 얼음 위로 부으며 서우가 말했다.

"두려움이 뭔지 모른다면서 예리하게 허점을 찌르시네요. 이제 보니 행복과 두려움은 공존 상태에 가까운 것 같아요. 행복한 사람만이 잃을 것을 두려워하니까."

"이를테면 빛과 그림자같이?"

서우는 먼저 만들어진 쪽을 태승에게 건네며 눈을 치켜떴다.

"시럽이 필요하다면 거기 앞에 있는 걸 펌핑해요, 철학자 양반."

"주인께선 어떻게 마실 요량이신지?"

"나는 지금… 당이 필요해요."

평소에 구미가 당기면 한 번 정도 펌핑하던 걸 두 번 꾹 눌러 넣고 가볍게 휘저어 한 모금 마셨다. 메이플 시럽 맛이 커피 향을 압도하는 지경이었지만 서우는 만족에 겨워 길게 신음했다.

"아, 좋다. 이제야 좀 살 것 같아."

앞에서 보고 있던 태승이 그녀를 흉내 내어 시럽을 두 번 넣었다. 연후에 컵을 들어 입으로 가져간 그가 꿀꺽꿀꺽 목젖을 움직이며 커피를 쭉 들이켜는 양을 서우는 저도 모르게 멍하니 쳐다보았다. 정말 목이 말랐구나 하고 인정하지 않을 수 없는 박력이었다.

"하아, 혀가 얼얼하게 달다."

컵을 내려놓고 태승은 만족에 겨워 한숨 쉰다.

"하지만 살 것 같다는 말에 한 표. 거의 넥타르급인데?"

"거창도 하서라."

지나친 과장에 유쾌하게 웃으며 서우도 커피를 들이켰다. 새삼 시원한 커피가 식도를 타고 내려가며 몸 구석구석 스며드는 느낌에 지그시 눈을 감고 망중한을 즐겼다. 나른한 어깻죽지를 조물거리며 마지막 한 모금까지 음미하는데 문득 바로 뒤에서 태승의 기척이 느껴졌다.

"주물러줄게."

부드럽게 승모근을 감싸는 큰 손을 피해 서우가 슥 비켜섰다.

"괜찮아요, 그 정도 아니야."

"실력 발휘할 기회를 안 주는군."

태승은 씁쓸하게 웃고선 깨끗하게 단념한 듯 원래 자리로 돌아갔다. 약간 남아 있던 커피를 마저 들이켠 그는 아일랜드 테이블을 내려다보며 입에 머금은 얼음 하나를 천천히 굴렸다.

미묘하게 달라진 공기를 의식하며 서우는 벽시계를 쳐다보았다. 1시까지 15분 남았다. 마냥 여유를 부리고 있을 때는 아닌데…라고 생각하는 그녀에게 불쑥 태승이 말을 건넸다.

"필요하면 불러. 언제라도."

서우가 돌아보자 엷게 웃으며 그가 덧붙였다.

"목숨이 경각에 달리지 않은 이상 무조건 한 시간 내로 달려올게."

그가 신변잡기를 이야기하듯 가벼운 어조로, 진지한 말을 하고 있음을 깨닫고 서우는 빠르게 긴장했다.

"글쎄요. 내가 그쪽을 필요로 할 일이 뭐가 있다고."

"뭐가 됐든. 뭐든지. 똑같은 말인가?"

갸웃하며 웃는 태승을 서우가 빤히 쳐다보았다.

"내가 버릇 이야기를 했을 텐데요? 지금 나쁜 버릇도 모자라 아예 스테

디한 관계로 만들자고 말하는 거예요?"

"지속적인 파트너십, 좋지. 발전 가능한, 이란 단서가 붙으면 더 좋고."

"농담하는 게 아니라."

"나도 농담 아냐."

태승이 손에 들고 있던 컵을 내려놓는 소리가 날카롭게 허공을 찢었다. 웃음기가 사라진 그의 시선이 덫처럼 서우를 옭아쥐었다.

"이미 버릇 따위로 얼버무리기엔 너무 멀리 왔다고 생각하지 않아? 내가 서 있는 이곳을 봐. 넌 나를 다른 곳도 아니고 네 집, 네 침대로 끌어들였어. 한 번의 해프닝으로 끝날 것 같지? 천만에, 넌 침대에 누울 때마다 내 생각을 하게 될 거야. 내가 그런 것처럼 말이야."

가늘어진 태승의 눈에 사늘한 빛이 넘실거렸다.

"난 기어코 널 다시 불러들였어. 너는 다를 것 같아?"

"다를 걸요? 의지가 강하다면 욕망이 아무리 큰들—."

따악, 그가 그녀의 눈앞에서 손가락을 튕겼다.

"'욕망'이라고 인정하는 거지, 지금?"

서우는 저도 모르게 마른침을 삼켰다. 곧장 반박하지 못한 대가는 컸다. 태승이 테이블 너머로 뻗은 두 손으로 그녀의 머리를 움켜쥐고 거칠게 입술을 겹쳐온 것이다. 서우가 얼른 손을 들어 그의 팔을 붙잡았지만 강철 같은 팔에 도사린 힘에, 지레 뿌리칠 단념했다.

단념했지만 거두어들이지도 않았다. 태승은 거칠게 덤벼든 게 거짓말처럼 부드럽고 섬세하게 그녀의 입술을 빨아들였다. 지극히 정성스러운 키스에 그만 현기증이 날 것 같은 기분을 서우는 단단한 팔을 꼭 붙잡는 것으로 견뎌냈다.

마침내 입술을 뗀 태승이 그녀가 천천히 눈을 뜨길 기다려 물었다.

11

"싫지 않지?"

서우는 마지못해 고개를 끄덕였다. 그는 영리했다. '좋아?'라고 물었으면 차마 대답하지 못했을 텐데 두어 단계 아래의 질문으로 그녀의 심리적 장벽을 허물었다.

"나도 그래. 생경하지만 정신없이 이끌리는 느낌. 누군가와 살을 맞대는 게 이런 기분을 가져다줄 거라곤 생각도 못했어."

고개는 끄덕이지 않았지만 서우의 생각도 비슷했다. 태승이 계속 말했다.

"좀 더 느끼고 싶어. 그렇다고 부랴부랴 대체할 다른 누구를 찾는 건 내키지 않아. 그래서야 영… 전락해버리는 것 같아서."

거기에도 마음속으로 동의했다. 욕구만 해소할 수 있다면 아무라도 좋다, 그런 기분은 아니다.

기왕에 저질러버린 상대가 있으니 좀 더 관계를 유지하는 것도 나쁘지 않은 선택 아닐까. 그렇게 합리화를 시도하는 자신을 서우는 씁쓸하게 반추했다.

"참아야죠. 둘 다."

한숨을 쉬며 서우가 정론을 내놓았다.

"이런 게 있다는 걸 알았으니까, 이제 그만 손 떼고 정당한 상대를 위해서 아껴두는 게 옳아요. 이걸 계속해나가는 건 피차에 미친 짓이에요. 그 끝이, 너무 뻔하잖아요."

"어떤 끝? 벌써 그게 보여?"

짐짓 모르쇠를 놓는 태승을 서우는 살짝 찡그리며 바라보았다. 태승은 재차 고개를 저었다.

"나는 안 보여. 참아야 한다는 말도, 솔직히 모르겠어. 왜 그래야 하지?

정당한 상대는 또 뭐고? 너 모르게 섹스파트너를 두고 지내던 최희경도 범주에 들어가는 거야? 그런 거라면 확실히 말할게. 그런 정절 따위, 개나 줘 버려."

피식 웃고 태승이 빈정거렸다.

"그래서야 정말 개발의 편자잖아. 안 그래?"

"도발하는 거면 관둬요, 재미없어."

서우의 경고에 태승이 한숨을 쉬곤 지나쳤다면 미안하다고 사과했다. 그리고 다시금 열정적으로 설득했다.

"희경이도 저러는 판에 너는 못 할 거 있느냐, 뭐 그런 부도덕한 제안을 하려는 건 아니야. 그냥 너, 너 하고 싶은 대로 해봐도 되지 않을까 하는 거지. 설사 그 이유가 희경이어도 상관없어. 속된말로 꼴리는 대로 해봐. 너 한 번도 그렇게 살아본 적 없지?"

"내가 대단히 부자유스럽게 살아온 것처럼 말하네요."

서우가 떨떠름하게 대꾸하자 태승이 묘한 미소를 머금었다.

"사실 내가 그랬거든. 자기 이야기를 하는 건 쉬운 법이잖아?"

"나랑은 생각이 좀 다른 것 같네요."

부정적인 대답이었지만 태승은 전혀 꺼리는 기색 없이 말했다.

"아무튼 난 그러려고. 조금은 나 내키는 대로, 할 말도 해가면서."

"방금 나한테 한 말보다 묘하게 스케일이 작지 않아요?"

"어쩌겠어. 해온 관성이 있는데. 기다리고, 참고, 숙이고. 그런 게 당당한 내 주특기였지."

"특기랄 것까지야."

그거야 누구나 하는 거 아닌가? 심드렁하게 중얼거리는 서우에게 태승이 덜컥 폭탄발언을 던졌다.

"나 너 필요해. 솔직히 아까부터 널 이 테이블 위에서 안는 상상을 몇 번이나 했는지 몰라."

노골적인 말에 서우가 흠칫하며 상체를 뒤로 젖혔다. 당장 하겠다는 건 아니라며 태승이 손을 저었다.

"이성의 끈은 잡고 있거든? 너 곤란하게 하고 싶지 않아. 그러니까 참을 거야. 잘 참고, 슬슬 한계다 싶으면 더 참는 대신, 연락할 거야. 필요하다고. 어떤 대답을 하든 전적으로 네 자율에 맡길게. 다만 연락 자체를 너무 끔찍하게 여기진 않았으면 좋겠어."

다만, 이라고 부연하는 순간부터 태승의 눈빛에 그늘이 졌다.

"약점이라도 쥔 양 협박하려는 건 정말 아니니까."

"아니겠죠, 물론."

맞장구는 쳤지만 100퍼센트 신뢰해서 그런 건 아니다.

서우는 둘을 갈라놓고 있는 테이블을 물끄러미 쳐다보다가, 방금 태승이 한 말이 떠올라 얼굴을 붉히며 고개를 돌렸다. 마침 그 방향에 있는 벽시계가 눈에 들어오는 바람에 급히 이야기를 마무리 지었다.

"나도 생각해볼게요. 시간을 두고."

막연히 말한 순간의 '시간'과 실제의 '시간' 사이에 존재하는 간극. 그리 거창한 것은 아니더라도 평소보다 유난히 긴 여름날 오후가 기다리고 있기도 했다.

태승을 보내고 서우는 빌린 논문을 반납할 겸 학교로 향했다. 일을 보고 도서관 1층 카페에서 가볍게 요기를 마친 그녀는 다시금 메뉴판을 훑어보며 살 만한 걸 물색했다.

온 김에 방학 중에도 연구실에서 눌러사는 걸로 유명한 지도교수에게 얼굴도장을 찍으러 갈 생각이었다. 지난주에 뵀을 때 노교수가 여름 감기로 얼굴이 해쓱해진 게 떠올라 따뜻한 음료 종류로 고민하고 있을 때, 막 카페에 들어오던 누군가가 알은체를 해왔다.

"백서우, 여기서 보네."

"아, 언니. 잘 지내시죠?"

같은 지도교수에게 사사받는 석사 3년 차 선배. 사회생활을 하다가 학교로 돌아온 여자는 공부만 해온 사람들에게선 보기 힘든 사교성이 풍부했다.

"잘 됐다. 안 그래도 톡방 확인 안 한 것 같아서 연락하려던 참인데."

"톡방이요? 세미나에 무슨 변경 사항이라도 있나요?"

뒤늦게 휴대폰을 들어 단체 톡방을 확인하자니 여자가 주문 좀 하고 오겠다고 카운터로 향했다. 서우는 그 틈에 최근 메시지를 훑어보았다.

한 교수님이 수술을 하셨다고? 무슨 일인가 싶어서 서우의 눈이 동그래졌다. 누군가 사고가 났느냐고 묻자 그건 아니라고 안심시키는 내용도 있다. 한꺼번에 다 같이 문병을 가면 번잡스럽다고 싫어하실 테니 두셋 정도로 인원을 맞춰서 날을 골라가자고 이야기가 흘러가고 있다.

여자가 돌아오길 기다려 서우가 물었다.

"교수님, 지병이 있으셨나요?"

예순여섯의 나이가 무색하도록 총기가 날카로운 교수님. 평생 독신으로 살아온 까닭인지 그맘때의 부인들이 흔히 갖고 있는 생활병과도 거리가 멀었다. 공부는 체력이라며 수영도 꾸준히 하는 걸로 알고 있는데.

"지병이라기보다 직업병이겠지? 치질이야, 치질."

슬쩍 상체를 숙이고 여자가 속닥거리는 말에 서우는 아하, 했다. 하루의 태반을 의자와 벗하는 사람이라면 피해가기 힘든 악우인 셈이다.

"우리 교수님, 은근 숙맥이잖아. 의사한테 차마 보이기가 뭣하다고 계속 참고 사신 모양이야. 장장 30년도 넘게!"

"저런."

"결국엔 한계가 왔고, 창피를 무릅쓰고 찾아간 병원에선 큰 병원에 가라고 했다나 봐. 교수님, 한 며칠은 뭔가 더 큰 병인 줄 알고 마음고생이 심하셨나 봐. 병원도 가기 전에 살이 쏙 빠지실 정도로 말이야."

"아, 그럼 여름 감기라고 하신 게?"

"둘러대신 거지. 하여간 그 나이에도 귀여우셔. 어쨌든 지금 우리 대학 병원에 입원 중이셔."

"어머. 혹시 알아본 사람이 있는 거 아니에요?"

이 대학에서만 20년 넘게 전임교수로 계신 분인지라 걱정이 되어 묻자, 과연 여자가 고개를 끄덕였다.

"알아만 봤게? 담당의가 교수 동기래, 글쎄."

상상만 해도 난감한 상황에 서우는 찡그리고 여자는 짓궂게 웃었다.

"알 만한 사람이 여태 이러고 있었냐고 야단은 야단대로 맞고, 입원은 남들보다 배는 더 해야 하고. 풀죽어 계신 걸 봤는데 어찌나 웃음이 나던지."

"너무 그러지 마요, 언니. 내가 다 진땀이 나네."

"물론, 앞에선 안 웃지. 그리고 민망해하시는 것치곤 애들이 찾아가면 은근 반기신다? 병실에 누워 있으니까 사람이 그립나 봐."

딱한 이야기를 들었다고 생각했다. 상아탑의 학자, 꼭 그 살아 있는 표본이라고 여겨질 만큼 오롯이 학문에 빠져 지내는 분이라 사람을 대하는 것은 상대적으로 서툴고 때로는 넌더리마저 내는 분이 입원한 병실에서 사람을 기다리고 있을 모습을 그려보니.

"마음이 약해지셨나 보네요."

"병원이란 게 강철 같은 멘탈도 녹이는 재주가 있긴 해."

샌드위치를 씹으며 여자도 동의했다.

"문병은 가야지? 오늘이 사흘째야. 일주일은 더 계실 거랬지만 마냥 느긋하다가는 눈도장 못 찍는다. 스케줄 좀 맞춰봐."

"오늘은 언제 가기로 하셨는데요?"

"이따 민규랑 일호 씨 갈 때 나도 한 번 더 들여다볼까 해. 모이기로 한 건 3시."

얼마 안 남은 시각을 확인하고 서우는 자신도 끼겠다고 했다. 잘됐다며 여자가 다른 둘에게 메시지를 보내는 동안 서우도 스케줄러를 확인했다. 문병이니까 길어도 한 시간 정도겠지. 시간은 충분하다고 생각하며 스케줄러를 덮었다.

결과적으로 길어야 한 시간, 이란 건 서우의 오산이었다. 불편한 자세 때문에 책 보는 게 여의치 않은 노교수가 지식에의 갈증을 찾아온 학생들에게 즉석 강의를 하는 걸로 해소한 까닭이었다. 의사들이 오후 회진을 도는 걸 기회 삼아 빠져나왔기 망정이지 몇 시간이고 내리 잡혀 있을 뻔했다.

그래서 원래 가려고 계획했던 병원엔 5시가 넘어서 당도했다. 그런데 오늘은 그녀의 담당의사가 오후 휴진인 관계로 다른 의사에게 배정되었다. 어차피 피임약만 처방받을 거긴 해도 남자 산부인과의사를 마주해야 한다는 사실이 껄끄러워 쓴웃음을 지었다.

'나도 참 고루하다니까.'

한층 위의 진료실을 찾아간 서우는 아래층과는 미묘하게 분위기가 다른 대기실을 둘러보았다. 대기환자로 보이는 여자는 셋. 대기현황판에는 서우까지 포함해 다섯 명의 이름이 뜨는 걸 보고 느긋하게 고쳐 앉다가 문득 걸리는 게 있어 다시 모니터를 쳐다보았다.

아는 이름이 있다. 유지은.

흔하다면 흔한 이름이니 설마 동일인이기야 하겠냐고 시선을 거두었다. 아무렴 산부인과 진료를 보러 와서 그 여자와 마주치는 우연 따위….

"어? 서우 씨?"

있을 수도 있는 건가 보다. 저도 모르게 굳어지는 눈가에, 서우는 의식적으로 호흡을 고르며 돌아보았다.

"아…. 안녕하세요."

역시나 지은이 서 있는 걸 보고 인사하는 서우에게, 지은은 두 손을 살랑살랑 흔들며 인사했다. 화장실에서 오는 길인지 약간의 물기로 손이 반짝거렸다.

"설마 했는데 역시나네. 아무튼, 하이!"

중앙의 핑크색 하트 문양이 도드라진 회색 민소매 티와 블랙 와이드 크롭팬츠라는 잘못 입으면 촌스러울 법한 소재를 아무렇지 않게 소화해내는 게 새삼 봐도 스타일이 좋다. 되는대로 걸어와 옆에 앉는 것 같아도 뜯어보면 탄탄한 자세는 또 어떻고.

의식적으로 허리를 곧추세워 앉는 서우에게 지은이 탈탈 손을 털며 말을 붙였다.

"근데 진짜 이런 데서 다 보네요, 서우 씨?"

"볼 수도 있죠. 둘 다 여잔데."

"에이, 무슨 의민지 알면서 그런다."

찰싹 팔을 때리는 차가운 손을 서우가 힐끔 쳐다보았다. 그 눈빛에서 뭔가 느꼈던지 지은이 머쓱하게 거둔 손을 앞으로 모아 싹싹 비볐다. 하지만 도도한 눈빛이며 말투는 변함없다.

"희경이가 애지중지하며 결혼 전까지 지켜주는 걸로 알고 있었는데, 혹시 그거 하얀 거짓말?"

희경과 무슨 이야기를 나누었건, 그런 말을 자신의 면전에서 한다는 게 서우는 믿기지 않았다. 몰지각? 무례? 아니면 이런 걸 진심으로 털털한 거라고 착각하나?

"지나치게 개인적인 걸 캐묻네요."

"아, 좀 그랬나요? 미안해요. 워낙 엉뚱한 데서 만난 충격이 커서."

"견문은 다양하게 쌓은 분이 생각이 너무 고루한 거 아니에요? 산부인과가 무슨 큰일이 있어야만 오는 곳도 아닌데."

"그러게요. 머리론 아는데 그게 태도로 직결이 안 되네요."

지은은 선뜻 인정하고 다소 억울하다는 표정을 지었다.

"변명하자면, 고루의 끝판왕 부모 밑에서 자라서 그래요. 우리 엄마로 말할 것 같으면 수학여행 때 딱 생리가 터질 것 같아서 피임약 좀 사달라고 말했더니 어디서 여자가 그런 소릴 하냐고 경기를 한 분이에요. 우리 언니만 해도 지금은 결혼해서 애 낳고 멀쩡해졌지만, 그전까진 생리통이 말도 못하게 심했거든요? 너무 아파서 실신할 정도인데도, 엄마는 생리하다가 죽은 사람 없다고 눈 하나 깜짝 안 했다구요. 아, 유난 떤다고 야단이나 쳤지. 이런 엄마 상상할 수 있어요?"

대답 대신 서우는 살짝 미간을 찡그렸다. 상상할 수 없는 건, 아니었다.

"다행히 난 언니의 전철을 보고 더 편한 길을 골라왔지만, 그래도 산부인과까지 오는 덴 조금 시간이 걸렸어요. 어릴 때 몸에 밴 건 생명력이 무지 질긴 거, 알아요?"

19

"…알죠."

"그놈의 가풍이 문제예요, 가풍. 그 개도 안 물어갈 것 때문에 제 몸 상하는 줄도 모르고…."

어쩐지 뚝 떨어진 말 끝에 서우가 물끄러미 쳐다보자니 지은이 세차게 도리질을 한 연후, 씩 웃었다.

"아무튼, 만나서 반가워요. 근데 진짜 어디 안 좋아서 온 건 아니죠?"

"저도 생리통이 좀 심해서 얼마 전부터 약 먹는 게 있거든요. 마침 약이 떨어져서."

"그렇구나. 약 먹고 증상은 호전됐어요?"

"네, 상당히. 꾸준히 먹어볼까 해요."

잠시 서우의 약에 대해 더 이야기를 나누고, 지은은 제 고달픔을 하소연했다.

"여기 입가에 물집 잡힌 거 보이죠? 난 피곤하면 꼭 여기가 말썽이에요. 이거 아니면 질염. 근데 이번엔 둘 다 터져서 난리도 아니야. 서우 씬 이런 거 모르죠?"

"네, 아직."

너무 냉담하게 들릴 것 같아 아직, 이라고 단서를 달면서 서우는 지은의 입가에 난 포진을 쳐다보았다. 입술 헤르페스. 서우의 주위엔 같은 증상을 가진 사람이 꼭 한 명 있었다. 희경. 이따금 포진이 올라오면 그는 작별 인사 때 해주는 가벼운 뽀뽀마저도 생략하곤 했다. 전염될 수 있다면서.

"부럽다. 난 아이 때부터 달고 살았는데. 이거 유전된다고 하던데 내 아이도 이런 걸로 고생할 걸 생각하면 애 낳을 생각이 싹 사라진다니까요."

"약 바르면 금세 좋아지지 않나요? 그렇게 예민하게 생각할 것까진 없을 것 같은데."

"유전자를 남기는 일은 충분히 예민해도 돼요. 솔직히 마음 같아선 결혼을 해도 딩크족으로 살고 싶은데, 그게 내 뜻대로 되진 않을 것 같고."

입술을 비쭉거리며 지은은 오른손 약지에 찬 반지를 만지작거렸다. 심플한 백금 링으로 보였던 것이 손바닥 안쪽에서 보니 붉은 계열의 작은 보석이 박힌 게 언뜻 서우의 눈에 들어왔다. 루비? 아니면….

"십 년 후쯤엔 애 둘쯤 키우는 아줌마가 돼 있으려나? 서우 씨, 희경이랑 가족계획 같은 것도 하고 그래요?"

"진지하게는 아니고 지나가는 말로 가끔요."

"그런 데서 평소 생각이 나오는 법이죠, 그래서 계획은?"

"딸 하나, 아들 하나. 오빠 말은 그래요."

"오, 한 명 줄었네. 예전엔 아들 둘에 딸 하나, 노래를 불렀는데. 응? 뭘 그렇게 봐요?"

저도 모르게 골똘히 쳐다보던 시선을 지은에게 들켜버렸다. 아무것도 아니라고 얼버무리려는데 지은이 대뜸 오른손을 손바닥이 위로 향하게 해서 서우에게 내보였다.

"내 반지? 별거 없는데."

별거 없지 않았다. 백금 링의 안쪽엔 짙은 자주색 보석이 박혀 있었다. 서우가 짐짓 "혹시 스타루비?" 하고 운을 떼자,

"그냥 평범한 핑크 다이아예요."

라며 지은은 버릇처럼 반지를 엄지로 쓸어 만졌다.

"보석은 일부러 안 보이게 차는 거예요?"

"알잖아요, 여자애들 이런 거 보면 관심도가 껑충 뛰는 거. 개중엔 빼보라고, 자기도 한 번 차보자고 하는 애들도 적지 않다니까요. 난 그런 거 질색이라. 심플한 링인 줄 알면 그런 귀찮은 일은 없으니까."

고개를 끄덕이고, 서우는 꼭 한마디를 더 물었다.

"오른손 약지에 반지를 낀 의미라도 있나요?"

"의미?"

지은은 손을 내려다보곤 쿡쿡 웃었다.

"왼손 약지에 낄 순 없으니까?"

병원에서 나온 서우는 곧장 차로 향했지만 핸들을 잡을 마음이 들지 않아 한동안 멍하니 앉아 있었다. 그러다 전화벨 소리에 정신이 들어 가방을 돌아보다가 자신의 왼손을 보고 멈칫했다.

어느 결엔가 목걸이의 펜던트를 꼭 쥐고 있었다.

동그란 백금 테두리 속에서 반짝이는 핑크 다이아.

희경이 직접 고른 약혼예물. 답사차 백화점 매장을 둘러보던 희경이 목걸이를 보는 순간 이건 서우 거다, 하고 직감했다나.

그리고 목걸이와 한 쌍이었던 반지를 늘려서 그의 것으로 삼았다. 손가락 마디가 굵지 않고 손 자체가 여자처럼 미끈한 희경의 손에 포인트로 핑크 다이아가 박힌 심플한 링 반지는 맞춤인 것처럼 잘 어울렸다.

서우는 그러한 나눔에, 조금 더 특별한 의미가 있다고 생각했다. 목걸이 자체를 좋아하기도 했다. 희경이 곁에 없을 때에도 늘 희경과 그녀를 이어주는 소중한 물건. 당당히 보물 1호라고 여겨오던 것인데….

'닮았지? 반지 디자인이야 거기서 거기라고 해도, 그렇게까지 닮을 수 있나?'

가슴 속에 고인 의문에 자신을 둘러싼 공기가 무겁게 느껴진다. 숨을 쉬는 게, 좀, 버겁다.

그러는 중에도 끊임없이 울리는 벨소리가 서우의 신경을 거슬렀다. 불현듯 집일지도 모른다는 생각이 들어 얼른 가방을 열었다. 하지만 곧 그녀의 얼굴이 굳어졌다.

희경의 전화. 그것도 영상통화다. 짧게 한숨을 내쉰 뒤 룸미러로 얼굴을 확인하고 전화를 받았다.

─왜 이렇게 통화가 안 되는 거야, 우리 공주님!

"미안해요, 병원 좀 다녀오느라."

─병원? 우리 공주 또 어디 아파?

"안 아프려고 예방 차원에서 갔어요."

─예방, 그건 좋은 자세야. 아, 나도 조만간 치과 가야 하는데 무섭다. 같이 가 줄 거지?

빙그레 웃으며 고개를 끄덕이던 서우는 문득 화면 속 희경의 모습에서 뭔가를 보고 눈을 가늘게 떴다. 얼룩인가 하고 액정을 엄지로 닦아도 보았지만, 아무 소용이 없다.

"오빠, 입가에 그거…."

─으앗, 보여? 역시 보이는구나.

금세 울적한 얼굴을 하고 희경이 칭얼거렸다.

─자고 일어났더니 물집 잡혔어. 오늘은 약 듬뿍 바르고 저녁 9시에 자려고. 요새 좀 수면 부족이긴 했거든.

"그래요, 피곤한 덴 잠이 최고지. 근데, 오빠."

─응? 말해.

입가가 신경 쓰이는지 슬쩍 가리고 있는 얼굴을 바라보며 서우는 주저 끝에 물었다.

"오빠, 그거 예전엔 없었죠? 포진."

─없었지. 날 고생시키는 건 여드름 하나로 충분했는데. 크흑.

"언제부터 생겼더라?"

—글쎄, 언젤까. 고3 때 고생한 기억이 좀 있는데. 그 무렵인가? 아니다, 2학년 때일지도 몰라.

희경이 잔뜩 인상을 찌푸리며 투덜거렸다.

—네 칫솔, 내 칫솔 안 가리고 쓰는 무식한 놈들이 교실에 득시글댔다니까, 글쎄. 혼돈과 공포의 도가니였지. 근데 그건 왜?

"그냥."

희미하게 웃는 서우를 보고 희경은 싱거운 녀석이라고 말했다. 그리고 왼손을 입에 댔다가 키스를 날리는 시늉을 했다.

—이건 위험하지 않으니까 백 번이라도 할 수 있어.

"그럼 해봐요, 백 번."

—어? 진짜?

"할 수 있다고 해놓고 왜 당황하지?"

—당황한 게 아니라… 좋아서? 우리 공주님이 오늘따라 왠지 적극적이네. 오빠 수줍어졌어.

두 볼을 감싸고 눈을 깜박거리며 애교를 부리는 희경을 서우는 옅은 웃음을 머금고 바라보았다. 이어서 희경은 정말로 백 번의 손 키스를 헤아리기 시작했다. 여느 때라면 그쯤 하면 됐다고 중간에 열두 번도 더 말렸을 서우가, 이때엔 덤덤히 거품 같은 애정행각의 더미를 응시했다.

그는 모르리라. 서우의 시선은 그의 키스가 아니라 그의 손에 머물 때가 더 많았다는 걸. 왼손. 거기 끼워진 반지. 그리고 물집 잡힌 입술.

알고 있다. 입술 헤르페스야 꽤 흔한 질병이고, 비단 성관계로 전염되는 게 아니란 걸.

알고 있다. 반지 디자인이야 거기서 거기니 우연히 닮을 수도 있다는 걸.

그러나, 그럼에도 불구하고….

'필요하면 불러. 언제라도.'

이윽고 적막이 찾아온 차 안에서 서우는 왜 자꾸만 그 말이 떠오를까 의아해했다.

'필요하면 불러. 언제라도.'

아니. 아니야. 그런 게 아니야.

"…나한테 필요한 건, 당신이 아니야."

서우는 눈을 감고 두 손에 얼굴을 묻었다.

16
선물

아침에 깨어보니 모처럼 선비에게서 메시지가 와 있었다. 여전히 황소처럼 튼튼하지만 완전히 까만 콩이 되어간다며 하소연한 메시지와 함께 짐을 실은 당나귀 옆에서 장난스러운 표정으로 찍은 사진도 한 장 보내왔다.

칭칭 동여맨 스카프 속 얼굴이 아닌 게 아니라 이전보다 한결 까매져서 활짝 웃느라 드러낸 덧니가 유난히도 하얗게 반짝거렸다.

[이 청량한 공기며 선명한 햇살은 아직도 지독히 감동적이야. 나야 영혼에 새겨질 만큼 열심히 만끽하고 있다지만 너한테 조금이라도 맛보여주고 싶은데 말이지. 할 수 있다면 뚝 베어내 가방에 꾹꾹 눌러 담아서 기념선물로 챙겨가고 싶구나, 친구야.]

친구의 마음만으로도 기뻐서 서우는 빙긋 웃었다. 기념선물 같은 건 됐으니 몸 조심히, 충분히 만끽하고 오라고 답을 보내고 메시지 창을 닫던 서우는 반짝거리는 알람 표시를 보고 별생각 없이 확인해 보았다.

"아차."

늑장 부리던 몸이 절로 튕겨져 일어날 만큼 중요한 알람이었다. 당장 내

일이 희경의 생일이었던 것. 지난번 음력 생일과 달리 이쪽 양력 생일이야 말로 희경이 제대로 생일 기분을 내는 날이다. 친구들만 불러서 본격적으로 파티까지 열 만큼. 그런데 서우는 그만 까맣게 잊어버려 선물조차 준비되어 있지 않았다.

다행히 하루 전에 알았다지만 급하다고 흡족한 선물이 하늘에서 뚝 떨어지지는 않았다. 그녀는 지푸라기라도 잡는 심정으로 본채로 건너갔다.

"왜 혼자세요? 줄리아는요?"

최 교수는 주방에 혼자 있었다. 식탁 위에도 한 사람분의 수저가 놓였을 따름.

"아침 아직이면 함께 먹자꾸나. 누룽지 끓인 것밖에 없지만."

"그거면 훌륭하죠. 제가 뜰게요."

최 교수에게서 국자와 대접을 넘겨받아 두 사람분의 눌은밥을 떠 담았다. 냄비를 보고 짐작했듯 양은 넉넉하다 못해 한강이다. 십중팔구 최 교수 작품. 학업엔 철두철미한 분이 음식을 할 때엔 대중이 없어서 양이건 맛이건 들쑥날쑥했다.

곁들인 세 가지 반찬도 그랬다. 열무김치, 매실장아찌, 토하젓이라는 구색만 봐도 최 교수의 취향 집약체였다.

"줄리아는 아직 잔단다. 식사는 깨어나면 먹게 해야지."

반찬 위를 떠도는 서우의 눈빛을 알았는지 최 교수가 느릿느릿 말했다.

"약을 바꿨는데 아직 적응이 안 되나 봐. 잠이 그렇게 쏟아지나보더라."

"잠이…. 다른 부작용은 없나요?"

통 아침잠이 없던 줄리아가 이 시간이 되도록 일어나지 못할 정도면 예삿일이 아니다.

"소화도 좀 안 되는 모양이고."

맥없이 눌은밥을 뒤적이며 최 교수가 하는 말에 서우도 울적한 눈길을 눌은밥으로 떨궜다. 아침은 가볍게 먹길 선호하는 최 교수 때문에 곧잘 아침 메뉴로 만들긴 했어도, 줄리아가 좋아하는 음식은 결코 아니다.

"별안간 약이 바뀌니까 몸이 놀랐나? 근데 바꾼 약은 좀 더 효과가 좋은 건가요? 신약 같은 거?"

"효과가 좋다기보다는, 강하다고 해야겠지."

"독한 약이라는 말씀이세요? 왜 그런 약을…."

"줄리아가 원하더구나. 요즘 들어서 전보다 더 깜박깜박한다면서 의사한테 어찌나 간곡히 말하던지. 사람이 허허거리며 웃고 있어도 속은 말이 아닌 게야."

잠자코 서우는 고개를 끄덕였다. 왜 안 그렇겠는가. 천성이 명랑한 만큼 주위에 힘든 내색을 하지 않아서 홀로 더 애를 끓이고 있는 게 아닐까, 염려가 됐다.

"기분 전환도 필요하실 것 같은데, 여행 날짜를 좀 당기시는 게 어때요?"

"나쁘지 않은 생각이다만 휴가시즌이다 보니 그게 쉬울까?"

"한 며칠 국내 돌아보다가 출국일 맞춰서 올라오면 되잖아요. 두 분 밀월여행 가시기 전에 저도 좀 끼워서 놀아주세요, 네?"

서우의 애교에 최 교수가 잔잔히 미소했다.

"그러고 보니 셋이 여행 간 것도 꽤 됐구나."

"작년 봄에 꽃놀이 간 게 마지막이에요. 4월 초에."

"벌써 그렇게 됐나?"

혀를 내두르는 최 교수에게 서우는 내친김에 다짐을 받았다.

"가고 싶은 곳 있으면 말씀해 주세요, 제가 루트 짤게요. 양평이라면 당장 내일 갈 수도 있잖아요."

"원 애도 서두르긴. 누가 쫓아오기라도 하니?"

"오랜만에 다 같이 여행 간다고 생각하니까 좋아서?"

"보자, 너 주말부터 세미나라고 하지 않았나?"

"그거 교수님 사정 때문에 연기됐어요. 빨라도 다다음주에나 시작할 거예요. 그러니까 딱 절호의 기회죠."

히죽 웃던 서우는 또 깜박 잊어버릴 뻔했던 희경의 생일을 떠올리고 내일은 선택지에서 뺐다.

"오빠 생일선물 여쭤봐야지 해놓고선 까맣게 잊고 있었어요. 저 아무래도 살짝 더위 먹었나 봐요."

"안 그래도 살이 좀 빠졌구나 했는데. 다이어트 같은 거 하는 거 아니지?"

"전혀요. 더워서 그래요, 더워서."

손사래를 치는 서우를 최 교수가 유심히 들여다본다. 먹성을 보여줄 셈으로 서우가 부지런히 숟가락을 놀렸지만, 최 교수의 눈에 깃든 안쓰러운 빛은 사라지지 않았다.

"혹여 무슨 힘든 일이 있으면 혼자 끙끙대지 말고 말하려무나. 지레 폐니 뭐니 미루어 생각하지 말고. 너는 전부터 조심성이 지나친 게 탈이었지."

미루어 생각하지 않으려 해도 눈에 보이는 걸 어쩐단 말인가. 본인이 어떻게 생각하든, 최 교수는 쇠락한 노인이다. 조금씩 정신이 망가져 갈 동반자에게 체력과 심력을 쏟는 외에 다른 여력을 끌어내려 드는 것은 욕심이요 어리광일 뿐.

그 가혹함을 사양하듯, 서우가 빙긋 웃었다.

"그래서 제가 고견을 들으러 왔잖아요. 할아버지, 희경 오빠 생일선물,

뭘 주죠?"

"뭘 그런 걸로 고민씩이나 해."

"이거 정말 중요해요. 작년에 제 선물 보더니 저보고 상상력이 부족하다고 했다니까요."

"주면 고맙게 받을 것이지, 그런 소릴 해? 제 놈이 분방한 탓을 해야지."

여간해선 사람 헐뜯는 말은 안 하는 최 교수가 언짢은 내색을 했다.

"여태 그렇게 인물이 경해서 어째? 내림이 있으니 그 형들 반은 가겠거니 했더니."

"못 해도 반은 가겠죠."

"모르는 소리 마라, 그 나이에 영경인…. 아니다, 아니야."

희경의 둘째 형을 들먹이던 최 교수가 길게 숨을 고르며 말을 그쳤다. 어찌 됐든 머잖아 손녀와 결혼할 녀석이라고 마음을 고쳐먹은 듯 다시 입을 열 땐 말소리가 유해졌다.

"어지간한 선물은 다 받아봤을 아이니 머리를 굴려본들 한계가 있겠구나."

"제 말이요."

어깨를 으쓱하는 손녀를 보며 최 교수는 엷게 웃고, 안경테 다리를 만지작거렸다. 골똘히 생각할 때의 버릇. 이윽고 그렇지, 그게 있지 하며 고개를 주억거렸다.

"내가 만년필을 몇 점 모은 거 알지?"

서우가 고개를 끄덕였다. 학자의 취미랄까, 최 교수도 문방구에 대한 애착이 제법 있는 편인데 그중에서도 만년필은 꽤 사치스러운 축에 속했다. 그래 봤자 예닐곱 점 정도의 만년필은 작은 사치고, 비단 관상용이 아니라 실제 용도에 충실한 게 최우선이다.

"기억할지 모르겠는데 장미목으로 만든 화려한 만년필이 있었지 않니."

"아, 어렴풋이 기억나요."

대학 입학선물로 최 교수는 그의 컬렉션을 보여주고 마음에 드는 걸 가지라고 했다. 가장 손에 익었다는 낡은 만년필 한 자루를 제외한 여러 후보를 서우는 번갈아 쥐고 가족들 이름을 쓰는 걸로 테스트해 보았었다. 그리고 고른 게 할아버지처럼 흑단으로 만든 날렵한 만년필. 금세공이 화사했던 장미목 만년필은 그녀가 쥐기엔 다소 두툼했던 기억이 난다.

"언젠간 쓰겠지 했는데 좀체 손이 안 가서 여전히 새것이란 말이지. 그 아이라면 어울릴 성싶구나. 지루할지는 몰라도 귀한 선물이란 건 알아볼 게다."

"음, 귀한 선물인 건 틀림없지만 그래서야 제 선물이 아니라 할아버지 선물인데요?"

"똑같아. 이 할애비 게 다 네 거니까."

너그러운 말씀에, 서우는 방심하고 있다가 크게 한 방 먹었다. 불현듯 눈으로 뜨거운 기운이 몰리는 것을 들키지 않으려 서우가 코를 찡그리며 익살을 부렸다.

"에잉, 기왕 주시는 거 금도끼도 은도끼도 다 주시죠, 산신령님?"

"허허, 그게 원이면 그러자꾸나."

최 교수가 고개를 젖혀 웃는 틈을 타 서우는 재빨리 눈가의 이슬을 훔쳤다. 세상이 두 쪽 나도 그녀를 믿어줄 자기편이 있다는 기쁨, 든든함, 위로. 새삼 그 고마움에, 절절히 착한 아이가 되겠다고 다짐해 보며.

좋은 선물이 생겼으니 어울리게 포장도 할 겸 서우는 백화점을 찾았다. 겸사겸사 바다 건너 여행 가실 두 분께 드릴 선물도 마련할 생각이었다.

막연하지만 커플티를 염두에 두고 왔다. 너무 여봐란듯이 요란하지만 않다면 여행길에 작은 활력소가 될 성싶었다.

'음, 골프웨어도 괜찮을지도?'

에스컬레이터를 타고 올라가면서 마주친 노부인이 캐주얼한 골프웨어를 멋스럽게 입고 있는 걸 보고 생각했다.

줄리아는 키는 작아도 체구가 단단한 편이고, 최 교수 또한 나이에 비해 꼿꼿한 체격이라 맵시가 퍽 좋다. 여행길엔 편한 옷이 최고라는 점에서 활동성을 보장하는 골프웨어는 일단 합격점. 자, 목적지가 정해졌다.

그리고 매장을 서너 곳 둘러보는 사이 자신도 한 벌 살까? 하는 생각이 들었다. 여행은 곧잘 가기에 셋이 찍은 사진은 적지 않지만 작심하고 옷을 맞춰서 입고 찍은 사진은 없다.

나이를 먹을 만큼 먹었는데도 사진관 앞을 지날 때면 단체복을 입은 가족사진이 몹시 부러울 때가 있다. 그건 나이하고는 별개의 선망인 모양이다.

'근데 세 벌을 사면 좀 타격이 있겠어.'

괜찮다 싶은 옷은 태그에 적힌 가격이 부담스럽다. 용돈은 넉넉한 편이지만 백화점 옷을 척척 살 수 있을 정도는 아니다. 대학생일 때처럼 과외 알바를 하는 것도 아니고. 진로를 정했다면 그런 부업 따위에 시간 낭비하지 말라는 최 교수의 방침이 유감스러운 순간이었다.

일단 꼼꼼하게 둘러보고 결정하자고 다시 의욕적으로 걸음을 떼는데 핸드백에서 휴대전화가 진동했다. 손목시계를 힐끗 보니 오후 2시가 갓 넘은 시각. 희경이 아닐까 짐작하며 휴대폰을 꺼내 들었다.

역시나 H. 며칠 전 불쑥 변덕이 나서 저장된 희경의 이름을 바꿔놓았는데, 그때는 희경의 이니셜의 H였던 게 문득 다른 의미로 다가왔다.

"Heartbreaker의 H."

영양가 없는 혼잣말에 쓴웃음을 지으며 전화를 받았다. 자정 지나서 생일축하 메시지를 보내고 곧 통화할 때에 비해 한결 힘찬 목소리가 들려왔다.

—오늘 200퍼센트로 달리려고 늦잠 제대로 잤어! 막 브런치도 먹고 컨디션 최고야. 우리 공주님은 뭐하시나?

"백화점에 나왔어요."

—우와, 그 재미있는 데를 혼자 가다니! 아, 혼자가 아닐 수도 있겠구나. 줄리아도 같이?

"혼자예요."

—크으, 날 데려갔어야지 그럼. 며칠간 본의 아니게 칩거를 했더니 좀이 쑤셔서 죽겠는데.

그 칩거의 결과 입가의 포진은 깨끗이 나았다지. 서우는 피식 웃고 그럴 시간이 있긴 하냐고 물었다.

"200퍼센트로 달릴 준비한다면서요. 나도 준비를 해야겠죠?"

—호오, 준비라면 내 생일선물? 올해엔 상상력 좀 발휘하는 거야?

"기대는 하지 마요. 기발한 거하고는 일만 광년쯤 차이가 있을 거예요. 아무래도 클래식한 거라서."

그녀가 미리 선을 긋자 저편에서 희미하게 앓는 소리를 냈다.

—클래식한 거라면 가방, 벨트, 지갑 같은 게 떠오르는데. 제발 가죽 종류는 아니라고 해줘. 가죽은 지금도 많아.

"가죽은 절대 아니에요."

—가죽이 아니면 혹시 금속? 금속류인가?

"뭘 그렇게 꼬치꼬치 물어요. 보기도 전에 김빠지겠네."

―말 돌리는 거 보니까 금속이네. 그치?

하여간 감 하나는 예리하다고 속으로 흥봤다.

"글쎄, 금속일 수도 있고 아닐 수도 있고."

―아하, 완전히 금속은 아니란 거군. 플라스틱하고 믹스된 무언간가?

"유도신문 해도 더는 말 안 해요."

이러다 스무고개처럼 홀라당 정체가 드러나지 싫어 서우는 노코멘트를 내세웠다. 희경이 밝게 웃음을 터뜨렸다.

―오케이, 나도 기대하면서 두근거리는 편이 좋으니까. 나한테 어울리는 클래식한 선물이라. 궁금하네. 아무려나 형님들처럼 만년필을 주진 않을 테고.

예상치 못한 발언에 서우는 저도 모르게 핸드백 끈을 꽉 잡았다.

"형님들께 만년필 받은 적이 있어요? 금시초문인데."

―어? 내가 말 안 했나? 재작년 생일 때 느닷없이 둘 다 만년필을 줬다니까 글쎄. 이제 너도 스물다섯쯤 됐으니 무게를 좀 갖추라나 뭐라나. 아, 세대 차이는 진짜 어쩔 수 없더라. 내가 어딜 봐서 그런 걸 쓰게 생겼느냐 말이야. 안 그래?

"왜요. 나는 쓰는데."

―아, 너야 물론. 맞다, 만년필 가질래? 안 쓰고 그대로 뒀는데. 내가 왜 이 생각을 못했지?

졸지에 희경이 안 쓰는 만년필을 떠안게 생겼다. 어찌어찌 통화를 끝내고 서우는 다리쉼을 할 겸 라운지로 향했다. 의자에 앉아 멍하니 한숨을 쉬노라니 싱거운 웃음이 다 났다.

"개발의 편자인가? 누구 말처럼."

고개를 설레설레 저으며 다시 생일선물을 고민해야겠구나 하는 한편으로 착잡한 눈으로 핸드백을 쳐다보았다. 정확히는 그 안에 있는 만년필 케이스를 의식했다.

손녀사위에게 줄 거라고 크게 선심 쓰신 건데, 되돌려 드리게 생겼으니 어쩌나. 잠자코 그녀가 갖고서 준 척해야 할까? 그러다 우연히 할아버지 눈에 띄기라도 한다면 더 난감해지겠지….

케이스를 꺼내어 백화점의 환한 조명 아래에서 본 만년필은 절로 웃음이 일 만큼 예뻤다. 은은한 붉은 광채며 섬세한 금세공의 풍부한 볼륨은 매혹적이기까지 했다. 큼지막한 남자 손에 쥐어져 있으면 화사함이 적절히 중화되어 멋스러울 것이다. 분명히 희경에게도 어울릴 텐데.

'그러나 쓰지 않는다면 의미가 없어.'

최 교수와 마찬가지로 문방구의 의의는 용도에 맞는 쓰임에 있다고 생각하는 서우였다. 다시 한숨을 쉬며 만년필을 갈무리해 핸드백에 넣는 그녀 옆으로 자락자락 옷 스치는 소리를 내며 누군가 걸어와 맞은편 소파에 털썩 앉았다.

"아우, 걷는 것도 고단하네. 에어컨은 왜 이렇게 시원찮아? 얘, 가서 마실 것 좀 사와. 아니, 너 말고 너, 네가 가. 덥다, 부채 좀 부쳐봐."

조글조글한 목주름에 비해 부자연스럽게 얼굴이 팽팽한 육십 중후반 정도의 여자가 삿대질로 수행원 둘을 부렸다. 즐비한 쇼핑백을 한쪽에 내려놓고 여자에게 부채질을 해주는—휴대용 미니 선풍기도 아니고 쥘부채를 열심히 팔락거리며—남자가 묵묵히 부채질했지만, 여자의 핀잔이 줄을 이었다.

"점심 안 먹었니? 왜 이리 젊은 게 팔에 힘이 없어? 머리 망가져, 살살. 넌 적당히를 모르는구나, 적당히를. 머리가 나쁜 거니, 센스가 없는 거니? 참 일머리 없다, 너도."

약하면 약하다고, 세면 세다고 어느 장단에 맞춰야 할지 갈피를 못 잡게 짜증을 부린다. 지켜보는 이쪽이 마음이 불편할 지경인데도 남자는 으레 겪어온 일인지 표정이 흐트러지는 법 없이 죄송하다고 깍듯이 사과했다.

"그만하고 발목 좀 주물러봐. 이놈의 구두를 어떻게 만들었나, 얼마 걷지도 않았는데 발이 쑤셔."

남자는 재깍 무릎을 꿇고 여자의 발목을 주무르기 시작했다. 구두보다도 여자 자체의 문제가 분명했다. 과체중에 가까운 몸을 젊은 여자라도 부담스러울 스틸레토힐로 버티고 있으니….

진득하게 배어난 땀을 손수건으로 훔치는 여자의 손가락에서 알이 굵은 반지들이 번쩍거렸다. 다른 쪽 손도 만만치 않다. 손목을 아예 덮어놓겠다는 듯이 이중삼중으로 찬 팔찌며 주렁주렁한 금목걸이. 메추리알만 한 진주 귀걸이는 오히려 소박할 지경이다. 요즘 세상에도 저렇게 졸부 소리 듣게 꾸미고 다니는 사람이 있다는 게 서우는 내심 경이로웠다.

영 부산스러워서 선물 고민이고 뭐고 못하겠기에 서우는 화장만 살짝 고치고 일어날 준비를 했다. 그런데 립글로스를 덧바르며 들여다보던 거울에 언뜻 뜻밖의 인물이 비쳤다.

저도 모르게 뒤돌아보자, 그 사람도 빠른 걸음으로 다가오다가 그녀를 보고선 멈칫했다.

한 찰나 낭패라는 듯 구겨졌던 얼굴이 빠르게 무표정을 되찾고, 태승은 태연자약하게 서우의 옆을 지나쳤다.

앞에 앉아 있는 여자 옆에서 멈춰선 그가 사 온 음료수를 내밀었다. 음료수 컵만 네 개. 태승은 단조로운 목소리로 음료 하나하나를 설명했고 여자는 심드렁하게 듣다가 한 입씩 맛보고 그중 하나를 못마땅한 얼굴로 골라 들었다.

"업체를 바꿔야 하나, 어째 하나같이 다 시원찮아. 한 번 먹어보면 누가 다시 먹으려 하겠어. 자리만 믿고 돈을 날로 먹으려고 해 아주."

혀를 차고 빨대를 쪽쪽거리던 여자가 문득 언짢은 얼굴을 하며, 발목을 마사지하던 남자를 밀어냈다.

"그거 하나 힘 꽉꽉 줘서 못해? 못쓰겠네, 진짜. 됐고, 넌 여기 어깨나 주물러. 애, 태승아. 네가 좀 주물러야겠다. 꽉꽉 좀 시원하게."

여자는 여봐란듯이 두툼한 발목을 들어 태승에게 까딱거렸다. 아주 미묘한 침묵의 간극을 두고, 그가 순순히 수행원의 자리를 대신했다. 한 손으로 여자의 발뒤꿈치를 잡고 다른 손으로 발목을 능숙하게 지압하는 손길에 여자가 비로소 흡족한 듯이 한숨을 내쉬었다.

"옳지, 옳지. 손끝 참 야물다. 씨도둑질은 못 한다고 네 엄마가 그렇게 손끝이 여물더니 네가 딱 그 탁을 했어. 영감님은 날고 기어도 이런 재주 없지, 호호호."

쨍하니 웃고 음료수를 마신 여자는 다시금 맛없는 음료에 인상을 찌푸렸다. 거기서 여자의 이야기는 별안간 비약했다.

"여기 가게 내주면 맡아 해볼래? 영감님 말씀으론 장사 수완이 좀 있다던데."

"말씀은 감사하지만 아직은 학업에 집중하고 싶습니다."

"홍, 그놈의 학업. 요즘에 대학원이 무슨 공부 축에나 들어? 박사 생각도 없다고 했다며?"

태승이 네, 하고 대꾸하자 여자가 크게 콧방귀를 뀌었다.

"기왕 할 거면 제대로 해. 외국물도 좀 먹어야 할 거 아냐? 남들 하는 건 다 해. 뺑덕어멈 소리 듣기 싫으니까."

서우가 그나마 알아듣게 들은 건 그 정도였다. 그녀는 이미 자리에서 일어나 열심히 멀어지는 중이었다. 마침내 째지듯 쨍쨍거리는 목소리로부터 해방되었음을 확신하고 걸음을 멈추어 뒤를 돌아보았지만, 아예 이층에서 벗어나야지 하며 또 바삐 걸었다.

그녀는 5층의 남성복 매장에 이르러서야 겨우 어깨의 긴장을 풀었다. 긴장. 그렇다, 자신이 긴장하고 있었다는 것도 비로소 깨달았다.

'엉뚱한 광경을 봐버렸어.'

씁쓸한 뒷맛에 입술을 잘근거렸다. 태승을 그렇게 안하무인으로 부릴 수 있는 여자라면 J유통 안주인이 분명했다. 언젠가 잡지에 나온 사진을 본 적 있는데도 인상이 너무 달라서 못 알아봤다. 그 정도면 포샵이 아니라 새로 인물을 창조한 수준 아닌가?

발을 딛고 서 있는 이 백화점이 J유통 계열사 중 하나란 게 새삼 떠올랐다. 그렇다면 저 대단한 마나님께서 손수 쇼핑 같은 걸 할 이유는 없을 텐데 시중들 사람까지 거느리고 친림하신 의도. 긍정적인 해석을 하려면 못할 것도 없겠지만 서우의 뇌리에 떠오른 건 '과시욕의 화신'이라는 세간의 인물평이었다.

오늘날의 J유통의 전신이랄 수 있는 J방직을 혼수로 당대의 비선실세였던 장관의 큰아들과 결혼한 여자. 신랑감은 부친의 위광도 위광이었지만 본인 자체도 짧게나마 영화배우 경력이 있을 만큼 잘난 인물이었다. 이 남자, 공부머리는 없어도 돈 냄새는 기가 막히게 맡는 재주가 있어, 혈혈단신으로 정계의 기린아로 우뚝 섰던 부친이 실각한 후에도 회사를 몇 곱절 불려 명실상부한 사업가로 자리매김하는 저력을 발휘했다.

도박에 가까운 문어발식 확장에 있어 행운은 철저하게 남자의 편이었는데 혹자는 이를 두고 행운의 여신도 치마를 둘렀으니 별수 있겠냐는 농담을 하기도 했다. 남자의 화려한 여성 편력을 비꼰 것이다. 남자는 유부녀를 특히 좋아했고, 그다음이 비서며 하녀같이 가까이 부리는 여자들이었다.

어려서 죽은 딸아이 하나까지 해서 부인과의 사이에만 자식 여섯을 둔 남자다. 남자의 애를 가졌다고 밝힌 여자만 열 명이 훌쩍 넘고 그중 몇 명은 실제로 아이를 낳았다. 다만 부인은 남편의 혼외자를 일절 인정해주지 않았다. 남자는 부인의 뒤에 숨어 침묵을 지켰고.

정략결혼도 아니고 연애결혼이었다고 하니 속이 썩어 문드러졌을 법도 한데, 일찌감치 남편의 난봉꾼 기질에 손을 든 부인은 과감하게 발상의 전환을 했던 듯싶다. 기왕 이렇게 된 거 남편을 돈 벌어다 주는 머슴으로 삼아 실컷 돈이나 쓰고 살겠다고. 대외적인 자리에서도 남편을 우리 집 청지기 운운하며 턱끝으로 부린다는 소문이다.

서우가 졸부 취향이라고 얕잡아본 기이한 외양도 허무를 이겨내기 위한 늙은 여인 나름의 고육책일지도 모른다. 반짝거리는 것에의 몰두, 타인의 찬탄과 부러움을 사는 자체를 즐기는 것 또한 엄연한 삶의 한 방식이니. 꼭 삶에 이렇다 할 의미가 있어야 하나?

서우는 자신에게 없는 것을 동경하는 경향의 연장선에서 늙은 여인의 속물성에 잠시 찬탄을 보냈다. 마음의 공허를 물량 공세로 메울 수 있는 여인의 금력에도 자그마한 경의를 보내며 넓은 백화점 내부를 스윽 돌아보았음이다.

넘쳐흐르는 풍요와 부귀. 감탄스럽지만 딱 그게 전부였다. 애석하게도 서우는 삶에서 의미를 찾는 부류였다. 진지하게 자신이 설 자리를 찾고, 그것이 유일하길 바라는 부류였다.

'공허를 보석의 광채로 메울 수 있다고는….'

생각할 수 없다. 고개를 가로저으며 그건 자신의 길이 아니라고 거듭

39

확신할 때에, 문득 그녀를 찾는 전화벨 소리에 상념에서 깨어났다.

T. 액정화면에 뜬 대문자를 보며 살짝 미간을 찌푸렸다. 희경의 이름을 바꿔 저장할 때 또한 충동적으로 바꿔버린 이름. 다시 주태승으로 돌려놔야지 한다.

"전화 굳이 안 줘도 되는데."

대뜸 그런 말로 전화를 받자 저편에서 크게 숨을 들이쉬는 소리가 났다. 숨을 고르고, 태승이 물었다.

─어디야? 아직 백화점 안이야?

"네. 살 게 있어서."

─몇 층?

"5층이요. 남성복 매장인데…."

지금 갈게, 하고 태승이 뚝 전화를 끊었다. 서우는 다소 황당한 기분으로 휴대전화를 쳐다보았다. 일방적인 통보가 언짢아 오든 말든 그냥 가버릴까 싶었지만, 행동에 옮기기 직전에 여기 온 본래 목적을 기억해냈다. 희경의 생일선물을 구해야 한다. 중요한 건 그거였다.

그래서 태승에 대한 신경은 끄고 찬찬히 주변 매장을 돌아보았다. 유행 타지 않고 무난히 입을 수 있는 반소매 셔츠 쪽으로 점점 결심이 서가고 있을 즈음, 코점막을 가볍게 자극하는 상쾌한 향기와 함께 어깨를 툭 건드리는 손이 있었다.

"안녕."

돌아보자 조금 울적해 보이는 눈으로 태승이 인사했다. 왠지 좀 겸연쩍은 기분으로 서우도 눈인사를 했다.

"바빠 보이던데 이러고 와도 돼요?"

"안 되지, 보통은."

쓴웃음을 머금으며 태승이 셔츠소매를 접어 올렸다. 양쪽 다 팔꿈치까지 걷어 올리는 모습을 지켜보며 서우는 자녀들까지도 과시의 수단으로 삼는다는 저 노부인에 대해 생각했다.

어떤 심경의 변화였는지, 여인은 유일하게 태승을 남편의 혼외자로 인정하고 받아들였다. 그가 고등학교 2학년이던 해의 겨울. 태승이 희경과 서우의 세계에 등장한 시기이기도 했다.

그전까지 그는, 조선족 어머니와 그녀의 세 번째 남편, 그리고 두 번째 계부와의 사이에서 태어난 동생과 함께 살았다. 그쪽 이야기는 별로 하고 싶어 하지 않는 눈치여서 희경도 자세히는 모르지만, 친부 슬하로 오는 과정에 돈 문제가 있었던 것만큼은 틀림없을 거라고 추측했다.

누가 뭐래도 남편의 부정의 소산인 아이. 쉬쉬하며 있는 듯 없는 듯 숨김직도 하건만 태승을 입적시키고 한동안 노부인은 가는 곳마다 태승을 데리고 다니며 새로 생긴 막내아들이라고 소개시켰다. 거의 태평스러울 정도로 뻔뻔한 거동에 대놓고 앞에서 수군거린 사람은 없었지만, 뒤에서는 별난 원숭이라도 전시하는 양 저게 뭐냐고 혀들을 차댔다.

어쨌든 그 결과 태승에겐 J유통 회장의 공인된 사생아라는 꼬리표가 매겨졌다. 말 많고 따지는 것 많은 사교계에 그가 섞여들 여지를 극명하게 좁혀 놓은 셈이다.

그 좁은 입지나마 버티고 선 건 순전히 태승 본인의 잠재력이었다. 그의 두뇌는 약간의 연마를 거쳐 제빛을 발했고, 강건한 신체는 카리스마를 뿜어내기 충분했다. 뿐더러 다섯에 달하는 이복형제자매들이 끝내 실패한 미션을 그만은 성공했다. 요컨대 그는 전성기 시절의 부친을 빼닮은 유일한 자식이었다.

미의 기준이 달라진 요즘 트렌드에 부합하는 얼굴은 아닐지 몰라도 선이 굵고 또렷한 남성적인 골격은 지금도 충분히 매력적이다. 노부인이 새삼 그 매력을 추억할 셈이었는가는 별개의 문제지만.

"그럼 굳이 무리해서 보러 올 이유가?"

서우의 물음에 지그시 이를 악물며 태승이 시선을 머리 위의 허공에 던졌다. 이어지는 짧은 한숨에 모종의 피로가 묻어나왔다.

"너 그러고 가면 꼴사나운 광경이 내내 뇌리에 남지 않겠어?"

"글쎄요. 일부러 꼭꼭 곱씹어볼 생각은 없었는데."

"생각이 계획대로 움직이는 게 얼마나 되는데? 온통 제멋대로 일어나서 휘두르지나 않으면 다행이지."

서우는 미소하며 순순히 인정했다.

"설득력 있네요. 그래서 꼴사나운 광경을 압도할 강력한 한 방이라도 보여주러 온 거예요?"

"강력한 한 방이 필요할 정도로 인상적이긴 했구나."

자조적으로, 그러나 너무 비굴하지는 않게 태승이 중얼거렸다. 서우는 어깨를 으쓱했다.

"평소 알던 모습과 갭이 좀 크긴 했죠."

"갭이라. 일상성을 탈피한 돌발은 힘이 세군. 그럼 더욱 돌발적으로… 백화점 한복판에서 재주넘기라도 해보여야 하나?"

엉뚱한 발언에 서우가 눈을 동그랗게 뜨며 주위를 돌아보았다.

"여기서요? 확실히 강렬하긴 하겠네요."

평일 오후. 점심때가 얼마 지나지 않은 무렵이라 백화점 안은 비교적 한산하지만 그래도 손님이 아주 없지는 않다. 그런 곳에서 다 큰 남자가 재주넘기 같은 걸 한다면 그것처럼 안 어울리고, 엉뚱한 광경이 다 있을까.

바로 그 엉뚱한 짓을 눈앞에서 목도하며 서우의 눈은 그 한계까지 동그래졌다.

대뜸 뒷걸음질하며 그녀에게서 간격을 벌리나 싶던 태승이 물구나무라도 설 것처럼 바닥에 두 손을 댄데 이어 그대로 탄성을 이용해 텀블링을 한 것. 180센티가 훌쩍 넘는 장신이 믿을 수 없을 만큼 가볍게 회전하고 착 땅을 디디고 섰다.

"강렬해?"

머리를 흔들어 흐트러진 머리카락을 정돈하며 태승이 물었다.

"한 번 더 할까? 연속으로 다섯 번까지는 돌 수 있는데."

"…."

그 태연자약한 얼굴에 그저 말문이 막힐 따름이다.

하지만 얼얼해져 있을 틈도 없이, 당장 근처 매장 직원들의 시선이 날아오는 통에 서우는 태승의 팔을 잡아 자리를 벗어났다.

"기막혀, 그걸 진짜 하면 어쩌자는 거야."

얼굴이 벌게져서 투덜대는 말에 태승이 한가로이 대꾸했다.

"이쪽이 한결 인상적이지? 응?"

서우는 못 말리겠다는 듯 고개를 젓고 걸음을 재촉했다. 비상구로 통하는 구석 자리에 이르러 이 정도면 됐겠지 하고 돌아보니 태승이 묘한 웃음을 머금고 있었다.

"웃음이 나와요? 그 황당한 짓을 하고?"

"황당하라고 한 일인데 뭐. 그나저나 너 아귀힘 세다."

그의 말에 서우는 아직 붙들고 있던 팔을 팽개치듯 놓았다. 아닌 게 아니라 그의 팔에 희미하게 손가락 자국이 남아 있었다. 빙글거리며 팔에 남은 자국을 들여다보는 태승 때문에 서우는 부루퉁해선 거칠게 핸드백을 뒤적였다.

"금세 없어질 텐데 뭘 그렇게 들여다봐요? 손이나 닦아요."

그녀가 건넨 물티슈로 손을 닦으며 태승이 말했다.

"사람 끌고 가는 게 너무 자연스러운데… 알고 보면 어릴 때 골목대장이 거나 그랬던 거 아니야?"

"대답할 가치가 없네요."

"순수한 호기심이야. 어릴 때 얌전했는지, 말괄량이였는지 그 정도는 말 해줄 수 있잖아."

서우는 입술을 비쭉거리며 태승을 쏘아보았다. 확실히 놀리려고 맘먹은 눈빛은 아닌지라 작은 한숨과 함께 어깨의 힘을 뺐다.

"말괄량이가 될 기회가 없었다는 정도만 말할게요."

천방지축은 아무나 되나? 다 발 뻗을 자리를 보고 다리를 펴는 법이다.

"기회가 없었다…. 어쩐지."

"어쩐지?"

서우가 미간을 찡그리며 반문하자 태승이 싱긋 웃었다.

"백서우. 요조숙녀처럼 처신하는 것치곤 때론 깜짝 놀랄 만큼 맹렬한 눈 빛을 하는 여자잖아."

"뭐예요, 그게. 내가 조련된 야수라도 된다는 말이에요?"

시큰둥한 야유에 태승이 눈을 가늘게 뜨며 중얼거렸다.

"야수라니, 당치 않지. 그보다는… 흰 눈밭에 피어 있는 새빨간 장미에 가까우려나?"

강렬한 시각적 심상을 동반한 그의 지긋한 눈빛에 서우는 괜스레 목덜 미가 화끈해졌다. 흰 눈과 새빨간 장미. 아이러니한 만큼 아름다운 조합이 었다.

"괜히 민망하니까 엉뚱한 소릴 늘어놓는 거죠? 남의 일에 쓸데없이 관심

두는 성격 아니니까 그쯤 해요. 당장 내 할 일도 산적한 판에 무슨."

서우는 한껏 냉담한 말투로 자꾸 뻗어 나가는 곁가지를 잘라냈다. 태승은 고개를 주억거리고 순순히 본 주제로 돌아와 백화점엔 무슨 일로 온 거냐고 물었다.

"설마 이제야 희경이 생일선물을 사러 온 건 아닐 테고."

"생일선물로 생각해둔 게 있었는데, 반기지 않을 것 같아서 다른 걸 사러 왔어요. 취향이 확고한 남자는, 이럴 때 좀 어렵네요."

서우의 한숨에 태승이 피식 웃었다.

"그냥 생각했던 걸 주지 그래? 네 나름대로 의미가 있어서 주려고 한 걸 텐데."

"받는 사람이 반기지 않으면 그런 의미가 다 무슨 소용이에요."

"호강에 겨웠구나, 최희경."

냉소 어린 중얼거림에 서우가 힐긋 그를 쳐다보았다. 태승은 둥글게 뭉친 물티슈를 손에 꼭 쥐고 그래서 살 만한 건 발견했느냐고 물었다. 딱히 감출 필요도 없기에 서우는 덤덤히 대답했다.

"셔츠가 어떨까 하고."

"셔츠? 내가 아는 사람 중에 옷 취향 가장 까다로운 녀석이 최희경인데. 그래, 어떤 셔츠를 사주려고?"

아픈 곳을 찔린 서우의 얼굴빛이 급격히 어두워졌다.

"무난하게 데일리 아이템으로 입을 수 있는… 블루 셔츠가 어떨까 싶은데."

고백하지만, 눈앞에 서 있는 태승의 블루 셔츠를 커닝했다. 팔색조 같은 희경에 비할 바는 아니어도, 태승 또한 옷을 꽤 잘 입는 편이었다. 결코 튀지 않게 기본 아이템들을 잘 매치한 스타일은 보는 이도 편안한 안정감이 있었다.

"글쎄, 희경이가 블루 셔츠를 즐겨 입던가?"

"셔츠는 많으면 많을수록 좋다고 어떤 잡지에서 봤어요. 블루 셔츠도 한 장쯤 더 있어서 나쁠 건 없잖아요?"

"그렇긴 해."

태승이 고개를 주억거리더니 시선을 들어 매장 저 안쪽을 바라보았다. 이내 휙 그녀를 돌아보며 말했다.

"괜찮은 셔츠를 파는 델 알고 있어. 거기라면 희경이도 별말 안 할 거야. 가볼래?"

"이 안에 있어요? 그럼 가요."

큰 기대는 하지 않고 따라간 건데, 과연 태승이 아니었으면 들어가 볼 생각도 하지 않았을 곳이었다. 생전 처음 접한 낯선 브랜드명. 입점한 지 얼마 안 돼 인지도가 낮을 뿐 셔츠 품질은 최고라고 태승이 장담했다.

만져보니 손끝에 닿는 느낌이 몹시 부드러우면서도 시원했다. 메이드 인 이탈리아는 이름값에도 불구하고 가격도 꽤 합리적. 희경의 옷을 보러 온 건데 최 교수 생각이 불쑥 났다.

"좋다. 할아버지 생신선물도 여기 걸로 할까."

최 교수가 좋아할 법한 긴팔 체크무늬 셔츠를 만져보자니 태승이 생신이 언제냐고 물어왔다.

"10월 초예요."

"시즌이 다르니 그때 다시 와야겠네."

"그랬다간 겨울까지 기다려서 드려야 할지도 몰라요. 차라리 당겨서 해야지."

"왜?"

"여행 가실 거예요, 한동안."

"어디 멀리 가서?"

"핀란드요."

"아, 줄리아 모국이지, 거기가?"

고개를 끄덕이며 서우는 체크무늬 셔츠를 손에 들고 살펴보았다. 남자 옷은 사이즈 가늠을 잘 못 하겠다. 옷걸이를 높이 들고 고민하던 그녀가 불쑥 태승을 돌아보았다.

"이것 좀 입어볼래요?"

태승은 옷과 그녀를 번갈아 쳐다보곤 흔쾌히 응했다. 라벨을 확인한 그가 더 큰 게 필요하다며 다른 셔츠를 골라서 피팅룸으로 들어갔다.

잠시 후 태승이 피팅룸에서 나와 거울 앞에 섰다. 다소 올드해 보이는 디자인이라고 생각했는데 그를 보니 꼭 그렇지도 않았다.

"밖에선 살짝 더울 것 같은데 교수님 연배라면 그렇지만도 않을 거야. 날이 선선해져도 무난히 걸칠 수 있을 거고. 잘 빠졌어, 이 정도면."

"그러네요."

꼭 그에게 맞춘 듯이 딱 떨어지는 셔츠. 뒤에서 보니까 더 확연히 눈에 들어왔다. 다시 갈아입으러 들어가는 그에게 서우는 생각난 김에 눈여겨본 블루 셔츠 두 장도 내밀었다.

"이것도 한 번씩 입어봐요."

"모델료 톡톡히 받아야겠는데 이거."

"하는 거 봐서."

서우의 능청스런 대꾸에 태승은 눈썹을 슥 치켜올리고 블루 셔츠를 챙겨 피팅룸에 들어갔다. 잠시 후 착장을 마친 그를 보자 셔츠 자체만 봤을 때하고는 다르게 두 장의 차이가 크게 다가왔다.

"먼저 입은 게 더 나은 것 같은데."

"내 생각도 그래. 다시 입어볼까?"

"그래줄래요?"

또 한 번 옷을 갈아입고 나온 태승이 거울 속으로 그녀를 쳐다보며 고개를 끄덕였다.

"이게 더 나아. 희경이 스타일이기도 하고."

"그런가?"

서우는 회의적인 눈길을 던졌다. 태승에겐 잘 어울렸다. 체크무늬 셔츠뿐만 아니라 이것도 맞춤옷처럼. 그러나 희경이 입은 모습을 상상하려니 이미지가 흐릿하다. 태승이 워낙에 잘 어울려서….

"희경이 걔 이런 칼라를—."

셔츠 칼라를 매만지며 말하던 태승의 목소리가 뚝 끊어졌다. 왜 말을 하다가 말지, 하고 그를 쳐다보던 서우는 뒤늦게 그의 견갑골에 닿아 있는 제 손을 의식했다.

입었을 때의 느낌이 궁금해서 무심코 손을 뻗었을 뿐인데 슥슥 만져보는 손가락 끝에 닿는 건 셔츠만이 아니었다. 얇은 천 아래로 단단하게 긴장한 근육이 느껴졌다. 단순히 그녀의 기분 탓이 아님을, 새삼 파르르 떨리는 등이 증명했다.

뜨끔하여 손을 떼는 서우의 눈에 외로 고개를 꼰 그의 목덜미가 들어왔다. 엷은 홍조, 특히나 귀가 눈에 띄게 빨갛게 물들어버렸다.

'뭐야, 등 조금 만진 거 가지고.'

괜스레 그녀도 당황해서, 직원을 돌아보며 묻는 목소리가 어색하게 높이 떴다.

"이 디자인으로 다른 색은 없나요?"

"화이트와 블랙, 핑크가 있습니다."

핑크란 말에 서우는 확 눈이 트이는 느낌이었다.

"아, 그래. 색깔이 문제였구나."

직원이 가져온 핑크 셔츠를 보고 서우는 픽 웃었다. 이걸 보란 듯이 태승에게도 셔츠를 들어 보이자 그도 비슷한 웃음을 지었다.

"맞아. 그거네."

그렇게 희경의 선물도 결정되었다. 여전히 치수가 난감했지만, 태승의 도움으로 어렵잖게 두 장의 셔츠를 샀다. 치수가 안 맞아서 교환하러 올 일은 없을 거라고 그가 장담하는 말에 서우가 빙그레 웃었다.

"포장은 안 해?"

"아래에서 따로 할 거예요."

물건을 받아 에스컬레이터가 있는 방향으로 걸음을 옮기며 그녀가 말했다.

"그쪽 은근히 관찰력이 좋네요. 좀 뜻밖이야."

"너는 의외로 관찰력이 형편없고 말이지."

"어머, 칭찬을 짜게 했다고 그렇게 야유하기에요?"

샐쭉하니 투덜거리고 서우가 문득 생각난 것처럼 덧붙였다.

"마지막에 입어본 거 사지 그래요? 잘 어울리던데."

"됐어."

"내가 선물하면 입을래요?"

태승이 눈을 가늘게 뜨고 그녀를 쳐다보았다.

"왜 나까지?"

"모델료 겸, 저번에 사준 원피스 값 대신?"

눈살을 찌푸리며 태승은 고개를 흔들었다. 서우가 설득에 나섰다.

"가격이랑 계좌 알려달라고 몇 번이나 말했는데도 무시했잖아요. 그럼 현찰로 찾아줘요? 가격은 이미 알아봤으니까."

"그럴 거면 드레스 망친 것도 셈했어야지. 내 탓인데."

"그건 수선 맡겨서 감쪽같아졌어요."

그래도 일없다는 듯 머리를 흔들고 태승이 빠르게 걸어갔다. 뒤따라가며 서우는 다시 한번 셔츠를 권했다.

"그냥 받아주면 안 되나? 그럼 내 기분이 좀 가벼워질 것 같은데."

"그렇게 뭘 줘야겠으면 다른 걸 줘. 희경이랑 같은 셔츠를 색깔만 다른 걸로 입으라니, 생각이 있는 거야 없는 거야."

"어머, 진짜. 그건 생각 못 했어."

뒤늦게 그 점을 깨닫고 서우의 눈이 동그래졌다. 하필 색깔도 그렇다. 핑크 셔츠와 블루 셔츠. 이건 숫제 커플 아이템이 따로 없다.

"아하하, 내가 이렇다니까요. 한번 꽂히면 다른 생각이 머리에 안 들어와. 이것 때문에 오해도 여러 번 샀는데도 잘 안 고쳐지네요."

"학문하는 사람이 사고의 유연성이 부족한 건 치명적인 약점 아닌가? 웃을 일 아닌 것 같은데."

날카로운 지적에 서우도 웃음기를 떨치고 진지하게 말했다.

"그쪽 말이 맞아요. 사고의 유연성은 중요하죠. 더불어 넓은 시야도 갖추고 싶어요. 타고나질 못했으니 길러야 하는데 이걸 기른다는 게 쉽지 않아요. 내가 바라는 깜냥은 이 정도인데."

서우는 손을 들어 크게 원을 그려 보인 데 이어 손을 말아 그 사이의 구멍으로 태승을 쳐다보았다.

"정작 내 깜냥은 이 구멍 정도? 이 작은 틈으로 세상을 보니 얼마나 답답하겠어요. 할아버지는 느긋하게 자기 길을 가다 보면 도량은 자연히 따라

온다고 하는데, 말이 쉽지 난 느긋함이라는 전제부터가 어렵거든. 10년 후라고 딱히 다를 것 같지 않아서 그게 걱정이에요."

에스컬레이터에 이르러 태승이 먼저 타고 그녀를 돌아보자 얼추 두 사람의 눈높이가 맞춰졌다. 그의 진한 눈매에 희미한 웃음이 넘실거렸다.

"여기 동지가 있으니까 안심해. 타고난 조바심을 어쩌지 못해서 매일같이 다스리기 바쁜 일인이야."

"그쪽도 조바심을 느껴요? 어떤 것에?"

"뭐든. 다…!"

뚫어져라 바라보는 그의 시선에 서우는 가벼운 현기증을 느꼈다. 어쩌면 그의 '다'라는 범위에 그녀 자신도 포함된 게 아닐까, 갑자기 그런 생각이 들었다.

"어떻게 다스리는지 궁금해요. 역시 그냥 참고 견디는 건가요?"

"맞아, 인내해. 그렇게 누르는 사이에 허섭스레기들은 알아서 떨어져 나가고, 정말 간절한 것만 남으니까. 그리고 그토록 간절한 건 단념하지 않아. 이룰 때까지."

"시간과 의지의 싸움이네요."

"옥석을 가려내준다는 면에서 시간은 차라리 조력자라고 해야겠지."

"조력자, 내지는 어드바이저?"

서우는 가만히 태승의 말을 곱씹어보았다. 정말 가지고 싶은 건 시간이 증명해준다는 말인데… 어느 정도 수긍은 가면서도 막막한 이야기가 아닐 수 없다.

"가려내준들 이미 놓친 후라면 그게 무슨 재미없는 경우야. 난 일단은 쟁취하고 필요 없어지면 버리는 쪽을 택하겠어요."

"욕심꾸러기네."

그런 말쯤 대수롭지 않다는 듯 서우가 씩 웃었다. 태승도 웃으며 한마디 덧붙였다.

"하지만 좋아, 그런 면. 매력적이야."

에스컬레이터의 끝에 이르러 돌아서는 태승의 등을 서우가 물끄러미 응시했다. 듣기에 따라 의미심장한 말을 아무렇지 않게 툭 떨구는 거, 희경이라면 그러려니 해도 태승이 되고 보니 조금 당황스럽다.

태승은 포장 코너까지 따라와 그녀가 포장 종이를 고르는 것도 지켜보았다.

"이따 클럽에 올 거죠? 선물 뭐 샀는지 물어봐도 돼요?"

"벨트 하나 샀어."

"가죽이네, 가죽."

서우가 깔깔거리자 태승이 갸웃하며 쳐다보았다. 그녀는 희경이 말해준 경고에 대해 이야기했다. 태승은 무슨 상관이냐는 듯 콧방귀를 뀌었다.

"벨트나 셔츠나 매한가지야. 많아서 나쁠 거 없지."

"남자도 그런 게 있구나."

"남자는 사람 아닌가."

"그럼 셔츠 말고, 벨트 사줄까요?"

"왜 또 불똥이 그리로 튀는데?"

태승이 어이없어하는 모습에 서우는 또 한 번 웃었다.

"셔츠는 싫댔고, 벨트는 많아서 나쁠 거 없다면서요. 대충 사주면 좀 받지?"

"네가 그러니까 더 심술 나는데. 안 받았으면 안 받았지 대충은 싫어. 정 주고 싶으면 고민 좀 해봐, 백서우 씨."

"어머, 싫다. 다 큰 남자가 웬 몽니람."

서우의 야유에도 태승은 눈 하나 꿈쩍하지 않았다. 오히려 더 해보란 듯이 손짓까지 하는 모습에 서우는 기가 차서 눈을 부라렸다. 그는 더욱 뻔뻔하게 웃을 따름이다.

이 평화로운 연못에 별안간 돌멩이가 날아든 건 그때였다.

"너 지금 여기서 뭐 하니?"

등줄기를 할퀴는 쩽한 목소리에 뒤를 돌아보자 예의 노부인이 언짢은 눈으로 이쪽을 쏘아보고 있었다.

"급한 일이 생겼다고 해서 보내줬더니 여기서 노닥거리는 게 그 급한 일이었어?"

작고 퉁퉁한 몸에 불쾌한 종류의 박력을 담아 여자가 한 발 한 발 두 사람 쪽으로 다가왔다. 태승이 방패처럼 서우의 앞으로 나섰다.

"친구 생일 문제 때문에 잠깐 이야기하러 왔어요. 마침 여기 왔다고 해서."

"친구 누구?"

거의 심문하는 기세로 여자가 눈을 번득거렸다.

"최희경이요."

"아, 어울려 다닌다는 최명환이 새끼로군. 그런데 그 아이 생일이 뭐라고 네가 중뿔나게 바빠?"

여자의 성마른 언행에 잠시 숨을 고르는 태승을 보고 서우가 한 발 앞으로 나갔다.

"파티 기획자거든요. 태승 씨하고 몇 사람이 같이 생일파티를 꾸며주기로 했는데 당일에 급한 용무가 있다고 이 사람이 자리를 비웠어요. 진행이 매끄럽지 않아서 제가 여기 들른 김에 조언을 청하는 중이었습니다."

여자의 눈길이 서우의 얼굴에 꽂혔다. 이 벌레는 또 뭐냐는 듯 호의와는 거리가 먼 눈길에 서우는 내심 질리면서도 차분하게 자기소개를 했다.

"처음 뵙겠습니다. 백서우라고 합니다. 태승 씨하고는 고등학교 동창이기도 하고요."

"그래? 우리 태승이 동창이야? 예쁘게도 생겼구나."

벙긋 입만 벌려 웃은 여자가 태승에게 물었다.

"뭐 하는 집 애니?"

서우는 속으로 흠칫했다. 드라마도 아니고 저런 말을 당사자의 면전에서 묻는 경우는 또 처음이었다. 태승은 체념에 가까운 얼굴이었다.

"희경이 친척입니다. 외조부께서 T대 영문과 교수로 계시다 작년에 은퇴하셨습니다."

"오, T대 교수. 외조부를 닮았다면 영리하겠구나. 그런데 부모는 별 볼일 없나 보지? 외조부를 들먹이게."

예리한 질문에 서우는 순간 숨이 막히는 것을 누르며 태승보다 먼저 대답했다.

"애석하게도 불의의 사고로 조실부모했습니다. 별 볼 일이 있는지 없는지 알아볼 기회가 없었네요."

서우가 생긋 웃자, 눈앞의 노부인도 거기엔 한 방 먹었는지 잠시 뜸을 들이고 "저런, 안 됐군." 하는 게 고작이었다. 그리곤 서우에겐 급격히 흥미가 떨어졌는지 태승을 향해 이죽거렸다.

"바쁜 사람을 고작 노인네 수발하라고 불러들여서 미안하게 됐다. 너는 그런 일이 있으면 있다고 말을 해야지. 불쌍한 늙은이를 심술보 천덕꾸러기로 만드니 속이 시원하니? 하여간 음흉해, 음흉스러워."

혀를 차며 돌아선 여자가 저편에서 대기 중이던 수행원을 빽 소리쳐 불렀다. 얼른 달려온 수행원의 부축을 받아 절룩거리고 가는 모양새가 유난도 하다. 여봐란듯이. 아니, 실제로 보라고 저러는 걸 거라고 서우는 확신했다.

"가봐야겠어. 차 한 잔 마시고 싶었는데 물 건너갔네."

덤덤히 말해도 서우를 보는 태승의 눈가에 옅은 모멸감이 맴돌았다. 이렇게 번듯한 남자가 보이지 않는 사슬에 묶여 허덕거린다고 생각하니 그 눈을 마주 보기가 불편하다. 서우는 가만히 눈을 내리깔며 고개를 끄덕였다.

"원래 저런 분이니까 불쾌해도 잊어버려. 저분은 이미 넌 안중에도 없을 거야."

"나는 괜찮아요. 근데…."

그쪽이 고생이네요, 라는 말은 해봤자 아무 의미가 없겠지. 대신 그녀는 싱긋 웃으며 다음을 기약했다.

"차는 다음에 마셔요. 오늘 도와준 보답 겸 내가 살 테니까."

"그래. 그럼."

"저기, 잠깐만요."

고개를 끄덕이고 여자를 따라가려는 그를 충동적으로 불러 세웠다. 왜? 하고 눈으로 묻는 태승을 보며 서우가 어름거렸다.

"어, 그… 만년필 좋아해요?"

"만년필? 싫어하지는 않지."

생뚱맞은 질문에 태승은 의아한 얼굴을 했다. 서우는 핸드백을 열어 만년필 케이스를 내밀었다.

"이거 받아요. 좋은 거니까, 다른 사람 주지는 말고."

"뭔데? 만년필이야?"

언뜻 봐선 뭔지 알 수 없는 상자라 태승이 그 자리에서 열어보려는 것을 서우가 손으로 막으며 재우쳐 말했다.

"가면서 확인해요. 방금도 저분 돌아보는데."

그 말에 태승은 힐긋 뒤돌아보곤 걸음을 떼며 이따 보자고 인사했다. 그가 큰 보폭으로 성큼성큼 걸어가자 시야에서 멀어지는 건 순식간이다. 이윽고 노부인과 합류하는 모습을 보고 서우도 그만 제 일로 주의를 돌렸다.

빨갛게 광채가 나는 포장용 실크 리본을 들여다보며 그녀는 태승에게 던지지 못한 질문을 곱씹었다.

왜 날 희경 오빠 친척이라고 했어요? '약혼녀'라는 훨씬 더 간명한 표현이 있는데.

또한 자신에게도 물었다.

그렇다고 만년필을 줄 것까진 없었잖아. 무슨 생각이야, 백서우?

"그러게."

멀거니 남의 일처럼 중얼거리는 그녀의 뇌리에 노부인의 발목을 주물러 주던 태승의 모습이 어른거렸다. 유감스럽게도 그의 텀블링은 충분히 인상적이지 못했던 것 같다.

17
클럽에서

그날 저녁. 종일 무덥더니 땅거미가 질 무렵부터 한두 방울씩 비가 떨어지기 시작했다. 희경이 서우를 데리러 왔을 땐 빗발이 거센 게 장마는 저리 가라였다.

"꼼짝 말고 안에서만 놀라고 비가 오는 건가. 이게 길조야, 흉조야?"

비를 안 좋아하는 희경이 차창 너머를 보며 투덜거리는 소리에 서우가 잠자코 위로했다.

"길조죠. 여름 가뭄 소리도 심심찮게 나오는 판에 단비가 오는 거잖아요."

"맞아, 단비네, 단비. 그렇다고 너무 쏟아지는 건 싫은데."

"소나기니까 그리 오래는 안 내릴 거예요."

"제발 좀. 오늘 하루가 비로 끝나는 건 싫어."

희경은 한숨을 폭 쉬고 서우의 어깨에 머리를 기댔다.

"저녁 같이 먹기로 해놓고 늦어서 미안해, 공주님. 내일은 꼭 같이 먹자, 응?"

애교스러운 눈웃음을 흘리며 올려다보는 희경을 서우도 옅은 미소로 마주했다.

파티 시작 전에 만나서 간단히 배를 채우고 클럽으로 이동하자고 한 건 희경이었다. 그리고 어긴 것도 희경이다. 시간이 임박해서야 머리를 맡기는 헤어디자이너가 복통 때문에 병원에 다녀오는 걸 기다려야 한다며 전화를 걸어왔다. 저녁 약속은 자연스레 무산됐다.

종종 있는 일이라 그다지 실망하지도 않고 전화를 끊는 자신을 서우는 문득 거리를 두고 제삼자인 양 바라보았다.

이유 없이 희경이 약속을 깨는 일은 없었다. 들으면 수긍이 돼서 그럼 그렇게 해요, 라고 으레 받아주었다. 거기서 깨달았다. 희경에게 'No'라는 말을 한 적이 거의 없음을.

뭐든 부정적인 이미지를 심어줄 수 있는 것은 피했다. 그러한 태도는 외조부모님에게 사랑받으려고 안달을 내던 어린 시절의 연장선에 불과하다. 요컨대 착한 아이 콤플렉스가 착한 여자 콤플렉스로 슬그머니 간판만 바꾼 셈이다.

'당신의 기분을 상하게 하지 않으려고 내 기분 같은 건 무시했어. 당신은 번번이 미안하다고 하지만 얼마 지나지 않아 또 같은 잘못을 반복하고. 쉽겠지, 나는. 어떤 변명을 해도 받아들였으니까.'

사르르 희경이 웃는 얼굴만 보면 아무래도 좋아졌던 자신. 그만큼 그를 좋아하는 걸까, 아니면….

골똘히 생각하는 그녀를 희경은 왜 갑자기 표정이 무거워졌냐며 대답을 채근했다.

"내일, 약속이 있는 게 기억나서요. 저녁은 어렵겠어요, 오빠."

"약속? 누구랑?"

"대학원 친구요. 만나서 교수님도 잠깐 뵙고."

"대학원 친구 누구? 내가 모르는 사람이야?"

거절을 위한 거절. 깊이 캐면 할 말이 궁해진다. 서우가 재빨리 만만한 이름을 모색하는데 희경에게 걸려온 전화가 그럴 수고를 덜어줬다.

"지금 가고 있어. 비 와서 길이 막히는 걸 어쩌냐? 원래 주인공은 느지막이 나타나는 거야. 릴렉스, 릴렉스. 나 늦는다고 신경 쓰는 건 거기서 너뿐일걸?"

재촉하는 전화 같은데 희경은 시종일관 느긋하다. 전화를 끊고선 서우에게 시답잖다는 듯 흉을 보기도 했다.

"한준이 앤 감투 씌워놓으면 히스테리가 말도 못 한다니까? 회사 들어가면 부하직원깨나 잡을 거야. 누군지 몰라도 벌써부터 안 됐어."

"스트레스받을 거면 맡지를 말지. 할 생각 없는 사람한테 떠맡긴 건 아니에요?"

"자원한 거야! 다들 한 번씩 하는데 자기도 슬슬 해보겠다고."

팔각 멤버들끼린 서로의 생일을 챙겨주는 정도가 각별했다. 희경만 해도 일 년에 두세 번쯤 멤버 생일파티를 기획하느라 바쁘게 돌아다녔다.

"그리고 지은이라는 프로 보조가 붙었으니까 앤 별반 한 것도 없을 거라고. 지은이가 전문 파티플래너 뺨치는 실력자거든."

"다재다능하네요, 지은 씨."

저도 모르게 차창으로 시선을 돌린 자신을 깨닫고 서우는 쓴웃음을 지었다. 지은이란 이름이 나온 순간 반사적으로 희경을 외면했다. 어떤 얼굴로 지은을 입에 올리는지 보고 싶은 마음과 보고 싶지 않은 마음이 거의 비등비등했다.

"솔직히 쇼비즈 쪽에 센스가 뛰어난데 그쪽은 놀이일 뿐이라고 선을 딱 그으니까 안 됐어. 옛날로 치면 문벌귀족 가문에 딴따라가 웬 말이냐, 뭐 그런 거지."

희경이 서우를 돌아보며 말했다.

"지은이가 전에 너랑 자리가 바뀌어서 태어났으면 좋았을 거란 말도 했어. 책 좋아하는 장래의 역사 교수님. 자기 집 구성원으로 딱이라고."

"다들 자기가 못 가진 게 커 보이는 법이죠."

엷은 웃음이 입가에서 버석거렸다. 저 둘이 대체 어떤 상황에서 그런 이야기를 한 건지 전혀 짐작이 가지 않았다.

머릿속이 수런거렸다. 가능성 있는 상황을 시뮬레이션 해보려는 불온한 수작.

부리나케 비틀어 꺾었다. 부상의 예감 앞에 지레 가시를 세우는 고슴도치처럼.

"그래서 내가 그랬지. 서우 넌 어떤 집에 태어났어도 거기 어울리는 구성원이 됐을 거라고."

무슨 뜻이에요? 목구멍까지 차오른 물음을 서우는 일단 보류시켰다. 스스로 생각해볼 시간이 필요했다.

"…어디라도 어울렸을 거라니, 꼭 내가 카멜레온 같네요."

"아, 나쁜 뜻 아니니까 오해하지 마. 너라면 주위의 기대에 부응하기 위해 애썼을 거고, 충분히 성공했을 거란 뜻이야. 왜 피그말리온 효과 있잖아."

희경은 그녀의 긴 머리끝을 살짝 쥐어 그 감촉을 즐기듯 비비면서 말했다.

"칭찬과 기대라는 인자가 늘 효과적인 건 아니니까. 넘치는 칭찬에 도리어 버릇없는 애가 되는 경우도 있고, 부담스러운 기대가 싫증 나서 작정하고 엇나가는 경우도 있고. 너한텐 아주 긍정적으로 작용했잖아? 너는 두 분을 기쁘게 해드리려고 노력하고, 그렇게 얻은 좋은 결과에 두 분이 칭찬해주면 한층 더 분발하고. 그림 같은 상승작용이었어."

"오빠한테도 해당 사항 있는 이야기예요?"

"나? 알면서."

찡긋 희경이 윙크를 하며 검지로 자신을 가리켰다.

"버릇없는 아이 플러스 어리광쟁이."

서슴없는 자아비판에 서우는 시무룩하게 웃었다. 비판이라고 표현은 했으나 간명하게 선언하는 희경에게선 부끄러운 기색 따위 찾아볼 수 없다. 버릇없는 어리광쟁이라는 자신의 상想에 불만이 없다는 소리다. 안타깝게 여겨 극복할 의향도 전혀 없고.

고쳐야 할 필요를 못 느끼니까. 있는 그대로, 유쾌한 악동으로 지내는 그를 모두가 너그럽게 용인하는 까닭이다. 그는 애초에, 절박하게 누군가의 호의를 바라며 자신의 가치를 증명해야 하는 경우에 맞닥뜨린 적이 없다.

"글쎄. 오빠 말은 좀 틀린 것 같은데."

깨나른하게 고개를 젖히며 서우가 중얼거렸다.

"응? 어떤 점이?"

"경우에 따라 나도 충분히 방만한 골칫덩이가 됐을 것 같거든요. 가는 곳마다 분란을 일으키는 쌈닭인들 못 됐을까."

"에이, 아무렴 네가 쌈닭이 될 일은 없지. 사람 본성이란 게 있는데."

"그러니까 하는 말이에요. 내 본성에 있어요. 그런 거."

네가? 라는 표정으로 눈이 동그래진 희경의 얼굴이 볼 만했다. 서우는 짐짓 그러는 양 슬며시 위협조로 말했다.

"조심해요, 오빠. 봉인된 흑염룡은 깨우는 거 아니야."

"흑… 뭐? 아하하, 네가 그런 것도 알아?"

비로소 농담인 줄 알았는지 희경이 웃음을 터뜨렸다. 보는 사람을 기분 좋게 하는 웃음의 힘은 여전했다. 죽었다 깨어나도 서우는 흉내낼 수 없는 종류의….

차가 그들을 클럽 앞에 내려줄 때까지도 빗줄기는 여전했다. 오래갈 비는 아니라는 그녀의 장담이 불안하게 장대비가 쏟아지는 중이었다.

"단비야, 만나서 반가웠으니까 슬슬 좀 헤어지자!"

서우에게 우산을 씌워 에스코트하면서 희경이 빗발을 향해 외치는 소리가 우렁찼다. 얼굴에는 미소가 완연하다. 클럽에 들어가기도 전부터 이미 그는 들떠 있었다.

클럽 안은 전에 없는 북새통을 이루고 있었다. 친구라고 전화번호부에 기재된 숫자만 수백 명은 우스운 그이니 소규모 클럽 하나쯤 채우는 건 일도 아니긴 해도 오늘은 그 정도가 유난했다.

계단을 내려가며 언뜻 눈에 들어온 라운지의 규모가 예년에 비해 확연히 넓다. 거기에 콩나물시루처럼 빽빽하게 들어찬 사람 머리만 봐도 서우는 내심 질리는 기분이었다. 희경이 잠시 난간을 붙잡고 서서 휘파람을 불었다.

"와우, 저거 진짜 PJ잖아? PJ를 이 시간에 세우면 다음엔 누굴 세우려고…. 무섭다, 무서워, 지은이."

혀를 내두르는 그의 시선을 좇아 서우도 스테이지에서 노래를 부르는 가수를 응시했다. 작은 체구가 뒤덮이도록 장신구를 주렁주렁 달고 거들먹거리며 랩을 늘어놓는 양이 퍽 능숙해 보인다, 그게 그녀의 감상의 전부였다.

그녀에게 음악은 시끄러운가, 시끄럽지 않은가 두 가지 구분이 있을 뿐.

이쪽은 명백하게 전자, 즉 소음이었다. 오늘도 긴 시간이 되겠구나 하고 새삼 각오를 다잡지 않을 수 없다.

"서우야, 보여? 지금 스테이지에 선 거 PJ…. 너 누군지 모르는구나."

눈을 반짝이며 자랑하듯 돌아본 희경은 눈빛만 보고도 그녀의 무지를 알아챘다. 그는 믿을 수 없다는 듯 이마를 짚으며 탄식했다.

"우리 공주님은 대중문화랑 담쌓고 사는 게 너무 심해."

"그렇게 유명한 사람이에요? 국민가수급?"

"아니, 또 그렇게 말하면 그 정도는 아닌데 그래도…. 에이, 아냐. 우리 서우는 지금처럼 살면 돼."

씩 웃고 다시 팔을 잡아 이끄는 희경의 뒤통수를 서우는 찬찬히 응시했다.

둘 사이의 공통점을 헤아리는 게 훨씬 쉬울 정도로 매사에 판이하게 다른 둘이다. 그 차이가 갈등의 요소로 떠오른 적은 거의 없다. 피차에 취향을 강요하는 일도, 상대가 기피하는 것을 자극하는 일도 없었다. 적절히 배려하며 상대의 영역을 존중했다. 그렇기에 차라리 '상이相異'는 매력이었다.

그런데 과연 그 상이함이 종신토록 매력으로 느껴질까?

최 교수와 줄리아의 모습이 뇌리에서 어른댔다. 인종의 차이를 넘어서 무척 흡사한 두 사람이다. 웃는 인상이라든가, 상대의 말을 경청하는 표정, 자잘한 행동거지 등등이 한데 포개놓아도 될 정도다. 전혀 다른 삶을 살던 두 사람이 그렇게 닮는 것. 시나브로 서로에게 물들어 비슷해지는 색채…. 그런 게 금실일 것이다.

'가능할까? 우리도?'

알고 지낸 게 몇 년인데 새삼 그런 질문을 품어야 하나. 기가 막혔지만 사실을 호도할 생각은 없다.

둘의 색은 달랐다. 그리고 그 다른 색이 만나 융화가 이루어진 부분은, 있다고 해도 크게 실감할 수 없다.

"헤이, 주인공! 신수가 훤하네?"

"어, 너! 언제 한국 들어왔어?"

계단이 끝나는 지점에 이르러 누군가 알은체하는 소리에 돌아본 희경이 금세 환하게 웃으며 상대를 포옹했다.

낯선 얼굴은 아닌데, 어디서 봤더라? 희경의 대학 동기였나? 서우는 기억을 더듬어 가능성이 있는 인물을 찾아내는 과업에 돌입했다.

자, 이렇게 긴 밤이 시작되었다.

그리고 서우의 기합은 그 끝이 보이지 않는 인사에 서서히 바닥을 드러냈다.

'아… 이러다 안면인식장애가 올 것 같아. 오빠는 목도 안 아픈가?'

곁에서 간단히 '와주셔서 고맙습니다.'라고 인사만 하는 수준인 서우도 이렇게 목이 뻣뻣한데 희경은 그 몇 배는 떠들면서도 전혀 지친 기색이 없다. 정신도 차릴 겸 뭔가 마실 만한 게 없을까 하고 주위를 돌아보던 서우의 눈에 사람들을 헤치며 이쪽으로 오는 지은이 눈에 들어왔다. 보기 좋게 태닝한 볼륨감 있는 몸이 크림색 튜브톱 드레스 때문에 한층 돋보였다.

"어이, 정치인. 이것 좀 마시고 하던 거 마저 해."

무알콜 음료를 희경의 손에 쥐어주고 지은은 서우를 돌아보며 싱긋 웃었다.

"고문당하는 네 피앙세는 내가 구해낼 테니까."

서우가 뭐라고 말을 하기도 전에 지은이 서우의 팔에 팔짱을 끼며 자신 쪽으로 잡아끌었다. 희경은 음료를 한 모금 넘기며 싱글벙글, 수수방관했다.

"우리 공주님을 너무 애기 취급하네. 보기보다 강한데 말이야."

"강약의 문제냐, 이게? 남자들이란."

보란 듯이 오른손 가운뎃손가락을 치켜 흔들고서 지은은 서우를 데리고 자리를 벗어났다. 나는 괜찮다고 서우가 자그맣게 말하는 소리에도 지은 은 잠자코 고개만 흔들며 걸음을 재우쳤다. 그녀가 이렇게 컸나 싶어 의아 한 느낌으로 발치를 내려다보자 아찔하게 높은 킬힐이 눈에 들어왔다.

"발 안 아파요?"

"발? 이거 신고 춤도 추는데요, 뭘."

서우의 물음에 지은은 일도 아니라는 듯 대답했다.

"솔직히 좀 아프긴 한데 예쁘니까 뭐. 예쁘고 멋진 게 최고야. 즐길 수 있을 때 즐겨라! 내 모토에요."

서우는 거침없이 사람들 사이를 헤치고 나가는 지은을 말끄러미 쳐다보 다 시선을 돌려 어깨 너머를 돌아보았다. 이미 희경은 시야에서 사라졌지 만 가까이 있는 기분이 든다. 아마도 옆에 그 파동이 비슷한 여자가 있기 때문일까.

지은은 플로어가 내려다보이는 난간 옆 테이블에 이르러서야 서우의 팔 을 놓아주었다. 미리 앉아 있던 몇몇 얼굴은 익히 아는 팔각 멤버들. 두루 인사를 마치고 서우가 앉기를 기다려 지은이 아래쪽을 턱짓하며 투덜거렸 다.

"쟨 진짜 정치를 해야 한다니까. 내 생각엔 결국 그쪽으로 가지 않을까 싶은데. 서우 씬 어떻게 생각해요?"

"오빠가 정치를요? 자기네 구 국회의원이 누군지도 모를 텐데 아마."

강한 회의를 드러내는 말에 지은이 깔깔거리며 그런 문제가 아니라고 말했다.

"투철한 사회인식이야 닥치면 다 하게 돼 있고. 요는 사람을 무서워하지 않은 게 첫째예요. 플러스 인덕이 있으면 금상첨화고. 정치가는 뭐니 뭐니 해도 사람을 끄는 매력이 있어야 돼. 역사 좋아하니까 『삼국지』 알죠? 삼국지 유비. 귀 큰 놈."

지은이 큼지막한 볼드 귀걸이가 달린 귓불을 잡아당기는 시늉을 하며 하는 말에 서우는 잠자코 눈으로 웃었다. 지은은 병맥주로 입을 가시고 푸념했다.

"알지 모르겠는데 우리 집 대장이 소문난 역사 덕후예요. 자식인 죄로, 어릴 때부터 역사소설도 징글징글하게 읽어야 했어요. 초등학교 때 삼국지 전질을 세 번 봤어요, 세 번. 믿겨져요?"

"굉장하네요."

"중학교 들어가니까 『대망』을 읽으라고 쪼는데 그건 무슨 짓을 해도 못 읽겠어서 배 째라고 나갔죠. 아마 그때부터였을 거야. 아빠가 날 포기한 게. 내 위 형제들은 무난히 읽었거든. 나만 못했어, 나만."

우울한 얼굴로 맥주를 넘기던 지은이 덤덤한 서우의 표정을 보고 뭘 느꼈는지 입술을 혀로 핥고서 물었다.

"서우 씨는 그 책 읽었나 보네?"

"네. 할아버지 서재에 있어서."

"서재에 있어서 읽었구나. 언제?"

"중학교 3학년이었을 거예요. 봄방학에 시작해서 여름방학에 끝마친 기억이 나요. 중간중간에 다른 책도 읽고 해서."

"어때요, 재미있었어요?"

"재미있던데요. 한 번 재미가 붙으면 쭉 읽혀요."

삼국지가 애교로 느껴질 정도로 긴 책을 두고 서우가 빙긋 웃자 지은이 두 손 들었다는 듯 한숨을 내쉬었다.

"역시 우리 대장과야. 혹시 어릴 때 요람에서 나랑 바뀐 기억은 없어, 서우 씨?"

말없이 웃고 서우는 아래를 내려다보았다. 플로어를 장악한 떠들썩한 사운드의 물결에 한들한들 춤추는 사람의 머리 숫자는 여전히 놀라운 감이 있다. 이것이 희경의 인맥, 그를 둘러싼 세계라고 생각하니 현기증 비슷한 것이 서우를 휘감았다.

"그래서, 지은 씬 유비 좋아하세요?"

불쑥 지은을 돌아보며 묻자, 지은의 눈이 동그래졌다. 서우가 이어서 말했다.

"보면 삼국지 읽은 사람들은 저마다 좋아하는 캐릭터 하나쯤은 있던데. 억지로 본 거라 그런 거 생각하고 말고 할 계제가 아니었나?"

"아, 억지로 본 건 맞지만 그래도 굳이 따지자면, 유비겠죠? 손권도 나쁘진 않고."

"유비에 손권….."

"그 둘, 은근히 날로 먹잖아요. 유비의 황숙 운운에, 부형이 깔아놓은 비단길 사뿐히 걸어주신 손권. 뭐니 뭐니 해도 사람은 운이 있어야 하는구나, 어린 마음에 생각했죠."

가벼운 의견 피력에 이어 지은의 화살 끝이 서우에게 향했다. 그래서 서우 씨의 픽은 누구냐는 물음.

"전 주유 좋아해요. 한 명 더하자면 순욱 정도."

"주유랑 순욱? 배드엔딩에 대한 무슨 판타지라도 갖고 있어요?"

눈살을 찌푸리며 지은이 고개를 살래살래 흔들었다. 삼국지연의에서 한 사람은 울화병으로 요절하고, 한 사람은 주군에게 빈 찬합을 받고 자진한 결말만 두고 보자면 확실히 배드엔딩이긴 했다.

"전 참모나 군사軍師에 끌리는 편이라."

"군사라면 제갈량은 왜 빼고?"

"글쎄요, 공명은 그다지."

"별로가 아니라 거의 싫다는 얼굴인데? 제갈공명 싫다는 사람은 또 처음이네. 왜지? 왜 그럴까?"

삼국지를 부친의 강권에 읽었다는 사람치곤 호기심 넘치는 눈빛을 하고 묻는다.

"연의에서 너무 띄워 준 바람에 도리어 반감이 들더라고요. 불세출의 천재라는 사람이 그런 주군을 고른 것도 우스운 판에."

"주군이 유빈데? 인의의 화신."

"그러니까요. 인의의 화신…인 척하는 위선자로 보여서, 제 눈엔. 조조는 차라리 솔직하기라도 했죠."

"아하, 그런 관점도 있긴 하죠. 서우 씨가 그쪽이었네."

지은이 고개를 주억거리다가 딱 하고 손가락을 튕겼다.

"희경이랑 삼국지 얘기한 적 없죠?"

"없을걸요."

"그럴 것 같았어. 말하자면 유비가 희경이 최애캐인데, 알면 방금처럼 말 못 하지."

서우가 갸우뚱하자 지은이 씩 웃으며 옆에 앉은 팔각 멤버들을 손으로 가리켰다.

"나 혼자 그런 고문을 받는 게 억울해서 애들 생일 때마다 한 질씩 돌렸거든요. 팔각에 한때 삼국지 붐이 일었죠. 말도 소설 속 인물들처럼 하고."

"붐만 일었게? 우리 문화제 때 그걸로 연극도 했어."

이야기가 들리는 자리에 있던 누군가가 한마디 끼어들었다. 지은이 손뼉을 치며 맞다고 맞장구쳤다.

"초등학교 문화제 때 삼국지 패러디랍시고 뭘 좀 꾸몄어요. 다들 자기가 좋아하는 캐릭터를 하느라 겹치는 캐릭터도 있고 그랬죠. 그때 아마 조운만 셋인가 그랬나?"

"희경 오빠는 유비를 맡고요?"

"그랬죠. 갑옷이 멋지다고 마초를 할까 고민도 했지만 결국엔 유비였어요."

"지은 씨는요? 같은 유비를 했나요? 아니면 손권?"

"아, 여자애들은 여성 캐릭터를 골랐어요. 지금 생각하면 웃긴데, 그땐 남자 캐릭터를 맡겠다는 발상 자체가 없었거든요."

장난스레 눈알을 굴리는 지은을 보며 서우는 머릿속으로 삼국지의 여성 인물을 떠올렸다. 가장 유명하기론 초선이 있겠지만 그 역할을 했을 것 같지는 않고 그 외의 여자라면 채염, 소교, 대교, 황씨, 감부인, 축융…. 아, 혹시?

"그래서 맡은 게, 손인?"

대뜸 넘겨짚은 말에 지은의 눈이 동그래졌다.

"뭐야, 희경이한테 들었나 본데?"

그 반응에 역시 그랬구나 하며 서우가 입꼬리를 올렸다. 유비에게 시집 간 손권의 여동생. 연의에서는 '손인'이라는 이름으로 등장하지만 확실하지 않고 보통은 손부인으로 칭한다.

"들은 적은 없고, 왠지 그쪽 같아서. 지은 씨 픽이랑도 매우 밀접하잖아요."

"아, 그게 또 그러네? 아무튼 손부인으로 했어요. 오빠 권세를 등에 지고 늙은 남편을 휘두르는 말괄량이 부인이란 설정이었는데, 재밌었어요. 아마 그때부터 내 취향이 그쪽으로 굳어졌나 봐."

웃음 섞인 지은의 말에 옆에 앉아 있던 남자가 고개를 들이밀며 야유했다.

"그냥 그게 네 본성이야, 본성."

"어머, 클럽에 웬 모기가."

철썩 남자의 이마를 쳐서 옆으로 밀어버리는 지은의 손길에 거침이 없다. 목놓아 "폭군이다, 폭군!" 하고 외치는 남자 때문에 좌중에 웃음의 물결이 일었다.

"그건 그렇고 서우 씨, 선물은 뭐 골랐어요?"

"그냥, 소소한 거예요."

"소소한 거 뭐? 어차피 알게 될 건데 말해줘요. 응?"

말해줄 때까지 조를 기세라 어쩔 수 없이 서우가 입을 열었다.

"마땅한 게 없어서 고민하다가 셔츠를…."

"셔츠? 와, 진짜 시시하다. 앗, 소소하다고요, 소소. 나쁜 뜻 아니고. 소소한 거 좋죠."

뒤늦게 얼버무려봤자, '진짜 시시하다.' 쪽이 지은의 진심인 건 명백했다. 지은은 맥주를 들이켜다가 빈병임을 깨닫고 도로 내려놓으며 우는 소리를 했다.

"소소해 봤자 백화점에서나 보는 명품 브랜드일 테고. 가난한 정치가 딸은 싸고 좋은 선물 찾는다고 머리에서 쥐가 나는 줄 알았지 뭐예요."

가난한 정치가 딸? 지은의 부친이 유권자들에게 빈말로도 가난, 혹은 청렴 따위로 어필할 구석은 없는 걸 피차 아는 마당이니 반어법으로 해석해야 할까.

"그래서 머리에 쥐가 날 만큼 고민한 보람은 있었고요?"

"없었어요! 차라리 이렇게 된 거 내 잠재력을 선물해야지 하고 오늘 파티에 나를 갈아 넣었죠. 어때요? 내 입으로 이런 말 하긴 좀 그렇지만 예년보다 꽤 흥성거리지 않아요?"

긴 팔을 뻗어 플로어를 가리키는 지은의 손짓에선 자신감이 뿜어져 나왔다. 말뿐인 겸손보다 훨씬 정직한 제스처에 서우는 진심으로 웃을 마음이 들었다.

"네, 훌륭해요. 오빠가 지은 씨를 신뢰하는 이유를 십분 알겠어요. 감각 있다고, 어찌나 자랑하던지."

"어머, 희경이가 그런 말을 했어요? 걔도 참. 칭찬은 면전에서 할 것이지."

입술을 비쭉거리는 모습에 서우가 갸웃하며 물었다.

"면전에서 그런 말 안 해요, 오빠가?"

"칭찬은 무슨. 별 트집을 다 잡아서 기분 상하게 하는 데는 일가견이 있죠."

"흠."

"두고 봐요, 이따 날 보면 틀림없이 시비부터 걸 테니까."

지은은 장담을 했다. 서우는 잠자코 눈썹을 치켜올리곤 플로어를 내려다보았다.

희경을 찾으려는 노력은 빠르게 단념한 대신 무료한 김에 목이나 축일까 하고 비치된 음료를 확인했다. 아직 술 생각은 없어서 소다수를 들어 입을 가시는 사이 지은이 멀리 떨어진 자리의 누군가와 이야기를 하느라 자리를 옮겨가고 그 자리에 세린이 앉았다.

"하여간 지은이 판을 벌이는 능력 하난 알아줘야 해요."

약간 불온한 뉘앙스를 담은 말을 주워섬기며 이쪽을 보는 세린의 눈매가 조금 풀려 있었다. 맥주를 물처럼 들이켜는 모양새를 유심히 보자니 오늘 술이 좀 받는다며 세린은 선수를 치듯 말했다.

"그럼 맥주는 성에 안 찰 텐데."

"맞아요, 성에 안 차요. 헛배만 자꾸 부르고."

세린의 불평에 살짝 웃고 서우는 좀 멀리 떨어져 있는 마른안주 접시를 옆 사람에게 부탁해 건네받았다. 접시를 앞에 놓아주며 저녁은 먹었냐고 묻자 세린은 고개를 저었다.

"생각 없어서 패스. 딱히 배도 안 고프고."

"여름 타시나 봐요."

"우웅, 여름을 타는 게 아니라 사람을 타는 거예요. 하, 쓸쓸하다. 이렇게 사람이 많은데 나는 쓸쓸해. 하아."

술주정일까? 뜬금없는 신세한탄에 서우는 그런 생각부터 들었다. 거기서 더 나가면 취중 진담이 되고?

"왜요? 뭐가 잘 안 돼요?"

그러고 보니까 그 사람이 안 보여. 손톱 밑에 낀 작은 가시 같은 사실을 의식하며 서우는 건성으로 물었다.

"잘 안 되고 말고 할 건더기나 있나? 아냐, 있는 것 같았는데 아무래도 착각이었나 봐요."

세린이 이맛살을 찌푸리며 도리질했다.

"과녁이 너무 단단해. 이건 뭐 적당히 튕겨보고 재보는 수준도 아니고 철벽이 따로 없는 게…."

한숨에 이어 세린이 상체를 앞으로 쑥 기울이며 물었다.

"나 꽤 매력적인 여자잖아요. 그죠? 어디 가서 꿀릴 인물은 아니잖아요,

응?"

다소 흐트러진 면조차 백치미로 작용하는 섹시한 여자를 보며 서우가 미소했다.

"꿀리긴요, 이렇게 멋진 여잔데."

"맞아요, 나는 멋져요. 나 진짜 국제적으로 먹어주는 미모거든요? 근데 그 남자, 어쩜 그리 무뚝뚝할 수가 있죠? 눈이 정수리에 달렸나? A급 연예인 정도는 데려다 놔야 눈이 좀 돌아가려나?"

쓴웃음을 지으며 소다수 병을 만지작거리는 서우에게 세린은 답을 채근했다.

"희경이야 남자니까 그렇다 치고 서우 씨가 볼 땐 뭐 없었어요? 아주 미묘한 썸 같은 거라도 상관없으니까."

"저랑은 아무래도 격조했던 터라. 오빠가 모르는 걸 저라고 딱히…."

미적지근한 대답에 세린은 한숨을 푹 쉬었다. 그러더니 금세 분개하며 빠르게 쏟아냈다.

"며칠 전에 오늘 입을 드레스코드 좀 맞춰볼까 하고 전화했다가 얼마나 냉대를 당했게요. '우리가 왜 그런 걸 맞추죠?' 와, 하늘 끝까지 찌를 의욕도 단박에 꺾어버릴 목소리였다니까요. 그러고 난 뒤엔 아예 내 전화도 안 받고!"

"통화하는 걸 별로 안 좋아하는 사람도 있잖아요."

"있어 봐요, 자, 봐요, 안 받아. 이런다니까요?"

당장에 휴대폰을 꺼내 든 세린이 태승에게 전화를 걸어선 줄기차게 신호가 가는 화면을 보라고 내밀었다. 언제까지고 신호만 가다가 부재중 녹음 멘트로 넘어가 버렸다.

"혹시 내 번호 스팸으로 돌려버렸나? 서우 씨, 휴대폰 있죠? 잠깐 좀 빌려

쥐요."

"네? 아니, 그렇게까지 할 건….."

"왜요? 설마 번호 교환 안 했어요?"

세린의 물음에 짧은 순간 서우는 대답을 망설였다.

"아마 입력은 돼 있을 거라고 생각하는데."

"근데 전화를 걸어본 적이 없구나? 하긴."

지레짐작으로 고개를 끄덕이며 세린은 그럼 별안간 전화하기도 그렇겠
다고 중얼거렸다. 그렇게 단념을 해주나 했는데, 홍세린은 쉽게 포기하는
여자가 아니었다.

"그럼 오늘 해봐요, 오늘은 희경이 생일이란 핑계가 있잖아. 받으면 희
경이가 전화해 보랬다고 하면 되지."

난처한 상황에 서우는 곤혹스러운 미소를 지었다. 여기서 화장실을 핑
계로 일어나버리는 건 너무 얄팍한 수일까?

"그렇게 어렵게 생각하지 마요. 그 남자도 사람인데 뭘."

"어려운 사람이죠."

"그건 그래. 하지만 그럴수록 용기를 내서!"

동의는 하면서도 서우가 전화를 걸기만 기다리고 있다. 결국 서우는 요
행을 바라며 느릿느릿 휴대폰을 손에 쥐었다. 일부러 시간을 들여 번호를
찾는 척하고 전화를 걸었는데,

ㅡ여보세요?

상대가 너무 빨리 전화를 받았다. 뜨끔해서 세린을 쳐다보는 서우의 귓
가에 다시금 "여보세요?"하고 태승의 목소리가 닿았다. 주변 소음 때문에
상황을 모르는 세린이 "안 받죠?" 하고 묻는 바람에 서우는 저도 모르게 마
른침을 삼켰다.

"…네. 신호는 가는데, 안 받네요. 세린 씨."

세린에게 건네는 말인 동시에 태승에게 보내는 신호였다.

"무슨 사정이 있겠죠. 일부러 안 올 사람은 아니니까."

—…갈 거야. 다소 늦더라도.

작은 속삭임을 남기고 태승이 전화를 끊었다. 서우는 내심 안도하며 휴대폰에서 귀를 뗐다. 안타까운 듯 세린에게 고개를 젓는 중에도 심장은 불안하게 요동쳤다.

"아무래도 내가 너무 절박한 티를 냈나 봐요. 그런 남자한텐 제대로 역효관데."

풀이 죽어서 세린이 한탄했다. 휴대폰을 클러치에 넣고 서우는 아무래도 궁금해져서 물었다.

"그런 남자라뇨?"

세린은 턱을 괴고 푸념 조로 말을 늘어놓았다.

"진짜배기 늑대라고 해야 하나. 그런 늑대는 자기가 사냥한 것만 먹어요. 남이 가져다 발밑에 던져준 먹이? 쳐다도 안 봐요. 자기가 점찍은 걸 자기 이빨로 물어뜯어 숨을 끊어놓는다, 거기까지가 한 세트인 거야."

서우는 입술을 지그시 누른 채 그 말을 생각해보았다.

"사냥에 관한 프라이드는 알겠는데 여자를 같은 기준에 두고 볼 수는 없잖아요? 여자가 사냥감도 아니고."

"왜요, 사냥감 맞지. 툭 까놓고 이야기해서 여자나 남자나 괜찮은 사람은 경쟁자가 없을 수 없거든요? 하지만 쟁취하는 건 한 명이야. 결국 누가 더 노련한 사냥꾼이냐 그거지."

살벌한 언사지만 수긍이 가는 바가 없지 않아 서우는 잠자코 이어지는 말을 경청했다.

"근데 또 하나 중요한 게 있어요. 운! 좋은 사람은 일찍 품절되거든. 세상엔 여우가 나만 있는 게 아니니까."

쿡 웃음이 났다. 그러니까 진짜 괜찮은 늑대는 고단수 여우들 몫이라는 이야기가 되나?

"그래도 찾았고, 아직 품절도 되지 않은 거네요."

"그래요! 그래서 내가 쉽게 단념을 못 하겠어. 좀 더 익도록 내버려둘까 싶다가도, 말했다시피 세상에 여우가 너~무 많아서."

초조한 듯 예쁘게 다듬은 손톱을 깨물던 세린은 웃고 있는 서우와 눈이 마주치자 뾰로통한 표정을 지었다.

"딴 세상 이야기 같죠? 서우 씨도 방심하지 마요. 나 정도는 찜쪄먹을 불여우가 가까이 있을지도 몰라요."

뭘 아는 듯한 말에 일순 서우의 눈빛이 흔들렸다. 하지만 금세 표정을 회복하며 원래의 주제를 상기시켰다.

"네, 주의할게요. 세린 씨도 좀 여유를 두는 건 어때요? 그 사람, 보기 드물게 진중한 편이니까 장기전을 각오하는 것도…."

"물론 그런 생각도 해요. 하지만 그건 내가 싫거든요."

세린은 가볍게 치를 떨었다.

"이렇게 젊고 예쁠 시기에 때아닌 수절을 하면서 정조를 지키는 것도 웃기잖아요. 몇 달? 꼭 필요하다면 참을 수도 있죠. 근데 그러다 안 넘어오면? 닭 쫓던 개 지붕 쳐다보는 꼴은 둘째 치고 내 생애 가장 빛나는 몇 달이 공중분해되는 건 어쩔 거냐고요. 난 지금도 충분히 굶었어요!"

목청을 드높인 선언에 당사자는 태연한데 듣는 서우의 뺨이 발갛게 물들었다. 뜨거운 여자다. 그 열기에 지레 델 듯한 기분이 들 정도다. 그러나 이런 여자야말로,

"그럼 몇 달까지 가지 않게 더욱 분발해야겠네요."

어울리는 짝일지도 몰랐다. 서늘한 외관 아래에 들끓는 격정을 머금고 있는 그 남자에게….

"그래요, 분발해야죠. 총력전이야, 오늘. 걸리기만 해보라지."

씩 웃고 세린은 입맛을 다시듯 입술을 훔쳤다. 목이 탔는지 맥주를 맛있게 비운 세린이 화장실에 가겠다며 자리에서 일어났다. 시원하게 등을 노출한 요염한 뒷모습이 사람들 속으로 사라지는 모습을 서우는 골똘히 응시했다.

뭔가 꿍꿍이가 있어 보이는 표정이며 말투. 서우가 괜한 의미 부여를 하는 걸까?

"알 게 뭐야."

그런 말로 소용돌이치는 궁금증으로부터 한 발 빼냈다. 메마른 입속을 적실 겸 소다수 병을 들었지만 처음 마실 때의 상쾌한 맛은 온데간데없고 텁텁하기만 했다. 서우의 시선은 맥주로 향했다. 세린이 별나게 맛있게 마시는 걸 본 탓인가 전에 없이 끌렸다. 물론 마셔보니 익히 알던 그 맛. 그래도 이쪽이 더 시원하기는 했다.

맥주를 비워가며 다시금 아래를 내려다보았다. 찬찬히 사람들 머리 위를 훑어가던 시선에 마침내 희경이 포착됐다. 그러나 반짝 빛나던 눈은 반갑잖은 존재로 인해 그 빛이 꺼졌다.

어느 틈에 내려갔는지 희경의 옆에 지은이 있었다. 희경과 웃고 이야기하는 사람들을 앞에 두고 당당히 그의 옆자리를 차지한 그녀에게선 거리낌이라곤 한 조각도 찾을 수 없다. 그녀를 대하는 사람들 역시 스스럼없기는 매한가지. 몇 번이고 그 상대가 바뀌어도 같은 풍경이 연출된다.

'저 둘은 단짝이구나.'

홀연히 눈꺼풀의 비늘이 벗겨진 것처럼 그 사실을 깨닫는다. 희경에게 팔각은 특히 소중한 벗들임을 모르지 않았지만 거기서도 각별하게 골라내야 할 친분이 있다면, 저 여자가 되리라.

여름이 지나고 지은이 한국을 떠나는 것쯤으론 해결할 수 없는 관계. 더불어 희경의 인생에서 떨쳐내자면, 나인가 그녀인가 하는 양자택일로 치달을 확률마저 있는….

정말 그렇게 되면 희경은 어떤 선택을 할까? 아니지, 선택을 하려 하긴 할까?

파국의 상상 앞에서 서우는 쓴웃음을 지었다. 정면대결 같은 건 아이들 싸움에서나 나오는 거고, 어른의 관계는 미묘할 수밖에 없다. 그녀가 저 둘의 관계에 대해 알은체하는 순간 희경을 아주 잃을 위험도 각오해야 한다.

'더러우니까 안 가져!'

매섭게 그런 말을 쏟아낼 순간은 이미 지나버렸고.

서우는 희미한 회의를 품었다. 마냥 떳떳하지만은 않은 자신의 처지에 대한 유감보다는, 지나간 분기점을 돌아보고 뒤늦게 떠올린 본질적인 의문이었다.

그날 마주친 게 다른 사람이었다면 어땠을까. 희경과 친분이 있는 남자는 보다시피 이렇게 많다. 이렇게 많은데… 그때 거기에 있었던 건 주태승이었고….

"혼자 여기서 뭐해요?"

불쑥 머리 위에서 들려온 물음에 서우는 흠칫하며 시선을 들었다. 쫙 빼입은 행색이 별나게 번드르르한 이한준이 히죽거리며 그녀를 보고 있었다.

"약혼자 생일파틴데 약혼녀가 이런 데서 고독이나 씹고. 그러니까 엉뚱한 녀석이 저러고 설치잖아요."

건들건들 한준이 손에 든 술병 끝으로 가리킨 곳엔 여지없이 희경과 지은이 보였다. 빤히 쳐다보던 것을 들켰다는 당혹감도 잠시, 서우는 담담하게 미소했다.

"사람은 각자 잘하는 걸 해야죠. 전 이런 거 기획하는 일 죽었다 깨어나도 못해요. 지은 씨가 있어서 다행이죠. 아, 한준 씨도 애쓰셨다죠. 친구 생일을 위해 그렇게 똘똘 뭉쳐서 머리를 맞대고…. 언제 봐도 부러운 우정이에요."

"하하, 그렇죠. 우정. 우정 참 좋은 거죠. 적정 순도만 보장된다면."

한준은 씩 웃고 병을 기울였다. 술을 마시며 힐긋 살피듯 그녀를 쳐다보는 짧은 시선에서 서우는 쭈뼛 한기를 느꼈다. 한준은 무슨 일이 있었냐는 듯 실실거리며 이따가 이벤트 시작되면 재미있을 테니 기대하란 말을 남기고 다른 곳으로 갔다.

그는 떠났어도 불쑥 남기고 간 발자국은 또렷했다. 한준의 시선에서 그녀가 본 메시지. 적정 순도 운운한 멘트와 어우러져 서우 안에서 차디찬 확신이 섰다.

'아는 거야.'

저 둘의 관계. 눈치챈 사람이 태승뿐일 거라고는 생각하지 않았지만, 한준이 특히 충격이었던 건 그가 팔각 멤버이기 때문이다. 한갓 지나치는 말로 취급하려 했던 세린의 언사도 다른 무게를 가지고 다가왔다. *나 정도는 찜쪄먹을 불여우가 가까이 있을지도 몰라요…*.

'역시 다들 알고도 모른 체하는 거였네.'

그렇게 차라리 인정해버리니 마음은 편했다. 전전긍긍하며 저 사람은 알까? 혹시 저 사람은? 하고 지레 의혹에 움츠러드는 것보다는 차라리.

그래, 세상이 다 알면 어떤가. 문제는 그녀였다. 아니, 최 교수와 줄리아였다. 그 두 분만큼은 끝까지 몰라야 했다.

다시금 희경과 지은의 동선을 눈으로 좇으며 서우는 냉정하게 다짐하는 것이었다.

'두 분만 모르게 한다면 아무래도 괜찮아.'

도로 장님 행세를 하는 것쯤, 혼자 꽃밭에서 행복한 척하는 것쯤, 못할 바가 아니다. 잃을 게 없는 사람이나 진실과 맞서 싸우는 법이지.

서우는 꿀꺽꿀꺽 맥주를 들이켰다. 명료해진 머릿속만큼 가슴도 진정되려면 혀끝이 찌릿할 만큼 차가운 맥주가 몇 병 더 필요할 듯싶다.

기쁘게도 이 벅적거리는 클럽엔 술 또한 넘쳐났다.

…그리고 서우가 몇 번째인가 화장실을 다녀오는데―맥주는 다 좋지만 화장실을 너무 자주 보내는 단점이 있다―자리로 돌아가는 길이 잠시 헷갈렸다.

어머. 나 취하나 봐. 뺨에 손을 대고 한참 주위를 둘러본 끝에야 옳은 방향을 찾았지만 그때부터는 왠지 걸음걸이도 조금 미덥지 못하게 됐다.

'취했네, 백서우. 맥주 마시고 취하다니, 벌써 그래서 어떡해? 술 세다고 내심 뻐기더니 꼴좋다.'

기분도 붕 떴는지 제가 놀리고 제가 히들거리며 비틀비틀 걸어갔다. 원래도 자주 신지 않는 하이힐이 취한 정신에 더 거추장스러워 걸음이 위태로운 것을 용케 무사히 가나 싶다가, 별안간 몸을 돌린 누군가의 어깨에 부딪혀 그만 균형을 잃고 말았다.

"어…!"

클러치를 놓친 것으로 모자라 심하게 옆으로 쏠리는 몸을 바로잡을 도리가 없다. 꼼짝없이 넘어질 각오에 질끈 눈을 감았는데 턱 하니 몸을 지탱해주는 팔이 있어 위기를 넘겼다.

"아아, 고맙습…니다."

그녀가 무사히 선 걸 보고 떨어진 클러치를 집어 드는 고마운 사람에게 인사를 하던 서우가 주춤했다. 클러치를 툭툭 털어서 건네며 태승이 희미한 미소를 지었다.

"취한 거야? 좋은 날이라고 제법 기분 냈나 봐."

"약간 마셨어요. 늦었네요?"

정확한 시각은 몰라도 밤이 이슥해졌을 즈음이다. 태승은 순순히 고개를 끄덕였다.

"응. 개 좀 산책시키느라."

"개?"

이건 무슨 농담일까 하는 눈으로 그를 봤지만, 돌아온 눈빛에 서우는 진지해졌다.

"정말로 '개'를 산책시켰나 보네요."

"성견 보르조이 세 마리쯤 되면 보통 일이 아니야. 특히 그 셋은 자기들이 어지간한 사람보다 서열이 높다고 생각하거든."

"그런 대단한 분들이라면 따로 조련사가 있을 법한데?"

"있지. 그렇지만 가끔은 깜짝 휴가를 받아서."

"콩쥐에게 깨진 독을 내주고 싶은 그런 날에?"

그녀의 표현에 태승의 눈이 부드럽게 휘어졌다. 서우도 빙긋 따라 웃었다. 그렇게 마주 보는 잠깐 동안 주위의 소란도 희미하게 밀어지는 기분이 들었다.

하지만 끊임없이 지나가는 사람들 때문에 옆으로 밀쳐지는 서우를 태승이 팔 안쪽으로 당겨오면서 짧은 정적도 끝났다. 태승의 어깨 너머로 떠들썩하게 웃음이 일어나는 곳을 서우가 내다보았다. 너나 할 것 없이 사람들이 몰려드는 장소가 어딘지 알 것 같았다.

"그새 뭐가 시작된 거람."

그녀의 중얼거림에 태승이 뒤돌아보며 중얼거렸다.

"왕게임."

"설마."

서우는 믿지 않았다. 하지만 돌아보는 태승의 표정에 이번에도 진짜라는 걸 깨닫고 어이없어했다.

"정말 그런 유치한 놀이를 한다고요?"

"모르는구나. 놀이는 유치할수록 재밌대."

"유치한 것도 정도가 있지. 아직도 애들 기분이야."

서우의 뾰족한 말에 자기 의견은 아니라는 양 태승이 어깨를 으쓱했다. 끼는 것은 물론 보는 것도 내키지 않는지라 서우가 적당히 끝날 분위기가 되면 알려주지 않겠느냐고 그에게 말하고 있는데, 어느 틈에 왔는지 세린이 태승의 등 뒤에서 불쑥 얼굴을 내밀었다.

"여기 있었네, 둘 다. 뭐해요, 자리로 가야지."

서우를 잡아끌면서 세린은 얼렁뚱땅 태승의 팔도 잡았다. 팔만 잡는데 그치지 않고 슬며시 팔짱을 끼며 가슴을 그에게 밀착시키는 것도 성공했다. 적극적인 걸 넘어 저돌적이다. 친구 선비가 연애에 목숨을 걸면 이렇지 않을까 문득 상상해 보면서 서우는 못 본체 고개를 돌렸다.

"나는 됐으니까 서우 씨 좀 부축해 줄래요? 약간 취한 것 같은데."

태승의 말에 서우는 얼른 손을 내저었다.

"나 안 취했어요. 멀쩡하다고요."

서우는 보란 듯이 세린의 팔에서 빠져나와 앞으로 걸어나갔다. 저 대담한 아가씨에게 훼방꾼으로 여겨지는 일은 절대 사양이다. 주신酒神께서 보우하사, 다행히 걸음걸이는 매끄러웠다.

그렇게 자리로 돌아간 그녀를 희경이 알아보고 얼른 오라고 손짓했다. 앉을 자리가 없이 사람들로 빽빽한 중에도 희경 옆에 꼭 한 사람 앉을 공간이 비어 있는 게 그 순간 유난히 서우의 눈에 맺혔다. 비록 자리에 앉으면 마주 보이는 곳을 지은이 차지하고 있어도 말이다.

"자아아, 6번, 6번 누구지?"

취기가 올랐는지 얼굴이 불그죽죽한 한준이 황금빛 왕관을 삐딱하게 쓰고 막 뽑은 칩을 위로 들어 보였다. 서우에게 막 말을 건네려던 희경이 번쩍 손을 들며 "나!" 하고 외쳤다.

"오, 벌써부터 파티 주인공 등판인가? 뭔가 딱 기억에 남는 게 나와 줘야 하는데….."

짓궂게 히죽거리며 한준은 팔꿈치까지 쑥 들어가는 상자 안을 휘저어 제비뽑기처럼 접힌 종이를 골라냈다. 그리고 그것을 펼쳐 들더니 희색이 만면한 얼굴로,

"딥키스를 한다!"

라고 외쳤다. 우우우, 하고 야유와 환성이 뒤섞인 반응으로 주위가 시끄러워진 가운데 누구랑? 누구랑 시킬 거야? 하고 묻는 소리가 연달아 났다. 요컨대 그 상대를 지목하는 정도가 왕의 권한인 모양이었다.

서우는 사람들의 시선이 제게로 모여드는 걸 느꼈다. 으레 그러지 않겠냐는 듯 희경도 그녀를 돌아보며 눈썹을 까딱 움직였다. 괜찮겠냐고 의사를 타진하는 눈빛이었다.

서우의 마음은 반반이었다. 그러나 그 약간의 고민도 퍽 능글맞은 표정

을 하고 서 있는 한준과 눈이 마주친 순간 증발했다. 고약한 장난을 꾸미는 악동의 얼굴이었다.

"자, 최희경 군이 고상하신 약혼녀와 키스하는 건 결혼식을 위한 즐거움으로 남겨둬야 하지 않겠어? 미리 김을 빼는 건 센스 없는 짓이지. 안 그래?"

바람이라도 잡는 양 주위를 돌아보며 그렇게 선언한 한준이 대뜸 손을 뻗어 누군가를 가리켰다.

"그러니까 오늘은 최희경의 못다 한 첫사랑을 이뤄준다! 유지은, 파티의 주인공에게 키스할 것을 명한다!"

골탕 먹이려는 수작쯤으로 여겨졌는지 주위에 늘어선 사람들 속에선 웃음이 일어났다. 희경도 펄쩍 뛰면서 누구 파혼당하는 꼴 보고 싶냐고 한준에게 삿대질을 했다. 지은은 희경을 향해 입술을 쭉 빼고 쪽쪽 소리를 내면서 약혼녀가 넓은 아량을 베풀면 얼마든지 입술을 허하겠노라는 말을 늘어놓았고 말이다.

서우는 어수선한 속에서 세린과 팔각의 다른 여자 멤버 사이에 시선이 오가는 걸 캐치했다. 그들의 입가에 매달린 쓴웃음. 아아, 확인 사살당했네. 피식 웃고 서우가 입을 열었다.

"전 상관없어요."

그리 크지 않은 목소리였지만 주위가 일순 조용해졌다. 주목하는 시선들. 특히 그중 두 쌍을 의식하며 서우는 말했다.

"오히려 제가 지은 씨의 아량을 부탁할게요. 오빠에게 가능하면 아주 찐한 키스를 해주시면 좋겠어요. 전 아무래도 그런 데 무심해서 본의 아니게 오빠를 금욕주의자로 만들었거든요. 그래서."

서우는 지그시 희경의 눈을 들여다보았다.

"미안했어요, 내내. 차라리 오빠가, 나 모르게 다른 여자를 만나면 좋겠다고 생각할 만큼."

빤히 그녀의 시선을 받아내던 희경의 눈살이 찌푸려졌다. 그는 입술을 빨더니 이내 고개를 내저으며 탄산음료로 손을 뻗었다. 캔의 꼭지를 따는 손가락이 연방 헛손질을 하는 것을 서우가 지켜보자니 어색한 한준의 웃음소리가 들려왔다.

"워우, 아슬아슬한 발상인데. 요조숙녀께서 이제 보니 상당히 오픈 마인드였다는 충격적인 사실! 방금 그 발언으로 진짜 위험한 문을 열었을지도 모릅니다!"

"그러게. 조신하게 금욕하던 희경이가 이제라도 본능에 충실하겠다고 나서면 어쩌려고 그러시나."

지은의 야유도 뒤를 따랐다. 돌아보니 그녀는 천연덕스러울 정도로 생글생글 웃고 있었다. 서우는 힘껏 마주 웃었다.

"오빠가 행복하길 바라니까요. 원하면 세컨드쯤이야 눈감아줄 의향 있어요."

"의향만? 말은 누가 못해. 멋모르고 떠들다가 큰코다쳐요, 아가씨."

"아하하하."

별안간 웃음이 터진 서우다. 눈앞에서 지은이 말하는 양을 보자니 발작적으로 온갖 감정이 소용돌이쳤다. 당신이 감히 나를 똑바로 보면서 큰코다칠 거라고 충고를 해?

"오빠?"

휙 고개를 돌리며 희경을 불렀다. 음료수 캔 너머로 서우를 보는 그의 눈매가 조금은 굳어 있는 것처럼도 보였다.

"지은 씨 하는 말 들었죠? 내가 큰코다칠지도 모른다는데, 오빠 친구들 사이에 너무 신용이 없는 거 아니에요? 이럴 땐 우리 희경인 천지가 개벽을 해도 그럴 애가 아니라고 감싸주는 게 보통 아닌가?"

"그, 그러게 말이야."

희경은 제꺽 그녀가 내민 미끼를 물고 거푸 고개를 끄덕였다. 서우는 그런 희경의 뺨을 사랑스럽다는 듯이 손등으로 쓰다듬고 지은을 돌아보았다.

"전 오빠 믿어요. 영리한 사람이니까 내 가슴 아프게 할 일은 안 할 거라고."

"으음, 영리하니까 믿는다? 그것참….."

지은은 장난스럽게 눈알을 요리조리 굴리고 슥 상체를 숙여 희경에게 비밀 이야기라도 하듯이 말했다.

"어이, 조심해 최희경, 너 멍청한 거 밝혀지면 국물도 없겠어. 아이큐 두 자리인 건 잘 감추고 있지?"

눈치 없는 누군가가—혹은 비상히 눈치가 좋은 누군가가—그 말에 와락 웃음을 터뜨리면서 너도나도 따라 웃는 분위기가 되었다. 서우는 그중 가장 즐겁게 웃은 한 명이었다.

해프닝이 끝나고 테이블 위에 남은 애매한 앙금을 다 지워버리려는 양 사람들은 더 시끌벅적하게 놀았다. 희경은 그 어느 때보다 활기찬 게 눈이 부실 정도였다.

다소 피로를 느껴 서우가 시계를 확인했을 땐 새벽 1시가 훌쩍 지난 무렵. 뻑뻑해진 눈을 의식하며 주위를 돌아보니 사람이 얼마쯤 빠진 게 눈에 띄었다. 봐서 슬슬 자리를 뜰까 고민하며 대각선 건너편의 테이블에 시선을 두었다.

무심코 눈이 간 줄 알았는데 사실은 세린이 눈에 들어왔던 모양이다. 약간 고개를 틀어 확인한 세린의 옆자리엔 태승이 보였다.

'맘먹은 일은 확실히 하나 보네, 홍세린.'

기어코 옆자리를 사수한 그녀의 건투에 경의를 보내며 관심을 끊으려 했는데, 세린의 묘한 행동에 조금 더 시선을 뺏겼다.

세린은 테이블 옆으로 슬쩍 뺀 술잔에 작은 캡슐의 앰플 같은 것을 짜 넣고 잘게 흔들어서 재빨리 도로 테이블 위에 올려두었다. 숙취해소제 같은 건가 하고 무심히 지켜보다가 이어지는 광경에 서우는 움찔했다. 세린이 방금 건드린 술잔을 옆에 있는 잔과 교묘하게 바꿔치기한 것이다.

뒤늦게 켕겼는지 세린이 조심스레 주위를 돌아보는 것을, 서우는 얼른 못 본 척 외면하며 눈두덩을 문질렀다. 감은 눈꺼풀 아래서 눈동자가 요동쳤다.

'만에 하나라도 정말 숙취해소제일 가능성은… 없겠지?'

지나친 낙관에 쓴웃음을 지으며 눈을 떴다. 다시금 손가락 사이로 훔쳐본 자리에서는.

태승이 무슨 일이 있었는지도 모르고 바뀐 잔을 기울이고 있었다. 묵묵히, 기어코 그걸 아주 비워버리고 만다.

저 사람 얼이 빠졌나. 서우의 심경은 복잡해졌다. 어떻게 할 수도, 아무것도 하지 않을 수도 없는 교착 상태. 하필 그때 그리로 시선을 준 자신이 원망스러웠다.

"왜 그래, 공주님? 많이 피곤해?"

멍하니 앉아 있는 그녀를 본 희경이 자상하게 물어오는 소리에 피뜩 정신을 차렸다.

"조금 졸려요, 오빠. 못 참을 정도는 아니지만."

"아냐. 애썼어, 공주님. 미리 신경 못 써서 미안해."

희경은 시각을 확인하고 안쓰러운 얼굴을 했다. 그가 배웅해 주겠다고 일어서는 것을 서우는 굳이 사양하지 않았다. 나란히 자리를 뜨는 둘을 보고 누군가 짓궂은 말을 던져서 희경이 집에 가는 거 배웅하고 올 거라고 변명하는 동안, 서우는 여전히 개운치 않은 기분으로 오른편에 시선을 던졌다.

태승도 이쪽을 보고 있었다. 그렇게 봐서 그런지는 몰라도 어쩐지 눈이 풀려 흐트러진 듯한 모양새에, 서우는 괜히 짜증이 나 그를 외면했다.

그녀가 알 바 아니다. 누가 눈 뜨고 코 베이랬나? 딴에는 호박이 굴러들어오는 걸지도 모르지. 빤히 약속이 있는 걸 알면서 개 산책 따위로 사람을 잡아 놓는 심술꾼에게 휘둘리느니 일찌감치 처가 덕을 보는 편이 좋을지 모른다.

그렇게 도돌이표 같은 생각에 시달려가며 클럽을 나왔다. 어느새 맑게 갠 밤하늘 아래서 희경이 택시가 올 때까지 기다리려는 것을 서우는 어서 들어가라고 등 떠밀다시피 했다.

"괜히 기다리다가 흥이 아주 깨졌다고 원망하지 말고 가서 놀아요. 내년부터는 이렇게 놀기도 힘들 테니까."

"유부남이 되면 날 콱 잡을 모양이네? 아유, 무서워."

"그럴 일 없다는 말은 못 하겠네요. 아무래도 지금이랑은 달라질 거예요."

"알아, 나도 달라질 거야. 달라져야지."

희경이 그녀를 가볍게 끌어안고 토닥거렸다.

"조만간에 차분하게 둘이 이야기하자. 우리 요즘 대화가 부족했잖아."

"그래요, 오빠."

반은 건성으로 서우도 그의 등을 한 번 토닥이고 그만 들어가라며 밀어냈다. 희경은 왠지 미련이 남은 얼굴로 그녀를 보며 갸웃거렸다.

"다들 알아서 놀라고 하고 나도 너 따라갈까 봐."

"따라가서 뭐 하게요? 나는 그냥 잘 건데."

"나도 게스트룸 하나 차지하고 자지 뭐. 아무렴 문전박대하진 않을 거지?"

손으로 부드럽게 서우의 앞 머리카락을 정돈해주면서 말하는 목소리가 은근했다. 유혹일지도 모르는 일련의 행위를 두고 서우는 설렘에 앞서 지은의 얼굴을 떠올렸다.

무지의 축복, 앎의 저주.

씁쓸한 한탄을 삼키며 서우는 엷게 웃었다. 그리고 부러 더 맥없이 중얼거렸다.

"마음이 끌리는 대로 해요. 내가 오빠 페이스 잘 아는데 뭘. 억지로 맞춰주는 거 하나도 기쁘지 않아."

"별로 억지 아닌데."

"별로라고 말하는 시점에서 이미 억지거든요? 하던 대로 해요. 내가 오빠 한두 해 보나."

"흠, 우리 공주님은 워낙에 냉철해서 좀체 헌신할 수가 없어. 가끔은 억지도 부려주고 그럼 좀 좋아?"

시무룩한 얼굴로 희경이 치댔지만 서우는 어깨를 으쓱하고 말 뿐이다. 결국 희경이 두 손 드는 시늉을 했다.

"눈물을 참고 보내드릴 테니 집에 당도하는 대로 연락 주시오, 공주."

"메시지 보낼게요."

"이따가 전화할지도 모르오."

애매한 추측의 언사에 서우는 눈살을 찌푸렸다. 희경은 일정 수위 이상으로 취하면 그 자리에 없는 사람들에게 전화를 거는 버릇이 있다. 그리고 그 사람이 너무 그리워 애가 닳는 양, 언제까지고 전화를 끊지 않는 것이다. 어쩌다 한 번 있는 일이라 눈감아 줬지만, 마음에 안 드는 주사였다.

"안 받을 거예요. 나, 분명히 경고했어요."

"에이, 무섭게 그러지 말고."

"무서우면 걸지 말아요. 취해서 그러는 거 하나도 반갑지 않아."

"너무해. 난 우리 공주님 주사 얼마든지 받아줄 수 있는데."

"안 됐네요. 평생 그럴 일 없을 테니까. 자, 진짜 가봐요. 나 이제 절전모드라 수다 금지야."

희경은 싱겁게 웃고는 못 이긴 척 등을 돌렸다. 클럽으로 아주 들어가기 전에 마지막으로 돌아보며 손을 흔들어주는 그에게 서우도 마주 손을 들어 흔들었다.

그가 사라지자 서우의 미소도 빠르게 흩어졌다. 택시가 몇 분 내로 도착할 것을 확인하고 골똘히 바닥의 한 점을 응시하던 그녀는 마침내 기다리던 택시가 와서 선 순간 퍼뜩 눈을 깜박였다.

"기사님, 잠시만 기다려 주세요. 잠깐이면 돼요."

뒷좌석에 올라타 목적지를 재확인하고 출발만 앞둔 상황에서 서우가 양해를 구했다. 빠르게 그녀의 손가락이 휴대폰 액정 위에서 움직였다.

[계속 있을 거예요? 슬슬 갈 거면 그만 나오는 게.]

거기까지 쓰다가 말고 고개를 저으며 작성하던 메시지를 전부 지웠다. 고개를 들어 기사를 쳐다봤지만, 출발하자는 한마디는 입속에서만 뱅뱅 맴돌 따름. 질끈 눈을 감았다 뜨고 서우는 휴대폰을 재차 두드렸다.

[나 취한 것 같아. 바래다줘요.]

작성한 메시지를 빤히 쳐다보았다.

지금 뭘 하는지 알아? 희미한 마음의 소리에 대답할 말이 떠오르지 않았다. 사고가 굳어진 자리에서 다시금 충동이 기지개를 켰다.

메시지를, 보냈다. 그러고서 후회하는 대신 고개를 들어 기사에게 말했다. 5분 안에 누가 오면, 그때는 원래 목적지 말고….

택시 미터기의 말이 달리는 모습을 물끄러미 바라보면서 흘러가는 일초 일 초. 평생에 다시없이 엉뚱한 5분이 되겠구나 했는데, 결국 5분까지 가지도 않았다.

3분도 채 되지 않아서 태승이 왔다.

택시 뒷문을 열고 구르듯 차에 오른 그가 그녀를 돌아보며 살짝 헐떡였다.

"늦어서 미안."

무릎을 꽉 쥔 두 손을 부르르 떨며, 그렇게 사과했다.

18
동정의 대가

"어…? 왜 여기야?"

다 왔다는 말에 고개를 든 태승이 차문을 열다 말고 중얼거렸다. 어리둥절한 얼굴로 돌아보는 그를 힐긋 쳐다보고 서우는 먼저 택시에서 내렸다. 얼마 안 있어 태승도 차에서 내렸지만 여전히 얼떨떨한 얼굴이었다.

"왜 여기로…."

눈앞에 있는 호텔을 바라보다가 서우를 보며 재차 묻는다. 의아했을 것이다. 바래다 달라는 그녀의 요청을 받고 다다른 곳이 그가 당분간 머물게 된 호텔이었으니까.

가만히 서 있을 따름인데도 태승의 주변만 바람이라도 부는 듯 몸이 미세하게 흔들리고 있다. 그런 중에도 쥐락펴락 옴짝거리는 주먹을 눈에 담으며 서우는 한숨을 쉬었다.

"한심하긴."

"…나 보고, 하는 말이야?"

의식하지 않으려고 해도 말투까지 어눌해져버린 그를 보자니 거슬리는 기분을 가눌 길 없다. 쏘아보는 서우의 시선에 태승은 답답한 듯 가슴을 쥐어뜯는 시늉을 했다. 벌써 몇 번이나 같은 동작을 했는지 알고는 있을까?

"여기까지 왔으니까 혼자 갈 수 있죠? 방에 들어가면 찬물에 샤워부터 해요. 그리고 침대 들어가서 자요. 잠이 안 와도 올 때까지 버티고."

"그럼 넌…."

"난 나대로 갈 테니까 신경 끄고."

서우는 그들을 내려주고도 대기 중인 택시를 가리켰다. 태승은 택시와 그녀를 몇 번이고 번갈아 보았다. 초점이 풀린 눈을 억지로 부릅뜨려고 노력하고 있다. 대체 그의 머릿속이 어느 정도로 헝클어졌는지 서우는 짐작조차 안 됐다.

"취했다며. 나부터 내려주면 안 되지…."

"아뇨, 취한 건 그쪽이에요."

나는 당신 덕분에 홀랑 깼죠. 이게 고마운 일인지, 뭔지.

"취해? 내가?"

"그래요. 모르겠어요?"

"아…. 취했다고, 내가. 그런가."

태승은 멍한 얼굴로 그녀의 말을 곱씹다가 비로소 짧은 침음을 토했다.

"나… 취하면 안 되는 놈이구나."

힘없는 목소리에 담긴 절박한 울림이 서우의 가슴 어딘가를 건드렸다. 호텔까지 오는 내내 고개 숙이고 기도하듯 움켜쥔 두 손만 내려다보고 있던 태승의 모습이 떠올랐다. 한마디 말도 없이 자신을 덮친 돌연한 혼란과 싸우고 있던 그를 서우는 침묵으로 외면했다. 아니면 다른 수라도 있었나? 어차피 그의 싸움인 것을.

"자각했으면 됐어요. 얌전히 돌아가서 씻고 자려고 해봐요."

멍한 눈길을 들어 태승이 그녀를 보았다. 고개를 끄덕이기까지는 약간의 딜레이가 있었다.

어떤 상황인지는 몰라도, 스스로 고장났다는 걸 알 지각 정도는 남은 모양이다. 그 지각의 힘으로 취해버린 자신을 두려워하고 있다. 사실 그도 꽤 마시긴 했다.

결정적인 이유를 댄다면, 그가 처한 상황을 이해하고 좀 더 컨디션을 회복할지도 모르지만 막상 까발리는 건 곤란한 노릇. 태승이 무난히 이 밤을 흘려보내도록 건투를 빌어주는 게 서우로선 최선이었다.

"그럼 들어가요. 들어가는 거 보고 갈게."

태승은 못 박힌 듯 그녀에게 고정한 시선을 그대로 두고 느릿느릿 고개를 끄덕였다.

"돌아서서 얼른 들어가라니까요?"

"…응."

"말로만 응, 하지 말고."

"…응."

이쯤 되니 세린이 쓴 앰플의 정체가 진정 궁금해졌다. 대체 무슨 앰플이 사람을 이렇게 만들어버린담?

저도 모르게 이마를 짚으며 고개를 절레절레 젓고 서우는 태승에게 다가갔다. 아직도 그녀만 빤히 보고 서 있는 그를 직접 붙잡아 돌려세웠다. 그리고 호텔 출입문을 향해 밀면서 들어가라고 간곡히 부탁했다.

순순히 걸음을 옮기나 싶던 그가 문득 버티고 서서 그녀를 내려다보았다. 붙잡고 보니 건들건들 흔들리는 게 생각보다 심해서 차마 손을 뗄 시기를 잡지 못하고 서우도 그를 올려다보았다.

"왜요?"

"나… 지켜보고 있었어?"

어떤 대답을 해야 할지 선뜻 판단이 안 되는 질문. 서우가 슬며시 눈을 찌푸리자니 태승도 미간에 희미한 주름을 지으며 다시 물었다.

"그래서, 나 취한 거 알고, 불러낸 거야?"

"좋을 대로 생각해요."

서우는 애매한 답변으로 자신을 보호했다. 태승의 멍한 눈이 서서히 울적한 빛을 머금는 것처럼 보여서 곧장 외면하고 넓은 등을 지탱하던 손에 힘을 넣었다.

"그만 가요, 좀. 나도 피곤해 죽겠으니까."

"미안…."

떠밀리듯 태승은 앞으로 걸음을 옮기기 시작했다. 그녀의 손이 떨어진 뒤에도 무난히 제 발로 걸어갔다. 출입문 앞에 이르러 잠시 돌아볼 것처럼 옴짝거렸으나 이내 고개를 떨구고 안으로 들어가는 모습을 서우는 물끄러미 지켜보았다.

"자, 나는 할 만큼 했어."

짝 손뼉을 치고 서우도 몸을 돌려 택시로 향했지만, 성취감 같은 건 손톱만큼도 느껴지지 않았다.

택시에 올라 집으로 향하는 중에도 뭐라 말할 수 없는 찝찝한 기분이 들러붙어 떨어지질 않았다. 망막엔 저 커다란 남자가 어울리지 않도록 왜소하게 보였던 뒷모습이 한사코 어른거렸다.

'그냥 둔해진 정도잖아. 하긴, 좀 많이 둔한 것 같긴 했어. 그렇다고 뭐 별일이야 있겠어? 사건 사고라는 게 그렇게 쉽게 일어나는 건—.'

쓸데없이 불안해하는 자신을 진정시키려던 노력은 서우에게 불현듯 최악의 기억을 불러일으켰다.

"엄마."

입엣말에 그친 속삭임. 하지만 창백해진 얼굴 너머에선 심장이 쿵 내려 앉았다.

토사물에 의한 기도 폐색.

한없이 불운하게 들리는 그런 사인으로 죽은 사람을 알고 있다. 그녀의 어머니였다.

직접사인은 그럴망정, 기실 모친을 죽음으로 이끈 근본 원인은 급성알 코올중독이었다. 서우가 떠나고 더는 누구의 방해도 없이 홀가분하게 몇 날 며칠이고 술독에 빠진 끝에 다다른, 궁극적인 자살, 이기도 했다.

어른들은 그것을 사고라고 했다. 최 교수와 줄리아가 특히 '사고'임을 강 조했다. 슬프게도 그런 불운한 사고가 세상엔 아주 드물지만도 않다고, 열 세 살의 아이를 설득했다.

서우는 두 분의 말을 믿는 것처럼 고개를 끄덕였지만—.

"기사님, 죄송한데 차를 돌려주시겠어요? 호텔로, 돌아가야겠어요."

충동적으로 말을 꺼내고 바로 약간의 후회가 몰아치는 것을 서우는 좌 석에 깊게 등을 묻는 것으로 참았다. 일단은 돌아가자, 돌아가게 내버려두 자. 가서 또 차를 돌리는 한이 있어도.

그래, 이건 돌이킬 수 있으니까. 아예 돌이킬 수도 없는 상황과 맞닥뜨 릴 가능성이 0.001퍼센트라도 있는 걸 감수하는 것보다는, 차라리 변덕이 낫다.

변덕….

그거야말로 엄마의 생을 관통한 추동력이었지 아마.

서우는 새까만 차창 너머를 응시하며 생각했다.

변덕이 죽 끓듯 한다는 말처럼 하루에도 수십 번, 감정이 극과 극을 오가는 사람이었다. 요즘 같으면 정신의학과에서 반길 만한 인격장애자였을 지도 모르겠다. 최 교수가 그런 딸을 염려해서 몇 번이고 병원 치료를 받을 것을 권했지만, 전혀 귓등으로도 듣지 않던 모습을 기억한다.

하기야 그녀는 모든 것을 무시했다. 아버지 최 교수와 얽힌 아주 작은 것 하나까지도 벌레 보듯 혐오했다. 심지어 그 이른 죽음조차도 아버지의 가슴에 제대로 대못을 박겠다는 악의가 아니었을까 서우는 생각할 때가 있다.

그 당시에는 그렇게 어머니란 사람을 객관화할 여유 같은 건 전혀 없었 다. 집을 떠나 반년도 되지 않아서 다가온 파멸 앞에서 모골이 송연하도록 두려워하는 게 고작이었다.

늦든 빠르든 시간의 문제였을 뿐, 예정된 파멸의 수순이었다. 열 살이 겨우 넘은 아이가 그런 예감을 품고 살 정도로 빤히 보이던 끝의 도래.

그래도 서우는 두려웠던 것이다.

건물이 붕괴하려고 하면 그곳에 사는 벌레와 쥐가 먼저 도망쳐 나온다 는 이야기를 알고 있었다. 물정 모르는 생쥐는 거기에 의문을 품었다. 사 실은 쥐떼가 도망친 바람에 건물이 무너져버린 건 아닐까?

명백한 인과의 오류라고 머리로는 이해해도, 역시 생쥐는 두려웠다. 아 무리 괴로워도 거기 계속 머물러 있었어야 했던 게 아닐까 몇 번이고, 몇 번이고 생각했다.

이제는 훌쩍 시간이 흘러 저 미성숙한 여인을 씁쓸한 동정을 품고 반추 할 수 있게 되었지만 그래도 그 마지막을 떠올리면 가슴이 저렸다. 하필 뜨 내기 친구 하나도 없이 그렇게 혼자였던 밤에….

"도착했습니다."

택시기사의 목소리에 상념에서 빠져나와, 서우는 바깥을 내다보았다.

다시 D호텔 정문 앞이다.

"손님, 안 내릴 겁니까?"

서우의 응시가 길어지자 답답했는지 기사가 채근했다. 룸미러로 이쪽을 보는 기사님의 찌무룩한 눈빛과 마주한 서우는 잠자코 사과하고 택시비를 치렀다.

택시에서 내려 후텁지근한 밤공기 속에 섰다. 여전히 뭘 어떡하겠다는 확고한 계획은 없다.

하지만 한 가지 사실이 똑, 똑, 불쾌한 누수처럼 흘러내려 차곡차곡 고이는 중이다.

혼자. 태승은 홀로 있다.

어쩌면 아무것도 아닐 수도 있고, 어쩌면 위태로울 수도 있고. 십중팔구 노파심에 가까운 과한 염려라고 생각하면서도 눈으로 보기 전엔 안심이 되지 않을 것 같다.

수단 방법 가리지 않은 여자를 원망하고, 거기 걸려든 조심성 없는 남자를 원망하고, 묵은 상처를 헤집으면서까지 걱정을 사서 하는 자신을 원망하며 서우는 결국 걸음을 떼어놓았다.

'무사히 자는지 확인만 할 거야.'

팔자에 없는 숙직을 서게 됐다고 내심 한탄하면서 들어선 호텔 안. 한 번 와 본 곳이라고 어색하지도 않은 게 별안간 자신이 매우 자유로운 영혼이라도 된 것 같다. 게다가 남자 혼자 있는 방을 찾아가는 묘한 상황에 그럴 때는 아닌데 피식 웃음이 났다.

"파격이네, 백서우."

혼자 탄 엘리베이터 안에서 거울에 비친 자신을 바라보며 중얼거렸다. 다소 힘을 준 파티 복장에, 얼마간 피로가 묻어나는 눈매. 클럽 안의 땀과

열기, 그리고 알코올의 상승작용으로 아슬아슬하게 무너져가는 화장 등등. 평소의 모습이 잘 떠오르지 않을 정도로 흐트러진 모습이건만 크게 거슬린다거나 하지는 않다. 어쩌면 좀 유쾌한 것도 같다.

불쑥 일어난 충동에 서우는 휴대폰을 꺼내 거울 속 자신을 사진에 담았다. 한 번은 무표정하게, 한 번은 이를 드러내고 활짝 웃는 모습을 찍고선 갸웃하며 두 사진을 비교했다.

거듭 들여다봤지만 분명한 사실은 딱 하나뿐이다.

"진짜 사진 못 찍네."

곧장 지워버리려고 꼼지락대는데 땡 하는 소리와 함께 엘리베이터 문이 열렸다. 그 너머의 공간을 응시하며 서우는 작게 한숨을 쉬었다.

"…맞겠지?"

일전에 스치듯이 태승의 호텔 키카드를 본 게 전부라 기억에 자신이 없다. 어쨌든 엘리베이터에서 내려서 좌우를 돌아보았다. 1609호 내지는 7호. 어쩌면 1606호일지도 모른다. 설마 1605호였나?

점점 자신 없어지는 기억에 매달려 일단은 1609호를 향해 걸어갔다. 동시에 손에 쥐고 있던 휴대폰으로 전화도 걸어봤다.

'안 받네.'

1609호 앞에는 금세 다다랐지만, 그 안에 있을지 모르는 사람과의 통화는 쉽지 않다. 호텔 앞에서 그를 내려준 때로부터 15분 남짓 지난 시각. 한창 샤워 중일 가능성도 충분해서 잠시 기다려 보기로 했다.

벽에 기대선 채 휴대폰으로 이북을 불러왔다. 가볍게 볼 만한 에세이 몇 꼭지를 읽다가 조바심치며 시각을 확인하니 방금 확인한 때에서 채 5분도 안 지났다. 그러길 두 차례 반복하고 서우는 독서를 단념했다.

대신 웅크려 앉아 가만히 눈을 감았다. 오래도록 렌즈를 낀 눈이 뻑뻑

했고, 익숙지 않은 힐에 혹사당한 종아리며 발목이 지끈거리는 감각이 생생해졌다. 긴 하루에 마침표를 찍고 싶은 갈망이 무럭무럭 자라나고 있다.

그러다 정말로 깜박 졸아버렸다는 걸, 흠칫 경련과 함께 눈을 뜨며 깨달았다. 놀라서 벌떡 일어나 주위를 살폈다. 복도에 인적이 없는 건 졸기 전과 마찬가지였다. 그런데,

"어머, 시간이….."

마지막으로 들여다본 때에서 시간 단위가 하나 달라졌다. 거의 40분 남짓 지나버린 시각에 혀를 차며 서우는 1609호 문을 돌아보았다. 다시 통화를 시도한다.

여전히 받지 않는다. 몇 번을 다시 걸어보아도. 이쯤 되면 자고 있을 거라고 생각해야 하나? 아니면….

주저하던 서우를 결심하게 한 건 역시 모친의 기억이다. 그녀는 화장실 문 앞에 쓰러진 채로 발견됐다.

벨을 눌렀다. 잠든 사람이라도 깨워서 나와 보게 할 참으로. 이래도 반응이 없다면 그때는 프런트에 가겠다고 벼르면서 다섯 번째로 벨을 눌렀을 때―

안쪽에서 인기척이 난데 이어 거칠게 문이 열렸다.

"뭡니까, 대체."

핏발 선 눈으로 으르렁대며 앞을 쏘아보는 남자는, 태승이었다.

'아아, 다행이다.'

저도 모르게 가슴을 누르며 안도하는 서우와 달리 태승은 일그러진 눈동자가 흔들리며 순간 얼이 빠진 듯 멍한 얼굴이 되었다.

"어… 백서우? 서우가 왜… 너 진짜?"

지리멸렬한 말을 중얼거리는 태승에게 불쑥 다가서며 서우가 말했다.

"그래요, 나예요. 좀 들어가도 돼요? 어디라도 앉아서 좀 쉬어야겠어요."

"어? 그래, 아니, 왜…."

아직 어떻게 돌아가는 상황인지 판단이 안 되는 모양인 남자를 밀어젖히다시피 하고 서우는 안으로 들어갔다. 고문이나 다름없던 힐을 벗고 맨발로 바닥을 디디자 절로 탄성이 흘러나왔다.

"아, 진짜 오늘은 끝이다. 더는 아무 일도 없기를, 제발."

진저리를 내듯 기지개를 켠 후에 홱 태승을 돌아보았다. 여전히 문 앞에서 멍한 얼굴로 그녀를 보고 서 있는 모습이 여태껏 본 중에 가장 빙충맞으면서도 사랑스럽기까지 한 아이러니. 그녀의 어처구니없는 걱정이 정말로 어처구니없게 끝난 것에 홀로 자축을 하는 심정이었다.

"뭐야. 이제 보니 물에 빠진 생쥐 꼴이네? 설마 계속 샤워하고 있었어요?"

서우는 그제야 눈에 들어온 태승의 상태에 실소를 지었다. 그는 샤워기 아래에서 곧장 뛰쳐나오기라도 했는지 가운 밖으로 드러난 몸에 물기가 흥건했다. 푹 젖은 머리카락에서 흘러내린 물이 바라보는 이 순간에도 창백한 얼굴에 선을 그리며 뚝뚝 떨어져 내릴 정도였다.

"그게 아니면 이제 막 시작했는데 내가 들이닥쳐서 방해를…."

서우의 물음이 채 끝나기도 전에, 꼼짝 않던 태승이 별안간 걸음을 떼어 다가왔다. 아직도 얼마간 허청거리는 느낌이 없잖아 있었지만 바싹 다가와 그녀의 어깨를 붙잡는 두 손은 무쇠처럼 단단했다.

"아, 잠깐…."

쏟아질 듯 가까워지는 그의 눈에 서우는 마른침을 삼켰다. 호텔 앞에서 헤어질 때보다 훨씬 심하게 충혈된 눈이 지금 태승의 상황을 단적으로 말해 주는 것 같았다.

　혹시 상태가 더 나빠진 건가? 그의 컨디션에 관한 생각에 골똘한 나머지 정작 제 몸에 벌어진 일은 몇 초 후에나 깨달았다.

　차가워, 아니 그보다 시원해! 그녀를 옥죄어 안는 태승의 품과 입술의 첫인상은 상쾌할 정도의 서늘함이었다.

　하지만 서늘함이 냉랭함으로 변하는 건 백지 한 장 정도의 경계였다. 얼마나 찬물을 끼얹었었는지는 몰라도, 그의 전신이 오싹할 정도로 차게 식어 있는 게 피부로 전해져왔다. 부르르 등줄기를 타고 흐르는 한기에 서우는 반사적으로 차디찬 몸을 떠밀며 바르작거렸지만, 태승은 꼼짝도 하지 않았다.

　오히려 더 집요하게 입술을 탐해온다. 더 꽉 당겨 안으며 단단한 몸을 그녀에게 밀어붙여온다. 그 기세가 그녀가 감당할 수준을 훌쩍 넘어 서우는 자꾸만 뒷걸음질을 하지 않을 수 없다. 가뜩이나 걸음이 불안한 그를 따라 그녀도 몇 번이고 허청거리다 마침내 등 뒤에 벽이 닿았을 땐 차라리 다행이다 싶었다.

　그러나 안심하는 건 일렀다. 남자는 그녀의 등 뒤가 벽이란 것도 개의치 않고 몸을 밀어붙이기에 여념이 없다. 작은 머리를 틀어쥐고 숫제 입술을 짓씹어 대며 키스를 퍼붓는 사이사이 애가 닳아 끙끙거리며 신음하는 모습은 흡사 발정난 짐승 같았다.

　느닷없고 포악한 격정의 제물이 되어버린 현실이 서우는 얼떨떨할 따름이다. 차차 정신이 돌아오면서 태승이 조금이라도 숨을 돌릴 때를 노리며 간간이 팔다리를 버둥거렸지만, 그에게는 전혀 닿지 않는다, 라는 것만 재확인했다.

　"으, 으응…."

그러는 사이 이쪽은 데미지가 겹쳐서 숨이 가쁘고 눈앞이 어지러울 지경이다. 뇌빈혈이 일어나 깜빡 정신을 잃을지도 모르겠다는 불안이 굉장한 무게를 가지고 다가왔다.

기절하는 건 둘째 치고 그 후에 무슨 일이 일어날지 상상이 안 가서 무서웠다. 지금의 태승은 확실히 정상이 아니었다.

'그만 좀 하고 정신 좀 차려 봐요!'

작심하고 온몸을 비틀어 버둥거려보지만, 안간힘을 쓴 것에 비해 드러난 효과는 절망적이다. 가운 사이로 미끄러진 손으로 단단한 가슴팍에 손톱이 박힐 만큼 떠민 결과는 엄청난 탈력감과 팔 저림이 전부. 저릿저릿한 손바닥 너머로 북처럼 펄떡펄떡 뛰는 태승의 심장박동을 느끼고 도리어 압도되기까지 했다.

게다가 뜨거웠다. 조금 전까지 그녀가 깜짝 놀랄 만큼 차가웠다는 게 믿기지 않을 만큼 태승은 뜨겁게 달아올라 불덩이처럼 열을 뿜고 있었다.

이제 클럽에서 세린이 쓴 모종의 앰플에 대한 의문은 버려도 좋을 것 같다. 이 상황을 온몸으로 감당하고 싶었을 그녀에게 아주 조금의 애도와 평생 몇 번 해본 적 없는 심한 욕설을 보내며 서우는 다시금 심기일전했다.

멀쩡한 성인 남녀가 뭣도 아닌 앰플에 휩쓸려 놀아날 수는 없지. 머리를 쓰자, 힘을 쓰지 말고. 다윗은 골리앗을 어떻게 이겼더라? 돌팔매질을 했지. 약점을 노리고.

아, 약점. 있었다. 크게 힘들이지 않고 움켜쥘 수 있는 약점이.

"헉…!"

무슨 짓을 해도 꼼짝 안 하던 남자가 부르르 몸을 떨며 고개를 들었다. 욕정으로 벌게진 두 눈이 거세게 흔들리며 한줄기 이성이 그 틈을 비집고 들어올 때까지, 서우는 긴장을 풀지 않았다.

그녀의 손에 붙들린 남자의 분신은 바로 그 순간에도 거세게 맥동 치며 버르적거렸다. 긴장을 풀지 않고 두 손으로 감싸 쥐고서야 그럭저럭 제압했다는 느낌. 서우는 이런 상황일망정 처음 해보는 대담한 짓에 얼굴이 타는 듯이 뜨거워졌다.

그것은 저쪽도 마찬가지인지 입술을 훔치며 마른침을 삼키는 태승의 숨소리가 거칠었다. 그래도 일그러진 눈에 희미하게 번득이기 시작한 이성의 빛을 보고 서우가 안도하며 물었다.

"좀 정신이 들어요?"

"아… 응. 그런 것… 같아."

입속에서 우물대는 것처럼 내뱉는 말에는 여전히 혼란이 덕지덕지 묻어 있다.

"그럼 잘 붙들고 있어요. 이드에게 잡아먹히지 말고."

"이드(id)…라. 하아…."

지금 자신을 장악하고 있는 게 무엇인지 비로소 마주 본 듯 태승은 깊은 한숨을 토했다.

"그러니까, 말했잖아. 난 취하면 안 되나 보다고."

나른한 눈을 기울이며 태승이 말했다. 이쪽을 보는 눈동자에 또다시 붉은빛이 일렁거렸다. 기껏 이끌어 낸 에고가 다시금 본능적 충동에 밀려 희미해지고 있었다.

살짝 억눌러서 더욱 팽팽해진 공기. 어쩐지 목이 조이는 감각에 서우가 마른침을 삼키는 찰나 그의 분신이 꿈틀거리며 그녀의 손바닥을 쓸어 올렸다. 약점인 줄 알았던 폭탄의 준동에 화들짝 놀라 손을 펼치는 그녀를 덥석 태승이 붙잡았다. 그대로, 서우가 다시 분신을 거머쥐게 만들었다. 그리고 달아나지 못하게 그 손을 구속했다.

"왜 돌아온 거야?"

서로의 눈을 얽어맨 채로 태승이 속삭였다.

"돌아올 필요 없었잖아. 응?"

그의 숨결이 뜨겁다. 그러나 훨씬 더 뜨거운 것에 정신이 팔린 서우에겐 거기까지 의식할 여유가 없다.

"내가 어떻게 나올지, 너라면 짐작했을 텐데…. 그래도 찾아온 건… 너도 원한다고 받아들여도 되지?"

붉게 춤추는 태승의 눈빛이 서우의 입술 위를 더듬었다. 그의 안에서 이성이 버티고 설 여지가 빠르게 증발하는 걸 서우는 절절히 느꼈다. 한 조각 허락을 내어주면, 그는 주저하지 않고 야수의 얼굴을 드러내리라.

천천히 숨을 고르며, 서우는 가까스로 그의 눈에서 눈길을 돌렸다. 내처 거세게 도리질을 했다.

"정신 차려요! 이젠 좀 이상하다고 느낄 때도 됐잖아."

"…무슨 소리지?"

"모르겠어요? 클럽에서 누가 당신 마시던 거에 장난을 쳤다는 거."

그가 자각하길 기다리다가는 호되게 말려들 지경이다. 달갑지 않은 폭로였지만, 과연 태승의 태도에 변화가 왔다.

고요히 그녀를 바라보는 눈 속에서 일어나는 자그마한 태풍. 마침내 입술을 짓씹으며 태승이 그녀에게서 물러났다. 손등으로 입술을 가리며 돌아서는 얼굴엔 당혹감이 여실했다.

"어쩐지 지나치게…."

무어라 더 중얼거리는 소리는 그의 입속에서 삼켜졌다. 꼼짝 않고 서 있는 뒷모습에서 낭패의 기운이 물씬 풍긴다.

우선 차림새를 가다듬으며 한숨 돌린 서우가 입을 열었다.

"그쪽 탓을 하려는 건 아닌데, 너무 의심이 없긴 하네요. 본인 자제력에 별로 신뢰가 없나 봐. 취할 정도로 마셔본 적 없다고 자기 입으로 말해놓고 선."

"자제력의 문제라기보다…. 아니, 맞아. 내가 넋 놓고 있었던 거지. 비웃어, 실컷."

"비웃거나 하진 않아요."

눈살을 찌푸리며 서우는 입술을 비쭉거렸다.

"그런 심술을 부릴 거였으면 여기 이렇게 있지도 않지."

움찔하며 돌아볼 것처럼 흔들리던 태승의 머리가 도로 앞으로 향했다. 가운을 꽉 여미며 걸음을 뗀 그가 침대로 걸어가 끄트머리에 걸터앉아 두 손에 얼굴을 묻었다.

거칠게 마른세수를 하는 등 뒤로 아무렇게나 팽개쳐진 옷가지가 지금 태승의 심경과 엇비슷하지 않을까. 호텔방으로 들어와 허겁지겁 옷을 벗고 욕실로 달음질치는 그의 모습이 눈에 선하게 그려졌다.

"누가 그랬냐고 묻는 건 의미 없나?"

태승의 힘없는 질문에 서우는 잠자코 침묵을 지켰다. 그가 됐다는 듯 손을 내저었다.

"마음 쓰지 마. 대충 알 것 같아."

그러실 테죠. 눈길을 내리깔며 서우는 허전한 목덜미를 쓸어 만졌다. 호텔방의 냉방이 과한지 어느샌가 피부가 차게 식어 있다. 바로 조금 전까지 태승의 품에서 열이 올라 미칠 것 같았다는 게 거짓말 같다.

"그냥 내버려두지 그랬어?"

서우는 제 귀를 의심하며 태승을 쳐다보았다. 잠깐 사이에 매우 지친 듯한 그가 그녀를 응시했다.

"모른 체했으면 멋지게 덫에 걸려서 농락당했을 텐데. 아, 지금도 한창 역사를 만들고 있었으려나?"

"그러지 못한 게 아쉬워요?"

"글쎄, 어떨까."

메마른 웃음소리가 잘게 부서졌다.

"당장의 이 끔찍한 기분은, 감당할 필요 없었겠지?"

"그리고 내일 깨어나서 지독한 환멸에 시달리고 말이죠."

서우의 빈정거림에 태승이 고개를 갸웃했다.

"그게 꼭 환멸이 됐을지 어떨지는 모르지."

"모른다고요?"

서우는 어이없어서 벌린 입을 다물 수 없을 정도였다. 저이가 아직 정상이 아니지, 하고 생각하다가도 바로 그래서 더 의혹을 품고 바라보지 않을 수 없다. 지금 늘어놓는 말들이 다름 아닌 저 남자의 원초적인 의식 수준이라면?

"아, 혹시 반가운 핑곗거리가 생길 절호의 기회를 내가 방해한 건가요?"

"방해…인 건 아네."

기막혀. 순간 말문이 막혀서 서우가 멀뚱거리고 있자니 태승이 피식 웃으며 이죽거렸다.

"너도 원하는 바 아니었어? 나더러 잘해 보라며."

"그건… 좋은 마음으로 응원한 거죠, 이렇게 당치않은 수작을 벌이는 걸 묵과하는 것하곤 달라요!"

"그만큼 절실했나 보지. 네 말처럼 이렇게 당치않은 수작까지 벌이면서 날 어떻게 해보려고 한 그 마음이… 좀 귀엽네."

"귀여워요, 그게?"

허탈에 가까운 기분으로 서우는 반문했다. 태승의 가늘게 뜬 눈에는 묘한 웃음이 어른거렸다.

"보는 관점에 따라. 사람을 갈구하면 그런 일까지 할 수 있나 싶기도 하고."

"나쁜 짓이에요."

"뭐야, 어린애처럼. 백서우 씬 늘 착한 일만 하고 살아?"

태승의 조롱에 서우의 뺨이 화끈 달아올랐다. 텍스트는 별거 없어도 상대가 상대이니만큼 더 발끈하게 되고 만다. 역시 그날 밤 내 운은 최악이었다고 못내 이를 갈면서, 한껏 냉담하게 쏘아붙였다.

"적어도 나는 상대의 자유의지를 존중하는 선은 지키거든요. 그게 내 상식이라서 다른 사람도 그럴 거라고 지레짐작했네요. 중뿔나게 나서서 방해가 된 점, 사과할게요."

서우는 여봐란듯이 고개를 숙여 보이고선 휴대폰으로 시각을 확인했다.

"아직 그렇게 늦은 시각도 아니네요. 짐작하는 사람 있다고 했죠? 전화해 봐요. 아마 한달음에 달려와줄 거예요. 그럼."

그 전에 나부터 한달음에 떠나고 싶다고 소원하며 서우는 현관으로 향했다. 하지만 평정을 유지하려 애쓰지 말고 달음질쳤어야 했나 보다. 문 근처에도 못 가고 태승에게 팔이 붙들렸을 땐 발작적으로 소리를 지를 뻔했다.

"밤이 늦었어. 어딜 간다고 그래."

"어차피 멀쩡한 거 확인하면 갈 생각이었어요. 아까 그쪽 얼굴이 그만큼 안 좋아 보였던 탓이니까, 나 원망하지 말아요."

붙잡은 손을 떨쳐내고 다시 걸음을 옮겼다. 그러자 태승은 뒤에서 그녀를 끌어안는 것으로 그녀의 발길을 막았다.

"원망 안 해. 그러니까 가지 마. 나 전혀 멀쩡하지 않으니까."

태승의 목소리가 떨리는 것처럼 들리는 건, 그의 전신이 희미하게 요동치는 까닭이었다. 전율과 함께 그가 뿜어내는 열기도 훅하고 그녀를 덮쳐 왔다.

서우에겐 많이 셌던 방의 냉방이 태승 앞에선 속수무책으로 옅어졌다. 어쩌다 보니 그의 체온에도 익숙해져서 아는데, 평소의 그는 이 정도로 열이 많은 사람이 아니었다.

"당신, 열이 심해요."

"알아. 몸 안에서 화로를 지피고 있는 기분이거든."

그래서일까, 그녀의 머리카락이 시원했는지 달아오른 볼을 비비며 태승이 말했다.

"난 욕실에 틀어박혀서 열을 식힐 거야. 그러니 안심하고 침대에서 자. 절대로 네가 싫어할 짓은 안 해."

"욕실에서 밤을 지새울 생각이에요?"

"욕조 안이 꽤 시원했어. 어차피 잠을 자긴 힘들 것 같고."

서우는 눈을 찡그리며 태승의 말을 곱씹은 끝에 말했다.

"차라리 그녀를 불러요. 당신도 마음이 없지는 않은 것 같은데."

"하아…. 바보구나, 너. 홧김에 아무렇게나 쏟아낸 말을 믿으면 어떡해."

나직한 신음 속에 서우를 끌어안는 팔에 슬며시 힘이 들어갔다. 그가 다시금 흥분으로 단단하게 긴장하는 것을 느끼며 서우는 어름거렸다.

"순전히 홧김이라고 보기엔 꽤 진정인 것 같았는데?"

"그랬어? 아무래도 나 배우가 될까 봐. 숨 쉬듯이 거짓말을 해도 의심하는 사람 하나 없고."

어떻게 받아들여야 할지 모를 말에 서우가 대꾸를 못 하고 있자 태승이 그녀를 돌려세워 침대로 이끌었다. 그녀를 침대에 앉히고 "염려 말고 여기서 자."라고 말하며 머리를 쓰다듬는 손길이 다정했다. 그리고 돌아서는 태승의 가운을 서우가 슬쩍 붙들었다.

"욕실 잠깐만 빌릴게요. 이대로는 꿉꿉해서 영."

비로소 서우의 차림이 눈에 들어온 듯 태승이 쓴웃음과 함께 고개를 끄덕였다.

그렇게 서우는 태승을 뒤로하고 욕실에 들어가 긴 하루의 피로를 씻어냈다. 비치된 목욕가운이 한 벌 더 있어서 여며 입고 나오니, 방 안은 호젓한 어둠이었다. 침대 머리맡을 밝힌 스탠드 불빛이 안락의자에 몸을 구기고 앉아 있는 태승을 흐릿하니 비춰냈다.

벗은 옷가지를 테이블 위에 내려두면서 가만가만 그를 살폈다. 눈을 감고 꼼짝도 않는 모습에 잠이 든 건가 싶었지만 서우가 침대로 다가가자 태승은 거짓말처럼 눈을 뜨고 몸을 일으켰다. 그대로 눈도 마주치지 않고 욕실로 향하는 것을 서우가 불러 세웠다.

"그러지 말고 자려고 해봐요."

"안 될 거야."

"해봐요, 이번엔 될지도 몰라. 우선은 열을 식힐 정도로만 씻고 와서. 응?"

태승은 말없이 고개를 젓고 욕실로 들어갔다. 큰 기대 없이 서우도 침대에 누웠지만, 주의는 자꾸만 욕실에서 들려오는 희미한 물소리로 뻗어갔다. 몸은 피곤한데 비해 잠은 오지 않고 정신은 오히려 점점 더 또렷해진다….

감은 눈 위에 팔을 얹고 얼마나 있었을까. 욕실 문이 열리고 태승이 나오는 기척이 있었다. 침대로 다가오는 느릿한 발걸음을 서우는 짐짓 잠든 척 모른 체했다.

태승이 침대에 올라온 건 그러고도 꽤 뒤였다. 슬쩍 곁눈질한 서우는 침대 가장자리에 등지고 누워 있는 태승을 확인하고 안도했다.

이제야말로 홀가분하게 잠을 청할 요량으로 눈을 감았지만 여전히 수마는 늑장을 부렸다. 자는 척한 죄가 있어 함부로 뒤척이는 것조차 조심스러워 자제하고 있자니 태승이 그녀 대신 부스럭거렸다. 한 번, 두 번, 세 번. 그러다 영 안 되겠던지 일어나 앉았다. 두 손에 얼굴을 묻고 꼼짝 않는 그림자가 불빛에 희미하게 일렁거렸다. 언제까지고.

"많이 괴로워요?"

서우가 묻자 태승이 흠칫하며 고개를 들었다.

"…내가 자는 걸 방해했나 보군."

시트를 들추고 일어나려고 하는 태승을 서우가 돌아보았다.

"도저히 못 자겠어요?"

태승은 대답하지 않고 그녀에게 등을 보인 채로 가운을 정리했다. 부스스 몸을 일으키는 뒷모습에 대고 서우는 거듭 물었다.

"내가 도와줘요?"

돌아서 있어도 그녀의 말에 동요하는 기색은 똑똑히 전해졌다. 하지만 태승은 고개를 저었다.

"동정할 것 없어. 내가 모자라서 벌어진 일이야."

동정이란 말에 잠깐 쓴웃음을 짓고 서우는 덤덤히 말했다.

"동정을 하든 뭘 하든 그건 내 소관이고. 당신한테 물었어요. 지금 내가 필요한 거 아니에요?"

천천히 태승이 그녀를 돌아보았다. 일그러진 두 눈이 불온한 원망으로 번득거렸다.

"아까 일에 대한 화가 안 풀린 거야? 그래서 이렇게… 짓궂게 굴어?"

"내가 심술부리는 것처럼 보여요?"

서우는 나른하게 일어나 앉았다. 나풀거리는 머리카락을 두 손으로 차분하게 쓸어넘기며 심술보다는 동정이 낫지 않냐고, 중얼거렸다.

"뭣하면 인류애라고 생각하든지."

"뭐가 됐든 필요 없어. 농락당하는 건 나 하나로 족해."

"음? 아아, 휘말려 들면 나도 희생자가 되는 셈인가? 하지만 딱히 희생이라고 생각 안 하니까 당신도 어렵게 생각하지 마요. 어차피 당신, 마지막 카드도 남아 있잖아요. 이럴 때 써야지 또 언제…."

"그렇게는 소모 못 해. 그 카드도, 너도."

목소리는 불안정할망정 거기 담긴 뜻은 단호했다. 당장 뚫어져라 바라보는 눈에서 갈무리 못한 욕정이 뚝뚝 떨어지면서도 기어코 못 한다고 뻗대는 태승이 서우는 다소 놀라웠다. 슬쩍 손을 뻗으면 득달같이 달려들 줄 알았는데.

'이건 또 이것대로… 나쁘지 않나?'

내심 유쾌하기까지 한 기분으로 서우는 태승을 지그시 쳐다보다가 짐짓 두 손 들었다는 제스처를 취했다.

"오케이. 그쪽 의견이 그렇다면야. 그럼 내가 대가 없이 조력할게요. 그 것도 싫어요?"

"말했잖아, 널 그렇게 이용하고 싶지 않아. 한낱 욕정에 눈이 뒤집혀서 도구처럼…."

"그게 왜 안 되지? 혹시 잊었어요? 나 당신, 내 복수에 끌어들여 이용했는데."

일순 태승의 표정이 굳어졌다. 그는 가늘게 뜬 눈을 스르륵 내리깔며 생각에 잠기는 것 같았다. 서우는 달래듯 부드럽게 말했다.

"그때 난 꼭 당신이어야 했던 이유 같은 건 없었어요. 가장 먼저 눈에 띈 죄로 막무가내로 말도 안 되는 요구를 했죠. 당신이 끝내 거절했다면 그 길로 나가서 천방지축으로 헤매고 다녔을 거예요. 그런 수고를 덜어준 점에서 당신한텐 약간의 부채 의식을 지고 있고요. 그래서 그 후 당신의 돌발 행동도 정색하고 뿌리치지 않았어요."

태승은 손을 들어 얼굴을 가리고 한숨을 쉬었다. 그 묵직한 여음이 가시길 기다려 서우가 말을 이었다.

"내가 미칠 것 같아서, 평화롭게 잘 살던 이웃 연못에 잔뜩 돌을 던져놨으니까. 내 죄가 크죠."

후훗 웃고 그녀는 물끄러미 태승을 보았다.

"당신은 날 거절할 수 있었어요. 하지만 도와줬지. 아마 나도 지금 비슷한 기분인 것 같아요. 험한 꼴 당하지 않게, 내가 붙잡아줄게요. 그럼 이 밤이 그렇게까지 길지는 않을 거예요."

태승은 거세게 고개를 저었다. 몇 번이고 머리를 흔들며 뒤로 두어 발짝 물러나기까지 했지만 눈이 마주친 순간 서우는 알았다.

'내가 이겼어.'

더는 수고롭게 입을 열어 설득하지 않았다. 서우는 다시 베개에 머리를 누이고 시트를 목까지 끌어올렸다. 그리고 그 속에서 꼼지락거리며 벗은 목욕가운을 보란 듯이 침대 옆으로 떨어뜨렸다. 마지막으로 새하얀 팔을 뻗어 태승에게 손을 내밀었다.

"악마가 원래는 천사였다더니…."

태승이 탄식했다. 그리고 나약한 인간답게, 악마의 손아귀로 떨어졌다.

그러나 침대로 들어온 그는, 너무 호락호락 전락하는 것만은 사양하겠다는 듯 시간을 끌었다. 그 어느 때보다 집요한 애무와 키스를 퍼부으며 최후의 최후까지 목욕가운을 벗는 걸 미루고 서우를 달뜨게 하려고 노력을 기울였다.

지켜보던 서우가 그만 조바심을 느낄 만큼 지독한 인내. 특히 그녀의 입술을 훔치는 순간 자극이 너무 셌던지 태승이 크게 목을 울리며 신음하고도 얼른 입술을 떼고 다시 키스하지 않는 점엔 그만 애처로움마저 느꼈다.

그녀의 몸 구석구석을 누비는 그의 입술과 손이 절절 끓는 것처럼 뜨거웠다. 가운으로 아슬아슬하게 감추고 있는 몸은 더 말할 것도 없을 텐데도 그는 좀체 굴복하려 하지 않았다.

보다 못한 서우가 태승의 머리를 움켜쥐고 위로 끌어올렸다. 그리고 벌겋게 달아오른 얼굴에 입맞춤했다. 닿는 면적보다 쪽쪽 소리가 더 요란한 가벼운 키스였지만 그런 것일망정 그의 입술에 닿는 순간 커다란 반응을 이끌어 냈다.

"으음…!"

그는 간신히 붙들고 있던 자제의 끈을 놓친 듯 맥없이 무너져내렸다. 와락 부둥켜안고 탐욕스레 그녀의 입술을 빠는 그의 몸이 숫제 불덩이 같았다. 그 뜨거운 몸을 주체를 못하고 꿈틀거리며 연신 신음을 토하는 모습엔, 서우조차 겁이 날 지경이었다.

너무 참는게 오히려 독이 되는 상황이라면, 차라리….

그녀는 두 눈을 질끈 감고 더듬더듬 태승의 가운을 여민 끈을 풀었다. 그리고 옷자락을 옆으로 끄집어당기며 스스로도 천천히 다리를 벌렸다. 그러자 그녀의 의도대로 서로의 나신이 포개어졌고… 그가 튕기듯 상체를 일으켰다.

헐떡이며 서우를 내려다보는 태승의 눈에 아직 인지의 파편 몇 개가 떠돌고 있었다. 그렇기에 그녀의 의도를 읽고도 또 한 번 인내하며 자신을 억눌렀다. 이미 허락된 문을 더듬는 그의 손끝이 바들바들 떨렸다.

"…아직이야. 조금 더, 젖어야 해."

사뭇 괴로운 얼굴을 하고서도 그는 그렇게 속삭였다. 서우는 나직이 한숨 쉬고 천천히 고개를 저었다.

"아뇨, 지금이에요. 들어와요."

그래도 머뭇거리는 그에게 서우가 팔을 뻗어 목을 끌어안았다. 눈을 맞추고, 다시금 말했다.

"들어와요. 내 안으로."

태승의 눈이 몽롱하게 흔들렸다. 이윽고 아찔하게 한 번 웃었다. 그리고 이내,

"으, 아웃…!"

세차게 서우를 꿰뚫었다. 마음의 각오는 충분히 다진 줄 알았건만, 등줄기를 타고 치솟는 충격에 그만 서우의 시야가 하얗게 물들었다. 그리고 그 충격을 수습할 새도 없이 산더미처럼 쏟아지는 태승의 무게에 짓눌렸다.

그는 그녀가 숨 쉬는 것조차 버겁도록 옥죄어 안고 재차 허리를 찔러 올렸다. 그리고 맛보기는 끝났다는 듯 곧장 격렬하게 피스톤질을 시작했다. 아직 충분히 젖지 않은 안쪽이 쓸려서 아픈 것도 잠시뿐, 성격 급한 폭군에 놀란 몸이 허둥지둥 애액을 쏟아내며 폭군의 전횡을 거들었다. 퍽퍽퍽 살부딪는 소리에 질척한 물기가 덧입혀지는 데는 그리 오랜 시간이 필요치 않았다.

"아, 아, 아아, 으, 응…."

마구 흔들리며 멍하니 벌어진 서우의 입에선 토막 난 신음이 끊임없이 흘러나왔다. 자신이 대체 무엇을 허락한 건지 돌이켜볼 여유 같은 건 당분간 무리였다.

"서우야, 백서우… 응, 서우야….."

격정적으로 그녀를 꿰뚫는 것만으론 부족한 듯, 태승은 그녀의 목덜미를 짓씹으며 자꾸만 이름을 불러댔다. 갈라진 목소리에 배어나는 광기 같은 열기에 서우가 도리질하노라면 어느새 쫓아와 머릿속이 아득해지도록 깊게 키스를 했다.

온통 열, 열, 열.

이래서 열병으로 그렇게 많은 사람이 죽었구나. 엉뚱하게도 그런 생각이 피어오른 것조차 까마득하게 뇌리에서 사라져버릴 혼돈의 밤 속으로 그녀는 서서히, 완벽하게 침몰해갔다.

모르고 지나쳤어도 전혀 이상하지 않을 정도로 희미한 알람 소리. 하지만 서우는 번쩍 눈을 떴다.

오늘은 최 교수가 거절할 수 없는 중요한 약속이 있어서 서우가 줄리아를 데리고 병원에 가기로 한 날이다. 진료시각은 오전 11시. 알람은 두 시간 전으로 맞춰놓았다.

'돌아가야 해.'

그렇게 생각하는 중에도 금세 안개가 차올라 눈앞이 가물가물해지는 것을 어렵사리 이겨내며 재차 눈을 부릅떴다. 연후에 머리부터 들고 천천히 몸을 일으키는 동안 고맙게도 인내의 경지를 한 뼘쯤 넓히는 기회와 조우했다.

'농담이지? 어쩌면 처음 한 날보다 더….'

황망함에 정신없이 도망치기 바빴던 그날도 이 정도는 아니었던 것 같은데. 거의 잠을 이루지 못해서 피로를 제대로 회복 못 한 탓도 있겠지만.

원망의 화살은 죽은 듯 곤히 자고 있는 태승에게로 날아갔다. 별나게 해사하게 보이는 얼굴은 순전히 그녀의 기분 탓일까?

'왠지 약 오르네.'

어렵게 걸음을 옮겨 노곤한 몸을 달래가며 샤워를 하노라니 선심의 대가가 너무 큰 게 아닌지 의문스럽다. 적당히 해소되면 면목없어서라도 그칠 줄 알았는데, 숫제 고삐 풀린 망아지인 양 아예 절도라곤 몰랐다. 하다못해 망아지는 귀엽기라도 하지.

"자기 체급을 좀 생각하라고."

내내 억센 팔에 끌어안겼던 탓인가, 애먼 등까지 욱신거려서 서우는 혹 멍이라도 들었나 거울을 보며 확인했다. 멍까진 아닌데 불그스름한 자국을 여럿 발견하고 눈살을 찌푸리긴 했다.

어느 틈에 이런 데까지 키스마크를 만들어 놓았담. 어이없어하다가 이내 짐작 가는 상황을 떠올리고 슬며시 얼굴을 붉혔다. 여러 가지 의미에서 고삐 풀린 밤이었다.

홱홱 머리를 내젓고 서우는 서둘러 씻고 나왔다. 태승은 여전히 꿈나라였다. 얄밉지만 저래야 사람이지 싶어 웃음도 났다.

클러치를 챙겨 거울 앞으로 가서 간단히 화장을 마친 뒤 곧장 갈까 하다가 무어라도 메시지를 남겨놓기로 마음을 바꿨다. 적을 만한 걸 찾아 주변을 살피던 서우의 눈에 낯익은 작은 상자가 보였다.

벽걸이 TV 아래에 얌전히 놓인 길쭉한 케이스는 틀림없이 그녀가 준 만년필이다. 개시는 아직이겠지, 하고 생각하면서도 방앗간을 발견한 참새처럼 쪼르륵 가서 케이스를 열어보았다.

"어머."

서우는 저도 모르게 탄성을 내뱉고 그 소리에 놀라 침대 쪽을 돌아보았다. 다행히 태승은 잠잠하다.

다시금 케이스 안을 들여다보았다. 그녀를 놀라게 한 건 곱게 접어서 안에 넣어둔 흰 종이였다. 정면에 세로로 '백서우'라고 깔끔한 필기체로 적어둔.

손에 들고 찬찬히 살펴보아도 역시 잘 쓴 글씨. 만년필 특유의 감각과 날렵한 필기체가 정말 잘 어울렸다. 필력 하면 최 교수인데 이만하면 최 교수에 버금간다고 봐도….

별생각 없이 종이를 돌려본 서우는 거기 적힌 영문을 보고 쿡 웃었다. 이건 대각선으로 멋 내듯 흘려 썼다.

Sophia & Ruke.

Ruke & Sophia.

둘의 영문 이름이다.

"무슨 로미오와 줄리엣도 아니고."

이런 시시한 짓도 하네, 하며 침대 쪽을 돌아보던 서우의 표정이 살짝 흔들렸다. 그녀는 잠자코 종이를 펼쳐 다른 글이 또 없나 살펴봤다. 그것뿐이었다. 백서우. 그리고 둘의 이름.

물끄러미 종이를 쳐다보다가 다시 원래대로 접어서 케이스 안에 넣었다. 메모할 게 필요하긴 하지만 만년필은 건드리지 않기로 했다.

달리 쓸만한 걸 찾으려던 서우의 눈길은 만년필 케이스에서 불과 한 뼘 정도 떨어진 곳에 있는 태승의 지갑에 머물렀다. 평범한 반지갑이다. 외양은 별것 없는데 거기서 삐져나온 작은 무언가가 신경 쓰였다. 언뜻 보니 사진 같은데 그게 왠지 눈에 걸려서, 슬며시 끄트머리를 잡아당겼다. 자그마한 증명사진이 쑥 빠져나왔다.

'왜 이게 여기 있지?'

자신의 옛 증명사진을 보고 서우는 의아해했다. 내가 이걸 희경 오빠에게 준 적이 있나 갸웃하면서 태승을 돌아보고 다시 지갑을 쳐다보았다. 또 다른 사진이 그녀의 눈에 들어온 건 그때였다.

아마도 증명사진을 꺼내면서 딸려 나온 모양이다. 귀퉁이만 삐져나왔지만 언뜻 봐도 증명사진과는 사이즈가 다르다. 무엇보다도 그 삐져나온 부분에 눈에 밟히는 포인트가 있었다.

'고등학교 교복….'

상반신까지만 찍혀 있다. 그것만 봐도 알아보는 데는 문제가 없다. 아무렴 3년 동안 입은 교복이다. 카메오 브로치가 달린 목에 매는 리본만 봐도 첫눈에 우리 학교 옷이네, 하게 된다.

문제는 이게 여학생 교복이라는 점. 태승이 지갑 안에 사진을 간직할 정도로 친했던 여자 동기가 있었나?

새삼 잠든 태승을 돌아보고 생각에 잠긴 눈길로 문제의 사진을 응시했다. 엉뚱하게 자신의 증명사진을 발견하게 됐지만 그걸 몰래 확인한 자체가 온당치 않은 일이었다. 여기서 또 한 번 잘못을 보탠다면 그건 명백히 고의가 된다.

어지러이 배회하던 서우의 시선이 만년필 상자 위에 머물렀다. 순간 내 친걸음이라는 생각이 그녀를 충동질했다.

'어차피 찝찝해진 거 하나 더 보탠들—.'

서우는 사진을 빼 들었다.

잠시 후 그녀는 호텔방을 나갔다.
메모는 남기지 않았다.

19
다치다

—어디냐? 아침 먹자고 내려왔는데 집에 없는 모양이야?

희경의 전화는 늘 그랬듯 즉흥적이었다.

"집 아니야. 그리고 이 시간에 아침 운운하는 건 좀 그렇지 않나?"

태승은 노트북 화면에서 시선을 들어 시계를 확인했다. 정오를 불과 몇 분 남겨놓은 때였다.

—일어나서 첫 끼니면 아침이지 뭐. 아, 속 쓰려서 해장국 먹으러 갈까 했는데 혼자서 무슨 맛으로 가.

"과음했어?"

—그다지?

제법 강한 체한 대답과 달리 금세 희경은 앓는 소리를 늘어놓았다.

—이제 일주일에 닷새를 달리는 건 무리인가 봐. 아침에 눈이 안 떠져, 눈이. 늙나보다, 나도.

"엄살 부리지 마. 그런 소린 10년은 일러."

핀잔을 던지며 태승은 의자에서 일어나 창가로 걸어갔다. 햇살이 들어오는 게 싫어 쳐두었던 커튼을 약간 젖혀 바깥 날씨를 확인했다. 고층빌딩

위로 보이는 하늘은 쨍하니 맑은 게 구름 한 점 없다. 태승의 미간에 희미한 주름이 섰다.

　一암튼 슬슬 점심 먹을 때잖아. 밥 안 먹어?

　"별로 생각 없는데."

　一시시껄렁한 소리 하지 말고, 건너와. 밥 먹게. 어디 멀리 있냐? 설마 본가?

　슬쩍 희경이 목소리를 낮추며 묻는 소리에 태승은 쓴웃음을 지었다. 남녀노소를 막론하고 호감을 사는 재주가 탁월한 희경이지만, 가끔 마성의 재주가 전혀 통하지 않는 상대를 만날 때가 있다. 그중 한 명이 J유통의 안주인. 희경은 거듭되는 패배에 종국엔 두려움마저 품게 된 듯했다.

　"뭐 예쁘다고 자꾸 부르시겠어. 그냥 좀 나와 있어."

　一긴급을 요하는 용무?

　"그런 건 아니고."

　一그럼 됐네! 밥 먹자, 밥.

　태승은 심드렁할 따름이다. 식욕이 없다는 건 핑계가 아니었다. 요 이삼 일 제대로 챙겨 먹은 식사가 다섯 끼나 되려나. 뜸을 들이고 있자니 희경이 불평이 날아들었다.

　一밥 먹자는데 무슨 장고가 이렇게 길어? 야, 넌 생각을 하지 말고 일단 움직여. 롸잇 나우!

　"성가신데."

　一먹는 게 성가시면 죽을래? 나와, 내가 해장국 기차게 하는 집 알아냈어.

　"듣기만 해도 덥다, 이 날씨에 무슨 해장국."

　一냉방 빵빵하게 켜진 식당에서 먹을 건데 뭐 되지도 않는 핑계야. 먹어

보면 없던 입맛도 되살아날 거다. 우리 공주님이 은근 입맛이 까다로워.

공주님 소리에 태승의 눈썹이 꿈틀했다. 설마…. 입술을 할짝 훔치고 그가 물었다.

"네 공주님도 합류하기로 했어?"

—응? 아니, 그건 아니고. 서우가 가르쳐줬단 거지. 서우 학교 앞에 있는 식당이야.

간단히 태승의 오해를 푼데 이어 희경이 수다를 떨었다.

—우리 공주야 훨씬 더 맛있는 걸 먹으러 갔을걸. 근데 원주에선 뭐가 유명한지 모르겠네. 너 혹시 아는 거 있어? 강원도 원주 별미?

"…전혀. 갑자기 웬 원주?"

—아, 우리 공주 여행 갔잖아. 내가 말 안 했나?

금시초문. 귀가 번쩍 뜨이며 별안간 식욕이 동해 입맛을 다시는 태승이었다.

클럽에서 생일파티를 하던 날 보고 일주일 만에 만난 자리였다. 희경은 어지간히 배가 고팠던지 마지막으로 국물을 들이켜고 수저를 내려놓을 때까지 말하는 것도 잊었다.

"와, 나 배 속에 거지가 든 것처럼 먹었어, 놀랍지 않…. 뭐야, 넌 언제 다 먹었어?"

터프하게 먹은 사실이 뿌듯한 듯 빈 뚝배기를 자랑스레 보여주던 희경은 이미 한 그릇 깨끗하게 해치우고 물로 입가심 하고 있는 태승을 보고 어안이 벙벙해졌다. 평소에 음식을 빨리 먹는 것과는 거리가 멀던 사람의 기행인 만큼 충격은 컸다.

"…그렇게 배고팠냐?"

"어, 좀. 맛도 있고."

"맛있어서 다행이긴 한데, 야, 누가 보면 며칠 굶은 줄 알겠어."

희경이 혀를 내두르건 말건 태승은 깨끗이 비운 뚝배기를 바라보다가 손을 들어 홀 직원을 불렀다.

"우거지해장국 하나 더 주세요. 너는?"

"아니, 나는 됐어."

그 정도는 아니라는 듯 희경이 손을 내저었다. 그러곤 의문에 잠긴 눈빛을 던졌다.

"혹시 너도 밤새 술 마셨어? 찬찬히 보니까 안색이 별론데."

"많이는 아니고."

"마셨네. 누구랑?"

태승이 잠자코 웃자니 희경은 알겠다는 듯 혀를 찼다.

"혼술? 너도 참 인생 더럽게 재미없게 산다."

"꼭 누구랑 같이 마셔야 재밌나. 술이 술이지."

"달라. 전혀 달라. 이건 뭐 아는 게 없으니 말해도 알 리가 있나."

답답해하는 희경의 얼굴에서 눈길을 돌리며 태승은 냅킨으로 입가를 훔쳤다. 알아도 모르는 척, 감정을 숨기고 의뭉을 떠는 일에는 이골이 난 줄 알았는데 그게 또 그렇지가 않았다. 거기에 조심성 없는 입은 속 보이는 질문을 하라고 부추기고 있다.

"누구 씨 덕분에 한창 어울려서 술 마신 게 얼마나 됐다고 지탄이야. 넌 더리 나는 것도 꾹 참고 자릴 지켜줬는데 고마운 줄을 몰라."

"아이고오오오… 크게 선심 쓰신 거 이놈이 어찌 모르겠습니까, 감읍, 또 감읍하고 있습니다."

희경은 고개를 꾸벅꾸벅해가며 너스레를 떨고선 활짝 웃는 얼굴로 오금을 박았다.

"근데 만사는 끝이 좋아야 하지 않겠어? 온다 간다 말도 없이 증발해 버린 주제에 생색내기 있기, 없기?"

생일날 클럽에서 말없이 빠져나간 것을 아직도 벼르고 있는 모양이다. 태승은 눈알을 굴리며 관두자는 손짓을 했다. 희경은 지지 않고 상체를 숙여오며 쪼아댔다.

"너 번잡한 자리 싫어하는 거 아니까 그건 넘어간다 치고, 내 말의 요지가 그게 아니란 건 잘 알지? 주태승, 넌 지금 인생의 아주 큰 영역을 공실로 놔둔 채 살고 있다니까?"

이골이 난 레퍼토리가 시작될 조짐에 태승은 팔짱을 끼며 눈을 감았다.

"사람의 연애세포란 건 수명이 무한하지 않아요. 너처럼 아예 안 쓰고 살다 보면 석화되다 못해 풍화되는 것도 시간문제지. 사람이 말이야, 이 빛나는 청춘의 시기에 이런 사람 저런 사람 만나서 밥도 먹고, 술도 먹고 하면서, 어? 인생의 희로애락을 찐~하게 맛봐야 할 거 아냐. 이 황금기를 낭비하는 건, 어? 우주에 죄를 짓는 거라고 본다, 난."

"무슨 또 우주씩이나."

기가 차서 실소를 짓고 태승은 시큰한 눈길을 던졌다. 숙취에 시달리는 허풍선이, 그럼에도 불구하고 해사한 기운은 시들지 않은 바람둥이에게 물었다.

"그렇게 알차게 살다가 덜컥 결혼하면 아쉬워서 어쩌려고 그래? 그 황금기 결혼해도 지속될 거라고 기대하는 거면 할 말 없고."

"뭐, 사람이 하루아침에 달라지진 않겠지. 하지만 그땐 또 그때 나름의 재미가 있지 않겠어? 괜히 사람들이 신혼의 단꿈 운운할까."

싱글거리는 희경에게선 심려의 기색 따윈 찾아볼 수 없다.

"내가 또 우리 공주를 퍽 사랑하잖냐."

그렇게 자신만만하게 사랑을 입에 담았다. 태승이 피식 웃었다.

"알지, 최희경, 희대의 사랑꾼인 거."

"야, 네가 그렇게 말하면 비수가 든 것처럼 느껴져."

사실이라서 아무 소리 안 했는데 희경은 재치 있는 농담 하나 했다는 듯 낄낄거렸다. 주문한 음식이 나와서 다시 숟가락을 들어 뚝배기 안을 뒤적이며 태승이 말했다.

"그래서 공주님께서 여행 가서 홀로 남은 쓸쓸함을 술로 풀었어?"

"아니라고 말 못하지."

"얼마나 됐는데?"

"오늘로 4일째?"

"너무 오래 못 봐서 눈에서 진물 나겠네."

빈정거림은 희경이 아닌 태승 자신에게 돌아와 날카롭게 팬 상처를 남겼다. 꿈만 같은 하룻밤 후에 떠나간 서우에게선 단 한 번의, 단 한 자의 연락도 없었다. 그가 뒤늦게 보낸 안부를 묻는 메시지는 여전히 숫자 1이 사라지지 않는다.

"안 그래도 좀 그래서 봐서 한 번 찾아가려고. 서프라이즈 이벤트로 놀래줘야지."

"일정을 다 꿰고 있나 보네."

"줄리아가 있으니까 걱정 없어. 나랑 쿵짝이 얼마나 잘 맞는다고."

태승은 슥 고개를 들며 중얼거렸다.

"혼자 간 게 아닌 건가 봐."

"아아, 가족동반이야. 두 분 핀란드 가기 전에 며칠 함께 여행 가고 싶다

126

고 하더라고. 가끔 보면 질투 날 만큼 두 분한텐 끔찍해.”

“그 당연한 걸 질투씩이나 해?”

“아니, 진짜 질투한다는 게 아니라 그냥 뭐 우선순위의 문제 같은 거야. 가끔 생각하는데….”

불현듯 말끝을 흐리며 희경은 먼 곳을 보는 듯 아련한 눈매를 했다.

“숙부랑 숙모가 반대하면 서우는 그날로 나한테 굿바이 하고 돌아설 것 같은 게…. 말하자면 남편이랑 출신 가문이 대립할 때 주저 없이 가문을 선택하는 귀족 영애, 그런 느낌이 가끔씩…. 야, 아무튼 그렇다고.”

지리멸렬하긴 해도 희경이 어떤 점을 탐탁지 않아 하는지는 태승도 알 만했다. 백서우는 대인관계라는 면에서 봤을 때 산뜻함을 넘어 다소 냉정하다 싶을 정도로 주위에 선을 긋는 경향이 있다. 행동거지는 부드럽고 공손하지만 따사로운 것과는 달랐다. 사람 자체가 초거울의 맑고 담백한 기운을 머금고 있다.

예외가 있다면 그녀를 키워준 외조부와 외조모였다. 서우는 그 두 분 곁에 있을 때, 더없이 안온한 얼굴을 했다.

그 점을 극명하게 깨달은 건 줄리아의 깜짝 초대를 받아 저녁식사를 함께 한 자리에서였다. 그곳이 서우의 집이라는 것을 충분히 감안하고 봐도 그녀의 느긋함은 남달랐다. 어미 새의 날갯죽지 아래서 천진하게 비를 긋는 새끼를 연상시키는 고요함, 평화로움. 식탁 위엔 봄바람이 맴돌았고 서우 또한 봄이었다.

그녀는 분명 희경에게도 무척 정답게 굴지만 그것과는 좀 달랐다. 그 뭐라 말할 수 없는 허물없는 친밀감은 아직 희경에겐 허락된 게 아니다.

그 점을 확인하고 태승은 약간의 위안을 느끼는 한편, 또 한 덩어리의 조바심을 품게 됐다. 가뜩이나 몸집을 늘려 버거워진 갈망이란 녀석이 한 뼘 더 자라기에 좋은 먹이를.

답답한 가슴에 들이붓듯 물 한 컵을 쭉 들이켜고 태승은 핀잔했다.

"너도 뭐 큰소리칠 입장은 아닌 것 같은데? 아니면 가슴에 손을 얹고 백서우가 최우선순위라고 할 참이야?"

"음, 그게 말하기 나름인데, 음, 나한텐 여든을 바라보는 노모가 계신다고!"

크흑 하고 얼굴을 가리며 고뇌하는 희경을 멀거니 바라보며 태승은 한 술 떴다. 입에 넣고 꼭꼭 씹으며 생각한다. 무어라고 변명하든 꼭 그만큼의 정인 거라고.

하물며 희경은 사랑을 위해 왕좌를 내놓을 종류의 인물은 결코 아니다. 그는 좋아 보이는 무언가를 갖기 위해 다른 무언가를 내놓아 본 적도 없을 것이다.

희생이 무엇인지, 헌신이 무엇인지 절절히 통감한 바 없는 빛나는 성에 사는 왕자님.

'어울리지 않아. 도저히.'

줄곧 지켜봐 왔다. 그렇기에 희망을 걸었다.

서로 걸어가는 삶의 장르가 다른 두 사람이 영원히 행복해지는 일은 없을 거라고.

알고 있다. 어찌 됐건 이건 기만이라는 거. 의심 한 조각 없이 자기 속내를 풀어놓는 왕자를 앞에 두고 은밀히 장차의 파국을 염원하는 자신은 음침한 악역에 불과할지도 모른다. 그래서 언제까지고 안티히어로에 지나지 않는다 해도 그는―.

"뭐 바닷가 근처 지나거나 하면 말해. 올여름에 바다 한 번을 못 봤네."

툭 던져본 말에 희경이 반색을 하며 미끼를 물었다.

"갈래, 같이?"

"그냥 가면서 떨궈주라고."

"그럼 운전을 나더러 하라고?"

질색하는 모습에 태승은 졌다는 듯 한숨을 쉬었다.

"네, 운전은 제가 해서 가겠습니다. 겸사겸사 왕자님도 모셔다 드리지. 됐냐?"

"콜! 기름 빵빵하게 채워줄게."

희경이 의기양양하게 히죽거렸다. 대조적으로 태승은 떨떠름한 얼굴로 해장국에 공깃밥을 말았다.

바로 크게 한술 뜨며, 웃음도 짓씹어 깨문다. 이걸로 서우를 보러 갈 명분을 얻었다. 오늘 밤은 술 없이도 푹 잘 수 있을 거란 생각이 들었다.

그 흡족함을 충분히 만끽하지도 못했는데 희경이 툭툭 테이블을 두드려 태승을 상념에서 끌어냈다.

"전화 오잖아. 전화."

과연 왼손 옆에서 진동하는 휴대폰을 보고 태승은 발신자를 확인했다. 먹는 손을 놀리지 않으며 가볍게 거절 처리하고 묵음 설정한 휴대폰을 뒤집어놓았다.

그가 한 조각 동요도 없이 식사에 전념하는 모습에 희경은 금세 흥미를 잃고 하품을 했다. 생각난 김에 휴대폰을 만지작거리는데 정신을 팔지 않았다면 희경도 기계적으로 음식을 넘기는 태승의 눈빛이 꽤 가라앉았다는 걸 눈치챘을지 모른다.

식사를 마치고 식당 앞에서 바로 헤어졌다. 약속이 있긴 한데 시간이 좀 뜬다며 아파트로 돌아가 한숨 자겠다는 희경을 보내고 태승은 한동안 의미 없는 드라이브로 시간을 죽였다.

그러다 한적한 곳에 차를 세우고 아파트로 전화를 걸었다. 희경이 아무도 없다고 판단했던 태승의 집 안에서 전화벨이 오래도록 울리는 광경을 그려본다. 쓸데없이 널따란 거실 한쪽에서 울리는 까만 유선전화기. 전화를 한 번 끊고 다시 건다. 이번엔 벨이 서너 번가량 울린 후 바로 끊는다. 연달아 세 번째 전화를 건다.

—…여보세요, 형?

잔뜩 겁을 집어먹은 남자아이의 목소리. 미리 일러준 신호가 맞는지 어떤지 반신반의하느라 동그래져 있을 아이의 눈이 떠올랐다.

"그래, 태영아, 형이야."

안심시켜주자 후아아 하고 자그맣게 한숨을 쉬는 소리가 들려왔다. 올해로 열네 살이지만 지능발달 정도는 그보다 더 느려서 열 살 정도의 인지능력을 가지고 있는 태승의 이부동생이다. 체격도 꼭 그만큼밖에 되지 않는다.

"어머닌? 엄마, 뭐 하시고 네가 받아?"

—잠자.

"자? 그럼 너 밥은?"

—아까 엄마랑 같이 먹었어.

"정말 먹었어? 너 혼자 먹은 거 아니고?"

—같이 먹었어. 내가 라면 끓였어.

순간 말문이 턱 막혔다. 모친이 원체 부엌일에 재주도, 흥미도 없는 사람인 걸 알아서 간단히 먹을 수 있는 레토르트 식품을 넉넉히 3주일분은 준비해두고 나왔다. 급한 대로 즉석밥이며 반찬도 가짓수 부족하지 않게 채워뒀는데.

"형이 아침엔 우유에 시리얼이라도 말아먹으라고 했잖아. 우유 떨어졌어?"

─안 떨어졌어. 근데 엄마가 라면 먹고 싶댔어. 속이 쓰리대.

국 종류의 간편식도 얼마든지 있다. 그런데도 아이에게 라면을 끓여 바치게 한 여자를 생각하며 태승은 이마를 짚었다. 가능성 있는 상황이 딱 하나밖에 떠오르지 않는다.

"어머니 술 드셨니?"

─….

"엄마가 말하지 말랬지? 괜찮아, 형은 알고 있으니까 말해봐."

─쪼금.

아이가 말하는 쪼금은 한 잔, 두 잔 정도의 귀여운 단위가 아니다. 병 단위. 그도 모자라 해장이랍시고 라면 국물에 한 병쯤은 거뜬하게 넘기는 모습이 눈에 선했다.

그나마도 술주정은 크게 없다. 물 마시듯 술을 마시고 어느 순간 쓰러져 자는 정도. 그러다 잠에서 깨면 술이 덜 깬 몽롱한 얼굴로 흐느적흐느적 집안일 몇 가지를 했다. 그리고 보통은 술기운이 떨어지기 전에 또 술을 마신다.

워낙에 그러고 살아온 사람이라 말리고 말고 할 생각도 없다. 그 점도 고려해서 최소한의 술 정도는 챙겨두었고 말이다. 하지만 태영의 반응을 보니 그 최소한의 의미가 한없이 가볍지 싶다.

"혹시 엄마가 외출한 적 있니? 술 사러 나갔다 왔어?"

─으응, 내가 소시지 먹고 싶다고 했어, 그래서 엄마가….

"야단치려는 거 아니야. 그냥 확인하려는 거야, 태영아."

사람들 감정에 한없이 예민한 아이가, 형의 목소리에서 무엇을 읽었는지 엄마를 감싸려고 들었다. 태승은 호흡을 고르며 담담해지려고 노력했다.

─어젯밤, 어, 새벽? 숫자 1 넘어서 잠깐 나갔다가 온다고 했어. 형이, 전화를 안 받는다고.

아직 시계를 볼 줄 모르는 아이가 새벽 1시를 말하고 싶었나 보다. 태승은 그때는 물론 그전에도 전화 같은 건 받은 적 없다. 매일같이 갇혀 있는 게 답답해서 그 핑계라도 대고 나가고 싶었던 모양인데…. 새벽이라 나름 안전하다고 생각한 걸까.

'의미 없지. 그 작자가 야행성인 게 하루 이틀도 아니고. 오히려 진짜 위험한 때를 골라 나간 거나 진배없어.'

"그래서 금방 돌아오셨고?"

─으응, 나 깜빡 잠들어서 몰라. 일어났을 땐 엄마 자고 있었어. 근데 형아, 엄마가 무서운 꿈 꿨어. 소리 지르고 막 울어서 내가 깨웠어.

"잘했네, 태영이. 듬직해."

─어, 듬직, 듬직이 뭐야?

"믿을 수 있어서 안심이 되는 사람보고 듬직하다고 해. 엄마 옆에 태영이가 있어서 참 다행이야."

태승의 설명에 아이가 수줍은 듯 웃었다.

─나 형처럼 많이 커서 엄마 지켜줄 거야. 엄마 맞을 때 내가 대신 맞으면 엄마 안 아프잖아, 그치?

너무 순진한 발상에 쓴웃음이 배어 나왔다. 얼른 커서 엄마 대신 맞겠다는 게 소원이라니.

"태영아? 가서 엄마 좀 깨워봐. 형이 찾는다고, 눈뜰 때까지 계속 깨워봐."

응, 하고 대답하는 소리가 나고 수화기 너머가 고요해졌다. 그리고 한 1

분 넘게 기다렸을까, 잠이 덜 깬 기색이 역력한 여자의 말소리가 났다.

—…왜?

"간밤에 그 인간 보셨어요?"

—어… 봤어. 숨어 있었나 봐, 벼락같이 덤벼들더라고.

"잘도 빠져나오셨네요."

명백한 조롱에도 여자는 멍한 목소리로 "그랬지." 하는 게 고작이다.

—머리채를 잡혔는데, 머리가 짧으니까 놓치더라고. 제 발등 제가 찍었지.

쥐 파먹은 듯 잘린 여자의 머리카락이 떠올랐다. 걸핏하면 가위로 옷을 갈기갈기 찢다 못해 이젠 가위를 들고 마누라란 여자의 머리에 덤벼드는 데까지 이른 한심한 작자도 생각했다.

—다시 쫓아오기에 사오던 술을 던졌어. 그럴 줄 몰랐는데 병이 얼굴에 맞았나 봐. 주저앉아서 끙끙대는 거 보고 도망쳤어. 많이 다친 거나 아니었음 좋겠는데.

느릿느릿, 조금도 절박하게 들리는 목소리가 아니었지만 내심은 두려움에 질려 아득해하고 있을 것이다. 자신이 한 짓은 생각하지 않고 제 몸뚱이에 생채기 하나라도 날라치면 천지가 무너진 것처럼 길길이 뛰는 사람이 그 상대였으니.

이러다 내가 문제가 아니라 애가 죽겠구나, 하고 드물게 깨인 정신으로 생각하고 태승에게 도망쳐온 것, 거기까지가 여자가 할 수 있는 최대치였다. 태승도 그거면 충분했다. 절대로 먼저 연락하지 않겠다고 약조한 바를 지키면서 어머니와 동생을 지켜줄 수 있는 명분을 얻었으니까.

하지만 그 결과 여자는 앞으로 원조받을 길이 끊겼다. 그런 약속이었다. 태승을 보내는 대가로 평생 먹고 살게끔 돌봐주겠다는. 다만 두 번 다시 아이 앞에 나타나지 말 것. 어떤 권리도 주장하지 말 것.

여자는 기꺼이 따랐다. 아니, 기꺼이 따른 건 여자랑 사는 남자였다. 태승을 가진 채 쫓겨난 어머니가 위자료로 받은 약간의 재산을 야금야금 갉아먹었던 뭇 남자 가운데서도 단연코 저열하고 악착스럽기가 거머리를 방불케 하는 남자가 얼씨구나 하며 태승을 팔아넘겼다. 술과 폭력으로 무기력해진 여자는 생각이고 뭐고 깊게 할 수 있는 상태가 아니었다.

그래도 꼭 한 번, 애를 이렇게 보내는 건 아닌 것 같다고 말해준 기억이 있어서 태승은 어머니란 사람을 저 밑바닥까지 속속들이 경멸하는 것만큼은 모면했다.

하지만 딱 거기까지. 태승은 18년 만에 만나게 된 친부에게 내준 신장 한쪽과 함께 자신의 과거 또한 내버렸다.

다섯 살이 돼도 말하는 게 또래보다 한참 늦되던 동생의 일이 종종 떠올랐지만, 녹록하지 않은 현실에 고군분투하느라 점점 그 빈도가 뜸해졌다. 그러다가는 아예 생각하지 않게 되었다.

하여 별안간 열네 살이 된 동생이 태승의 눈앞에 나타났을 때도, 어디서 본 듯한 아이네 하고 생각했다가 "형!" 하고 부르는 소리에 뒤통수를 얻어맞은 것처럼 놀랐다. 남들보다 조금 느린 인생을 살고 있는 아이는 무정한 형을 어제 본 것처럼 반갑게 부르며 달려왔다. 태승은 얼떨떨한 얼굴로 제 다리에 매달린 아이를 한참이나 내려다본 끝에 "태영이?" 하고 중얼거렸다.

—…계속 앞에서 지키고 있을까?

여자의 두려움은 태승의 가슴에 어떠한 반응도 일으키지 않았다. 태승을 데려갈 때 여자 앞으로 해준 서울 외곽의 빌라도 진즉에 날려 먹고 매달 오백의 송금액이 무색하도록 상거지 꼴로 나타난 여자를 봤을 때도, 태승의 가슴은 꼼짝하지 않았다.

그러나 태영에게는 달랐다. 조금 느리고 마냥 선한 아이. 태승은 태영을 다시 보게 된 게 좋았다. 그리고 동생을 위해 무어라도 해줄 욕심을 품었다. 예전과 변함없이 엄마 껌딱지인 동생이다. 여자는 그래서 태승에게도 의미가 있었다.

"지키고 있겠죠. 얼마 만에 문 봉인데."

—쫓아버리면 안 돼? 사람 시켜서.

여자의 단편적인 사고가 태승을 웃게 했다. 당장 눈앞에서 치우면 그다음은? 여자는 늘 이런 식이었다.

"제가 알아서 할게요. 아무튼 제가 괜찮다고 할 때까지 절대 나오지 마세요. 봐서 필요한 거 좀 배달시킬 테니까 그때 문만 열어주시고."

—그렇게. 저기… 술도….

"네."

덤덤히 대답하고 전화를 끊었다. 사람에게 아무 기대도 없다는 건 참으로 무서운 일이라고 잠시 생각하고 있는데 휴대폰이 바르르 진동했다. 내려다보자 방금 통화 중에도 두 번 전화를 걸어온 번호가 떴다.

통화 목록을 보면 아마 온통 이 번호일 것이다. 식당에서부터 지금까지 한 시간도 채 안 되는 동안 거의 서른 번은 전화를 걸었지 싶다. 집요한 거 머리다윘다.

이번에도 무시하고 차를 출발시켰다. 호텔로 돌아가는 대신 아파트로 길을 잡았다.

반시간 조금 못 걸려서 아파트 진입로가 눈에 들어왔다. 속도를 낮추며 주위를 찬찬히 확인하던 태승은 진입로 입구 오른편의 한창 꽃이 피기 시작한 배롱나무 그늘에 웅크리고 있는 남자를 발견했다. 간밤에 다친 건지 왼쪽 눈 주위가 퉁퉁 부어 있어도, 별나게 툭 불거진 뾰족하고 얄팍한 귀를 알아보는 덴 문제가 없었다.

태승은 차를 남자 쪽 연석 옆으로 가져다 대고 시동을 껐다. 짧게 호흡을 고르고 차에서 내리는 그를 남자는 시큰둥하게 쳐다보고 고개를 돌리다 다시 홱 목이 꺾일 정도로 돌아보았다.

"이게 누구야, 권태승이… 아니, 아니 이제는 주태승이었지?"

함박웃음을 지으며 태승에게 다가온 남자가 툭툭 태승의 어깨를 두드리며 친한 척을 했다.

"녀석 키가 거기서 더 자랐네? 과연 부잣집 물이 좋은 모양이야. 하하, 신수가 훤한 게 다른 데서 보면 몰라보겠어."

술 냄새와 뒤섞인 남자의 체취가 지독했다. 멀쩡한 한쪽 눈도 누렇게 번들거리는 것이 마주 보기가 역겹다. 살아온 인생이 고스란히 그 얼굴에 흔적으로 남은 남자의 손을 스윽 걷어내며 태승은 말했다.

"문자 보낸 거 확인하셨죠? 어떻게, 받아들일 의향 있으세요?"

"오랜만에 만나서 뭐 그런 삭막한 이야기부터 꺼내고 그러냐. 이럴 게 아니라 어디 시원한 데라도 들어가서…."

"이혼하고 태영이 친권 포기하는 조건으로 오천. 두 사람 앞에 나타나지 않는다는 약속 이행하면 5년 후에 오천 더. 이 조건 숙지하셨을 거고, 여기까지 오신 걸 보면 긍정적인 대답을 기대해도 될까요?"

"원, 녀석도 딱딱하게 굴기는. 길바닥에 서서 할 이야기도 아니고 어디 좀 들어가 앉자. 집에 들어가는 길이지? 여기까지 왔는데 나도 너 사는 것 좀 봐야지."

비굴한 웃음을 흩뿌리며 재차 옷소매를 건드리는 걸 태승이 칼 같이 떼어냈다.

"당신이 할 대답은 간단합니다. 그리고 내가 기대하는 대답을 할 게 아니라면 얼굴을 볼 의미가 없죠. 2주 기한 드린 게 내일모레까지죠? 생각 잘 하세요. 소송으로 넘어가면 한 푼도 못 건지십니다."

"대가리가 커졌다고 이빨을 제법 좀 까네? 허허, 그런데 태승아, 누구한테 제안할 땐 말이야…."

지치지도 않고 엉겨붙어온다. 태승이 싸늘하게 경고했다.

"대답할 마음이 없는 모양인데 그만 돌아가시죠. 험한 꼴 당하기 전에."

"…험한 꼴? 이 새끼, 싸가지 없는 건 여전하구나. 10년 만에 만나는 아버지한테 한다는 소리가 험한 꼴? 험한 꼬올?"

비굴한 웃음이 삽시간에 짓뭉개진 자리엔 악만 남아 이글거렸다. 태승의 친모와는 다른 의미로 머릿속이 단순하기 짝이 없는 자였다. 두려운 건 돈을 주는 손들이지, 태승은 아니라고 생각할 것이다. 남자 안에서 태승은 엄마 술 심부름하고 동생 똥 기저귀 치우는 틈틈이 남자의 샌드백 노릇으로 매일같이 멍을 달고 살던 삐쩍 마른 그 시절에서 한 치도 자라지 않았을 게 분명했다.

아직도 제가 맘만 먹으면 제압할 수 있다고 믿고 있으리라. 그 증거로 주저 없이 올라와 멱살을 틀어쥔 두 손을 태승은 짐짓 어렵게 뿌리치는 척했다.

뿌리치고 한껏 거드름을 피우며 쏘아붙였다.

"돌아가세요, 말로 하는 건 이번뿐입니다."

"말로 안 하면? 네가 말로 안 하면? 엉?"

"어디 정신병원 같은 데 처박혀서 한평생 세상 구경 못 하게 해드려요?"

"뭐야? 이 새끼가, 어, 네가 돈 좀 있다 이거지? 돈 있으면 멀쩡한 사람 잡아다 가두는 게 그리 쉽냐? 무법천지네, 아주. 어디, 어디 한번 잡아가 봐라, 잡아다 처넣으라고!"

떡진 머리로 쿵쿵 이쪽을 들이받으며 시비를 거는 남자를 몇 초쯤 응시해 주고 뒷덜미를 잡아 사정없이 내던졌다. "아이구!" 하고 큰 소리를 내며 남자는 인도 위에 나뒹굴었다.

겨우 정신을 추슬러 앉자 어안이 벙벙한 얼굴로 태승을 보았다. 잠시 후 남자의 입에서 악다구니가 쏟아졌다.

"아이고오오, 이놈이 사람 잡네, 키워준 애비도 몰라보고, 저, 저 망종 놈의 새끼, 쌍놈의 호로새끼를 봤나!"

발악을 하며 소리소리 질러 사람들의 이목을 끌어모으나 싶었지만, 볕이 이글이글거리는 한여름 낮의 고급 아파트 주변은 한산하기 이를 데 없었다. 오가는 행인들이 몇 있긴 했지만 그들은 이런 귀찮은 일에 관심을 보일 만큼 한가롭지도 않았다. 오히려 못 볼 것을 봤다는 듯 외면하며 걸음을 빨리하기 바쁘다.

태승은 한껏 여유롭게 경멸의 눈초리를 던졌다.

"말은 바로 해야죠. 그쪽이 날 키워준 일 자체가 없는데. 주제에 아버지 운운이라니. 사람이 뻔뻔한 것도 정도가 있지."

고개를 내저으며 차를 향해 돌아서는 등 뒤에서 남자가 소리쳤다.

"네놈이 사람 노릇 할 거라곤 기대도 안 했다, 나도 너 같은 놈한텐 볼 일 없으니 내 새끼하고 마누라나 내놔!"

"내 새끼? 태영이 보고 하는 소립니까, 그거? 언제부터 태영이가 그쪽 자식이 됐죠?"

동거하고 얼마 안 돼 배가 불렀고, 아이까지 태어났지만 끝내 자기 씨가 아니라고 잡아떼는 남자 때문에 태영 또한 여자의 호적에 올랐다. 그래서 권태영이다. 태승이 그랬듯 아버지 없이 어머니만 있는 아이로 세상과 첫 대면을 한.

여자와 혼인신고를 한 것도 태승의 친부가 보낸 사람들이 태승을 보러 드나들던 혼란 중에서였다. 여태 피를 빨아오던 비루먹은 노새가 별안간 황금안장을 얹게 될 것 같자 두 눈이 벌게져서 단단히 이빨을 박은 것이다.

"내 새끼지! 애 자란 얼굴을 보면 알 거 아니냐. 한 입으로 두말하는 게 아니라 자라보니까 내 새끼구나 알게 된 걸 어째? 네 애미란 년이 좀 가랑이를 잘 벌리고 다녔어야지? 카악 퉤!"

그런 여자랑 살아온 제 얼굴에도 똥물을 끼얹는 줄 모르고 남자는 잘도 떠들어댔다. 모친에 대한 험한 소리에는 태승도 눈썹 하나 까딱하지 않았다. 그를 발끈하게 한 건 태영을 두고 하는 말이었다.

"이젠 자기 자식인 거 안다면서… 알면서 태영이한테 손찌검을 한 거야? 알면서 그 작은 애 몸에 성한 데가 없도록 때렸어?"

파르르 움켜쥔 주먹이 떨렸다. 태승을 만나러 온 날, 동생은 한여름에 어울리지 않는 긴소매 옷을 입고 있었다. 그마저도 어디서 주워다 입힌 것처럼 낡고 땟물이 줄줄 흐르는 옷이었다.

한동안 지낼 준비를 해주면서 옷가지도 마련해 갔을 때, 태영은 새 옷을 보고 신이 나서 어쩔 줄을 몰라 했다. 그리고 갈아입으려고 낡은 옷을 벗었을 때, 태승은 아이의 작고 마른 몸에 가득한 멍을 보았다. 병의 조짐인가 싶을 정도로 많은 멍들이 모두 이 남자의 폭력 때문임을 안 순간, 태승은 오랜만에 눈앞이 시뻘게지는 증오를 맛봤다.

태승이 주먹을 꽉 움켜쥐고 뚜벅뚜벅 걸어가자 남자가 떨쳐 일어나며 눈알을 부라렸다.

"내가 내 새끼 좀 훈육한다는데 그게 뭐? 그게 뭐라고? 엉? 가뜩이나 병신 새끼 사람 구실하게 해주려면 매보다 더 좋은 약이…."

"닥쳐, 벌레."

태승이 뿜어내는 흉흉한 살기가, 남자에게도 제대로 전달된 모양이다. 잠시 기에 눌려, 갈라 터진 입술을 뻐끔거리는 남자의 두 눈을 똑바로 쳐다보며 태승은 나직이 말했다.

"이제 협의 따위는 없어. 넌 꼭 너에게 걸맞은 진흙 구덩이에서 꿈틀거리고 살게 될 테니까. 주겠다고 한 돈은 그 구덩이 만드는데 잘 쓸게."

씩 웃고 태승은 야멸차게 돌아섰다. 차로 걸어가는데 그제야 입이 터지는지 남자가 소리쳤다.

"…야, 야 이 새끼, 너 거기 서, 서! 사람 말이 안 들리냐, 이 개새끼야…!"

벌레가 끝끝내 사람인 척하네, 하며 힐긋 돌아보는 태승의 눈에 게거품을 물고 덤벼드는 남자가 비쳤다. 그리고 남자의 손 근처에서 쩅하니 햇빛을 반사하는 무언가도.

'칼…?'

찰나에, 날붙이의 정체가 태승의 뇌리에 번득였다.

왕년에 인천에서 알아주는 조직원이었다는 소리를 입에 달고 살던 남자가 그 시절을 향수하며 지니고 있는 낚시용 회칼이 하나 있었다. 사람 피도 여럿 먹었다며 떠들어대던 말의 진실은 둘째 치고 태승에게도 꽤 익숙한 칼이었다. 수틀리면 남자가 그것을 뽑아 들고 공포 분위기를 조성한 게 부지기수요, 칼이 녹슬 만하면 태승에게 갈라고 시켰으니까.

저 칼이 주인을 찌르는 상상을 수도 없이 하며 갈고 또 갈았다. 정작 남자는 게을러서 요령을 가르쳐준 뒤론 언제 한 번 제 손으로 칼을 가는 꼴을 못 봤다.

나쁜 버릇은 수명이 질기다. 태승이 떠난 뒤엔 또 누가 칼을 갈았을까? 지금 저 칼은 과거에 태승이 갈고 난 뒤처럼 날카로울까? 과연?

늙은 깡패의 손은 본인의 생각만큼 빠르지 않았다. 태승의 동체시력이라면 슬쩍 몸을 틀어 피하고 상대를 무장해제시키는 것도 어렵지 않았다. 그러나 그 한순간에도 태승은 계산을 했다.

적당히 피를 보는 게, 유리하다고.

빠른 판단은 행동으로 이어졌다. 태승은 옆으로 피하는 대신 상체를 약간 뒤로 젖히는 것에 그쳤다. 뒤이어 뱃가죽에 별안간 토치를 가져다 댄 것처럼 섬뜩한 작열감이 찾아왔다.

칼의 선단이 블루 셔츠 너머로 사라지는 것을 두 눈으로 똑똑히 목도했다. 소리는, 났을지도 모르지만, 듣지 못했다. 그러나 칼이 파고드는 감촉만큼은 징그러울 정도로 또렷하게 느껴졌다.

너무 매끄러웠다. 아주 약간의 저항감은 깨달은 순간 이미 사라지고 없었다.

계산 착오. 남자의 칼은 날카롭게 벼려져 있었고, 그 앞에서 사람의 살이란 건 단단한 치즈보다도 못했다. 적당히 피를 볼 정도의 상처를 얻는 대신 치명상도 농담이 아니라고 깨달았을 땐, 이미 사세가 급박했다.

상체를 한껏 뒤로 젖히며 칼을 쥔 남자의 팔을 붙잡으려고 손을 뻗었지만 무섭도록 고조된 의식 수준을 몸이 미처 따라가지 못했다. 절망적으로 느릿느릿 움직이는 손. 그러는 동안에도 칼은 오른쪽 뱃구레를 뚫으며….

콱, 틀어박혔다, 고 생각했는데—

'뭐지?'

파국 대신 찾아온 건 강렬한 저항감. 태승은 남자의 팔을 붙잡는 동시에 칼끝이 늑골에 부딪혀 멈췄다는 것을 직감했다. 마주한 눈빛에서 남자 또한 그 사실을 알아챘음을 보았다.

남자가 손목을 비틀어 칼을 꺾어 올리려고 했지만, 태승도 더는 방심하지 않았다. 쥐어 터뜨릴 것처럼 강하게 팔을 움켜쥐며 다른 손으론 남자의 코를 후려쳤다. 훅하고 머리가 꺾이며 남자의 상체가 기우뚱 넘어갔다. 재차 적의 울대에 잽을 날렸다. 남자의 비틀거림에 가속도가 붙었다. 그것은 악착같이 쥐고 있던 칼 손잡이에서 손이 미끄러지게 만들기에 충분했다.

도로 칼을 거머쥐려는 허우적거림은 태승에게 턱 끝을 호되게 얻어맞아 뒤로 나가떨어지면서 수포로 끝났다. 지지대를 잃은 칼 또한 털렁거리며 떨어져 인도 위를 나뒹굴었다. 태승은 부리나케 칼을 도로 쪽으로 걷어차고 쓰러진 남자에게 덤벼들었다.

그새 일어나려고 들썩거리던 남자는 태승과 부딪힌 충격으로 바닥에 고꾸라졌다. 곧장 올라탄 태승이 남자의 팔을 뒤로 꺾어 제압했다. 그래도 거칠게 몸부림치는 상대의 머리를 바닥에 쿵 소리가 나게 찍어 누르자 마침내 저항할 기력을 잃은 듯 잠잠해졌다.

숨돌릴 틈도 없이 휴대폰을 꺼내 들고 경찰에 신고하는 태승의 목소리는 이 상황에 어울리지 않을 만큼 침착했다.

"네, ○아파트 진입로 앞이에요. 정문요. 가해자는 진압한 상태입니다. 네, 칼에 찔렸습니다. 네, 피해자는 저예요."

피해자, 라고 거듭 확인하는 순간 따끔하고 아픔이 느껴졌다. 내려다본 셔츠 앞섶에 벌겋게 번져가는 피가 거짓말처럼 흥건했다. 그러나 상처는 별로 깊지 않다고 본능적으로 파악하고 안도했다.

'운이 좋았어.'

살아온 중에 가장 멍청한 짓을 저질렀지만, 용케도 악운이 아슬아슬하게 버텨주었다. 바싹 마른 입술을 훔치는 혀가 사막처럼 깔깔했다. 그렇게라도 한숨 돌리는 뇌리에 어째선지 서우가 떠올랐다.

'난 살아 있어.'

그 실감의 가장 극명한 상징. 살아 있다. 그래서 다시 그녀를 볼 수 있다.

불현듯 웃음이 나는 걸 참을 수 없었다. 입술을 깨물어 웃음을 참는 중에도 상처에선 줄줄 피가 흐르고 있건만.

그럼에도 불구하고, 태승은 행복했던 것이다.

저 못난 남자는 조직원이었단 말도 허풍이었던 게 분명하다. 그러니 미숙한 칼질에 칼날이 비스듬히 베고 지나가서 상처가 얕았다. 괜히 칼끝이 뼈에 부딪힌 게 아니었던 것.

가장 깊게 찔린 부위래 봤자 1.4센티미터에 그치는 자상에서 부서진 뼛조각을 조금 긁어낸 것 외에 어려운 치료는 없었다. 여타 장기가 멀쩡한 건 말할 것도 없다. 그런데도 아물 때까지 최소 4주는 안정하라는 권고를 받았다. 일주일 정도 입원해서 경과를 지켜보는 것은 물론이고.

하지만 만으로 나흘도 안 되어 태승은 장거리 운전에 나선 참이었다. 목적지는 속초. 옆에는 희경을 태운 채로.

서울에서 출발할 때만 해도 들떠서 노래를 흥얼거리며 부산을 떨던 희경은 20분도 안 되어 잠이 든 뒤로 내내 숙면 중이다. 남에게 운전대를 맡기면 나오는 희경의 고질적인 버릇. 태승도 오늘은 그편이 편했다.

덕분에 존재감 강한 친구는 잠시 잊고 그리운 사람을 보러 가는 기분을 만끽하고 있었다. 단지 희경이 달고 나타난 혹을 보고 서우가 어떤 표정을 지을지, 그 한 가지가 독사과처럼 목에 걸려 있었지만 그마저도 대개 잊을 수 있었다.

오늘은 틀림없이 볼 수 있다. 그 사실만으로 모든 게 더할 나위 없는 날이었다. 끼니때를 놓친 배가 꼬르륵거리고, 약 먹을 때를 놓친 상처가 지끈거리고, 속초 5킬로미터 남은 시점부터 하늘에 심상찮은 구름이 모여들다가, 마침내 속초에 들어선 순간 소나기와 조우했어도 태승의 유쾌한 기분은 전혀 다치지 않았다.

"뭐야… 지금 비 오는 거야? 아아, 제발 태승아, 이거 꿈이라고 해줘."

잠에서 깬 희경이 바깥 상황을 보고 도로 눈을 감고 온몸으로 현실을 부정했지만, 빗발은 점점 더 거세져만 갔다.

"우리 공주랑 해수욕장 가려고 했는데 이게 뭐야. 하필 바닷가에 와서 비라니, 야, 우남, 뭐 느끼는 거 없어?"

"비가 오는 게 내 탓이냐?"

"너랑 어디 좀 멀리 가면 꼭 이런데 그럼 그게 내 탓이겠어? 나는 해를 몰고 다니는 남자라고."

시답잖은 소리에 태승은 더 왈가왈부할 생각이 똑 사라졌다. 그래, 다 내 탓이오 하고 만 뒤 진지한 이야기를 꺼냈다.

"아무튼 해수욕장에서 우연히 조우한다는 계획은 변경해야겠지? 어떻게 할래, 바로 콘도로 가?"

"연락 좀 해보고. 음… 안 받네."

몇 분 기다렸다가 다시 전화를 해봤지만 그 역시 허탕이라 희경이 울상을 지었다.

"뭐 하기에 전화를 안 받으시지."

"그쪽도 비를 만나서 서둘러 돌아가는 중일지도 모르지."

"어쩔 수 없다. 콘도로 가자, 우선."

태승은 고개를 끄덕이고 내비게이션 목적지를 변경했다. 서우 일행이 머무는 콘도까지는 대략 15분 남짓 걸렸다.

로비에서 희경이 다시 전화를 거는 동안 태승은 프런트에서 체크인했다. 기왕 온 거 그도 별일 없다면 이틀쯤 묵을 생각이었다. 키를 받고 돌아서자 희경이 통화를 하면서 태승에게 눈을 찡긋 했다.

"예, 숙부님, 예…. 예, 곧 찾아뵙겠습니다."

전화를 끊고 후우 한숨 쉬며 괜스레 땀을 훔치는 시늉을 하는 희경에게 태승이 물었다.

"교수님?"

"응. 줄리아 숙모가 딱 낮잠 주무시고 계실 때 왔나 봐. 그나저나 우리 먹을 복 있다. 서우가 막 칼국수 준비하는 중이래. 비 오는 날의 뜨끈한 칼국수. 크으, 이건 계절을 가리지 않지."

입맛을 다시는 희경을 보며 태승이 말했다.

"여기 1층에 식당 있대. 난 그리로 갈 테니까 너도 가봐."

"식당? 우리 공주가 한창 칼국수를 만든다는 말 못 들었어?"

"서프라이즈 이벤트 해주겠다며. 거기 내가 끼어들면 그 이벤트가 온전하겠어?"

태승의 지적에 희경의 달변도 잠시 무르춤했다.

"야, 우리 서우 먹는 걸로 사람 차별하고 그런 사람 아니야."

기껏 설득이랍시고 하는 말이 너무 옹색해서 태승이 픽 웃었다.

"됐어, 난 홀가분하게 혼자 먹을 테니까. 내내 운전하느라 피곤하기도 하고."

운전이란 말을 특히 강조하자 희경도 과연 머쓱해했다.

"그럼 이따 연락할게. 저녁은 같이 먹자."

태승은 생각해보겠다는 듯 눈썹을 살짝 들어 올렸다.

"틀림없이 저녁 같이 먹기로 했다. 야, 근데 방은 몇 호야?"

식당으로 걸어가는 등 뒤에서 희경이 물어왔지만 태승은 묵묵부답, 전화하라는 수신호만 던지곤 걸음을 재우쳤다.

휴식을 방해하지 말라고 한마디 해줄 수도 있었지만, 희경이 곧이곧대로 듣고 별안간 배려 넘치게 군다면 그 또한 곤란한 일이다. 마음 같아선 마지못한 양 희경에게 이끌려 칼국수를 먹으러 가고 싶었다.

그러지 못한 대신 식당에 가서 메뉴에 칼국수가 없나 살펴보았다.

'있다!'

씩 웃고 메뉴를 주문하러 갔는데 응대하는 나이 지긋한 아주머니가 홰홰 고개를 내저었다.

"오늘은 준비 못 했는데 어쩌나. 다른 거 드셔, 다른 것도 다 맛있어."

"네…."

태승이 너무 낙담한 표정을 지었던지, 아주머니가 안쓰러운 얼굴로 이것저것 말했다.

"여기 우동도 괜찮은데. 냄비우동이랑 튀김우동이 있거든. 아, 잔치국수도 좋아. 그래, 잔치국수 먹어요, 잔치국수. 양 많이 해줄게. 칼국수 사촌이니까 꿩 대신 닭이네."

붙임성 좋은 아주머니의 접객으로 얼렁뚱땅 잔치국수를 먹게 된 태승이다. 양 많이 주겠다고 장담하더니 숫제 곱빼기인 양 그릇 가득 말아져 나온 국수를 태승은 잠시 멍하니 내려다보았다.

"나 면 싫어하는데…."

그나마 칼국수가 꿩 대신 닭이었는데 생뚱맞은 잔치국수가 그 자릴 대신했다. 그럼 이건 메추라기쯤 되는 건가 생각하다가 부질없어서 푹 한숨을 쉰다.

지금쯤 서우 일행도 칼국수를 먹고 있겠지. 태승도 기합을 넣고 젓가락을 쥐고 국수를 먹기 시작했다.

맛없는 국수를 꾸역꾸역 비운 것까지는 좋았는데 약을 먹고 얼마 후부터 말도 못하게 잠이 쏟아졌다. 항생제가 섞인 약이라 독한 건 맞지만 이정도로 잠이 오는 건 또 처음. 어지간하면 버텨보려던 태승이 소파에 앉은 채로 잠이 들어 어두워지도록 통 깨어나질 못했다.

그러다 방 안에 요란스레 울려대는 초인종 소리에 얼핏 눈이 뜨였다. 묵직한 머리를 어렵사리 들어서 이게 무슨 소리지 하고 의아해하다가 이윽고 현관으로 향했다.

내딛는 걸음마다 머리가 울리고 속이 울렁거려서 혼났다. 급기야 치밀어 오르는 구역감에 입을 누르며 문을 열어보니 희경이 동그란 눈을 하고 서 있었다.

"뭐야, 살아 있네!"

눈살을 찌푸리며 태승이 쏘아붙였다.

"그럼 살았지 죽었게?"

"하도 전화를 안 받아서 난 또 죽은 줄 알았다. 야, 지금 몇 신 줄 알아?"

"몇 신데."

"허, 시치미 떼긴. 저녁 7시 다 돼가잖아. 네가 그렇게 잠수 타면 내가 안 올 줄 알았지?"

"내 방 호수는 어떻게 알아서…."

"다 방법이 있지."

희경은 엄지와 검지를 비비며 씩 웃었다.

"아무튼 잠수도 때와 장소를 봐가면서 타라고. 다른 일은 몰라도 먹는 일로 사람 서럽게 하면 안 된다고 우리 어마마마께서 누누이 말씀을… 야, 너 어디 아파?"

비로소 희경도 창백하게 질린 태승의 안색이 눈에 들어온 모양이다. 태승은 대답하려고 입을 열다가 솟구치는 욕지기에 얼른 입을 틀어막았다.

잠시 후, 간신히 희경에게 손사래를 쳤다.

"점심 먹은 게 얹힌 것 같아. 알았으면 그만 가봐."

하지만 희경은 가는 대신 안으로 따라 들어오며 물어댔다.

"체했어? 약은? 비상약은 있고?"

태승은 욕실 문을 열고 희경을 돌아보았다.

"알아서 할 테니까 가보라고. 나 좀 내버려둬."

문을 닫고 들어가 정신없이 게우느라 희경이 갔는지 어떤지 내다보지 않았다. 간신히 정신을 좀 추슬러 나왔을 땐 안 보여서 갔나 보다 했다.

어둑한 실내에 불을 밝히자 창문 너머로 캄캄한 바깥 하늘이 눈에 들어왔다. 여전히 비가 오는지 창문엔 굵은 빗방울이 들치고 있다. 태승은 정확한 시각을 보려고 휴대폰을 찾아 두리번거렸지만 좀체 눈에 띄지 않아 단념하고 도로 소파로 향했다.

이제 구역감은 그쳤지만 머리는 고장 난 바이킹처럼 엉망진창이었다. 눈을 뜨면 그 정도가 심해서 눈을 감고 조용히 호흡에 집중했다. 어지럼증은 조금씩 가라앉은 반면 들숨, 날숨마다 상처 부위가 욱신욱신 아리는 정도가 유난해졌다. 아마 저기압도 한몫하는 듯했다.

'역시 오늘 장거리운전은 무리였나.'

외상에 내상까지 덧들인 격. 빈속이지만 약을 먹어야 하지 않을까 고민해본다는 게 그만 또 꾸벅꾸벅 졸기 시작했다.

'엇.'

다시 들려온 초인종 소리에 툭 머리가 수그러지며 졸음에서 깼다. 이번에도 희경이라면 방해하지 말라고 호되게 못 박겠다고 벼르며 몸을 일으켰다.

"내가 내버려두라고… 말했지."

강하게 나가던 어조가 어미에 이르러 슬그머니 꼬리를 내렸다. 복도에 서 있는 건 분명히 희경이다. 그런데 그 혼자 온 게 아니었다.

희경의 뒤에 크림색 원피스를 입은 서우가 이쪽을 바라보고 서 있었다. 눈이 마주치자 살짝 머리 숙여 인사하는 그녀에게 태승도 엉겁결에 인사했다.

"아프시다면서요."

서우의 맑은 목소리가 고장 난 바이킹을 제압하고 머릿속을 점령했다.

"아니, 별거 아닌데. 희경이가 뭐라고 했는지 몰라도, 조금 쉬면 괜찮아질 테니까…."

웅얼거리며 대답하는 그에게 서우가 손에 든 파우치를 들어 보였다.

"약을 좀 가져왔어요."

"그리고 바늘도!"

옆에서 희경이 불쑥 끼어들며 말했다.

"우리 공주님 손도 기막히게 딴다. 너 그거 모르지?"

자랑스레 떠벌이는 희경 너머로 서우와 눈이 마주쳤다.

'아니, 아는데.'

느릿느릿 깜박이는 단아한 눈. 그녀 또한 기억하고 있음이다.

그것이 회경은 모르는 둘만의 기억이라는 사실 앞에 태승은 가만히 입술을 깨물었다.

20
뜻밖의 전화

마냥 세워두고 이야기를 할 수도 없어 두 사람을 방으로 들였다. 몰골이 어떤지 살필 겸 태승이 욕실에 들어갔다 나오니 서우는 휴대용 약 케이스를 식탁에 내어놓고 스툴에 앉아 있었다. 희경은 그새 TV를 틀고 소파를 장악했다.

"오빠 말론 체한 것 같다고 하던데 증세가 정확히 어떻게 돼요? 혹시 급성장염 쪽이라면….."

서우가 묻자 태승이 그쪽은 아니라며 고개를 저었다.

"속이 안 좋아서 토했더니 괜찮아졌어. 지금은 좀 명치가 지끈거리는 정도야."

짐짓 대수롭지 않은 듯 대답했지만, 담담히 이쪽을 보는 눈빛은 그 말을 곧이곧대로 듣는 것 같지는 않았다. 태승이 거듭 강조했다.

"배가 고파서 급하게 먹은 게 얹힌 것 같아. 먹고 좀 노곤해서 바로 잠들어버렸거든."

"뭘 먹었는데요?"

"…어, 라면."

둘러댄 말에 스포츠 중계를 보고 있던 희경이 홱 고개를 돌렸다.

"라면을 먹었어? 라면이라면 냄새도 맡기 싫어하는 녀석이 무슨 바람이 불었데?"

"제일 빨리 되는 게 그거였어. 나 배고팠다니까. 누구처럼 편하게 자면서 오질 않아서."

뼈 있는 말에 희경이 혀를 빼물며 부리나케 TV로 고개를 돌렸다. 서우는 약 케이스를 열어 알약 하나와 소화제 드링크를 태승 쪽으로 밀어주었다.

"라면이면 밀가루니까, 이걸 먹으면 될 거예요. 자, 이거랑 같이."

"고마워."

고분고분 약을 넘기는 옆얼굴에 서우의 눈길이 지그시 멈춰 있는 바람에 태승은 어깨에 힘이 들어갔다.

"혹시 열이 나거나 하진 않아요?"

"별로."

태승은 고개를 저었지만 역시 미덥지 않았는지 서우가 희경에게 도움을 청했다.

"열 있는 것 같은데, 오빠가 확인 좀 해봐요."

"네, 공주님."

냉큼 일어서서 태승의 열을 확인하러 온 희경이 태승의 이마며 뺨, 손등을 잡아보곤 보고했다.

"열 꽤 높습니다. 게다가 피부도 축축해서 기분 나쁩니다. 이상 보고 끝."

태승은 눈살을 찌푸리며 제 이마에 손등을 대보았다. 아까부터 숨쉬기가 버겁다는 느낌은 있었는데 열 때문일까? 그렇다면 그건 염증 반응일지도 모르겠다며 다친 부위를 의식했다.

"그렇다면 해열제도 하나 먹는 게 좋겠네요."

"기왕이면 진통제 쪽이 좋겠어. 머리가 아파서."

약을 고르는 서우에게 태승이 주문하자 그녀가 고개를 끄덕였다.

"열 때문에 아픈 걸지도 몰라요. 자, 이건 해열진통제예요."

작은 칸칸이 즐비한 알약 중에서 쏙 필요한 것을 꺼내준다. 태승은 내심 놀라워하며 약을 삼키고 희경에게 말했다.

"듬직하네. 가족 중에 누구라도 아픈 사람은 용납하지 않겠다는 결기가 느껴져."

"이를 말이라고. 우리 서우야말로 고요한 행동대장이라니까."

피식 웃고 태승은 희경이 앉아 있는 소파로 걸어갔다. 서 있으려니 옆구리가 땅기면서 아픈 게 허리가 절로 수그러들 지경이었다. 소파에 앉아서도 반듯한 자세는 꿈에 가깝다.

"진짜 네가 아프긴 아픈가 보다. 아파도 아프다고 말을 안 하는 녀석이 얼굴에 아픈 게 써 있어."

희경이 걱정스러운 표정으로 들여다보며 하는 말에 태승은 허기져서 그런다고 눙치듯이 말했다.

"그나마 오늘 첫 끼니였던 게 증발했으니 엔진이 제대로 가동할 수나 있겠어?"

"일리 있네. 아파도 배는 든든해야 버틸 기운이 있지. 서우야, 그렇다고 이 상황에 뭘 먹으면 안 되겠지?"

"아직 안 돼요. 일단은 속이 좀 편안해져야죠."

서우는 고개를 젓고 태승의 의견을 구했다.

"손까지 딸래요? 꼭 해야 할 필요는 없지만."

태승은 잠시 손을 들여다보며 고민하는 척하다 고개를 끄덕였다.

"번거롭겠지만 부탁할게."

"괜찮아, 서우한테 이런 건 일도 아니야."

당사자도 안 하는 걸 제가 나서서 우쭐거리던 희경은 정작 서우가 바늘 끝을 가스불에 소독하는 광경에 안색이 변했다.

"어, 여기서 하려고? 그럴 게 아니라 저기 방에 들어가서…. 아니야, 아니야. 내가 나가 있을게, 나갔다 올게."

희경은 서우가 차분한 눈길로 쳐다보자 금세 마음을 바꿔 제가 나가겠다고 일어섰다. 얼른 현관으로 뛰어가는 그를 딱히 붙잡지 않고, 서우는 태승의 곁으로 와 손을 달라고 했다.

문이 닫히는 소리를 뒤로하고 서우는 태승의 손목을 잡고 어깻죽지부터 손까지 쭉쭉 훑어 내리듯 주물렀다. 가느다란 손에 잔뜩 힘을 넣어 꼭꼭 주무르다 툭 쏟아낸 불평에 태승의 눈이 동그래졌다.

"예전엔 훨씬 쉬웠던 것 같은데."

눈이 마주치자 얼른 입을 다물었지만 어떤 의미인지 태승도 잘 알았다.

"그땐 공부만 하느라 물살이었지."

"아뇨, 물살이라고 할 만큼 살이 있지도 않았어요. 뼈 위에 약간의 가죽, 그런 느낌이었죠. 지금은 다소 과잉근육이고요."

"그렇게 지나친가?"

"못 봐주겠단 소린 아니에요. 전에 비하면 그렇다는 이야기지."

마사지는 그만하면 됐다는 듯 그녀가 태승의 엄지 마디 위로 단단히 실을 동이고 바늘 끝을 세웠다.

"고개 돌려요."

"괜찮아, 난 누구하고 달라."

서우는 힐긋 그를 쳐다보곤 이내 주저 없이 엄지손톱의 귀퉁이를 푹 찔렀다. 바늘을 빼자 몽글거리며 붉은 점이 하나 생겼다. 금세 동그란 구슬처럼 부풀어 오른 피가 놀랄 정도로 새까맸다.

"된통 체했네."

일종의 감탄마저 깃든 그녀의 말에 응, 하고 태승도 동의했다. 실을 푼 서우는 다른 팔도 마사지하기 시작하며 중얼거렸다.

"전에도 라면이었나?"

"그때는 랍스터였어."

"랍스터?"

너무 의외였는지 서우가 잠시 하던 일을 멈추고 그를 쳐다보았다. 태승은 재차 랍스터였다고 확인해줬다.

"점심 급식으로 랍스터가 나온 날이었어."

"아, 일 년에 한 번 그런 별식 나온 기억이 나네요. 이사장 생일인가 그랬지 아마? 지금 생각해보면 우스꽝스럽네."

그녀의 웃음에 태승도 벙긋 웃었다. 지나보면 확실히 우스꽝스러운데 막상 그 당시엔 색다른 이벤트라고 학생들이 반겼던 걸로 기억한다.

그들이 나온 고등학교는 급식 품질이 좋은 걸로 꽤 유명했지만 랍스터는 좀 오버였다. 태승처럼 급식으로 랍스터를 처음 먹어본 사람도 없지는 않았으리라. 그러나 드러내놓고 그런 내색을 하는 게 촌스럽게 여겨지는 그런 분위기의 학교였다. 태승도 무난히 포커페이스를 유지했지만 내심은 달랐다.

급식으로 내놓기 위해 대량 조리한 랍스터가 맛있으면 얼마나 맛있었겠는가. 하지만 태승은 그 맛에 놀랐다. 그리고 생전 안 하던 식탐을 부려서, 희경이 맛없다고 거의 그대로 내버려둔 것까지 넘겨받아 먹었다. 그것도 맛있었다.

맛있게 먹었는데, 결과는 지독한 소화불량. 자업자득이란 생각에 내색하지 않고 꿋꿋이 참았다. 그러나 단단히 얹힌 위장은 그의 인내 따위에 굴하지 않았다.

결국 7교시 수업이 끝나고 쉬는 시간마저 다 끝나갈 때에 보건실로 향했다. 그리고 아픈 반 친구를 부축해 데려다주러 왔던 서우와 보건실 앞에서 마주쳤다.

약만 받아서 도망치듯 나오는 태승의 뒤에서 서우가 따라 나왔다. 이미 수업 시작종도 울린 후였으니 걸음을 재우쳐도 이상할 게 없었지만 괜히 등 뒤가 신경 쓰여 느긋한 척했다. 가만히 걷기만 해도 머릿속에 식은땀이 날 정도로 아프다는 것도 들키고 싶지 않았다.

최대한 자연스럽게 멀어지려고 안간힘을 쓰고 있었는데, 어느새 옆으로 다가와 나란히 걸으며 그의 안색을 살핀 서우가 물었던 것이다.

'내가 손 좀 따줄까요?'

뜻밖의 말에 태승은 제 귀를 의심하며 서우를 쳐다보았다. 그의 표정을 어떻게 받아들였는지, 서우가 희미하게 미간을 찡그리며 싫으면 안 해도 된다고 덧붙였다.

'나한텐 효과가 있어서 어떨까 하고 물은 것뿐이에요. 필요 없다면 전 이만 가볼게요.'

그대로 지나쳐가려는 그녀를, 태승은 너무 늦지 않게 '잠깐' 하고 불러 세웠다. 돌아보는 그녀에게 솔직하게 '도와줘'라고 말하는 것에는 그보다 훨씬 더 큰 용기가 필요했다.

서우는 보건실 선생님에게 빌려온 반짇고리로 복도에서 그의 손을 따주었다. 돌이켜보면 기묘한 광경이다. 그때의 태승 역시 도깨비에 홀린 것 같다고 생각했다.

무언가 친분에 보탬이 될 만한 말을 주고받기에 그때처럼 좋은 기회가 없었을 텐데, 태승은 그냥 멀대처럼 서 있다가 손에 맺힌 검은 피를 보고 '지독하네'라고 중얼거린 게 고작이었다. 고맙다는 인사조차 변변히 못하고 헤어졌다. 서우가 그를 무례하고 은혜도 모르는 사람으로 여겨도 할 말이 없을 정도로.

그녀가 너무 가까이 있었던 탓이다. 하물며 그의 손이며 팔을 덥석덥석 움켜쥐며 만져댔다. 거기에 정성스레 손을 따준다고 하는 그 살뜰한 상황에 태승은 온통 압도되어 정신을 차릴 수 없었다.

그 자리에서는 그랬다 치고, 나중에라도 고마웠다는 말 한마디 하는 게 죽도록 어려운 일은 아니었을 텐데도 태승은 하지 않았다. 하지 못했다. 상대를 지나치게 의식하는 바가 가리키는 의미를 깨닫고, 열아홉 소년 안에서 도리어 강한 거부반응이 일어났던 것이다.

지금 내가 누굴 좋아하고 말고 할 때인가? 벌써 뭐라도 된 것 같아? 구정물에 살던 올챙이가 운 좋게 넓은 연못에 건너와 개구리가 되었을 뿐이면서.

성이 바뀌고 사는 곳이 달라지고 함께 어울리는 사람들이 달라졌어도, 태승은 결코 잊지 않았다. 그가 누리는 모든 것은 그가 부친에게 내어준 신장 하나의 값이라는 걸.

아직 아무것도 증명하지 못했다. '어느 누구보다도 비싸게 먹힌'—그더러 밖에서는 어머니, 안에서는 사모님이라고 부르라고 한 여자가 면전에서 한 말이다—신장 한 개 말고는.

그런 주제에 연정 같은 게 가당키나 한가.

소년은 자조하고, 그 쓸데없는 감정을 외면했다.

그러나 마음이란 녀석은 정말이지 청개구리가 따로 없다. 엉뚱한 곳에서 바퀴벌레처럼 질긴 건 또 어떻고.

고등학교 때야 피하려 해도 눈앞에서 자꾸 어른대니 어쩔 수 없었다손 쳐도, 대학에 들어간 뒤의 그 강한 생명력엔 학을 뗐다. 한 몇 달쯤 철저히 안 보고 살아서 이젠 말라 죽었나 싶다가도 어쩌다 마주쳐서 눈인사라도 한 날이면 온통 수분을 머금어 퉁퉁 부풀어 올랐다. 그것도 모자라 꾸역꾸역 자라기까지 한다. 이쯤 되면 사하라 사막의 선인장도 한 수 접어주어야 한다.

"그 무렵엔 당신도 꽤 골골댔던 것 같은데. 그래도 체한 건 그게 처음이자 마지막 아니었나요?"

서우가 묻는 말에 태승은 상념을 뒤로하고 고개를 끄덕였다.

"음식에 욕심부리는 편은 아니었으니까. 입도 짧았고."

"그때는 욕심부렸나? 랍스터?"

"맞아. 그건 확실히 식탐이었어."

태승의 담백한 인정에 서우가 엄지에 실을 동이다 말고 그를 빤히 쳐다보았다.

"계기는 정확히 기억 안 나는 데 어린 마음에 랍스터를 아주 근사한 음식의 상징 같은 걸로 새겨뒀거든. 3대 진미니 뭐니 하는 걸 알게 된 후에도 나한텐 랍스터가 으뜸이었어. 그런데 그걸 급식으로 만나게 된 거야."

"그날 처음 먹어봤어요?"

"응. 그것도 내 몫만 먹은 게 아니라 희경이 몫에, 덤으로 내가 잘 먹는 거 보고 희경이가 더 먹으라고 조리원 아주머니에게 애교 떨어서 받아온 것까지 네 덩어릴 먹었어. 탈 날 만하지."

창피한 기억이 술술 흘러나온다. 그만큼 시간이 흐르기도 했고, 몸이 아픈 바람에 마음의 허들이 내려간 탓도 있었다.

"네 덩어리라고 해도 양이야 별 볼 일 없었을 텐데. 그래도, 위장이 기뻐서 잠시 취했던 걸 수는 있겠네요."

"아, 너무 기쁜 나머지 그대로 품고 있으려고 연동운동을 안 했던 건가?"

"아무렴 설마."

"설마가 사람을 잡지. 날 보라고."

태승의 단언에 서우가 후후 웃었다. 빙그레 마주 웃었더니 금세 웃음을 털고 목전에 일에 집중했지만.

따끔, 하고 두 번째 바늘 끝이 더 맵게 느껴졌다. 이번 피도 확실히 검다. 기분인지 몰라도 어느새 한결 배 속이 편안해진 것 같다.

"고마워. 벌써 꽤 좋아진 느낌이야."

"효과가 있다니 다행이네요. 어련히 알아서 하겠지만 오늘 밤은 되도록 아무것도 먹지 말아요. 따뜻한 물 정도만 자주 챙겨주고."

"그럴게."

반짇고리를 챙겨 식탁으로 걸어가는 서우를 태승은 아쉬운 눈으로 바라보며 말을 이었다.

"아픈 사람 챙기는 걸 잘하네, 너. 전에도 생각했는데 좀 의외야."

"아무래도 연로하신 조부모님이랑 살고 있으니까요. 두 분 다 아파도 아프다고 내색하지 않는 분들이라 그런 눈치는 빨라졌어요."

"너는 어때?"

무슨 말이냐는 듯 서우가 그를 쳐다보았다.

"아플 때 아프다고 잘 내색하는 편이야?"

"그건… 상황에 달렸죠."

"상황?"

"어리광을 부려도 될 때인지 아닌지."

가만히 고개를 끄덕이고 태승이 한마디 덧붙였다.

"그리고 사람에 달리기도 한 거네."

슥 현관을 턱짓하면서 태승은 부연했다.

"여태 안 들어오는 것 좀 봐."

힐긋 현관을 곁눈질하는 서우의 입가에도 잠깐 쓸쓸한 미소가 떠올랐지만, 그뿐이었다.

"내가 개의치 않으면 그만이죠. 저런 연약함까지 포함해서 좋아하니까."

방심한 상태에서 그 한 방은 컸다. 머릿속이 하얘져서 태승이 묵묵히 있는 동안, 서우는 파우치를 정리하고 그에게 당부했다.

"혹시 모르니까 약 좀 더 두고 갈게요. 내일도 영 안 좋으면 병원에 가보고. 그럼, 쉬어요."

짤막하게 인사하고 현관으로 간 서우가 신고 벗기가 번거로운 샌들에 잠시 붙잡힌 덕분에, 태승도 뒤늦게 그녀를 따라잡을 수 있었다.

"답례할게. 메시지 보내면 확인해줘."

간곡한 말에도 서우는 샌들에서 고개를 들지 않았다.

"이 정도 일로 무슨 답례까지 해요. 잊어버려요."

"해야겠어. 예전에 못한 몫까지."

결국 샌들 뒤축을 구겨 신고서 서우가 그를 마주 보았다.

"여기까지 혼자 운전해서 왔다죠. 오빠가 매우 고마워하고 있어요. 굳이 답례니 뭐니 해야 한다면 방금 제가 한 게 답례겠네요. 너무 소소하지만."

"출발 전에 희경이가 기름 가득 채워줬어. 너까지 셈하고 들 필요 없이."

"그럼 그냥 마음이라고 하죠. 좋은 관계를 바라는."

부드럽게 눈을 휘며 서우가 웃었다.

"앞으로도 오빠의 충실한 친구가 되어주세요."

어떤 반박도 허용하지 않겠다는 듯 희고 정갈한 미소. 본질은, 웃고 있어도 싸늘하게 밀어내는 눈빛이었다.

그녀가 방을 나간 뒤에도 그 올곧은 눈이 하던 말이 태승의 머릿속에 쟁쟁히 울려 퍼졌다.

'일탈은 끝났어요. 다가오지 마요. 더 이상.'

다음날이 되자 태승은 열이 더 심해졌다. 정신을 차릴 수 없는 고열에 간간이 깨어 겨우 물을 넘기고 다시 잠들기를 반복하는 동안 어느새 정오가 다 되었다.

그 무렵 경찰서에서 걸려온 전화가 있어서 태승은 억지로 일어나 앉았다. 짧은 통화를 마치고 나자 비로소 주위가 눈에 들어왔다.

속초의 콘도. 여기 온 목적에 생각이 뻗어나가는 것을 가까스로 그치고 잠자리에서 일어났다. 갈아입을 옷을 꺼내려 가방을 뒤적이다 말고 목마름에 떠밀려 몸을 틀었다. 목구멍으로 때려 붓듯이 물을 들이켜다가 무심코 식탁을 보고 말았다.

지난밤 서우가 두고 간 약들이 건드리지 않은 그대로 놓여 있었다.

그리고, 그녀가 두고 간 말들도 그대로였다.

태승은 별안간 격렬한 허기를 느꼈다. 눈앞이 어찔하도록 배가 고파서 뭐라도 좋으니 먹을 게 있었으면 좋겠다고 간절히 바랐다. 그때 보인 게 콘도 측에서 비치해 놓은 믹스커피였다. 평소엔 달아서 손도 안 대는 것을 가루 그대로 입에 털어 넣고 녹여 먹었다. 지독한 단맛에 오히려 허기의 심연만 깊어지고 말았다.

오로지 배를 채우러 나갈 일념으로 샤워를 했다. 상체는 상처 부위를 피해가며 수건으로만 닦아내는 미흡한 샤워였지만 그거라도 하고 나니 한결 시야가 트였다.

내심 각오하며 열어본 상처는 의외로 멀쩡했다. 태승은 서둘러 소독하고 거즈를 바꾸어 테이핑하면서 열의 원인에 대해 궁금해했다.

염증 반응이 아니라면, 얹힌 게 아직 안 나았나? 더 악화됐나? 이렇게 지독하게 배가 고픈 것도 그 때문인가?

답은 모르겠지만 머뭇거릴 시간이 없는 건 확실히 알겠다. 방을 나선 태승은 콘도 1층에 있는 편의점에서 레토르트 죽을 손에 잡히는 대로 몇 개 샀다. 방까지 돌아갈 엄두가 안 나 편의점에서 선 채로 죽 하나를 다 비웠다. 평소라면 약간 부족하다 싶게 느껴졌을 양이 간에 기별도 안 가지 싶었다. 그래서 이미 산 것만큼 더 사서 방으로 돌아왔다.

다섯 개째의 죽을 절반쯤 먹었을 때 포만감 비슷한 게 찾아왔다. 포만감이라 하지 않고 포만감 비슷한 것이라고 한 건 그것이 조금도 유쾌하지 않아서였다. 포만감은 도중의 어딘가에서 잃어버리고, 바로 더부룩함으로 접어들어 버렸다.

놓친 지점이 어딘지 태승은 도무지 알 수 없다. 바로 한 발자국 전만 해도 괴로울 정도로 지독한 허기가 그를 괴롭히고 있었는데, 이제는 언짢을 정도로 속이 답답하다.

그나마 욕지기는 없는 것에 만족하며 서우가 두고 간 알약과 병원에서 처방해준 항생제, 소염진통제 따위를 통째로 털어 넣었다. 그 후 불과 몇 분 안 돼서 꾸벅꾸벅 졸기 시작했다.

얼마나 시간이 흘렀을까.

또 누군가 그를 찾아 전화를 거는 모양이었다. 한두 번 안 받으면 단념할 것이지, 몇 번이고 집요하게 울려대는 벨소리.

마침내 손에 든 휴대폰 액정엔 '최희경'이라는 이름이 떠 있다. 귀찮은 전화가 될 것 같다고 미리부터 각오한다.

"왜?"

—뭐 하느라 전화를 안 받아? 아직 몸이 안 좋아?

"샤워했어. 더워서. 몸은 자고 나니까 괜찮아졌고."

—효험 있었네, 그치?

"응, 덕택에 살았어."

창가로 걸어가 커튼을 걷어보니 사방이 우중충했다. 비가 그쳐도 그친 게 아니다.

—그래, 바람은 좀 쐬었고?

"아직 방이야."

—아직? 3시 넘었어, 인마. 뭐 하느라 여태 미적거려.

벌써 그렇게 됐나 하고 하늘을 더듬어봐도 온통 구름이라 해를 찾는 게 의미가 없다. 태승이 저도 모르게 푹 한숨을 쉰 걸 오해했는지 희경이 심드 렁하게 말했다.

—하긴, 날이 이 모양이라 의욕이 뚝 떨어지는 것도 이해는 간다. 밤부 터 날씨 좋아진다니까 인내심을 발휘해서 화창한 바다 보고 올라와. 너 참 는 거 잘하잖아.

멍하니 흘려듣던 중에 희경의 어떤 말이 유난히 귀에 감겼다. 바싹 마른 입술을 훔치며 태승이 물었다.

"올라오라니…. 너 지금 어딘데? 속초 아니야?"

—어, 사정이 생겨서 서울 가고 있어. 여기가… 기사님, 여기가 어디예 요? 아, 양양이요? 양양 지나고 있대.

희경의 태연한 보고에 태승은 고개를 갸웃했다. 하루 더 머물고 내일 돌아가는 걸로 이야기를 맞춰놨는데 무슨 시급한 일이 있어서 혼자 서울행일까? 돈 쓰는 거 무서워하지 않는 녀석인 건 알지만 속초에서 서울 거리의 장거리 택시라니, 최희경이라도 좀 오버다.

"집안어른들께 무슨 일이라도…."

—에이, 일은 무슨. 지은이가 죽겠다고 어제부터 또 난리인가 봐.

"그 여잔 또 왜?"

—엄마 병원에 다녀온 모양이야. 한동안 잠잠하더니만.

푸우 몰아쉬는 한숨 소리. 착잡해 하는 희경이 그 어느 때보다 마음에 들지 않는 태승이다.

희경의 말대로 별것 아닌 일이었다. 유지은의 모친이 발병한 지도 수년째. 점점 장기입원의 시일이 길어진다고는 하지만 그것이 지은의 유학 생활에 어떤 영향을 끼치지는 않았다. 기껏 방학에나 몇 달 들어와서 어머니를 들여다보고 이따금 발작처럼 히스테리를 부리는 게 전부였다.

그마저도 제 성에 못 이긴 짜증에 지나지 않는다고 태승은 판단했다. 놀 거 다 놀아가며 사교계의 여왕벌로 군림은 해야겠는데 때때로 아픈 엄마가 신경 쓰여 언짢아진다, 딱 그 정도? 더 냉정한 시선으로 보자면 병상의 모친을 사연 삼아 잊을만 하면 한 번씩 눈물쇼를 하는 걸로밖엔 안 보였다.

그 눈물쇼도 장단 맞춰주는 관객이 있어 되풀이 되는 것. 당장에 속초까지 왔다가 한달음에 달려가는 최희경을 보라.

좀 더 꼬아서 생각하자면 희경의 속초행을 듣고 작심하고 벌인 판이지 싶다. 속이 빤히 들여다보이는 애정도 테스트. 태승이 보아온 유지은은 충분히 그럴 만한 여자였다.

그리고 최희경, 저 유쾌한 광대는 의심 한 줌 없이 놀아나고 있다. 양지 바른 곳에서 쑥쑥 큰 선량한 바보의 한계였다.

그래서 오늘도 옥을 버리고 돌멩이를 좇는 어리석은 선택을 한 친구를 태승은 한없이 냉정한 눈으로 관조한다. 부러 더 엉뚱한 길로 가게끔 은연중에 부추길 필요도 없다. 꾸준한 기만에 익숙해진 최희경은 이제 자신이 하는 짓이 기만이라는 의식조차 없으니.

—내 일은 신경 쓸 거 없고, 그나저나 너한테 미안하다. 밥 한 끼 맛있게 할랬더니 공수표가 됐네. 네 주변머리에 서우랑 같이 어울리라는 것도 무리고.

잠자코 침묵하고 있으려니 희경이 알아서 떠들어댔다.

—그래도 모처럼 거기까지 갔으니까 맛있는 것도 찾아 먹고 그래. 혹시 알아? 혼자 쓸쓸히 찾아간 맛집에서 운명의 그녀와 딱 마주칠지.

"넌 모든 생각이 그쪽으로밖에 연결이 안 되지?"

한숨 쉬며 핀잔하자 희경이 낄낄거리며 너라서 더 그런다고 응수했다.

—원체 고고하셔야 말이지. 신선놀음은 그만하고 인간 세상에 떨어졌으면 인간답게 오욕칠정에 부대끼고 좀 살아. 나 장가가기 전에 너 연애하는 거 보는 게 소원이다, 소원.

"…너 결혼하는 게 나 연애하는 거랑 무슨 상관이야. 시답잖은 소리 다 했으면 끊는다."

평소라면 한 귀로 듣고 흘렸을 말에, 그만 울컥해서 태승은 전화를 끊었다. 아마도 희경은 어안이 벙벙해하고 있으리라.

멍하니 충충한 하늘을 응시하고 있으려니 메시지가 오는 소리로 귀가 몇 차례 간지러웠다. 창가를 등지며 들여다본 메시지는 기분 상했으면 미안하다는 희경의 사과로 시작했다. 기껏 속초까지 갔는데 같이 어울려주지 못해서 미안하고, 그래도 잘 먹고 잘 쉬다 오란다. 돌아올 땐 혼자여도 졸지 말고 안전 운전하라는 당부를 보니 실소가 났다.

"옆에서 쿨쿨 자는 녀석이 없는데 무슨 걱정이야."

어리광쟁이 짓은 혼자 다 하면서 말로 살뜰한 건 따라올 사람이 없다. 그런데 그러한 말과 행동의 괴리도 최희경이 하면 '애교'로 비치는 불가사의. 타고난 매력? 사람을 끌어당기는 힘? 분명한 건 아무래도 이 녀석이 싫어지지는 않는다는 것이다.

처참한 배신을 목도하고도 서우가 말없이 희경의 곁을 지키는 것엔 그런 점도 얼마쯤 작용하고 있겠지. 단순히 오래도록 왕래한 집안끼리의 친분을 넘어서.

그렇다고 해도 가족여행지에 불쑥 찾아온 희경이 그들이 머무는 방에 당연스레 한 자리 차지하는 모습을 보는 건 충격이었다. 적어도 잠자리는 태승에게 건너와서 해결할 줄 알았다. 더는 가망이 없는 새벽녘까지 뜬눈으로 뒤척이다 결국 상심해서 든 잠은 온갖 기억과 고열이 불러낸 악몽의 옴니버스였다.

오지 말았어야 했나.

뒤늦게 질문을 던져 봐도 답은 반반이다.

바닥에 떨어진 컨디션과 낙담, 대체 내가 여기서 뭘 하고 있는 걸까 하는 자괴감 등등 결정을 후회하기 족한 많은 근거에도 불구하고, 지난밤 서우를 본 건 좋았다.

끝이 나쁘다고 모든 게 나쁠 수는 없다. 적어도 그 과정은 행복했다. 어쩌면 그 나쁜 끝조차 행복했다.

그렇게 냉담한 눈빛으로 밀쳐질 만큼 다가가 보기라도 했으니까.

불과 얼마 전까지라면 상상도 할 수 없을 만큼 가까이 갔다. 욕정에 겨워 온 세상이 내 것 같았던, 심지어 그녀의 마음 한 자락까지 여기 있는 게 아닐까 행복한 착각을 하던 밤도 있었다.

　이제라도 물러날 기회로 삼자. 그녀의 바람을 들어준 거라는 어엿한 명분도 있다.

　상황이 달라지면서 더 바라는 것이 명백한 과욕이 되어버린 지금의 처지에선, 그보다 나은 해답도 없다.

　상해로 걸고넘어져 격리해둔 남자는 전과를 감안한다 해도 단기 몇 년 형이 고작일 것이다. 그 이후의 신병 처리는 나중에 생각한다고 해도 어머니와 동생을 건사하는 건 오롯이 태승의 몫. 어머니도 제대로 알코올중독 치료를 받고 동생과 살아갈 방도를 마련해줘야 한다. 가진 자금을 다 털면 어떻게든 될 것이다.

　대신에 염원해왔던 독립은 요원해질 수밖에 없다. 몇 년 안에 다시 회복할 자신은 있지만, 그때까지 기다려줄 수 없는 것도 있다.

　서우는 12월이면 결혼을 한다. 그 판을 엎고 그녀를 빼앗아온다손, 그녀에게 변변하게 해줄 것 하나가 없다.

　심지어 그녀는 그를 좋아하지도 않는데.

　"엉망이네."

　키득키득 웃으면서 태승은 스르륵 주저앉았다. 이렇게 똑똑히 상황을 성찰하면 뭣하나. 여전히 욕심의 끈을 내려놓지 못하는걸.

　대체 나는 뭘 원하는 걸까? 기적? 어디서 눈먼 돈이라도 와르르 쏟아져주길 기다리고 있나? 그렇다면 이러고 손 놓고 있을 게 아니라 복권이라도 사야 하지 않나?

　갈팡질팡, 태승은 길을 잃었다.

　그러는 순간에도 서우가 보고 싶었다.

　다시금 훅 끓어오르는 신열을 느끼며 태승은 눈을 감았다. 망막 안에 들러붙어 있는 크림색 원피스 차림의 서우가 기다렸다는 듯 환하게 웃음 지었다.

태승도 웃었다. 우는 듯이 웃었다.

또 전화 소리.

그새 잠들어버렸던 건가, 하며 태승은 멍하니 눈을 떴다. 실내가 크게 어두워지거나 하진 않은 걸로 보아 아직 오후인가 보다. 천천히 벨소리에 반응해 휴대폰을 내려다본 그는 반쯤 지겨운 기분으로 외면했다.

'기다리는 전화 따위 없어.'

도로 눈을 감고 잠을 청했다. 아무 노력하지 않아도 쏟아져 내리는 잠이 지금은 참 고맙다.

그러나 잠의 나락으로 떨어지는 중에도 벨소리는 한사코 들러붙어 따라 온다. 얕게 든 잠에선 그 때문인지 계속 사이렌이 울렸다.

"아아."

신음을 내뱉으며 태승은 현실로 끌려 나왔다. 문제의 휴대폰을 아예 꺼 버릴 참으로 손에 쥐었는데 불현듯 눈에 박히는 'S'라는 이름에 정신이 번 쩍 들었다.

"서우? 서우가 왜…."

콱 잠긴 목소리를 깨닫고 거푸 헛기침으로 목을 푼 후 전화를 받았다.

"어, 서우야. 무슨 일이야?"

불안정하게 흔들리는 음정을 깨닫고 질끈 눈을 감았다. 하지만 전화기 너머로 들리는 서우의 목소리도 여느 때랑은 달랐다.

—네, 저, 저기, 있잖아요, 지금 어디예요?

"나? 나는 콘도에 있는데?"

―아, 그래요, 아직 있었네요. 아직, 어, 저기, 아 참, 몸은 어때요? 어제 아팠잖아요.

왜 이렇게 숨이 짧고 급하지? 러닝머신이라도 뛰고 있나? 의아해하면서 태승이 말했다.

"나는 괜찮아. 왜 그래? 무슨 일 있어?"

―네, 괜찮으면, 괜찮다면… 나 차 좀 빌려줄래요?

별안간 그녀의 목소리가 출렁거린다 싶더니 어미가 툭 떨어지며 울먹임이 되었다. 태승은 자리를 박차고 일어나며 욕실로 향했다.

"말해. 지금 어디야? 콘도 안이야?"

―로비에 나왔어요. 택시 부르려다가 그쪽이 생각나서….

"곧 내려갈게. 1분만, 아니 5분만 기다려."

거울 속에 보이는 형편없는 몰골의 남자를 부랴부랴 떨쳐내고, 태승은 방을 뛰쳐나갔다.

주차장에 세워둔 차까지 걸어가는 내내, 붙잡은 서우의 팔꿈치가 오들오들 떨렸다. 몇 번이고 바라본 얼굴이 아직도 백지장처럼 창백했다. 태승이 조수석 문을 열어주자 서우가 고개를 들고 그를 쳐다보았다.

"너 이러고 운전 못 해. 지금 거의 쇼크 상태야."

"괜찮아요, 많이 진정됐어요."

"많이 진정된 게 이 정도면 더 안 돼. 길을 막고 물어봐. 사고 낼 게 뻔한 사람한테 자기 보물 1호를 맡길 사람이 세상에 있는지."

"아…."

멍하니 쳐다보는 서우를 안으로 밀어 넣고 태승도 운전석에 올라탔다. 태승의 지적에 안전벨트를 매며 서우가 힘없이 물었다.

"이게 진짜 보물 1호예요?"

"그래. 내 힘으로 장만한 첫차니까. 나중에 내 집이 생겨도 그 자리는 지켜줄 거야."

"그렇구나. 멋있네. 나도 다음 차는 내 힘으로 사야겠다."

"지금 타고 다니는 차, 대학원 입학할 때 선물 받지 않았나? 튼튼한 차라 앞으로 10년은 거뜬할 텐데 그때쯤엔…."

시동을 걸고 서우를 돌아보던 태승은 그녀가 주르륵 눈물을 흘리는 모습에 흠칫했다. 무슨 말을 해야 할지 떠오르진 않고, 대신 글러브 박스를 열어 티슈를 뭉텅 뽑아 건넸다. 고마워요, 하고 받은 서우가 티슈로 두 눈을 눌렀다.

"선물 받던 날이 떠올라서…. 사고 없이 10년만 타고 반환하면 줄리아가 새 차로 바꿔주겠다고 했거든요. 그래서 내가 줄리아더러 두꺼비냐고…."

뒷말은 울음에 가로막혀 삼켜졌다. 태승은 어쩔 줄 몰라 하다가 겨우 마음먹고 그녀의 어깨를 토닥거렸다. 그 순간 거짓말처럼 서우가 번쩍 고개를 들었다.

"이럴 때가 아니에요. 어서 출발해요, L마트 쪽으로."

태승은 목적지를 입력하고 차를 출발시켰다. 소요 예상 시간은 15분 정도. 거기는 왜 가느냐고 물어볼까 말까 망설이는데 서우가 먼저 말했다.

"줄리아를 잃어버렸대요. L마트 안에서."

"아, 마트 안에서, 응?"

뒤늦게 이상한 말이란 걸 깨닫고 서우를 돌아보았다. 서우는 정면을 응시하며 말했다.

"L마트에 두 분이 저녁 장을 보러 가셨거든요. 처음 와본 곳이라 구조가 달라서 할아버지도 조금 헤매셨나 봐요. 그러다 잠깐 눈 뗀 사이에 줄리아를 놓치셨대요."

"이쪽 L마트가 그렇게 큰가?"

성인이 안에서 길을 잃어도 이상하지 않을 정도로 넓은 대형마트가 있기는 했다. 하지만 아이도 아닌데 그 정도 일로 숙소에서 쉬고 있던 손녀딸까지 달려간다는 게, 태승은 아무래도 이해가 안 갔다.

"휴대폰을 안 가지고 가셨어?"

"마트 주차장에서 가방째로 차에 두고 내리셨대요. 그리고, 줄리아는 병을 앓고 있어요. 알츠하이머 초기예요."

"알츠…. 전혀 짐작도 못 했는데."

두 번 뵌 모습으론 상상도 가지 않는 일에 듣고서도 믿어지지 않았다. 서우도 고개를 끄덕이며 근처 이웃들도 거의 모른다고 했다.

"올해 들어 조금씩 깜박깜박하시는 게 늘어나서 다른 증상도 발현할 수 있다는 거 각오는 했었어요. 그런데 하필 이런 곳에서 배회 증상이 나타날 줄은…."

파르르 입술을 떨면서도 울지 않겠다는 듯 그녀는 눈을 부릅떴다. 태승은 기도하듯 모아 쥔 그녀의 두 손을 부드럽게 감싸 쥐었다.

"금방 찾을 수 있을 거야."

서우가 돌아보자 태승은 고개를 끄덕이며 안심시켰다.

"어느 모로 보나 눈에 띄는 미인이시잖아. 너무 걱정 마."

"…맞아요, 미인이죠."

맥없이 웃고 서우는 눈길을 떨어뜨렸다.

"엊그제 고속도로 휴게소에서 산 밀짚모자를 쓰고 계실 거예요. 줄리아 머리가 작아서 모자에 얼굴이 파묻히는데도 한사코 예쁘다며…. 아, 제발 아무 일도 없어야 할 텐데."

문득 나쁜 상상이 들었는지 서우의 목소리가 격해졌다. 태승은 잠자코 그녀의 손을 쥔 손에 꼬옥 힘을 주었다.

"손이 참 따뜻하네요. 아니, 뜨거운 건가? 혹시 아직 열 있어요?"

"난 멀쩡해. 네가 너무 차가운 거야. 긴장해서."

"아, 그런가."

그대로 태승의 손을 밀어낼까 봐 염려했지만, 그런 일은 없었다. 작은 두 손이 그의 따뜻함을 필요로 한다는 사실에 태승은 가슴이 뭉클해졌다. 떨림이 그칠 때까지만 잡고 있을 셈이었는데, 시간이 지날수록 점점 심해 졌으면 심해졌지 약해지지는 않아서 그 손을 놓을 일이 없었다.

줄리아가 마트에서 나간 모습은 확인되었는데 그 뒤의 행방이 문제였다. 서우와 태승이 마트 인근의 도로를 샅샅이 훑고 다니는 동안 최 교수는 경찰서에 가서 도움을 청하기로 했다. 안 그래도 흐렸던 날이 저물어가면서 비까지 흩뿌려 서우는 애가 닳아 죽으려고 했다.

"설마 이 비를 다 맞고 다니시는 건…. 아, 어디라도 들어가 비를 피하셔야 하는데, 그러다 또 모르고 지나쳐버리면…."

이러지도 저러지도 못하고 발만 동동 구르는 그녀에겐 옆에서 무슨 말을 해도 그때뿐이었다. 평소의 침착, 단정하던 모습은 찾아볼 길 없어도 그렇게 온몸으로 드러내는 절박함이 또 태승의 심금을 울렸다. 덩달아 그도 불안한 격정에 휘말려 어떻게든 찾고 말겠다는 각오로 인도를 오가는 사람들을 살폈다.

소득 없는 매분 매초가 흘러가던 중에 유용한 정보가 들어온 건 저녁 6시가 거의 다 된 시각이었다.

"성문초등학교 사거리요? 네, 바로 그쪽으로 가볼게요, 가까워요, 네!"

서우가 통화하면서 하는 말을 듣고 당장 태승이 내비게이션을 찍었다.

4분 거리의 가까운 곳이다.

"5분 전에 교통 CCTV에 비슷하게 보이는 사람이 찍혔대요. 초등학교 쪽으로 올라가고 있었다는데."

"5분이면 얼마 안 됐네, 분명 그 근방에 계실 거야. 이젠 찾는 건 정말 시간문제야."

"네, 찾을 거예요!"

서우가 희망에 불타는 것은 좋았으나 아무래도 퇴근 시간에 비까지 내리는 악천후가 겹쳐 사거리 부근은 체증이 이어졌다. 차라리 적당한 곳에 차를 세우고 내려서 발로 뛰기로 했다.

"사진 가진 거 있으면 하나 보내줘."

태승의 요청에 서우는 밀짚모자 샀을 때 휴게소 앞에서 찍은 거라며 사진을 전송했다. 모자에 눈썹까지 반쯤 파묻힌 줄리아와 활짝 웃는 서우가 얼굴을 맞대고 찍은 사진이었다.

"모자 안 쓰고 찍은 건 없어?"

"있어요, 콘도 들어가서 찍은 거. 보낼게요."

"오케이, 네가 이쪽 학교 앞을 맡아. 난 반대편으로 가볼게."

차에서 내려 뿔뿔이 흩어진 후에야 비치된 우산 생각이 났지만 어쩔 수 없다. 호흡기가 약한지 환절기마다 감기에 걸리곤 하던 서우를 떠올리며 태승은 얼른 줄리아를 찾게 해달라고 기도했다.

달음박질을 해가며 큰 도로에 면한 인도를 쭉 훑어보았으나 허탕이었다. 작은 골목길까지 포함하면 경우의 수가 훌쩍 늘어나지만 예감이 나쁘지 않았다. 분명히 이 근처에 계실 것 같다는 느낌에 태승은 입술을 빨며 잠시 생각해보았다.

체력이 좋다고 한들 육십 대에 접어든 나이. 두 시간 넘게 걸었으니 아무래도 지쳤을 테고, 비를 맞았으니 으슬으슬 춥기도 할 것이다. 게다가 슬슬 배가 고플 만한 시각. 춥고 지친 상태에선 허기가 더 강하게 다가올 것이다.

음식점. 특히 음식 냄새가 강하게 흘러나오는 부근을 주목해 보자. 태승은 일단 거기에 주안점을 두고 골목을 누비기 시작했다.

그리고 행운의 여신은 숯불갈비 냄새를 빌어 태승에게 반짝 윙크했다. 비 내리는 저녁거리에 진하게 풍기는 고기 냄새에 이끌려 그가 향한 곳은 초등학교에서도 꽤 멀어진 아파트 부근의 숯불갈비 식당이었다.

손님을 유혹하듯 빠끔히 열린 출입문 너머로 안을 들여다본 태승은, 가게 사장인 듯한 중년 남자 손에 붙들려 출입문 쪽으로 오고 있는 사람을 보고 흠칫 놀라 눈을 깜박거렸다. 새삼 다시 봐도 맞다. 모자는 온데간데없지만 줄리아였다.

"줄리아!"

반갑게 부르며 달려가자 줄리아가 눈을 동그랗게 뜨고 그를 쳐다보았다. 고깃집 사장이 의심스런 눈매를 하고 태승에게 물었다.

"이 사람이랑 아는 사이요?"

"네, 제… 친구 외조모님이신데, 혹시 무슨 분란이라도 있었습니까?"

붙들린 모양새가 심상찮은 게 그제야 눈에 들어와서 묻자, 사장은 이걸 좀 보란 듯이 줄리아의 손을 가리켰다. 줄리아는 작은 손에 갈비 한쪽을 꼭 쥐고 있었다.

"들어와서 음식은 안 시키고 기웃거리더니만 별안간 손님 식탁에 오른 갈비를 집어먹지 뭐요. 말을 걸어도 꿀 먹은 벙어리처럼 입만 다물고 있고, 영 이상해서 내보내려던 참이요."

태승은 순간 줄리아를 찾은 게 자신이라서 다행이라고 생각했다. 이 광경을 서우가 먼저 보았다면 얼마나 낙심했을지. 이제라도 서우에게 찾았다고 전화를 걸어줘야겠지만, 그전에 태승은 사장에게 부탁했다.

"갈비 2인분 시킬게요. 먹고 가겠습니다."

"아니, 그게…."

"말씀하신 손님분 식사비도 제가 대신 치르겠습니다. 여기."

카드를 띄워서 휴대폰을 내밀고 봉변을 당했다는 손님에게도 사과를 구하자 비로소 사장은 떨떠름한 얼굴로 줄리아에게서 손을 놓았다. 태승은 가까이에 있는 식탁으로 줄리아를 데려가 앉히고 곧 요리가 나올 거라고 말했다. 줄리아는 동그래진 눈을 깜박거릴 뿐 역시 말이 없다.

문득 어떤 생각이 들어 바로 실행에 옮겼다.

"The meat dish will be served soon."

요리, 곧 나올 거예요.

그러자 줄리아가 벙긋 하얀 이를 드러내 보이며 웃었다.

"Thank you. You're very kind, MR…."

고마워요, 매우 친절하시군요. 미스터….

"Luke. Call me Luke."

루크, 루크라고 부르세요.

처음 만났을 때 그랬던 것처럼 태승은 자기소개를 했다. 짐작했던 터라 줄리아가 그를 기억 못 한다는 것이 큰 충격으로 다가오진 않았다.

"Luke. Nice to meet you. Well, you seem to know me. Have we met somewhere?"

만나서 반가워요, 루크. 날 아는 거 같은데, 우리가 어디서 만났었나요?

"I've seen you at a distance. I'm Sophia's friend."

먼발치에서 본 적이 있죠. 전 소피아의 친구예요.

"Oh, really?"

오, 그래요?

"Yeah, and she'll be here soon."

네, 곧 그녀도 여기 올 거예요.

서우가 올 거라는 말에 줄리아의 미소는 더욱 커졌다. 안 그래도 휴대폰이 없어서 전화할 일이 막막했었다며 하소연하는 그녀는 오늘 무슨 일이 있었냐는 듯 멀쩡한 모습이었다.

그러나 그녀는 지금 한국어를 까맣게 잊어버렸다. 생각해보면 처음 만났던 날도 이런 경우였던 것 같다. 줄리아는 처음부터 태승에게 영어로 말을 걸어왔다. 그땐, 한국에서 산 세월이 길어도 평상시 대화는 영어가 더 편한 모양이구나 하고 대수롭지 않게 넘겼다.

하지만 두 번째로 만났던 날 식사를 함께 한 자리에서 태승은 줄리아의 풍부한 한국어 어휘에 놀랐다. 술술 말하는 게 모국어처럼 자연스럽고 편했다. 무심코라도 영어가 튀어나오는 일도 없었다. 아마 트라이링구얼, 3개 국어 구사자로서 나름의 규칙 같은 게 있겠거니 이해하고 넘어갔다.

돌이켜보면 줄리아와 단둘이 있는 태승을 보고 서우가 유난히 당황했었다. 비단 태승의 돌발행동 때문이 아니라 줄리아를 몹시 신경 쓰고 있었다는 게 이제야 보였다.

태승은 서우에게 전화 대신 메시지로 먼저 상황을 알렸다. 곧 서우에게 전화가 걸려왔다.

―바꿔줘요.

소피아의 전화라고 휴대폰을 건네자 줄리아가 함박웃음을 지으며 전화를 받았다. 대화는 영어로 이루어졌다.

겨우 두 번의 짧은 친분에도 불구하고 바라보는 마음이 이렇게 아프다. 서우의 마음이 어떨지 태승은 감히 짐작만 해볼 따름이다.

서우는 전력질주라도 했는지 숨이 턱에 달해서 가게에 나타났다. 줄리아에게 다가가 덥석 끌어안기부터 하는 그녀를 줄리아가 여전히 아기 같다며 놀려댔다.

꾹 참기라도 하는지 울지는 않았다. 하지만 줄리아가 먹기 좋게 갈비를 잘라주는 서우의 눈매가 새빨갰다.

'이미 한바탕 울고 왔구나.'

그 애달픔마저 사랑스러워 미칠 것 같다. 이 작은 소동 때문에 더욱 절실해졌다. 태승은 줄리아처럼 서우에게 소중한 사람이 되고 싶어 죽을 것 같았다. 꼭 지금이 아니어도 되니까, 언젠가 너무 멀지는 않은 미래에….

"아뇨, 할아버지. 거기가 아니라 편의점 왼쪽 골목으로 들어오셔야 하는데. 지금 어디세요? 제가 나갈게요."

뒤늦게 합류하러 오는 최 교수와 통화를 하던 서우가 일어나려고 들썩거렸다. 거의 다 와서 부근에서 헤매고 있는 모양이었다. 태승은 서우에게 그냥 있으라고 말하고 자기가 나가보겠다고 일어섰다.

"지금 어디시래?"

"오는 길에 꽃집 봤어요? 아까 셔터 내리고 있던데 지금쯤… 흡, 당신, 옷이 왜 그래요?"

불현듯 서우가 크게 숨을 들이켜며 놀란 얼굴을 했다. 줄리아의 반응은 더 직관적이었다.

"Oh, God! Is that blood?"

피? 태승도 곧 두 여자를 놀라게 한 광경과 마주쳤다. 셔츠 오른쪽 앞섶이 새빨갛게 물들어 있었다. 피습 당시를 방불케 하는 그 강렬한 붉음에 태승도 순간 아찔해졌지만, 우선 서우의 주의를 돌리는 게 더 급했다.

"글쎄, 모르겠는데. 어디서 이런 게 묻었지?"

"묻었다고요? 다친 게 아니라?"

"다치긴. 다칠 일이 뭐 있었다고."

태승은 얼버무리고 최 교수를 핑계로 자리를 뜨려 했다. 그런데 서우가 잠깐 기다려 보라며 그에게 다가왔다. 태승은 주춤거리며 뒷걸음질 쳤다.

"아니, 나는 괜찮다니까 그러네."

"알았으니까 잠깐 셔츠만 걷어서 보여줘요. 안 다쳤으면, 세상에, 몸이 불덩이잖아?"

서우가 덥석 태승의 손목을 잡더니 놀라서 외쳤다. 불덩이라고 하는데 태승은 잘 모르겠다. 손목을 잡혔다는 느낌만 있을 뿐, 자기 팔이 뜨거운지 어떤지 도통 모르겠다.

그러나 그녀가 다른 손을 뻗어 그의 뺨을 감싸는 순간, 그 시원한 느낌은 뇌수가 녹을 것처럼 강렬했다.

"아, 기분 좋아."

무심코 말해버렸다. 경악으로 물든 서우의 눈을 향해 정말 괜찮다고, 별거 아니라고, 다시 설명해 주고 싶었지만 왠지 더는 혀가 돌아가지 않았다. 그리고 어쩐지 눈도 확 침침해져서….

더는 아무것도 보이지 않게 되었다.

21
회색 지대

"어… 병원인가?"

꼬박 만 18시간 만에 깨어나서 한다는 소리가 그거였다. 서우가 입술을 꼭 다물고 팔짱을 낀 채 잠자코 지켜보려니, 환자는 느릿느릿 응급실의 천장을 쳐다보다가 작게 하품을 했다. 이어서 스르륵 눈을 감았다.

'뭐야, 더 잘 셈이야?'

눈살을 찌푸리며 서우는 주위를 둘러보았다. 더 재우는 게 맞는지, 아니면 깨워야 할지 물어보고 싶어도 하필 이럴 때 간호사들이 모두 바빴다.

때는 벌써 오후 2시가 넘었다. 일단 눈뜨는 걸 봤으니 초조해하지 말고 점심이나 먹고 오자고, 서우는 마음먹었다. 혀가 깔깔해서 아침을 먹는 둥 마는 둥 했더니 한참 전부터 배가 고팠다.

핸드백을 챙겨 일어나면서 버릇처럼 병상 위의 환자를 확인하던 서우는, 어느새 눈을 뜨고 이쪽을 보고 있는 태승 때문에 깜짝 놀랐다. 그 또한 진한 눈매가 한껏 동그랗게 벌어져서 어쩐지 만화 캐릭터 같은 표정이었다.

"서우… 맞지? 네가 여긴 웬일이야?"

"웬일이라뇨, 그쪽 어제 기절한 거 기억 안 나요?"

태승의 얼빠진 소리에 서우는 기가 막혀 쏘아붙였다.

"기절? 내가?"

얼떨떨한 얼굴로 태승이 고개를 저었다.

"아니야, 난 병원 올 때까지 정신은 또렷했는데? 기절 같은 거… 어? 어 어…. 아."

뒤늦게 잃어버린 퍼즐조각을 회수했는지, 각성에 이어 그의 얼굴에 당혹과 낙담이 교차했다. 그리고 부리나케 몸을 일으키는 것을 서우가 놀라서 만류했다.

"조심해요, 상처 꿰맨 거 또 터질라."

"아, 그거, 역시 터진 거야?"

꼭 남의 일처럼 말하는 것에 서우가 입술을 비죽거렸다.

"네, 터졌대요. 그런 사정이 있으면 진작 말을 하지, 사람 미안해 죽는 꼴을 보려고 작정했나."

"그렇게 쉽게 터질 줄 몰랐지. 아, 그런데 별로 안 아프네. 저기에 진통제 놔줬나?"

맞고 있는 수액을 올려다보며 태승이 한가롭게 말하는 양이, 새삼 서우를 기막히게 했다.

"그렇게 안 봤는데 정말 무서운 게 없는 사람이네요. 당신, 자칫했으면 패혈증 걸릴 뻔했어요. 알아요? 새벽에 열이 떨어졌기에 망정이지."

"그랬어? 아아, 그러고 보니 머리가 꽤 맑아."

감탄했다는 듯 말하고 태승은 갑자기 바지 주머니를 뒤적거리기 시작했다.

"뭐 찾아요?"

"휴대폰. 아니면 시계라도."

서우는 제 핸드백 속에 챙겨둔 걸 꺼내주는 대신 왼손에 찬 손목시계를 그의 코앞까지 들이밀었다. 태승은 눈을 깜박깜박하며 시계의 자판을 쳐다보다가 천천히 물었다.

"설마, 오후 2시는 아니지?"

"그 설마예요. 당신 꼬박 18시간을 잤다고요."

믿고 싶지 않은지 태승은 눈을 감으며 고개를 저었다. 푹 내쉬는 한숨 소리가 길고도 깊다.

그러곤 홱 고개를 돌려 그녀에게 물었다.

"점심 먹었어?"

서우의 눈이 휘둥그레질 차례였다.

태승은 사흘은 굶은 사람처럼 정신없이 국밥을 떠 넣었다. 어쨌든 피를 꽤 흘렸으니까 하고 이해하고 넘어가려던 서우가 보다 못해 말려야 할 정도였다.

"천천히 먹어요, 좀. 또 체해서 고생하려고."

"안 체할 거니까 걱정 마. 넌 왜 이렇게 못 먹어? 입에 안 맞아?"

바닥이 보이는 태승의 뚝배기에 비해 서우는 거의 막 나온 수준이다. 배가 꽤 고팠던 것은 맞는데 앞에서 워낙에 잘 먹는 모습에 정신이 팔려 정작 본인의 수저질을 등한시했다.

"입에 맞고, 내가 다 먹을 거니까 넘보지 마요."

"안 뺏어 먹어. 대신 한 그릇 더 시켜야지."

무척 기쁜 일이라도 되는 것처럼 태승이 싱글거리는 모습에 서우도 그제야 좀 웃음이 났다.

"강제단식 후에 국밥 두 그릇이라니. 위장이 놀라겠네."

"평소에도 곱빼기 정도는 거뜬히 먹었으니까. 얘도 평상심 회복해야지."

툭툭 배를 두드리다 말고 태승이 흠칫 인상을 썼다. 보는 서우가 더 놀라서 의자에서 엉덩일 들며 물었다.

"왜 그래요? 상처 건드린 거예요?"

"그건 아니고 진동이 좀."

"진동…. 아, 놀래라."

서우는 가슴을 쓸어내리며 도로 의자에 앉았다. 하지만 안도감의 반동 작용인가, 잔잔히 다스리고 있던 언짢음이 고개를 쳐들었다.

"그거 대체 무슨 상처예요? 희경 오빠는 전혀 모르는 눈치던데."

"희경이한테도 말했어?"

"아뇨, 떠보기만 했어요. 전혀 모른다는 거 확인하고 말 돌렸고요. 하긴 알고서도 그 거리를 운전시켰을 사람은 아니지 했어요."

"맞아. 그렇게 무지막지한 놈은 못 되지."

고개를 끄덕이며 태승은 먹지도 않을 꽈리고추조림을 건드리다가 힐긋 눈길을 들어 물었다.

"그런데 희경인 왜 먼저 올라간 거야? 나한텐 하루 더 있을 것처럼 말했는데."

"그렇게 냉큼 말 돌리지 마시죠. 지금 주제가 그게 아니잖아요."

서우는 전혀 동요하지 않고 그를 똑바로 응시했다. 태승도 빤히 그 눈빛을 마주 보다가 결국엔 먼저 눈을 내리깔았다.

"못 이기겠네. 눈도 크면서 눈싸움 잘하네, 백서우."

"농담하지 말고요."

"음… 우선 먹고 이야기할까? 국밥 식으면 맛없어."

점점 불어가는 국밥 속 밥알을 보며 서우도 그 의견엔 동의했다. 대신 확실히 못부터 박았다.

"먹고 이야기해준다고 약속했어요."

고개를 끄덕일 듯 말 듯, 다시 부지런히 밥을 먹는 태승을 보고 서우도 숟가락을 쥔 손에 힘을 주었다. 국밥은 딱 분식집에서 기대할 수 있는 정도의 뻔한 맛이었지만, 괜히 시장이 반찬이란 말이 있는 게 아니었다. 태승은 본인이 말한 국밥 하나에 공기 하나를 더 시켰고, 서우도 공기 하나를 추가해서, 피차에 오버해버렸다.

그 결과 병원 옆 주차장으로 차를 찾으러 가는 두 사람에게 나란히 식곤증이 찾아왔다. 태승은 얌전히 기다리고 있는 그의 중형 SUV를 보고 감탄을 섞어 말했다.

"어떻게 차를 여기까지 가져다 놨네."

"그쪽 열 떨어지는 거 보고 아침에 얼른 다녀왔죠. 최소한 딱지는 붙었을 줄 알았는데 무사했어요."

"불행 중 다행…인가."

도중에 하품을 하느라 말을 잇지 못하는 태승을 봐서인가, 서우도 애써 하품이 나오는 걸 참았다. 태승은 조수석에 올라타며 짜증을 냈다.

"그렇게 자고도 또 졸리나. 이젠 좀 지겨운데."

"약이 독하다잖아요. 당분간 약 먹고 운전은 조심해요. 아니, 당분간은 아예 하지 말아요."

약국에서 태승보다 더 열심히 복약지도를 들었던 서우의 단호한 명령에 태승이 번쩍 두 손을 드는 시늉을 했다.

"대중교통을 애용하겠습니다."

"택시 타요. 괜히 사람에게 부대끼는 게 더 위험해."

"네, 택시 말이죠. 명심하겠습니다."

그의 능청스러운 대꾸에 서우의 눈에 부쩍 힘이 들어갔다.

"안 어울리게 왜 건들거려요? 말하는 사람 맥 빠지게."

"아니 그냥 좀….'

"그냥 좀 뭐요?"

"쑥스러워서? 네가 이렇게 걱정해주니까."

쓸데없이 그가 솔직한 바람에 서우도 별안간 어색해졌다.

"쑥스러울 것도 쩨고 쌌네. 아무튼 콘도로 바로 갈 거예요. 어디 들러야 할 데 있으면 말해요."

당장 시동을 걸려고 하는 서우의 손 위로 태승이 문득 손을 올렸다.

"졸린 거 아니었어? 급하지 않으니까 조금 앉아 있다 출발하자."

"운전을 못 할 정도는 아니에요."

"그런 생각이 위험해. 말했지? 이거 내 보물 1호라고."

"흥, 나보다 차가 걱정되는 거네."

그녀는 샐쭉하게 중얼거리면서도 순순히 태승의 충고를 받아들였다. 천천히 손을 거두어들인 태승이 글러브 박스를 열곤 껌이 어디 있을 텐데 하고 찾는 것을 곁눈질로 보고 서우는 좌석을 조정했다.

"아침에 조정했는데도 역시 불편해. 난 평생 큰 차 운전할 일은 없겠어요."

"길들이기 나름이야. 그리고 지금 타고 다니는 차도 예쁘긴 한데 너한텐 이런 쪽도 잘 어울려. 내 생각은 그래."

태승이 표현을 조심스레 다듬고 있지만 서우가 언외의 뜻을 캐치하지 못할 정도는 아니었다. 서우는 자신의 앙증맞은 핑크색 비틀을 떠올리며 쓴웃음을 지었다.

"알아요, 나도. 내 차하고, 내가 솔직히 좀 언밸런스하죠."

그렇지만 최 교수와 줄리아의 깜짝 선물이었기에 그저 감사하며 받았다. 두 분한테 그녀가 저 차처럼 귀여워 보였나 보다 생각하면 만족하지 못할 것도 없었다.

"언밸런스까진 아닌데… 네 취향은 아니지 않나 하고."

"자꾸 보면 사랑스러워요, 그게 또. 할아버지랑 줄리아의 사랑이 깃들어서 그런가."

"사랑이지. 다만, 희경이 입김이 가미된 사랑."

응? 하고 놀라서 서우가 태승을 돌아보았다. 서우의 차 이야기에 왜 희경이 등장하는지 그녀는 알지 못했다.

태승은 눈썹을 슥 치켜올리며 정말 몰랐냐는 듯 물었다.

"그 컬러며 생김새를 봐. 누가 골라줬겠어?"

"아."

서우는 입술을 누르며 잠시 생각에 잠겼다. 여태 몰랐다는 게 믿어지지 않을 만큼 해답은 간단했다.

"차 고를 때 오빠가 같이 갔었나?"

"센스를 기대하셨겠지. 희경이, 다른 취향은 좋잖아."

"정확해요? 추측이 아니라?"

돌아보며 묻자 태승이 고개를 끄덕였다.

"그때 연락하는 자리에 있었어. 팸플릿 가져와서 보는 것도 봤고."

"으…. 좀 말려볼 생각 같은 건?"

태승이 어깨를 으쓱했다.

"내가 말한다고 들었겠어?"

이 또한 반박 불가. 서우는 뒤늦게 긴 회한의 한숨을 내쉬었다.

"떠벌이기 좋아하는 사람인데 그건 용케 숨겼네."

"차 가져온 날 희경이도 같이 있었다며. 네 표정 보고 아, 이건 아니구나 하고 알았대."

"내가 표정관리를 그렇게 못 했나?"

서우는 뜨끔해서 떠올려보았지만 이미 옛날에 흘러가버린 일이니 그랬어도 별수 없지 싶다. 그리고 인정할 건 인정해야 한다.

"지금에야 하는 말인데, 집 앞에 서 있는 차를 본 순간 '이건 꿈일 거야' 하고 생각했어요. 꿈의 종류는 말 안 하겠어요."

그 말이 그렇게 웃겼는지 태승이 눈을 누르며 쿡쿡 웃었다.

"타고 다닐 당사자 취향을 고려해줬어야 하는데 말이야. 자기 취향을 투영할 게 아니라."

"맞아요, 정말이지…."

서우는 저도 모르게 강하게 동조하다가 자칫 험담으로 넘어갈 아슬아슬한 경계에서 멈췄다. 태승과 편먹고 희경의 흉을 보다니, 안 될 말이다.

차 이야긴 그쯤하고 서우가 태승을 돌아보며 말했다.

"수다 덕분에 난 졸음이 가셨어요. 슬슬 출발해도 되겠죠? 그쪽 자는 건 안 말릴 테니까."

태승이 잠자코 고개를 끄덕이는 걸 보고 서우는 주차장을 빠져나갔다. 그런데 잠시 후 교차로에 이르렀을 때 그가 할 말이 있는 듯 몸을 뒤척였다.

"왜요? 뭐 불편해요?"

"그런 건 아니고… 저기, 커피 마시고 싶지 않아?"

"마시고 싶죠. 갓 내린 뜨거운 아메리카노 한 잔이 간절하네요."

"나는 눈이 번쩍 뜨일 만큼 진한 에스프레소."

"멋진 발상이긴 한데, 지금 당신 위장에 에스프레소를 투입하는 건 무리라고 봐요."

"좀 그런가? 그럼 나도 아메리카노."

"알았으니까 눈이나 부쳐요. 콘도 가면 깨워줄게요."

서우는 콘도 안 편의시설에 카페가 있었던 걸 떠올리며 말했다. 하지만 태승이 바로 이견을 제시했다.

"콘도 안 카페 말고 기왕이면 바닷가 쪽 카페 어때? 나 여기 와서 아직 바다 구경을 못 했거든."

"…그랬겠네요."

고개를 끄덕이며 서우는 슬쩍 손목시계를 들여다보았다. 그 행동을 오해했는지 태승이 바쁜데 억지로 그러자는 건 아니라고 말했다.

"예정대로라면 오늘 강릉으로 출발하는 거잖아. 나 때문에 발이 묶였을 거라는 생각을 미처 못 했어. 커피는 아무래도 괜찮으니까 콘도로 가."

"발이 묶인 건 맞는데 어차피 배는 떠났어요."

"배가 떠나다니? 울릉도는 내일 가는 거 아니었어?"

아마 희경의 공로겠지만 태승이 서우 일행의 일정을 어디까지 꿰고 있는지 궁금해지는 순간이었다. 일단 내비게이션에 카페라고 입력하면서 서우가 대답했다.

"오전에 체크아웃하고 두 분은 강릉으로 가셨어요. 그리고 일기예보가 안 좋아서 내일 울릉도 가는 건 잠정적으로 미뤄졌고요. 그래서 내가 당신을 서울에 데려다주고 돌아가서 합류하는 걸로, 이야기 마쳤어요."

"내가… 큰 폐를 끼쳤네. 콘도에 나 내려주고 바로 뒤따라 가. 난 전혀 신경 쓸 거 없어."

태승이 눈에 띄게 불편해하는 걸 서우는 곁눈질로 보고 싱긋 웃었다.

"그러면 할아버지에게 야단맞아요. 박정하게 아픈 사람 두고 왔다고."

"나도 한 이틀 경과 보고 떠날 거야. 그리고 지금 날 걱정할 때야? 어제 그런 일도 있었는데 두 분만 가게 두다니."

태승의 반박에도 서우는 개의치 않았다. 오히려 더 양양하게 입꼬리를 끌어올렸다.

"그거 우리 할아버지 얕보는 언사예요. 할아버지도 사람이라서 실수는 하지만, 같은 실수를 되풀이하시진 않아요. 이제 이런 가능성도 있다는 걸 알았으니까 우리도 더 주의를 기울일 거고요. 괜스레 호들갑 떨어서 줄리아가 상심하는 게 더 큰일이죠."

"뜻은 알겠는데 너무 믿다가 실기失期하는 것보다 차라리 조금 덜 믿는 게 낫지 않아?"

태승의 반문에 서우는 곰곰이 생각하고 대답했다.

"믿으려면 철저히 믿어야죠. 그러다 치명적인 패착을 두게 된다고 해도 믿은 자체가 잘못은 아닐 거예요. 그냥 그때 거스를 수 없는 나쁜 흐름이 닥쳐왔을 뿐. 담담히 겪어내고 다시 걸어가면 돼요."

말해놓고 금세 혀를 빼물며 마지막 말을 정정했다.

"담담히는 취소. 아직 나한테 달관은 먼 이야기니까."

"자아 판단이 확실해서 안심했어. 하룻밤 새에 사람이 달라진 줄 알았네."

"뭐라고요?"

서우의 샐쭉한 시선에 태승이 빙그레 웃었다.

"줄리아 잃어버렸다고 허둥거리던 걸 생각해봐. 놀이공원에서 엄마 손 놓친 다섯 살짜리 애가 따로 없었어."

"절대 그 정도는 아니었거든요? 허풍은."

서우의 강한 부정에도, 태승은 좋을 대로 생각하라는 듯 묘하게 웃고만 있어 그녀를 더 골나게 했다. 바닷가의 카페로 바꾼 행선지를 이제라도 도로 콘도로 돌려놓고 싶을 정도다.

그러나 서우는 최 교수의 당부를 생각했다. 열도 떨어졌으니까 안심하고 가셔도 된다는 그녀의 보고에도 불구하고, 최 교수는 병원까지 찾아와 태승의 얼굴을 들여다보고 떠났다. 귀한 사람이니까 잘 챙겨주라며. 그리고 태승더러 '제 코가 석 자인데도 의협심에 몸을 던지는 촌스러운 청년'이라고 평했다. 표현은 삐딱해도 최 교수가 던지는 최상의 찬사였다.

덩달아 소환된 희경에겐 '어중이떠중이 다 만나고 다닐 시간에 저런 아이 한둘만 더 친구 삼으면 오죽 좋아.'라고 독설을 날리시고. 한결 더 내려간 평가. 태승을 보고선 생각이 많아지셨던 모양이다.

어제 일련의 일들 속에 희경이 없었던 건 좀 치명적이었다. 아예 오지 않았다면 모를까, 아침나절만 해도 도맡아 관광 계획을 짜면서 온갖 바람을 넣던 사람이, 정작 외출 직전에 불쑥 걸려온 전화 한 통 받고 떠나버린 것부터가 최 교수의 심기를 거슬렀음이다.

하지만 서우는 솔직히 희경이 있었다고 해도 그에게 선뜻 도움을 요청했을지 잘 모르겠다. 그러한 곤경 속에서 희경은 과연 얼마나 의지가 됐을지. 기왕에 지나간 일, 그런 선택을 할 여지가 없었던 게 차라리 다행스럽다.

그녀의 표정이 무거워 보였던지 태승의 말투가 조심스러워졌다.

"화났어? 그만큼 각별해 보여서 조금 놀린 것뿐이야. 깊게 받아들이지 마."

"그런 걸로 화 안 내요."

"근데 왜 그렇게 심각한 표정이야."

"생각 좀 하느라."

"무슨 생각?"

"오빠 생각이요."

딱히 태승의 입을 봉쇄할 차원에서 한 말은 아니었지만 결과는 그렇게 됐다. 방해하지 말아야겠네, 하고 중얼거린 뒤 태승의 입은 조개처럼 다물 어졌다.

바다가 보이는 카페에 이르러 시원한 실내에 자리를 잡고 커피를 주문 할 때까지도 침묵은 주효했다.

서우는 커피를 기다리면서 통유리 너머로 보이는 바다를 응시했다. 태 승의 시선도 바다에 못 박혀 뜨거운 커피를 반절 가까이 마실 동안 한 번도 눈을 떼지 않았다.

"그래서, 왜 다쳤는데요?"

거두절미한 서우의 물음에 비로소 태승이 고개를 돌렸지만, 눈이 마주 친 시간은 짧았다. 태승은 눈을 내리깔고 손도 대지 않은 스틱 설탕의 끄트 머리를 양손에 쥐고 앞으로 돌렸다, 뒤로 돌렸다 하는 의미 없는 장난을 했 다.

"두 가지 선택지를 줄게. 골라봐."

묵직한 서두에 서우는 잠자코 고개를 끄덕였다.

"첫째, 그냥 좀 다쳤구나 하고 넘어간다. 그럼 여태까지처럼 적절히 경 원하면서 지낼 수 있어. 피차에 산뜻하지."

"둘째는요?"

"구저분한 속사정을 듣고 괜한 말을 시켰네, 하고 후회한다. 덤으로 이 래서 사람은 출신 성분이 중요하다는 신념을 굳힐 수 있음."

"누가 봐도 두 번째를 고르라는 선택지 아니에요?"

서우가 어이없어하자 태승이 빤히 이쪽을 응시했다.

"고르지 말라고 말하는 거야. 속사정이라고 했어. 내 속사정 따위를 알고 싶어?"

순간 서우 안에서 갈등이 일었지만 아무래도 추는 호기심 쪽으로 기울었다. 호기심. 플러스 의협심이라고 해두자. 의협심은 최 교수가 좋아하는 미덕이다.

"알면 좀 안 돼요? 나도 본의 아니게 그쪽에게 내밀한 집안 사정을 보였는데."

태승은 눈을 가늘게 뜨고 천천히 등을 젖혔다.

"그러니까 비밀협정을 하자는 건가? 서로 곤란한 정보 하나씩 주고받아서?"

"그렇게 꼬아 생각할 거면 말 안 해도 돼요."

눈살을 찌푸리며 서우가 쏘아붙였다. 하지만 이내 과잉반응이라고 생각하고 어깨의 힘을 풀었다.

"줄리아의 병을 창피하게 여겨서 주위에 쉬쉬하는 건 아니에요. 언젠가는 우리끼리만 감당할 수 있는 선을 넘는 날도 오겠죠. 모쪼록 그 유예가 길기를 바라면서 느릿느릿 우리는 적응을 해가는 중이에요. 그 병은 당사자 본인만 아픈 게 아니라 곁에 있는 사람도 함께 아프게 되거든요. 아픔을 나누어 짊어질 수 있는 사람을 가리는 건 당연하다고 봐요."

담담히 서우가 토로하자 태승도 고개를 끄덕였다.

"그래서, 희경인 아직 아닌 거군."

"네."

서우의 대답은 짧지만 단호했다. 그녀를 보는 태승의 눈에 의혹 비슷한 것이 어른거렸으나, 결국 그 문제는 더 들추지 않고 자기 이야기를 꺼냈다.

"내 어머니에 대한 이야기, 대충 들어서 알고 있을 거야."

"잘은 몰라요. 당신 본가에 들어오고, 더는 교류가 없다고 들었는데 아닌가요?"

"맞아, 교류 없이 지냈어. 일방적인 강요에 의한 단절이었지만 나나 어머니나 피차에 윈윈이라서 개의치 않았어. 하나 걸리는 게 있다면 두고 온 동생이 눈에 밟힌다는 것 정도?"

"동생이 있어요?"

금시초문이었다. 태승은 남동생이 있다고 말했다.

"열세 살 터울이야. 그러니까 떨어질 때 나이가 다섯 살. 겨우 말귀 좀 트이고 귀여운 짓 할 때였는데."

그 시절을 떠올리는지 더없이 부드러워진 눈매로 태승은 한숨을 쉬었다. 하지만 다음 순간 자세를 고쳐 앉으며 표정은 다시 딱딱해졌다.

"어머니가 동생 갖고 배 불러올 즈음부터 같이 살게 된 남자가 있어. 드나들긴 그전부터 드나들었으니까 동생 아버지인가 했는데 나중에 자기 아들은 아니라고 딱 잡아떼더라고. 동생은 내가 그랬던 것처럼 어머니 성을 따랐어. 그 남자랑도 어영부영 계속 같이 살았고."

스틱 설탕의 끄트머리를 배배 꼬며 태승은 중얼거렸다.

"도박판 잔심부름하고 개평 뜯어서 먹고 사는 작자였는데, 여러모로 손버릇이 나빴어."

손버릇이란 말에 서우의 안색이 흐려졌다. 아니길 바랐는데 곧 태승이 말로써 인정해 버렸다.

"밖에서는 무골호인 행세하면서 집에 돌아오면 어머니나 나를 때렸어. 그래도 애는 때리지 않아서 그 남자 심기가 불편하다 싶으면 어머니는 동생을 안고 부엌방으로 피하곤 했어."

"그럼 당신은⋯."

"맞았지. 어쭙잖게 도망치거나 해버리면 집 안 물건을 때려 부수니까 그냥 내가 맞는 게 편했어. 난장판이 된 거 청소하는 건 둘째 치고 밥솥이라도 고장나면 순전히 나만 고생하거든. 끼니때마다 냄비에 밥하기가 얼마나 귀찮은지 알아?"

태승이 씩 하고 익살스럽게 웃었지만 서우는 마주 웃을 기분이 아니었다.

"날 데려가는 조건으로 회장님 측에서 남은 가족들이 살아갈 방편을 마련해 줬어. 쓰기에 달렸지만 그전까지 돼지우리같이 해놓고 살던 거에 비하면 형편이 폈다고 봐도 충분했지. 경제적으로 여유가 생기면 아무렴 이렇게야 살진 않겠지 했어. 그래서 내심 홀가분하게 그쪽은 잊고 지냈고."

이제부터가 본론이다. 서우는 피에 젖은 셔츠를 들췄을 때 본 태승의 상처를 떠올리며 입술 속살을 잘근 깨물었다.

"그런데 얼마 전에 연락이 왔어. 몇 년 전에 회장님 비서가 개통해준 휴대폰 말고 따로 세컨드폰 하나 만들었을 때 옛날 집에 연락을 했거든. 알고나 있으라고 일러준 번호를, 어머니가 몰래 간직하고 있었나 봐. 새벽녘에 느닷없이 전화가 와서 우리 좀 숨겨달라고 말하는 걸, 당장 택시 잡아타고 아파트로 오라고 했어. 마중 나가서 기다리다가 마침내 택시에서 내리는 두 사람을 보는데⋯ 머릿속이 하얘지더라."

태승은 한숨을 쉬고 고개를 돌려 창 너머의 바다를 응시했다.

"그냥 남들처럼만 살기를 바랐는데 그 둘은 계속 돼지우리에서 살았나 봐. 아니 돼지우리보다 더 나빠졌겠지. 거긴 내가 없으니까. 구원이 될 줄 알았던 돈은 찌질한 악마를 번듯한 악마로 업그레이드시키는 자양분이 됐고."

그리고 태승은 덤덤히 말했다. 악마가 제 발로 찾아오도록 덫을 놓고 기다렸다고. 무어라도 좋으니 남자를 잡아둘 빌미가 필요했다고. 드잡이 도중에 남자가 칼을 꺼내 들었을 땐 그래서 기뻤다는 것도.

"…일부러 찔러줬다는 거예요? 말도 안 돼, 괜히 가볍게 해보는 말이죠?"

"맞아, 허풍이야. 어쩌다 보니 그랬지 설마 일부러야 칼을 맞겠어? 나도 목숨 귀한 줄 알아."

태승이 순순히 인정했지만, 어쩐지 서우는 그 너스레가 더 의심스러웠다. 살을 내주고 뼈를 취하는 전략, 이 남자라면 충분히 취할 법해서 더 오싹해졌다.

"그렇게 질이 안 좋은 사람을 왜 혼자서 상대한 거예요? 도움을 청했어야죠, 원 주위에 사람이 그렇게 없어요? 저 대단한 회장님 빽은 어쩌고 대체!"

발끈해서 나무라는 서우를 태승은 신기한 듯이 쳐다보았다. 서우가 마주 노려보자니 태승이 불쑥 엉뚱한 이야기를 꺼냈다.

"내가 본가에 들어가게 된 계기에 관해, 혹시 들은 거 있어?"

서우는 순간 망설였다. 들은 게 있긴 한데 알은체하면 태승의 자존심에 스크래치가 날지도 몰랐다. 태승이 빙글거리며 웃었다.

"말해도 돼. 얼마나 알려졌는지 궁금해서 그래."

"회장님께서 앓는 지병이 있어서 무슨 공여자가 필요했다는 소리를…. 자녀들 중에는 맞는 사람이 없어서 바깥에서 찾아봤다고."

"거의 정확하네. 역시 소문을 얕볼 게 아니라니까."

태승은 감탄했다. 거기에 고뇌의 기색 같은 건 전혀 보이지 않아서, 서우는 내친김에 물었다.

"그래서 뭐였는데요? 그 사람들이 당신한테 뭘 요구한 거예요?"

"신장."

서우의 입이 멍하니 벌어졌다. 그리고 한참 만에 정신을 가누어 중얼거렸다.

"그래서 당신 오른쪽 배에 그런 흉터가 있었구나."

아직 성년도 되지 않은 아이의 신장을 떼어가려고, 전에 없는 친자 인지라는 파격을 선언하며 그를 맞아들인 것이다. 사람이 인두겁을 쓰고 그렇게까지 파렴치할 수가 있다니!

격렬한 혐오로 서우의 부르쥔 주먹이 부르르 떨렸다. 정작 태승은 평온한 얼굴로 방금 전 그녀가 던진 의문을 풀어주었다.

"그 사람들은 철저히 사업가 마인드라서 대가 없이 베푸는 선의는 없어. 자선사업 하나도 드러내놓고 선전하며 기업 이미지 제고에 쓰는 사람들이야. 하물며 내가 룰을 어긴 마당에 어머니와 동생을 도와달라고 머리를 숙여 부탁한다? 도와주시겠지. 하지만 난 그만큼 내놓아야 해. 마침 회장님이 간이 안 좋으신데 다음엔 간을 좀 떼어드릴까? 어쩌지, 난 그러기가 죽기보다 싫은데. 그러니까 그 대단한 빽 이야긴 넣어둬."

피식 웃고 태승은 피로한 듯이 눈길을 떨구었다.

"그리고 달리 도움을 청할 사람도 떠오르지 않았어. 내 고약한 악취가 나는 짐을 맞들자고 누구에게 부탁을 하겠어? 혼자 감당할 자신이 있었고, 운이 나쁘지 않았다는 것에 난 만족해."

뼛속까지 고독한 태승의 일면을 순간 엿본 기분이었다. 그 깔끔한 처세만 보자면 서우도 이해가 가지 않는 건 아니었다.

그런데도, 안타까웠다. 정작 중요한 순간엔 아무도 믿지 않는 그가, 혼자 모든 것을 감당하는 그가 안타까워서 가슴이 저릿했다.

"그럼 어머니랑 동생 일은 잘 해결될 것 같아요? 그런 남자가 잠깐 징역 살고 나온다고 크게 달라질 것 같진 않은데. 오히려 더 난폭해지는 건 봤어도…."

"추이를 지켜볼 거야. 달라지지 않는다면 그땐 그때대로 생각이 있어. 어머니하고 동생은 어머니 알코올중독 치료가 끝나는 대로 제주도로 거취를 옮기게 할 거야. 따뜻한 바닷가에서 살고 싶다고 곧잘 말씀하시곤 했거든. 귤나무 심을 땅도 조금 있으면 좋겠지. 너무 일찍 김칫국 마시는 거긴 한데 내 동생은 왠지 농사를 잘 지을 것 같아."

동생 이야기에 태승의 분위기가 다시 온화해졌다. 농사를 잘 지을 것 같은 열네 살의 남자아이라니 잘 상상이 가지 않아 서우가 웃었다.

"당신 동생 언제 기회가 된다면 보고 싶네요."

태승은 빙그레 웃고 창 너머로 시선을 돌렸다. 며칠 새 살짝 여윈 듯한 그 옆얼굴을 바라보다 서우도 천천히 같은 곳을 바라보았다.

햇볕이 내리쬐는 여름 바다는 굳이 거기까지 달려가 물을 첨벙이며 발을 적시지 않아도 탁 트인 청량함으로 가득했다. 은빛으로 이글대는 백사장의 눈부심도 여기서는 아름다울 뿐이었다.

아쉬운 게 있다면 파도 소리가 들리지 않는 정도일까. 하지만 그것도 카페 안에 흐르는 잔잔한 발라드가 있어 허전하지 않았다. 거기에 센스 있는 주인이 다가와 리필해준 커피 향을 보태자 모든 것이 완벽해졌다.

더위를 피하겠다고 떠나서 어쩐지 더 분주하게 보낸 며칠 끝에 겨우 맛보는 달콤한 감로수 같은 휴식. 그러나 거기에 태승이 함께 있어, 좀체 마음은 고요해지지 않았다.

두런두런.

바람에 나부끼는 갈대를 닮은 소리로,

심장은 언제까지고 재잘거렸다.

저녁 8시가 조금 못 돼서 서울에 들어섰다. 그간 지내던 호텔로 데려다 달라는 태승의 말에 서우는 의문을 표시했다.

"그 남자라면 당분간 걱정할 이유가 없잖아요. 아파트로 돌아가도 되지 않나요?"

집이 좁은 것도 아니고 모처럼 가족과 함께할 시간을 그가 피한다는 느낌이었다. 안 그래도 그가 구해놨다는 빌라로 며칠 후면 거취를 옮길 사람들인데 말이다.

"불편해, 서로가."

"그야 오랫동안 안 보고 살았으니까 그럴 수 있죠. 하지만 이제부터 보고 지낼 거잖아요. 조금씩 익숙해지려고 노력하는 게…."

"아니, 앞으로도 딱히 긴요한 일 아니면 안 볼 거야."

"네?"

언뜻 이해가 가지 않는 결정이었다. 태승은 두 사람을 구하기 위해 큰 위험을 무릅썼다. 이제 천천히 그 과실을 맛보아도 좋을 텐데 그는 그럴 생각이 없어 보였다. 짚이는 게 없진 않았다.

"확실히 댁에서 알면 언짢아하시겠네요."

태승의 본가를 넌지시 언급하자 그가 피식 웃고 고개를 저었다.

"좋게 보시진 않겠지. 하지만 그 이유 때문은 아니야."

"그럼?"

대답에 뜸을 들이는 태승을 서우가 힐긋 곁눈질했다. 그는 이마를 문지르며 대답할 말을 고심하는 듯했다.

"원래도 사이좋은 모자가정은 아니었어. 요즘 기준으로 봤을 땐 아동

학대라고 불러도 무방할 정도로 방치당했달까. 그래서 어머니한테 정이 없어. 어머니도 마찬가질 거고. 동생은 그래도 나보다 아끼시는 것 같았어. 워낙에 동생이 엄마 껌딱지인 것도 있지만. 나는 빈말로도 애교 있는 아이는 아니었거든."

"애교 좀 없으면 어때요. 아이는 이유 불문 사랑받아야 하는 존재예요. 적어도 부모라면 그래야죠."

자신의 일도 겹쳐져 서우의 언사엔 가칫하게 날이 섰다. 태승이 한숨을 쉬었다.

"그건 이상론이지. 현실이 어디 이상처럼 흘러가? 나는 말하자면 열외였고 그래서 더는 거기에 미련이 없어. 이제 와 새삼 어머니니 동생이니 살뜰하게 살피면서 살고 싶지 않아. 그냥 같은 하늘 아래에서 멀쩡히 산다는 걸 알고 지내는 정도로 마음의 짐을 덜고 싶어. 내 말 이해가 돼?"

태승은 서우에게 묻고선, 금세 괜한 말을 했다는 듯 고개를 저었다.

"이해 못 해도 돼. 아무튼 나는 그렇게 살 거라고. 인정머리 없다고 해도 어쩔 수 없어."

덤덤하되 희미하게 자조가 묻어나는 말. 서우의 머릿속에도 술렁이며 바람이 일었다.

"그런 생각 안 해요."

"응?"

"인정머리 없다는 생각 따위, 안 한다고요. 진짜 인정머리 없는 사람은 그렇게 제 몸에 칼까지 맞아가면서 의협심 같은 거 안 부려요."

멀뚱히 그녀를 바라보던 태승이 살짝 얼굴을 찡그리며 웃었다.

"…의협심이라니. 그렇게 고풍스러운 단어를 실생활에서 쓰는 사람 처음 봐. 역시 학자가 될 사람은 뭐가 달라도 다르네."

"내가 아니라—, 됐어요, 관둬요."

할아버지가 한 말이라고 대꾸하려다, 가까스로 꿀꺽 삼켰다. 고풍스러운 단어인 것도 맞고, 할아버지가 학자인 것도 맞다. 그렇지만 서우의 뺨은 뚱하니 부풀어 올랐다. 방금 태승에게 지적당하기 전까지 그 단어의 어디가 이상한지 전혀 못 느꼈던 것이다.

"삐쳤어? 미안해, 놀리려고 한 말은 아니야. 근데 너, 은근히 화도 잘 내고 잘 삐친다."

"그러는 그쪽은 말꼬투리 잡고 사람 신경 살살 긁는 재주가 있고요. 과묵해도 가끔 정곡을 찌르는 말을 해서 방심할 수 없다는 평판이던데, 가만 보면 과묵도 아니야."

재빨리 응수하자 태승이 그런가? 하며 웃었다. 웃으라고 한 말이 아닌데 참으로 태평스럽다.

"다른 사람들이랑 말할 때는 난 주로 듣는 쪽이니까. 대화를 이어가야 한다는 절박함도 별로 없고. 방관자에서 참여자가 되는 건 아무래도 집중도가 다르지."

"그래서 나한텐, 너무 집중해서 시비를 건다는 말이에요?"

"시비라니, 정말 그건 아니야. 그냥 말하다 재미있다 싶은 걸 재확인하면 네가 부루퉁해지는 거야."

"뭐야, 결국 놀리는 거네."

"어? 그게 그렇게 되나? 이상하네."

결론은 그렇게 났다. 태승이 갸우뚱하며 어딘가에서 빠진 논리의 고리를 찾건 말건 서우는 뚱하니 호텔로 차를 몰았다.

태승을 데려다주는 걸로 임무를 마치고 떠나려는 그녀를 태승이 저녁 먹고 가라며 붙잡았다.

"어차피 집에 가도 밥은 챙겨 먹을 거 아냐. 먹고 가. 길어야 한 시간인데."

"피곤해서 얼른 가서 쉬고 싶어요."

"그러니까 하는 말이야. 가서 밥 챙겨 먹고 치우고 하면 그것도 귀찮아. 둘 다 기력 회복하게 스테이크라도 먹자고. 응?"

살살 꼬드기는 소리가 악마의 유혹을 방불케 했다. 확실히 서우가 집에 돌아가서 먹을 수 있는 건 한정적이었다. 시간과 품을 들여 일품요리를 만들어 먹을 생각을 하면 뒷목이 뻐근하고.

게다가 스테이크 소리에 그만 저도 모르게 입에 침이 고였다. 연로한 조부모님 두 분을 모시고 다니는 여행이 되다 보니 소화하기 힘든 음식은 철저히 피해 다녔다. 고기 본연의 맛이 그리울 때가 됐다. 그렇다고 여기서 거절하고 따로 스테이크를 먹을 식당을 찾는 것도 좀….

아, 긴 번뇌에 허기가 더 강렬해졌다. 서우는 짐짓 고민하는 척 손목시계를 들여다보았다.

"먹고 들어가는 게 시간을 절약하는 걸지도 모르겠네요."

하자 태승이 냉큼 고개를 끄덕였다.

"여기 스테이크 나쁘지 않더라고. 찹스테이크라면 썩 무겁지도 않을 거야."

아뇨, 오늘은 좀 묵직한 게 먹고 싶네요. 속으로 그렇게 생각하며 서우는 태승과 호텔 안으로 걸음을 옮겼다.

스테이크. 그것은 더없이 옳은 선택이었다. 모처럼 포만감이 들 정도로 고기를 먹었다. 곁들여 마신 와인도 괜찮아서 한 잔 두 잔 홀짝거리다 보니 병 하나가 순식간에 동났다. 사라진 와인이 몽땅 서우의 얼굴로 왔는지, 발갛게 달아오른 뺨이 따끈따끈했다.

맛있는 양질의 식사는 사람을 행복하게 해준다. 그 진리를 만끽하며 서우는 한결 둥글어진 기분으로 태승을 쳐다보았다.

"어떤 결정을 내려도 당신을 비난할 수 있는 사람은 없어요. 꿋꿋하게 소신껏 걸어가요. 그럴 자격 있어."

"말이라도 고마워."

"듣기 좋으라고 하는 말 아니에요."

손을 살래살래 흔들며 서우가 역설했다.

"주태승이란 사람이 짊어진 삶의 무게에 순수하게 감탄한 한 인간으로서의 감상이라고요. 흔치 않은 험한 길을 걸어온 사람이 이만큼 반듯하고 우뚝한 거, 그게 당신의 역량이겠죠. 타고난 것도 있겠지만 그래도 똑바로 걸으려고 무진 애썼을 거잖아요? 그 노력은, 칭찬받아야 해요."

잠깐, 그냥 말만 할 게 아니다. 서우는 허리를 곧추세우며 두 손을 마주 쥐었다.

"누구 달리 칭찬해준 사람 있어요? 없구나. 그 표정만 봐도 알겠어. 셀프 칭찬은 좀 해요? 장하다, 주태승. 잘하고 있어, 하고 거울 보면서 이미지 트레이닝 같은 거 하고 살아요?"

"상상만으로도 손발이 오그라들 것 같은데."

정색을 하는 태승을 보고 서우가 못 쓰겠다는 듯 혀를 찼다.

"자꾸 하면 익숙해져요. 나도 할아버지한테 들을 땐 반신반의했지만 속는 셈 치고 해봤더니 효과가 있었어요. 그렇게 공부에 재미를 붙이고 남부럽지 않은 책벌레가 됐답니다!"

예에, 하고 스스로에게 자그맣게 박수를 쳐주는 서우를 태승이 멀뚱멀뚱 쳐다보았다. 이어서 그녀가 손을 뻗어 그를 향해 박수를 쳐주자 태승은 당황해서 빠르게 눈을 깜박였다.

"오늘은 내가 여태 못한 것까지 몰아서 칭찬해줄게요. 기특하고 장합니다, 주태승 씨. 지금껏 잘해왔고 앞으로도 잘할 거예요."

"…알겠으니까 그쯤 해둬, 별안간 비행기를 태우니 어지러워 죽겠어."

"고양감을 느낀다는 거네! 그게 좋은 거예요. 칭찬받고 뿌듯해져서 그 에너지를 연료 삼아 다시 불타오르는 거지. 그럼 또 칭찬할 거리가 생기고. 그럼 같은 선순환이지 않아요?"

"술 마시면 이렇게 들뜨는 타입이구나. 조금 취한 것 같은데 자각은 하고 있어?"

태승이 묻는 말에 서우는 두 볼을 감싸며 배시시 웃었다.

"알딸딸하네요, 좀."

하지만 두 눈을 부릅뜨며 취한 건 아니라고 못 박았다.

"딱 기분 좋게 여유로운 정도예요. 그 증거로 나 말은 똑바로 하고 있잖아요. 어때요? 혹시 내 혀가 꼬이거나 그래요?"

"안 꼬여. 그런데 평소보다 달변이야."

"그건 술이 들어갔으니까. 후훗, 나 선비랑 술 마시는 거 보면 기함하겠다, 당신. 필 받으면 밤새 둘이 홀짝홀짝 주고받으면서 오만 가지 이야기를 다 하는데."

"말인즉슨, 상황에 따라 달라지는 옵션인 거네."

"당연하죠. 술은 그렇게 써먹으라고 있는 거잖아요? 술한테 휘둘려서 개 되라고 있는 게 아니라."

서우가 싱글거리며 말하자 태승의 입가에 쓴웃음이 맴돌았다.

"나는 후자인 경우를 압도적으로 많이 보고 자라서."

"아, 어릴 적 인상. 그거 확실히 강렬하죠. 돌아가신 내 어머니도 알코올중독자였어요. 혹시 이미 알아요?"

"사고로 돌아가셨다는 정도밖에는."

"술 때문이었어요, 그 사고도."

서우는 턱을 괴며 지긋이 와인병을 응시했다.

"알코올에 강한 게 모계 쪽 내림인지 어머니도 마시는 것에 비해 겉으로 크게 실태는 보이지 않아서, 안 지 얼마 안 된 사람들은 그 정도인지 잘 몰랐어요. 그렇지만 마시면 마실수록 차츰차츰 기분이 나빠지셨죠. 내 나름대로 구분한 3단계가 있었어요. 1, 2단계로 그치는 날은 그럭저럭 괜찮아요. 3단계인 날엔 내 방에서 한 발짝도 나가지 않는 게 최선이에요. 숨도 크게 쉬지 말고 조용히. 그런 날엔 책장 넘기는 소리도 어머니에겐 끔찍한 소음이 됐거든요."

불시에 흘러나온 가느다란 한숨도 그녀의 입가에서 미소를 지우진 못했다.

"이렇게 웃으면서 말할 날이 올 거라고 누가 그때 그 꼬마에게 언질을 해줬어야 하는데. 열세 살 봄까지만 참으면 된다고 최종 기한만이라도 알려줬으면 그 모든 걸 견디는 게 한결 쉬웠을 거예요."

"최 교수님이 데려온 게 그즈음인가?"

태승의 물음에 서우가 고개를 끄덕였다.

태승이 유년시절을 돼지우리에 비교했다면, 서우의 유년시절은 무균실이라고 불러야 할 것이다. 서우의 모친은 더러움을 참지 못하는 성격이었다. 저 정도 결벽증으로 애는 어떻게 낳았나 의아할 만큼 병적으로 청결에 집착했다.

주변 모든 게 소독의 대상이요, 특히 서우는 요주의 관리대상이었다. 일찍부터 서우를 지독하게 괴롭혔던 아토피가 최 교수네 집으로 오고 불과 몇 개월도 안 되어 깨끗하게 사라진 것도 결코 그와 무관하지 않으리라. 본인의 경우 그 결벽이 극에 달해 마침내 자신의 내장마저 소독하기 위한 자구책으로 술을 그처럼 들이부었을는지도 모른다.

그러나 청결한 신체의 반동인가, 모친의 머릿속은 피해망상에 찌들대로 찌들어 있었다. 자신이 돌이킬 수 없을 만큼 망가진 인생을 살고 있다고 철석같이 믿었다.

그 원인의 일정 부분은 서우의 탓이었다. 나머지는 죄다 최 교수 탓이었다.

지고지순한 조강지처와 어린 딸을 두고 외국 여자와 바람이 나서, 조강지처를 병들어 죽게 하고 어린 딸의 인생을 무너지게 한 가정파괴범.

서우는 겨우 세상에 눈을 뜨게 될 어릴 때부터 그 레퍼토리를 귀에 못이 박히도록 들었다. 어린 마음에 눈이 세 개에 뿔이 달린 도깨비 같은 괴물로 상상했던 최 교수는, 훗날 만나보니 퍽 슬픈 눈을 한 단정하고 양복이 잘 어울리는 근사한 할아버지였다.

조금 긴 이야기가 되리라.

결혼적령기의 남녀라면 으레 결혼을 해야 사람 대접을 받던 시절, 학업을 핑계로 차일피일하던 최 교수도 결국 노총각으로 늙을 셈이냐는 주위의 성화에 떠밀려 맞선자리에 나갔다. 여자 얼굴도 제대로 쳐다보지 않고 데면데면하게 앉아만 있다가 온 자리. 그런데 여자 측에선 이쪽이 마음에 들었단다. 최 교수는 어떠냐고 묻기에 좋지도 싫지도 않다고 했더니, 저편엔 남자도 색싯감을 아주 마음에 들어 한다고 전달됐다.

그날로 약혼 소리가 나오고 번갯불에 콩 구워 먹듯 결혼 날짜가 정해졌다. 결혼은 원래 그렇게 정신없이 하는 거라며, 우수수 흐름에 쓸려가 남편과 아내가 되었다.

정이 없는 부부였다. 목석같은 아내는 매사에 신앙이 최우선이었고 지나치게 결벽한 성미에 작은 일에도 예민하기가 하늘을 찔렀다. 서툴게나마 함께 시간을 보내며 마음 맞는 취미를 갖고자 한 최 교수의 노력은 쾌락을 죄악시하는 아내의 확고한 거부에 꺾이고 말았다. 부부관계에도 극도로 냉담하여 오직 아기를 갖기 위해 애써 참는다는 기색이니 정이 발붙일 구석이 없었다.

그렇게라도 겨우 품은 아기도 얼마 못 가 유산되기를 몇 차례. 날로 심해지던 아내의 히스테리가 심한 신경쇠약의 지경에 이르렀을 때, 최 교수는 아내를 설득해 병원에 데려가려 했다. 남편의 간곡한 설득에도 묵묵부답이던 아내는 어느 날 짐을 싸서 친정으로 돌아가버렸다.

지역 유지로 행세깨나 하던 처가의 친정에서는 딸을 싸고돌며 최 교수를 나무랐다. 곱게 키운 자신네 딸이 뭐 부족한 게 있다고 정신병자로 모느냐? 다만 거듭된 유산에 심신이 허약해져 있을 뿐이니, 당분간 잘 조리시키고 돌려보내겠다고 했다. 그렇게 별거가 시작되었다.

최 교수는 차라리 홀가분해진 심정으로 학업에 매진하며 이따금 처가에 가서 아내를 들여다보는 것으로 도리를 했다. 그런 나날 중에 어느 날 아내에게 태기가 보이고, 이번에는 무사히 출산에 이르렀다. 딸 설희가 태어난 것이다.

그 계기로 다시 살림을 합쳤다. 초반엔 아내도 금이야 옥이야 애지중지하며 아이 보는 낙으로 사는 듯이 보였다. 그러나 아이의 돌에 못 미쳐 아내의 병증이 도졌다. 세 식구 살림에 보모며 하녀까지 거느리고 살았으니 빈말로도 살림에 찌들었다고는 못하리라.

아내의 병증은 우울증까지 치달아 아이와 함께 두기 위태로울 정도였지만 이번에도 병원은 언감생심이었다. 결국 아이 돌잔치를 치르고 얼마 후

아내는 친정으로 돌아갔다. 기약 없는 별거의 재개였다. 데려간 딸은 원하는 거라면 다 들어주는 외가에서 점점 더 응석받이로 자라났다.

그런 마당이었으니 최 교수가 핀란드에 가게 되었을 때 함께 가자고 꺼내본 말은 허공중에 던진 돌멩이나 다름없었다. 몇 년이 될지 모르는 체류이건만 떠나는 그를 아내도 아이도 아쉬워하지 않았다.

핀란드는 한국보다 훨씬 추운 나라였지만 삶의 온기는 오히려 몇 도가 더 올라갔음을 최 교수는 서서히 깨달았다. 가족이 있어도 가족 속에서 더 쓸쓸했음을, 멀리 떠나와 통감한 것이다.

그 춥고도 따듯한 나라에서 최 교수는 한결같은 벗이었던 학문에 더 몰두했다. 약력에서도 단연코 빛날 다수의 학술논문을 왕성하게 써냈고, 진취적인 학생들을 만나 교수로서 가르치는 보람을 실감했다. 그리고 줄리아를 만났다.

최 교수는 '앎의 저주'란 것을 믿지 않는 지식지상주의자에 가까웠지만, 줄리아를 만나고서 알아선 안 될 영역과 마주한 인간의 오뇌를 깨달았다. 부정하고, 외면하고, 끝내는 시간에 기대어 버티는 것으로 그 강렬한 폭풍이 소멸될 날을 기다렸지만, 희망 없는 몸부림에 지나지 않았다. 그토록 먼 곳에서, 부적절한 타이밍에 진실한 반쪽과 조우하게 한 운명의 얄궂음이 애석할 뿐이었다.

한국에서의 상황이 정리되고, 떳떳하게 당신 앞에 설 수 있게 되면 그때 당신을 부르겠다. 최 교수는 그 자그마한 약속을 남기고 핀란드를 떠나 귀국했다.

악인이 될 각오를 하고 마주한 아내는 그 몇 년 사이 광신도가 되어 있었다. 정신이 아픈 사람에게 적절한 치료를 하는 대신 오히려 종교라는 중독성 있는 과자를 한없이 퍼준 결과였다. 처녀 때부터 알아온 목사를 정신적 지주 삼아 그의 말 한마디에 일거수일투족을 구속당하고 사는 아내는, 아이러니하게도 결혼생활 내내 보아온 그 어느 때보다 안정되어 보였다.

아내는 최 교수의 이혼요구를 전혀 상대해주지 않았다. 그렇다고 아내의 자리로 돌아오지도 않았다. 철저한 무시로 일관하며 오로지 종교에 헌신하는 삶을 이어갔다. 부쩍 성장한 딸 앞에서, 철저한 악인이 되겠다던 최 교수의 각오도 흩어지고 그저 애처로운 간청을 거듭하는 날이 2년 가까이 이어졌다.

마침내 아내도 넌더리가 났는지 선심을 쓰듯 선언했다. 설희 결혼하는 거 보면 갈라서겠다고. 이제 겨우 고등학교 입학을 앞두고 있는 딸이었다. 최 교수는 더는 기다리지 말라고 줄리아에게 편지를 띄웠다. 줄리아도 짧은 답신을 보냈다.

〈그래야 당신의 마음이 편하다면, 기다리지 않겠어요. 하지만 당신을 사랑할 거예요. 언제까지나.〉

분에 넘치는 고마운 답장을 받은 최 교수는 자신을 내려놓고 펑펑 울었다. 그렇게 사랑을 가슴에 묻고, 줄리아를 만나기 전의 삶으로 돌아갔다.

그러나 삶은 결코 예전과 같지 않았다. 머리가 자란 딸은 엄마 편을 들며 그를 '적'으로 여겼다. 늦은 밤 연구실 창밖을 내다보던 최 교수가, 텅 빈 사택에 돌아가는 대신 연구실 소파에 웅크려 잠드는 날이 점점 늘어갔다.

딸이 대학에 입학한 해에 아내가 발병했다. 수술은 성공적이었으나, 3년을 채우지 못하고 재발했다. 재수술을 했지만 예후가 좋지 않았다. 그래도 환자는 정신력으로 2년 남짓을 버텼다. 그동안에 기어코 딸을 결혼시키고, 더는 여한이 없다는 듯 신의 곁으로 떠났다.

딸의 악다구니에 최 교수는 아내의 임종 자리를 지키지 못했다. 장례를 치르고서 딸은 최 교수에게 늙어 죽어도 자신을 찾지 말라는 한마디를 내지르고 떠나갔다. 그때 딸의 배 속에 있던 아이, 외손녀 서우를 만나는 건 10년이 훌쩍 넘는 먼 훗날이 된다.

강산이 변할 만한 세월에도 불구하고, 딸 설희는 한결같이 아버지를 증오했다. 속속들이 응석받이로 자라난 그녀에게 최 교수는 파파가 아니라 마마를 죽음으로 몰고 간 원수, 딱 그렇게 박제돼 버렸다.

최설희의 진짜 가족이었던 외가가 외할아버지 사후 유산 분쟁 때문에 갈가리 찢어진 것도 타격이 컸다. 카리스마적인 리더가 구성원 개개인의 삶을 결정하고 돌봐주는 공동체. 그런 리더였던 외할아버지가 사라진 자리를 누구도 메우지 못한 채 형제자매는 완전히 남이 되었다.

최설희는 그러한 분열의 오롯한 희생자였다. 자신이 주체가 되어 생각하는 것도, 결정하는 것도 한없이 미숙한 채 어른이 된 그녀는 무너져가는 자신의 삶을 마마의 상실에서 비롯한 것으로 인식했다. 당연히 그 귀결은 최 교수였다.

그런데 그녀를 이토록 힘들게 한 저 원수란 이는, 마침내 진실한 사랑과 재회하여 새로운 인생을 시작했다. 그것도 행복하단다.

최설희는 병들어갔다. 속으로 곪아가던 것이 마침내 바깥으로 터져 나오는 데 12년이 걸렸다.

먼저 서우의 학교에서 학대를 의심한 담임교사가 서우의 아버지 쪽에 연락을 취했다. 통장에 다달이 찍히는 양육비 속에서 희미한 존재감을 발하던 남자는 지체 없이 바통을 옛 장인어른에게 인도했다. 최 교수는 당장 학교로 서우를 보러 왔다.

전설 속의 악마가 눈앞에 강림한 그날을 서우는 결코 잊지 못한다. 그녀와 눈높이를 맞추려고 웅크려 앉은 최 교수를 보고, 악마가 하나도 무섭지 않은 게 이상하다고 생각하던 것도.

게다가 악마는, 울보였다. 옅은 하늘색 손수건이 축축하게 젖도록 눈물을 보이는 바람에 담임 선생님이 무던히도 쩔쩔맸더랬다.

"할아버지랑 눈이 파란 예쁜 할머니가 날 데려가 키우겠다고 했을 때, 차마 말은 못 해도 얼마나 기뻤는지 몰라요. 엄마가 계속 반대해서 날 못 데려가면 어쩌지, 얼마나 걱정했는지 몰라요. 어디 반년만 키워보라고 날 보내줬을 땐, 그 반년이 너무 빨리 끝날까 봐 얼마나 초조했는지 몰라요."

서우는 피식피식 웃다가 툭 고개를 떨구며 중얼거렸다.

"근데 그 반년이 끝나기 전에 엄마가 죽어버렸다네? 그 소식 듣고 내가 맨 처음 무슨 생각을 했게요?"

태승의 대답을 바라지 않으니 얼른 자답했다.

"아, 그럼 난 계속 이 집 아이로 있어도 되는구나, 하고."

목소리는 떨리지 않았다. 그런데 부쩍 갈증이 나서 술 생각이 간절해졌다. 그러나 와인글라스로 뻗은 손은 텅 빈 잔을 보고 방황했다.

조용히 지켜보던 태승이 손을 들어 웨이터를 불렀다. 그가 와인을 주문하는 동안 서우는 고개를 돌려 눈가의 이슬을 재빨리 찍어 눌렀다.

다시 태승을 마주하는 서우의 미소가 눈부셨다.

"우리 집 봤죠? 몇 년 전에 안팎으로 리모델링을 하긴 했는데 그래도 기틀은 거의 그대로예요. 내가 처음으로 집이란 행복한 곳이구나, 하고 생각하게 된 그 집. 거긴 내가 처음으로 사랑하게 된 사람들이 살아요. 내 목숨처럼 소중한 할아버지랑 줄리아가요."

"응."

옅은 미소로 태승은 그녀를 지켜보았다.

"그래서 나, 나를 용서해줬어요. 마지막까지 엄마를 사랑하지 못한 거. 심지어 엄마가 죽었다는데도 슬픔보다 온갖 이기적인 생각으로 머리가 뒤죽박죽이었던 거. 솔직히 아직도 바람 부는 방향에 따라 갈팡질팡하는데, 한 번 크게 사면령을 내렸다는 사실만큼은 잊지 않아요."

끄덕끄덕, 태승이 고개를 주억거렸다. 서우도 덩달아 끄덕하고 마저 이야기했다.

"아이가 엄마를 사랑하는 것처럼 쉬운 게 없는데, 그 쉬운 걸 못 하게 만든 건, 내가 아니라 엄마였다는 거 분명히 아니까. 난 엄마 사랑하지 않았어요. 조금도 그립지 않아. 하지만 이걸 어디 가서 떳떳하게 말할 순 없죠. 옳은 일이 아니니까. 그렇다고 틀린 일도 아니야. 세상엔 그렇게 흑도 백도 아닌 일이 있어요. 그러니까 난 당신이 하는 말 이해할 수 있어요. 여기로부터 깊게 동감하거든요."

가만히 가슴을 누른 채 서우는 한숨을 쉬었다. 긴 이야기의 끝이 보였다.

"그래서 당신이 행복해졌으면 해요. 내가 그런 것처럼 당신도 조건 없이 사랑받고 사랑하게 되는 기적을 누렸으면 좋겠어요. 그러면, 삶이 얼마나 풍성하고 아름다워지는지 꼭 볼 수 있기를…."

안타까이 중얼거리는 그녀를 바라보는 태승의 입가에 미소가 깊게 새겨졌다. 그는 이견이 있다는 듯 고개를 갸웃하며 입술에 손가락을 댔다.

"풍성함까지는 잘 모르겠지만, 지금 내 삶도 아름답지 않은 것은 아니야."

물끄러미 그녀를 담는 태승의 눈이 말할 수 없이 부드럽게 물결쳤다.

"색채는 충분해. 여기서 더 화려해지면 눈이 멀지 않을까, 걱정될 정도인걸."

"꼭 지금, 사랑을 하고 있다는 말처럼 들려요."

"글쎄. 어떨까."

모호하게 끊고 태승은 야경으로 시선을 돌렸다. 어쩐지 가슴이 답답해져서, 서우는 막 개봉한 와인을 한 모금 마시고 자리에서 일어났다.

"잠시 실례할게요."

어쩐지 허공을 밟는 것처럼 지면을 딛는 감각이 흐릿하다 싶더니, 몇 걸음 가지도 못하고 무릎에 힘이 쑥 풀렸다. 비틀거리는 서우를 태승이 늦지 않게 붙잡아 실태는 모면했다.

"괜찮아?"

"오늘 술이 잘 안 받는 날인가 봐요. 아니면 너무 잘 받는 건가?"

"일시적인 현상일 수 있어. 아니면 좀 쉴래?"

무심히 듣고 넘긴 말의 의미심장함에, 뒤늦게 서우가 그의 눈을 보았다.

"봐서 괜찮아지면 와인을 더 마셔도 좋고. 이거 가져가면 되니까."

"혹시 기어코 내가 취하는 모습을 볼 작정은 아니고요?"

"그럴 마음도 아주 없진 않고."

웃으면서 대놓고 인정하니 서우도 피식 웃을 수밖에. 서우의 손목을 움켜쥔 태승의 손에 지그시 힘이 들어갔다.

"내려가자. 그리고 나랑도 그거 해."

"…뭘요?"

"밤새워 마시면서 수다 떨기."

안도인지 실망인지 모를 감정에 서우는 탁 긴장이 풀렸다.

"자긴 환자라 마시지도 못하면서."

"그럼 대리만족이라 해두지."

웃으며 대답하고 태승은 냉큼 한마디 보태었다.

"덤으로 나 드레싱 하는 것도 도와주면 고맙겠어."

서우의 시선이 아래로 향했다. 그의 셔츠 아래에 감춰진 생생한 현재의 상처와 다소 오래된 묵은 상처가 떠올랐다.

"그건 해주고 갈게요."

노골적인 미끼를, 모른 체하며 문다.

과연 서우는 조금 취했을지도 모르겠다.

22
교차로에서

불현듯 걸려온 한 통의 전화가 서우를 눈뜨게 했다. 머리맡의 스탠드 불빛으로 눈에 들어온 낯선 실내에 흠칫한 것도 잠시, 바로 곁에 잠들어 있는 태승의 얼굴을 보고 모든 사정이 떠올랐다.

거기에 어떤 감상을 품기에는 전화벨 소리가 지나치게 컸다. 그만큼 고요한 밤중이다. 하여 서우는 한줄기 불안을 느끼며 몸을 일으켰다.

혹시 줄리아에게 또 무슨 일이 생긴 걸까? 밤 10시경에 통화할 때만 해도 이제 막 잠자리에 들 준비를 하고 있다며 편안한 분위기였는데….

휴대폰을 찾아 테이블까지 걸어가는 짧은 시간 동안 전에 없이 슈만의 로망스가 불길한 분위기를 풍기며 울려 퍼졌다. 그러다 마침내 휴대폰을 손에 들고 액정을 들여다본 서우의 입에서, 허탈한 웃음이 흘러나왔다.

희경이다. 현재 시각을 확인하고―새벽 2시가 막 넘은 시각. 서우의 규칙적인 일과를 아는 그라면 전화를 걸 타이밍이 아니다―서우는 절레절레 고개를 흔들었다.

"또 어디서 한창 버닝 중이신가?"

잠잠하다 했더니 예의 주사가 분명했다. 일전에 한 번 그런 전화 안 받을 거라고 경고도 했는데.

이번이 그 경고를 실행에 옮길 때인가 보다. 통화를 거절하고, 내친김에 휴대폰을 묵음으로 설정했다. 그리고 천천히 뒤를 돌아보았다.

아직 졸음에 겨운 눈에 곤히 잠든 태승의 모습이 비쳤다. 오늘은 덥수룩하게 헝클어진 머리가 사자보다도 새집에 가깝다. 왠지 귀엽다.

어쩌면 그녀가 감겨줘서 더 귀여워 보이는지도 모르겠다. 팔을 위로 들면 옆구리의 상처가 땅겨서 옷도 제대로 못 벗는 걸 보고, 서우가 선심을 써서 제안한 일이었다.

내가 머리 감겨줄게요, 하자 두 눈이 동그래져서 그녀를 쳐다보던 태승의 표정이 좀 재미있었다. 지금 생각해도 피식 웃음이 날 정도로.

근데 이렇게 한가하게 웃고 있어도 되나.

웃음의 반동으로 싸늘한 자각이 고개를 들었지만 얼마 못 가 쏟아지는 하품에 맥을 못 추고 수그러졌다.

다친 사람 드레싱 거들어주고 하는 김에 머리도 감겨준 게 뭐 어떻다고. 그것도 그녀의 부탁에 빗속에서 이리 뛰고 저리 뛰다가 상처가 터져서 곤욕을 치른 사람이다.

도움은 도움으로 끝내고 그 길로 돌아갔어야 했겠지만, 산다는 게 늘 옳은 길로만 가는 건 아니지 않나. 때로는 어영부영 살 수도 있지. 취한 척 비틀거리기도 하면서.

서우는 도로 침대로 발길을 틀었다. 두어 시간쯤 더 자고, 더는 핑계 댈 취기도 없을 때 돌아가도 늦지 않다고 잠결에 생각했다.

침대에 올라 태승을 등지며 둥글게 등을 말고 누웠다. 금세 쏟아지는 잠에 몸을 맡기는 중에도 문득 부스럭거리며 그녀의 등에 다가붙는 온기를 느낄 수 있었다. 머리카락 사이로 목덜미에 닿는 숨결이 묘하게 뜨겁다.

어쩌면 전화벨 소리가 깨운 건 그녀만이 아닐지도 모른다.

내색할 생각은 없다. 자칫 잠이 달아날 뻔한 의식의 순간도 아슬아슬하게 지나가고, 서우는 부드러운 잠 속으로 빠져들었다.

그리곤 깜빡 늦잠을 자서, 깨어났을 땐 사위가 이미 환해진 후였다.

좀 전까진 쨍하니 밝았다는 게 거짓말처럼 뭉게뭉게 비구름이 몰려드는 하늘이었다. 아침 9시를 훌쩍 넘긴 시계를 들여다보고 새삼 혀를 차며 서우는 택시에서 내렸다. 충분히 여유를 둔다고 생각하고 예약한 12시발 강릉행 KTX도 마냥 방심할 때가 아니었다.

머릿속으로 분주히 할 일과 더 챙겨갈 것을 생각하며 집열쇠를 꺼내 들던 서우는, 무심코 눈에 들어온 차 때문에 멈칫했다. 눈에 익은 새파란 컨버터블. 설마 하며 확인한 차량번호에서 더는 의심할 여지가 없어졌다.

차량 옆으로 걸어간 서우가 운전석 창 쪽을 노크했다. 딱 세 번 똑똑똑 두드렸을 때, 안에서 들썩하는 움직임이 느껴졌다. 이윽고 차창이 내려간데 이어 희경의 졸린 두 눈이 그 사이로 나타났다.

"서우다! 마침내!"

아직 잠에 겨운 환호성에 서우는 눈을 깜박거리다가, 차 안에서 확 풍기는 술 냄새에 눈살을 찌푸리며 뒤로 물러났다.

"오빠, 술을 얼마나 마신 거예요?"

비트적거리며 차에서 내려 기지개를 켜는 희경을 믿을 수 없다는 눈으로 쳐다보았다. 희경은 고개를 돌려 하품을 하더니 반쯤 눈을 감은 채 대답했다.

"꽤 마셨어. 아마 나 어제 최고 주량 기록 갱신했을걸?"

"퍽도 자랑스러우셔라."

"헤헤, 자랑은 아니고."

"그러고서 운전은 어떻게 해서 온 거예요?"

"대리 불렀어, 대리. 절대 운전 안 했으니까 안심하세요, 공주님."

희경은 가슴에 손을 얹고 맹세한데 이어 갸웃하며 그녀를 보았다.

"반갑지 않아? 취중에도 우리 공주님 얼굴 보고 싶어서 달려왔는데."

"멋지게 허탕칠 뻔했잖아요. 갑자기 왜 안 하던 일을 하지? 새로운 주사예요?"

"왜 허탕을 쳐. 이렇게 잘 왔고, 잘 만났는데."

억지를 쓰는 희경에게서 시선을 돌리며 서우는 한숨을 쉬었다.

"나 여행 중인 거, 그새 있었어요?"

"잊기는. 하지만 잠시 돌아왔잖아. 태승이 데려다주러. 맞지?"

"그건…?"

그건 또 어떻게 알았냐는 눈빛을 던지자 희경이 싱글거리며 웃었다. 최교수에게 전화해서 들었단다. 서우는 눈을 깜박거리며 그를 쳐다보다가 무언가 떠올려냈다. 설마 새벽에 걸려온 그 전화를 안 받아서, 할아버지에게?

"언제 통화했는데요?"

서우가 묻자 희경은 과연 좀 난처한 듯이 눈알을 굴렸다. 서우는 물끄러미 보며 기다렸다.

"…아마 새벽 2시 언저리?"

예상을 벗어나지 않았다. 서우는 싸늘해진 표정을 숨기지 않고 말했다.

"내가 오빠 그 버릇 싫다고 했죠. 이제 하다 하다 할아버지께 주사를 부려요? 정말이지, 실망이에요."

고개를 내젓고 서우는 집으로 몸을 돌렸다. 희경이 당황한 얼굴로 뒤따라왔다.

"알아, 그 시간에 전화 드리는 거 실례지. 실렌데 나 진짜 주사는 안 부렸어. 몇 가지 여쭤보고 금방 끊었어, 정말로. 숙부님에게 확인해봐, 내가 주사 부렸으면 최희경이 아니라, 주희경이다. 내 말 못 믿겠어?"

"믿는다 치고, 그래 그 시간에 무슨 화급한 궁금증이 있어서 할아버지까지 찾았다는 거예요?"

대문을 열고 마당으로 들어서는 서우 뒤에서 희경이 문을 닫고 따라 들어오며 답했다.

"아니, 내가 좀 이상한 소릴 들어서."

"무슨 소리요."

"글쎄, 누가 널 호텔에서 봤다잖아."

삐끗하며 서우의 구두가 포석 위에서 미끄러졌다.

"속초에 있는 앨 서울에서 봤다는 것도 이상한 판에 더군다나 호텔이래. 당장엔 황당하지 않겠어?"

다행히 그녀의 동요를 희경은 눈치채지 못했다. 서우는 원래 그러려던 것처럼 자연스레 별채로 길을 틀었다.

"어디요, D호텔?"

"어, 거기."

"누구랑 같이 있었다는 말은 없고요?"

"응, 태승이랑 너랑 거기 레스토랑에서 식사하는 걸 봤다는 거야. 그쯤 되면 꿈꾼 거지 싶어 상대를 안 하려고 하니까 곧 죽어도 자기 눈으로 본 거래."

"제대로 봤네."

서우는 어깨 너머로 희경을 돌아보며 물었다.

"누군지 몰라도 목격자가 우리 둘 다 아는 사람이었나 봐요?"

"아… 그치, 한준이니까."

"아아, 이한준? 그 사람이었구나. 난 또."

피식 서우가 웃었다. 가벼운 듯 의미심장한 중얼거림을 희경도 눈 뜨고 놓치지는 않았다.

"왜? 누군 줄 알았는데?"

"아뇨, 난 또 지은 씬 줄 알았죠."

뒤따르던 희경의 발길이 무르춤해졌다. 그러다 아예 멈춰선 바람에 서우도 걸음을 멈춰야 했다.

천천히 몸을 돌리며 서우는 희경을 응시했다. 생전 처음 보는 사람처럼 찬찬히, 그 허여멀끔한 얼굴에 드러난 당혹의 기색을 감상했다.

"뭘 그리 놀라요, 오빠? 아, 지은 씨 거기 있는 거 몰랐어요?"

"어? 아니, 그게 들은 것도 같고."

노골적으로 당황해서 얼굴마저 창백해져 버린 모습을 바라보자니 기분이 더욱 묘해졌다. 오늘따라 왜 이리 얄팍할까? 확실히 아직 술이 덜 깬 건가? 아니면 구중중한 하늘이 그녀의 눈에만 색안경을 끼웠나?

'아, 그러고 보니 나 안경을 끼고 있네.'

뒤늦은 깨달음으로 서우는 눈을 깜박였다. 비단 안경만이 아니라 이동할 때 편한 여유로운 면 슬랙스도 입고 있다. 예정에 없는 만남이었으니 어쩔 수 없었다고 해도, 여태 거기에 생각이 전혀 미치지 않았다는 건 분명 새로웠다.

그리고 희경도 그런 건 안중에도 없는 듯했다.

"근데 넌 그걸 어떻게 알았어? 지은이가 말했나?"

"들었어요, 태승 씨한테."

"태승이?"

"네, 거기서 본 적 있다고. 참, 태승 씨도 요즘 그 호텔에 묵고 있대요."

"…아. 어쩐지 저번에 집이 아니라더니. 그놈은 정작 해야 할 말은 안 해. 악취미야."

맥이 풀린 얼굴로 희경이 투덜거렸다. 서우도 희미한 쓴웃음을 머금으며 속으로 동의했다.

"그런데 정말 어떻게 된 거야? 숙부님 말씀으론 태승이가 뭘 도와주다가 다쳤다던데. 자세한 이야긴 너한테 들으라고 하셔서 네, 네 하고 끊었어. 나는 머리를 굴려 봐도 도무지 떠오르는 게…."

그의 말을 가로막듯이 마당 한편의 감나무에서 매미가 자지러지게 울기 시작했다. 날이 구중중해도 삶에 충실한 매미에게 자극받아 서우는 새삼 손목시계를 들여다보았다.

"어쩌죠, 오빠? 나 옷 갈아입고 이것저것 챙겨 나오려면 시간이 빠듯한데. 12시발 강릉행 KTX표 끊어 놨거든요."

"그때까지면 여유 좀 있지 않아?"

"병원 때문에 좀 돌아서 가야 해요."

"병원은 왜?"

"줄리아 늘 먹는 혈압약이요. 아슬아슬해서 온 김에 받아가려고요."

"아, 그럼 U병원 가는 거지? 예약 안 했으면 빠듯하겠는데?"

"할아버지가 전화해두신다고 했어요."

희경도 시각을 확인하고 고개를 끄덕였지만, 다시 서우를 보는 눈길엔 의혹이 떠올라 있었다.

"네가 시간에 쫓겨서 허둥거리는 건 처음 보네. 간밤엔 집에 없었던 거 맞지?"

"네, 호텔에 있었죠."

"호텔?"

미세하게 표정이 굳어진 희경을 똑바로 쳐다보며 서우는 말했다.

"식사하면서 와인을 좀 마셨는데, 쌓였던 노독이 풀리느라 그랬는지 문 득 노곤해져서요. 내친 김에 게으름 한 번 피워봤어요."

"그럼 그대로 D호텔에 묵은 거야?"

"당연하죠. 어디겠어요?"

서우가 갸웃하며 반문하자 희경도 그렇겠지, 하며 마주 웃었다. 그의 눈 가에 아직 확 걷히지 않은 그늘이 서성거렸다.

"파격이네. 근데 그런 파격을 부릴 만큼 힘든 일이 있었던 거라면… 조 금 서운하다. 나한테도 연락 좀 하지."

"어쩌겠어요. 타이밍이 안 맞았는데."

"타이밍, 인가."

"그리고 오빠도 화급한 일이 있었던 거 아니에요? 긴한 볼일이 있어서 우리랑 짠 스케줄도 취소하고 간 거잖아요."

덤덤한 사실 지적이 뼈아팠는지 희경의 미간이 찌푸려졌다. 한숨을 쉬 며 희경은 머리를 헝클듯이 쓸어넘겼다.

"그러게. 운이 안 좋았네. 피차에."

"그 일은 잘 해결됐어요?"

"응? 무슨 일?"

잠시 정신을 딴 데 팔았는지 희경이 멍한 얼굴로 반문했다. 서우가 답답 해하며 말했다.

"오빠의 그 '긴한 볼일'이요. 누굴 좀 도와줘야 한다면서요. 그 사람 일은 잘 해결됐어요?"

"아… 음, 해결까지는 아니고 해결해가는 중이야. 안타깝게도 내 도움은 별 의미가 없어서."

낙천적인 에너지만큼은 늘 과잉충전인 사람이 이번만큼은 방전된 것처럼 풀기라곤 찾아볼 수 없다. 전 같았으면 무슨 일인지 말이라도 해보지 않겠냐는 말이 튀어나오고도 남았을 텐데, 오늘 서우는 그럴 의욕을 느끼지 못했다. 서우가 잠자코 있으려니 희경이 맥없는 눈길을 들어 너는 어땠느냐고 물었다.

"태승이 도움까지 필요했던 일, 잘된 거 맞아? 숙부님은 더는 걱정할 게 없다는 식으로 말씀하셨는데."

"잘 됐어요. 그러니 축하주 삼아 와인도 마셨죠."

"축하주였어?"

"감사주기도 했고. 나 혼자 마셨지만요."

"하하, 뭔지 몰라도 태승이가 너한테 제대로 점수 땄나 봐. 잘 됐어. 이제 좀 둘이 친하게 지내는 거 기대해도 되는 건가?"

서우는 대답 없이 빙긋 웃기만 했다. 그러곤 정말 시간이 없다며 서둘러 별채 안으로 들어갔다.

그녀가 짐을 꾸려 내려오자 거실 소파에 앉아 얼음물을 마시고 있던 희경이 얼른 일어났다.

"데려다줄게."

"오빠가요?"

당치 않다는 뜻으로 서우가 고개를 저었다. 음주 체크를 하면 면허가 아슬아슬하지 않을까 싶을 만큼 아직도 술 냄새를 풍기는 주제에 무슨.

"택시 불렀어요. 오빠도 대리를 부를 게 아니면 택시 타고 집에 가요. 그 상태로 운전하지 말고."

"그럼 너 병원까지 데려다주고 그 택시로 돌아갈게. 그건 괜찮지?"

"뭐 하러 그래요? 번거로우니까 각자 가요."

서우가 냉정하게 굴수록 희경은 애가 탄 듯 보챘다.

"그 잠깐이라도 얼굴 보면서 이야기하면 좋잖아. 서우 너, 나 반갑지 않아? 나 아까 새벽부터 와서 내내 기다렸는데."

제멋대로 한 일로 무슨 생색인가, 하는 모진 마음이 든다. 입을 열면 금세 그런 어조로 톡 쏘아줄 것만 같아서 입술을 감쳐물던 서우는 문득 어떤 생각을 하고 쿡 웃었다.

"가만 보면 오빤, 늘 제 손안에 없는 게 커 보이나 봐. 그런 거 알아요?"

"…내가?"

"함께 있을 때도 상냥하지만 떨어져 있을 때의 애틋함은 훨씬 유난스럽죠. 오빠 주사도 그렇게 생각하니 이해가 되네."

"이해하지 마, 아니 오해하지 마. 주사는 그냥 주사야. 나 진짜 그거 고칠게. 너 그래서 간밤에 내 전화도 안 받은 거야?"

술버릇에 대한 지탄이라고 생각했는지 희경이 펄쩍 뛰며 몇 번이고 사과할 기세다. 서우가 그럴 필요 없다고 말리는데 택시가 도착했다고 전화가 왔다. 문단속을 하고 나서는 그녀를 희경은 기어코 택시까지 따라와 함께 올랐다.

희경은 반성의 표시인 양 과묵한 대신 서우의 손을 잡아 꼭 쥐고 있으려했다. 하지만 원래도 열이 많던 그의 손은 컨디션 난조의 탓인가 진득하게 땀이 배어나 결코 상쾌하지 않았다.

그나마도 오래잖아 희경에겐 여기저기서 메시지가 날아들었다. 이래저래 답장하느라 오른손만으로 감당이 안 되는지, 쥐고 있던 손을 풀자 서우는 고마운 기분까지 들었다.

"이따가 팔각 애들끼리 뭉치기로 했거든."

"아아, 그래요."

"난 오늘 패스한다고 했더니 이 난리야."

"오빠가 빠지면 되나요. 컨디션 때문에 그래요? 설마 오후가 돼도 지금 같겠어요."

"오늘은 그냥 쉬려고. 놀면서 시간 죽일 기분이 아니야."

이 정도로 울적한 최희경이라니 확실히 흔치 않은 광경이다. 서우는 가늘게 뜬 눈을 내리깔고 조금 생각하다가 물었다.

"간밤의 술친구는 누구였어요?"

"음, 준호랑 규성이, 민기, 그리고 민기가 데려온 친구들도 있었는데… 이름은 까먹었네. 아무튼 2차로 공중정원에 들렀다가 한준이랑도 마주쳤어. 그러다 너랑 태승이 얘기가 나왔고."

"술기운에 퍽도 예쁘게 말했겠네요, 그 사람."

가시가 있는 말에, 희경은 당연히 걸러서 들었다고 변명했다.

"그 녀석의 삐딱한 눈으로 보면 세상에 막장 드라마 아닌 걸 찾는 게 더 쉬울 판이야. 잘도 인간 불신에 걸리지 않고 산다니까."

"그것도 어떤 의미론 통찰력이겠죠."

희경의 말에서 한준이 어떤 뉘앙스로 말을 전했는지는 대충 파악했다. 대수롭지 않게 여기는 희경의 반응과 별개로 서우는 못내 담담한 자신의 마음이 퍽 놀라웠다.

"봐서 조만간 내가 찾아갈게. 그땐 이번에 못한 몫까지 충분히 만회하게끔 확실히 할 테니까."

모처럼 의욕을 보이며 희경이 약속을 했지만 서우는 가만히 고개를 젓는 것으로 답했다.

"마음 쓸 것 없어요. 사양하는 게 아니라 이번 여행에 이벤트는 더 필요 없다는 게 솔직한 심정이에요."

"하지만…."

"내 독단도 아니에요. 무슨 뜻인지 이해하죠?"

그렇게까지 말하자 희경도 더는 우기지 못했다. 멋모르고 절호의 기회를 놓쳤다며 시무룩해진 모습을 서우는 옅은 미소로 바라보았다.

"못 믿을 녀석이라는 인상만 안겨드리고 올여름이 끝나는 건가."

"지금껏 잘해온 게 훨씬 많은데 왜요. 두 분은 오빠 참 귀여워하셨어요."

"어째서 과거형이야? 불길하게."

희경이 울상이 되어 채근하자 서우도 순순히 시제를 고쳤다.

"앞으로도 귀여워하실 거고요. 하지만 그 정도가 똑같기야 하겠어요."

"내가 더 잘해야지. 심기일전하고, 노력할 거야."

그것이 정석에 가까운 해답일지라도, 서우에겐 한없이 공허하게 들렸다. 그녀는 저도 모르게 고개를 젓고 몇 마디 조언했다.

"변화도 좋지만, 오빠가 지금껏 잘해왔던 것도 잊지 마요. 사람들이 오빠를 사랑하게 만드는 미덕들. 그게 빛바래면서까지 달라지는 건 별 의미가 없을 거예요."

"미덕이라, 내가 지금 머리가 잘 안 돌아가서 그러는데 부디 그 귀중한 정보를 슬쩍 일러주시겠습니까?"

희경은 귀 뒤에 손바닥을 대고 어서 말해달라는 듯 팔랑거렸다. 일부러 능장을 부릴 요량은 아니었지만, 어느새 병원이 코앞이라 서우의 답은 잠시 미뤄졌다.

기왕 여기까지 온 거 서울역까지 바래다주고 가겠다는 희경을 서우는 그대로 택시 안에 남겨놓고 문을 닫았다.

"오빠 얼굴 심각하거든요? 얼른 가서 한숨 자기나 해요. 봐서 연락할게요."

"아직 더 참을 만해, 그러니까…."

"가요. 기사님, 출발하세요."

차체를 두드리는 서우의 신호에 택시기사가 지체 없이 따라주었다. 뒤돌아보며 희경이 전화하라는 수신호를 하는 모습이 그 어느 때보다도 절절하게 보였다.

서우는 택시가 시야에서 아주 사라질 때까지 서 있었지만, 이렇다 할 아쉬운 기분 탓은 아니었다. 차라리 그것은 허탈감에 가까웠다. 인생이 무상하다는 보편의 진리 앞에 무릎 꿇은, 풋내기의 나른하고 들척지근한 허탈감.

'나는 좀 더 집요한 사람일 줄 알았는데.'

어쨌건 등을 돌리며 목전의 용건에 집중했다. 혈압약 핑계를 댄 바람에 엉뚱한 병동 앞에서 내리고 말았다. 여기서 치매센터까지 가려면 어떤 길로 가야 빠를까 잠시 둘러보고 그녀는 재우쳐 걸었다.

예약시간까지 여유는 있다. 담당의에게 할아버지가 상황은 충분히 설명하셨다고 하니 시간을 잡아먹을 일도 없을 것이다. 그래도 이 기회에 몇 가지 물어볼 것을 머릿속으로 정리하며 걷던 그녀는 불현듯 뭔가 신경 쓰이는 게 있어 걸음을 늦추었다.

'어? 정말 그분이네.'

어깨 너머로 돌아본 사람이 짐작과 일치하자 서우는 새삼 지금 서 있는 곳을 확인했다. 암병동. 그중에서도 이쪽은 대장클리닉 쪽인데 저 사람이 이런 곳엔 웬일일까.

다름 아닌 희경의 둘째 형수였다. 온화한 성품이지만 퍽 낯을 가려서 서우도 여태 조심스럽게 친해져가는 중이다.

멀끔한 입성이며 환한 안색을 보면 다행히 환자로 온 것은 아닌 듯했다. 잡지를 뒤적이는 손길도 느긋해서 서우의 짐작을 뒷받침했다. 누군가를 기다리는 인상에 더 가깝다.

아마도 문병 쪽에—슬슬 그런 지인이 생길 나이긴 했다—무게를 두면서 서우는 그만 발길을 돌리려 했다. 알은체하고 인사를 나눌 만한 여유는 없으니, 아, 기다리던 사람이 왔나? 여자가 잡지를 덮고 자리에서 일어났다.

막 내딛던 서우의 발이 여자가 맞이하는 사람을 보고 멈췄다. 이번에야말로 왜 저 사람이? 하고 소스라쳤다.

희경의 모친, 송 여사가 거기 있었다. 게다가 복장은 의심할 여지가 없는 환자복이다.

아, 복장만이 문제가 아니었다. 며느리에게 부축을 받으며 의자에 걸터앉는 송 여사의 안색이 너무도 해쓱했다. 일전에 파티에서 뵌 화사한 드레스 차림의 귀부인은 12시 종이 울리고 마법이 풀리기라도 한 것처럼 온데간데없었다.

불현듯 그날 유난히 짙은 화장에 느꼈던 희미한 위화감이 떠올랐다. 그리고 대화 중에 나온 이야기…. 이 병원에서 최 교수랑 줄리아를 본 지인이 있다는 식으로 말했는데, 혹시 그게 본인의 경험이었을까?

그때 손에 쥐고 있던 휴대폰이 진동하는 바람에 서우는 회상에서 빠져나왔다. 진료예약 5분 전을 알리는 알람이었다. 일단 자리를 뒤로하고 떠나는 중에도 자꾸 서우의 고개가 뒤로 향했다.

걸어가 보니까 알겠다. 대장클리닉에서 치매센터까지 거리가 얼마 되지 않는다는 걸. 병원 정문으로 들어오느냐 후문으로 들어오느냐에 따라 치매센터를 가로질러 갈 만한 기회도 충분하다.

서우의 머릿속은 기차에 오른 후에 더욱 복잡해졌다. 하여 최 교수에게 경과보고를 하는 기회에 슬며시 여쭈었다.

[제수씨께 병환? 디스크랑 무릎관절염 말고 다른 말은 없었는데. 왜, 무슨 이야길 들은 게냐?]

과연 최 교수도 아는 게 없는 것 같다. 서우는 자신이 본 대로 메시지에 적었다. 약간의 시간을 두고 최 교수의 답이 돌아왔다.

[그거 아무래도 심상치가 않구나. 한 번 알아보마. 오 교수 동생이 그쪽에서 일한다고 들었다. 너무 걱정은 말고. 의례적인 검진일 수도 있지.]

그렇겠죠, 라고 답은 보냈지만 서우의 표정은 어두웠다. 그럴 가능성이 없다는 걸 그녀는 안다.

희경의 부모님은 1년에 두 번 정기검진을 받는다. 6월에 한 번, 12월에 한 번. 가장 최근인 6월 검진 때 디스크 지적을 받았다는 것도 이제 보면 연막 같다. 희경이 디스크 시술이라고 알고 있는 수술 일정도 새삼 의심스럽다.

"아닐 거야. 아닐 거야."

아직 최악은 생각하지 말자고 다짐하며 서우는 책을 꺼내 들었다. 하지만 아무래도 내용이 머리에 들어오지 않는다. 발 빠르게 오디오북을 듣는 쪽으로 선회했지만 역시 신통치 않다.

하필 이럴 때 꼼짝할 수 없이 기차에 갇힌 신세라는 게 참. 인내와 끈기. 인내와 끈기. 서우는 무한대로 늘어지는 것 같은 시간을 그 두 지침을 되뇌며 버텼다.

연착 없이 오후 2시에 강릉역에서 내려 두 분이 묵고 있는 펜션으로 향했다. 줄리아는 낮잠을 자고 있었고 최 교수가 조용히 그녀를 맞이했다.

"컨디션은 어떠세요?"

자는 모습을 들여다보고 온 서우가 묻자 최 교수는 안방 쪽을 돌아보며 고만고만하다고 답했다.

"그런 일이 있었던 걸 까맣게 잊었는지, 명랑해. 잠도 잘 자고, 잘 먹고."

"할아버지는 어떠신데요?"

최 교수는 빙그레 웃으며 자신은 괜찮다고 말했다. 서우의 표정에 불신이 드러났던지, 거듭 정말이라고 강조했다.

"이보다 더 험한 풍파도 겪어온 역전의 용사란 말이지. 지금 정도의 파도에 엄살을 부리면 안 돼. 할애비의 관록을 무시하지 말려무나."

찡긋하고 윙크까지 하시는 노력에 서우도 애써 웃음지었다. 그리고 곧장 가방에서 챙겨온 약병들을 꺼내 테이블에 늘어놓았다.

"오늘 병원에서 처방해준 줄리아 약이에요. 이건 아침저녁으로 한 정씩 섭취하고, 이건 자기 전에 한 알. 지금 먹는 약이랑 병행하면 된대요. 그리고 혹시, 만약에라도 잠 설치시면 드시라고 이거 챙겨왔어요. 할아버지 종종 드시는 수면제예요. 보니까 줄리아는 필요가 없을 것 같네요?"

"허, 푸짐도 하다. 약 잔치로구나."

최 교수는 그 자리에서 여행용 약 상자에 약들을 챙겨 넣었다. 물론 수면제도 포함해서.

"우리 서우는 센스가 좋아. 누구 손녀지, 행세깨나 하는 집 맏며느리도 거뜬히 해낼 재목이라니까."

"호호호, 이제라도 마땅한 맏며느리 자리 있나 알아볼까요?"

당차게 아양을 부리자 최 교수도 벙긋 웃었다.

"찾으면 또 어울리는 자리가 있겠지? 하지만 아쉬워도 이번 생엔 단념하자꾸나. 이 할애비의 뒤를 이어 당대의 학자가 될 몸이시니."

"어머, 그렇게까지 기대하고 계신 줄은 몰랐어요."

익살스럽게 말했지만, 기뻤다. 허세와는 거리가 먼 분이다. 허투루 하는 농담조차 절제하며 다듬는 신중한 분이기도 하다. 그런 이의 입에서 '당대의 학자' 운운이 나왔으니 서우는 속으로나마 입이 귀에 걸릴 만큼 웃었다.

그러나 즐거운 순간은 오래가지 못했다. 최 교수는 서우의 부탁을 받고 알아본 일의 결과를 이미 가지고 있었다.

"대장암 2기라는구나."

"아아…."

"그만하면 형태나 위치가 나쁘지 않아서 당분간은 항암치료를 하고 수술을 할 예정이라더라. 일정 잡힌 걸 들으니 아마 여행 다녀와서 바로 들어가실 모양이야."

멍하니 고개를 끄덕이는 서우를 최 교수가 위로했다.

"요즘은 의술이 좋아서 대장암 2기 정도는 무난히 완치할 수 있다니 너무 낙담할 것 없다."

"…그렇겠죠?"

"아무렴. 이제 일선에서 물러나 슬슬 즐기면서 살라는 하늘의 뜻이라고 여기면 차라리 고맙지. 제수씨는 일평생 그 한 몸으로 열 사람 몫은 거뜬히 해내며 살았단다. 여기서 한번 쉬어가라고, 몸이 엄살을 피울 법도 해."

말은 덤덤하지만 담긴 뜻은 따뜻했다. 그리고 최 교수 자체가 주는 신뢰가 더해져 한층 강한 낙관을 불러일으켰다.

믿을 수 있다. 할아버지의 말씀이라면.

그러한 명제는 언제나 서우 안에서 힘을 발휘했다.

"그러니까 애석한 마음은 추스르고 우리도 공부를 해보자꾸나. 좀 이따 줄리아가 깨면 서점에라도 가볼까?"

곱게 개켜진 손수건을 건네주며 최 교수가 하는 말에, 서우는 힘차게 고개를 끄덕였다. 눈물을 훔치고서 말개진 눈으로 그녀는 말했다.

"강릉까지 와서 서점에 가게 될 줄은 몰랐는데, 이 또한 여행의 묘미네요."

"한 치 앞을 알 수 없어서 인생이 재미있지."

최 교수는 미소하며 너무 무겁지만은 않은 한숨을 내쉬었다.

"올여름은 나중에 꽤 추억할 게 많겠어."

여러 가지 의미로 서우도 고개를 끄덕이고픈 것을 가만히 손수건을 움켜쥐는 것으로 대신했다.

그렇게 해서 오후 일정에 서점이 포함되었다. 건강 코너를 한번 쓱 돌아본 최 교수는 사정을 모르는 줄리아가 의혹을 품지 않게, 그녀를 데리고 문학 코너 쪽으로 발길을 옮겼다. 서우가 뒤에 남아 이것저것 추려낸 책을 살펴보고 있을 때 크로스백 안에서 휴대폰이 진동했다. 짧은 진동에 확인을 서두르지 않고 계속 책을 골랐다.

이윽고 입문서로 적당한 책 세 권을 확보한 즈음, 또다시 오른쪽 허리께가 미세하게 떨렸다. 이번엔 휴대폰을 꺼내어 들여다봤다.

과연 메시지가 와 있다. 언뜻 떠오른 건 병원 앞에서 헤어진 희경. 돌아가서 곧장 잠들었다면 슬슬 일어날 때가 되긴 했다. 그러나 옆구리에 낀 세권의 책을 생각하자, 그의 메시지를 확인하려는 마음이 무거웠다.

마음을 가다듬고 메시지를 확인한 서우의 눈이 살짝 벌어졌다. 희경이 아니었다. 서우는 재빨리 먼저 온 메시지부터 읽었다.

[병원에 다녀왔어. 처치는 잘 됐대. 근데 애들도 아닌데 부잡하다며 단단히 한 소리 들었어. 나 살면서 부잡하다는 소리는 처음 들어봐.]

"부잡하다. 허, 그러네."

정말 안 어울리는 말이었다, 주태승에게는. 덕분에 태승을 치료한 담당 의사 얼굴이 무척 궁금해졌다.

[숙취는 없어? 와인 두 병이나 마셨잖아. 나는 술을 마신 것도 아닌데 왜 그렇게 늦잠을 잤는지 모르겠어. 너무 많이 잔 탓인가 오전 내내 머리가 멍했어. 지금은 좀 사람 같아.]

피차에 늦잠을 잤다. 하지만 서우가 샤워를 마치고 나올 즈음에야 꾸물거리며 눈뜬 태승이 좀 더 심했다. 간밤에 늦도록 이야기를 하다가 지쳐서 잠들었으니 그리 오래 잔 폭은 아니다. 참 별의별 이야기를 다 했다. 이제와 대보라면 얼른 떠오르지도 않는 시시한 잡담이 대부분이었다.

99%의 잡담. 그리고 1%의….

[어? 메시지 확인했다. 확인한 거 맞지?]

바르르 손안에서 휴대폰이 진동하면서 실시간으로 메시지가 떠올랐다. 서우는 그 짧은 글에서 느껴지는 호들갑에 그만 피식 웃었다.

[네, 봤어요.]

[아, 그래.]

짤막한 대꾸에, 저쪽은 언제 호들갑을 떨었냐는 듯 점잖아졌다. 이 또한 서우를 웃게 했다. 그 웃음의 답례 겸 서우는 제법 충실한 메시지를 띄워 보냈다.

[병원에 다녀온 건 잘했어요. 난 딱히 숙취는 없고요. 대신 어쩌다 보니 오늘 하루 동안 먹은 게 두유 한 병밖에 없네요. 그쪽은 식사 제대로 챙겨 먹었죠?]

[약 먹어야 하니까 먹었지. 근데 두유 한 병? 그걸로 이 시간까지 어떻게 버텨? 당장 뭐라도 먹어야지, 그러다 쓰러져.]

[버틸 만해요. 어차피 식욕이 동할 기분도 아니라 막 배고프지도 않고.]

[기분이 왜? 또 무슨 일 있어?]

[우리에게 무슨 일이 생긴 건 아니에요.]

거의 바로바로 오가던 메시지 사이에 피부로 느껴질 정도로 간격이 생겼다. 서우는 그 간격에서 특유의 강렬한 눈매로 그녀의 메시지를 바라보고 있을 태승을 그려볼 수 있었다.

[우리가 아니면, 혹시… 희경이?]

다분히 조심스러운 물음은 정답의 근사치에 가깝다. 아니, 그 자체로 정답이다. 희경의 문제였다. 송 여사의 일을 희경이 이대로 모른 채로 있는 건 안 된다고, 그 순간 서우는 확신했다.

[네, 조만간 오빠가 힘들어질 거예요. 딱하게도.]

[왜?]

[시련이 기다리고 있거든요. 여태까지의 오빠 인생에는 없었던 진짜 시련이요.]

[어떤 종류의 일인지, 물어도 돼?]

[아뇨, 안 돼요. 이건 오빠가 먼저 알아야 해요.]

나중에 희경이 그에게 하소연하는 것까지는 그럴 수 있다 쳐도, 그전까지 태승은 제삼자였다. 안팎의 경계를 지킬 것. 가족 문제에 있어선 그게 옳다. 태승이라면 잘 이해할 거라고 서우는 생각했다.

[그럼 난 막연하게 걱정이나 하고 있을까. 아… 그나저나 네가 힘들어지겠네. 벌써부터 마음 끓여서 밥도 못 먹을 정도면.]

[나는 괜찮아요. 염려하는 정도로 사람이 죽지는 않잖아요. 진짜 힘든 사람을 생각해야죠.]

진짜 힘든 건 환자 본인일 수밖에 없다. 서우는 새삼 송 여사를 떠올리고 마음이 애달파서 한숨지었다. 그때 곁에서 인기척이 나서 돌아보니 줄리아와 최 교수가 지척에 있었다.

"책은 다 골랐니, 프린세스? 좀 더 볼 거면 우린 저 위에 북카페에 올라가 있으려고."

"아, 저도 다 봤어요. 같이 가요."

계산대로 향하면서 서우는 재빨리 메시지를 마무리했다.

[이동해야겠어요, 그럼.]

[응. 즐거운 시간 보내.]

모처럼 쨍하니 맑았던 날이라 낙조를 볼 셈으로 경포해수욕장으로 이동했다. 하지만 조금 일렀던지 해는 아직 떨어질 기미가 없고, 해변에도 사람이 많았다. 저녁놀을 기다리며 세 사람은 근처의 소나무 숲을 산책하기로 했다.

정겹게 팔짱을 끼고 걷는 두 분이 데이트 기분을 내시게끔, 서우는 슬며시 뒤로 처졌다. 혼자서 뒷짐 지고 살랑살랑 걷는 것도 나쁘지 않지만 오래잖아 지루한 기분이 찾아왔다. 자연의 풍광을 즐기는 것도 한 사흘이 한계이지 싶다.

음악이라도 들을까 하고 휴대폰을 꺼내 들었다가, 괜스레 메시지창을 열어보았다. 미확인 메시지는 없지만 이것저것 다시 들춰보았다.

그러다 태승이 메시지 말고 사진도 두 장 보낸 것을 뒤늦게 발견했다. 꽃집을 지나다 찍은 걸까, 한아름의 새빨간 장미꽃다발이 주인공이다. 특히 접사에 가까운 한 장은 그 요염한 색채가 눈이 부셨다.

"실행력이 대단하다고 해야 하나….."

서우는 나직이 감탄했다.

―나 실은 분홍 장미보다 빨간 장미를 더 좋아해요. 너~무 빨개서 빤히 바라보다 고개를 들어 하늘을 보면 하늘이 다 하얗게 보일 정도로 강렬한 빨강 말이에요.

간밤에 그런 말을 한 기억이 있다. 태승은 뭐라고 했더라? 아, 그렇다. 피에 관해 이야기했다.

―스칼렛(scarlet)보다는 크림슨(crimson)에 가까운 빛깔인가? 피로 물들인 듯한 붉은색이란 느낌으로.

―맞아요, 근데 체해서 손 땄을 때 나는 검은 피는 결코 아니에요. 신선하고… 음, 신선이라고 하니까 웃긴다. 말하자면 건강한 피의 색깔.

―아하.

태승은 고개를 끄덕이고 자신의 엄지손가락을 들어 보였다.

―오늘은 제대로 된 붉은 피를 보여줄 수 있을 것 같은데. 바늘 가진 거 있어?

재치 있는 대답에 서우는 유쾌하게 웃으며 손사래 쳤다.

―당분간 당신 피는 사양이에요. 한 몇 년 안 봐도 될 정도로 충분히 봤어.

―그래서, 마음에 들긴 했고? 예쁜 색깔에 가슴이 두근두근했다거나?

태승도 제법 능청을 떠는데 서우라고 호락호락 지지 않았다. 보란 듯이 와인을 홀짝이며 치명적인 표정을 짓고서,

―그럼요. 흰 조각 같은 몸에 새빨간 피라니, 너무 섹시해서 현기증이 다 났다니까요.

라고 했다. 태승도 거기엔 두 손 들었다는 듯 웃었다.

―찾아봐야겠다, 그런 장미.

―흔치 않아요. 빨간 장미는 흔해도 내가 말한 것 같은 색깔은 찾기 쉽

지 않아.

―그러니까 더 찾고 싶어졌어. 찾겠어. 찾아서, 내 눈으로 꼭 봐야지.

맹세라도 하는 것처럼 말했다. 터무니없이 진지한 눈으로 서우를 응시하면서.

―그런데 내가 찾은 게 정확히 네가 말한 그건지 알 방법이 없네?

―색채를 받아들이는 건 각자의 주관에 맡겨야겠죠? 고민할 거리가 되나, 그게.

―그렇게… 모호한 건 싫어. 내가 궁금한 건 네가 좋아하는 빨강이야. 꼭 그게, 보고 싶어.

―융통성 없기는.

―내가 좀 그렇지. 그러니까 도와줄래?

―어떻게요?

―이거다 싶은 걸 찾으면, 확인해줘. 사진을 보내든지 어쩌든지 해서 보여줄 테니까.

―그건, 어렵지 않겠네요.

선선히 고개를 끄덕였지만 아무래도 우스꽝스러워서 웃고 말았다.

―그냥 장미 이야기를 했을 뿐인데 그걸 숙제로 만들다니, 별나기도 하다 참.

―어쩔 수 없어. 마음이 동하면, 어떻게든 답을 얻어야 납득하게 되거든.

태승의 대구에 서우는 조금 놀라 물었다.

―매사에 그런 식이라고요? 의외로 탐구심이 강한 사람인 걸 몰랐네요.

태승은 고개를 갸웃하고 그녀의 표현에 첨언을 했다.

―매사, 라고 하면 곤란하고. 어디까지나 마음이 동했을 때의 문제야.

—마음이 동한다…. 그게, 어렵나?

서우의 의문에 태승은 열띤 어조로 눈을 빛냈다.

—적어도 나는 그래. 내 마음은 그렇게 쉽게 움직이지 않아. 사물에게 든… 사람에게든. 대신 한 번 빠지면 누구보다도 깊게 천착할 거야. 평생을 걸고 시간과 겨루는 거북이가 될 자신도 있어.

—거북이? 아하하하, 안 어울려.

알딸딸하던 머리에 그 말이 순간 웃음을 불러일으켰다. 한참 웃고서야 아차 했지만 이미 태승은 들어가 버린 후였다. 평상심이라는 미명의 자기 껍질 속으로.

—뭐, 그렇다고.

그는 가볍게 웃고 다른 이야기를 꺼냈다. 그것도 이제 와선 어떤 주제였는지 전혀 떠오르지 않는, 색채도 맛도 없는 잡담의 하나였다.

소나무 숲 사이로 지나는 바람이 희미한 염분기를 실어오는 해변가에서, 서우는 장미 사진을 들여다보며 궁금해했다. 그때, 내가 웃지 않았다면 태승은 또 어떤 말들을 들려줬을까.

아까운 짓을 했다.

"하지만 당신도 너무 소심해."

혼잣말에 이어 서우는 늦게나마 메시지를 보냈다.

[이 색깔, 아니에요.]

그러니 좀 더 고민해 봐요. 찾아봐요. 내가 좋아하는 장미를.

약간의 심술에 가까운 유쾌한 기분은 어느샌가 시야에서 사라진 두 분을 찾아 걸음을 빨리하면서 사락사락 바람결에 흩어졌다. 보이지 않았다. 내가 그렇게 오래 지체하고 있었나? 두 분 걸음이 그렇게 빠른 편도 아닌데.

허둥지둥 달음박질에 가까워진 걸음을, 이렇게 멀리 왔을 리가 없다는 이성적인 생각으로 겨우 멈춰 세웠다. 서우는 호흡을 고르고 되돌아가기 시작했다. 이번엔 천천히 걸으며 주위를 넓게 살폈다.

'그럼 그렇지.'

해변이 내려다보이는 길옆의 벤치에 앉아 있는 두 분을 발견하고 서우는 안도했다. 가까이 다가가자 최 교수의 나직한 음성이 들려왔다. 그것은 단순한 목소리가 아니었다.

최 교수는 노래하고 있었다. 프랭크 시나트라의 저 유명한 발라드, 〈마이 웨이〉를.

힘을 빼고 담백하게 흥얼거리는 가사에도 불구하고 거기엔 멀고 굽이진 길을 걸어온 자의 독특한 애수가 담겨 있었다. 그리고 자부심도.

나는 부끄러운 짓은 하지 않았노라고, 그런 건 할 수 없기에 하지 않았다고 말하는 노래를, 저 연치에 이르러 떳떳하게 부를 수 있는 사람이 얼마나 될까. 이제 스물여섯 살밖에 안 된 서우도 막상 노래하자면 목이 간질거리는 돌멩이 몇 개가 가슴 속에서 덜그럭덜그럭 굴러다니는데.

지금의 두 배를 살 즈음엔 좀 달라졌을까. 세 배를 살 즈음엔 보다 스스로에게 관대할 수 있을까.

지금은 아주 작은 가책도 버글버글 부풀어 올라 숨쉬기가 버겁다. 걸어가는 길에 대한 확신 같은 건, 쉽게 부서지고, 어렵게 아문다.

한껏 돌보며 키워주신 두 분께는 부끄럽게도, 아직 단단히 여물지 못했다. 아직도 두 분께 배우고, 묻고 싶은 게 너무 많다.

벤치의 지척에 이르렀을 때, 최 교수가 돌아보며 입술에 가만히 검지를 세웠다.

'주무시는 거예요?'

서우는 최 교수의 어깨에 머리를 기댄 채 눈을 감은 줄리아를 보고 입술을 벙긋거렸다. 살짝 고개를 끄덕이며 최 교수는 비워둔 옆자리를 두드렸다.

서우가 가만히 자리에 앉는 동안에도 중후한 노랫소리는 이어졌다. 눈을 감고 듣자니 감미로운 음이 확실히 편하게 마음을 어루만져주었다. 지친 상태였다면 잠이 왔을지도 모르겠다. 이 조금은 색다르고, 지나치게 멋진 자장가에.

노래가 끝나고 서우가 소리 없이 박수 치는 시늉을 하자 최 교수가 빙그레 웃으며 중절모를 살짝 들어 올리는 것으로 인사를 갈음했다. 노랫소리가 사라진 자리엔 줄리아가 희미하게 코 고는 소리가 떠돈다. 두 사람은 그런 줄리아를 들여다보고 장난스레 미소를 주고받았다.

그렇게 셋이 나란히 앉아서 서서히 물들어가는 하늘을 바라보았다. 여름날의 긴 해는 낙조조차 마냥 느긋하고 푸근하게 흘러넘쳤다. 때로 노을은 사람의 마음에 이유 모를 서글픔을 불러일으키지만 지금은 아니었다.

세상을 부드럽게 감싸 안는, 퍽 상냥한 붉은빛 속에서 서우는 불현듯 어리광을 부리고픈 충동이 들었다. 그 충동을 두 번 생각할 겨를도 없이 입술은 "할아버지" 하며 최 교수를 불렀다.

"응, 말해보렴."

시작은 했지만 역시 쑥스럽다. 서우는 이야기를 마칠 때까지 노을과 눈싸움을 하기로 했다.

"하고 싶은 일과 해야 할 일이 상충될 때에, 어른이라면 해야 할 일을 선택해야 하는 거죠?"

"대개는 그렇지. 그러나 돌이켜 보았을 때 그 반대가 답이었던 경우도 얼마든지 있단다."

"하지만 그건 지나봐야 아는 거고, 당장 고르자면 마땅히 옳다고 생각되는 쪽을 택하는 게 맞잖아요."

"요는 감정과 이성의 대립이구나. 가슴이 시키는 쪽과 머리가 시키는 쪽. 맞니?"

"네."

다정한 시선이 잠시 얼굴에 다가왔다가 멀어졌다.

"흔히 감정과 이성이 싸울 때, 감정을 뒷전으로 하는 걸 지혜롭다고들 하지. 그러나 지혜는 종종 사람을 외롭게 만든단다. 때로는 일부러 어리석어질 필요도 있어."

"그 어리석음 때문에 마음이 다칠 사람이 여럿 생겨도요?"

"그 반대는 어떠니? 네가 지혜롭게 굴면, 아무도 다치지 않는 종류의 일이야?"

서우는 숨을 잠시 멈췄다가 무겁게 토해냈다.

"아니요, 다쳐요. 제가. 그리고 또 한 사람…."

"어느 쪽도 완벽하지 않구나. 그렇다면 이 할애비가 심판관으로 등장할 때인가."

뜻밖의 말에 서우는 꿋꿋이 노을을 보기로 작정한 것도 잊고, 최 교수를 쳐다보았다. 최 교수는 말하자면 비유라며 빙그레 웃었다.

"어지간한 일이라면 구태여 말로 옮기지도 않을 아이가, 이렇게 고민 상담을 할 정도면 그 파장이 만만찮은 일이겠지. 생각은 충분히 했을 테니 이제 한 발짝 물러나서 바라보렴. 너는 그대로 두고, 한 발짝 뒤에서 지켜보는 이 할애비의 눈으로 말이다. 뭣하면 줄리아도 괜찮아. 나라면, 줄리아라면 네가 어떻게 하길 바랄까, 생각해보는 거야."

"할아버지와 줄리아의 눈으로…?"

"우리에게 넌 세상에서 가장 소중한 보석이란다, 프린세스. 그 어떤 가치도 네 행복이라는 지상과제보다 대단할 순 없어."

헤헤, 하고 웃는 서우의 눈시울이 삽시간에 뜨겁게 달아올랐다. 조금만 방심해도 눈물이 쏟아질 것 같은 기분과 싸우며 서우는 짐짓 너털웃음을 지었다.

"아하하, 할아버지, 줄리아랑 매일같이 붙어 계시니까 이제 말씀도 줄리아처럼 하시네요. 줄리아한텐 딱인데 할아버지가 그러시는 건, 너무, 좀, 아무튼 그래요!"

"조금 과했나?"

멋쩍어하는 최 교수의 표정이 재미있다. 그러나 그렇게 겸연쩍어하면서도 자기주장을 한 번 더 관철하는 게 최 교수다웠다.

"요점을 명심하렴. 널 가장 사랑하는 사람의 눈으로 보는 거야. 그 사람을 슬프게 하고 세상을 얻은들 그게 값지고 아름다울까? 나는 그 간단한 사실을 배우려고 먼 길을 돌아갔지. 부디 너는, 그러지 않았으면 좋겠구나."

"Yeah, yeah. Don't do that, princess."

아무렴, 아무렴. 그러면 안 된다, 프린세스.

별안간 줄리아가 끼어드는 바람에 둘은 꿈쩍 놀라 그녀를 돌아보았지만, 여전히 새근새근 자고 있는 모습에 어안이 벙벙해졌다. 잠꼬대를 이렇게 시의적절하게 할 수 있다니, 줄리아의 새로운 재주를 발견했다!

"잠결에도 제 걱정을 해주시는 걸 보세요. 아, 전 줄리아가 너무너무 좋아요."

"그런 말은 깨어 있을 때 함빡 안아주면서 해주렴."

"해야죠. …할아버지도 너무너무 좋아해요."

덥석 팔짱을 끼면서 서우가 고백하자, 최 교수의 입이 벙긋 벌어져 귀까지 걸렸다가 쑥스러운지 헛기침으로 표정 관리를 했다. 이렇게 작정하고 어리광을 부려본 게 얼마 만인지 모르겠지만, 아주 약간의 용기를 대가로 굉장한 기쁨이 돌아왔다. 분위기에 휩쓸려 한 번 하고 말게 아니라, 앞으로도 종종 해야지 서우는 다짐한다.

사랑하는 두 분이 행복하길 바라며. 무엇보다 서우 자신이 행복하니까.

그러자 해답은 분명해졌다.

23
Closed

　울릉도에서 2박을 하고 뭍으로 나온 뒤, 서우는 며칠 먼저 서울로 돌아왔다. 전날 저녁에 희경과 내일 어머니 모시고 저녁을 먹자고 약속을 잡은 터라 한가롭게 노독을 풀 틈은 없었다.

　곧장 미용실에 가서 머리를 손질하고 돌아와 발망의 흰색 민소매 원피스를 꺼내 입었다. 송 여사의 선물로, 아끼느라 몇 번 입지 않은 옷이 바닷바람에 다소 그을린 서우의 피부와 잘 어울렸다. 시계 외의 액세서리는 모두 뺐다. 핑크 다이아 목걸이까지도.

　대신 화장은 좀 힘을 줬다. 색이 예뻐서 샀지만 바를 일은 많지 않았던 진한 체리 색깔 립스틱이 포인트였다. 짙은 발색에 확 살아나는 얼굴색. 진작부터 알고 있었지만 외면해 왔다. 그동안은 그게 최선이었을 따름이다.

　너무 서둘렀던지 준비를 다 마치고도 약속시간까지 한 시간 20분이 넘게 남았다. 때문에 희경이 데리러 올 때까지 볼 요량으로 강릉에서 산 책을 펼쳤다.

　이미 한 번 훑어봐서 눈에 익은 느낌은 있지만 확 머리에 들어오지는 않왔다. 꼼꼼히 정독하며 아직도 멀기만 한 개념을 머리에 집어넣으려고 애쓰길 한참. 메신저 알림음에 들여다보니 희경이 보낸 거다.

[나 좀 데리러 올래? 머리가 아파서 운전을 못 하겠어.]

깜짝 놀라서 서우는 시각을 확인했다. 약속시간까지 고작 30분 남짓 남은 때였다. 거의 닥쳐서 이런 메시지라니, 참 대책 없는 사람이다.

[아파트죠? 지금 갈게요.]

메시지를 보내고 일어나는데 바로 답이 왔다.

[아파트 아니야. D호텔에 있어.]

반사적으로 눈살을 찌푸리는 서우의 눈에 또 한 줄의 메시지가 들어왔다.

[태승이 만나서 한잔한다는 게 그만.]

서우는 이마를 짚고 한숨을 쉬었다.

[일단 알겠어요. 나갈 준비를 하긴 한 거죠?]

[사람 꼴은 하고 있어.]

[사실 태승이가 사람 만들어 놨어.]

연달아 온 메시지에 서우는 고개를 젓고 자리에서 일어났다. 잠시 후 그녀는 비틀 운전석에 앉아 출발만 남겨놓고 톡톡톡 핸들을 두드렸다. 휴대폰을 들었다가 도로 내려놓는다. 태승도 여태 아무 언질이 없었는데 그녀가 새삼 뭘 묻는 것도 좀….

"마음에 안 들어, 둘 다."

그렇게 투덜거리며 방탕한 약혼자를 모시러 길을 떠났다.

싱거울 정도로 가까운 곳이라 좀 밟기 무섭게 도착했다. 호텔을 올려다보며 그만 내려오라고 전화를 걸었더니 희경이 잠깐 올라오지 않겠느냐고 한다. 서우는 기가 막혔다.

"내가 왜 올라가야 해요?"

—와보면 알아.

따끔하게 한마디 하고 싶은 걸 꾹 참았다. 실랑이할 시간에 차라리 올라가고 말지.

"알겠어요, 올라갈게요."

그래도 언짢은 티를 내느라 저쪽의 대답도 기다리지 않고 전화를 끊었다. 그녀가 엘리베이터에 타고 얼마 안 되어 희경이 다시 전화를 걸어왔다.

"또 뭐예요?"

—여기 호수 말하는 걸 깜박해서.

서우는 흠칫하고 이미 눌러놓은 층수를 바라보며 어름거렸다.

"그러네요. 그래서 몇 호실인데요?"

희경이 풀기 없는 목소리로 그녀도 숙지하고 있는 숫자를 댔다. 지금 올라간다고 대답하고 전화를 끊은 뒤, 서우는 가슴을 쓸어내렸다. 거짓말도 똑똑해야 한다더니만.

엘리베이터에서 내린 그녀는 일부러 얼마간 지체하고서 문제의 방 앞으로 갔다. 벨을 누르자 이내 태승이 문을 열었다.

"음…!"

인사말이라기보다 희미한 신음에 가까운 반응. 태승은 오작동이 난 기계처럼 멈춰버렸다.

그 커다란 체구로 문 안쪽에 우뚝 서서 빤히 보고만 있으니 서우는 안으로 들어갈 방법이 없다. 눈짓해도 소용이 없자, 서우는 비켜달란 뜻으로 또박또박 말했다.

"안녕하세요."

"…안녕."

뒤늦게 그도 인사하며 한 발 물러나 서우가 들어갈 자리를 만들어줬지만, 그녀의 얼굴에 머문 시선은 뗄 줄을 몰랐다. 화장 좀 세게 했다고 이런 반응인가? 아무리 냉철한들 결국 태승도 시각에 좌우되는 남자가 맞나 보다.

그렇지만 지금 그런 내색을 할 때가 아니란 정도는 의식해야 하지 않나? 칠칠치 못한 태승의 처신이 한심하고, 그럼에도 불구하고 싫지가 않아서 복잡한 기분으로 서우는 태승의 옆을 지나쳐 안으로 들어갔다.

"희경 오빠는요?"

보이지 않아서 두리번거리는데 희경보다 의외의 것이 서우의 눈을 사로잡았다. 호텔방 곳곳에 놓인 투명한 유리컵, 그리고 거기 꽂혀 있는 다채로운 빨강의 향연.

장미였다. 언뜻 봐도 서너 종류는 돼 보이는 빨간 장미가 경쟁하듯 빛깔을 뽐내고 있었다.

"이게 다…."

어리둥절하여 중얼거리는데, 그때 끼이익 하고 욕실 문이 열리며 희경이 걸어 나왔다. 서우는 급히 입을 다물고 희경을 쳐다보았다. 한눈에 봐도 안색이 나쁜, 아니 단순히 나쁜 게 문제가 아니라―.

"오빠 눈이 왜 그래요?"

"으아아, 너 머리는 왜 그래?"

둘은 서로가 놀라서 외쳐 물었다. 그리고 또 나란히 각자의 상황에 생각이 미쳐서 조용해졌다.

'참, 나 머리 잘랐지.'

목이 드러날 정도의 짧은 단발로 정리한 머리를 쓸어넘기며 서우는 힐 긋 태승을 곁눈질했다. 그가 현관에서 왜 고장이 났었는지 비로소 이해했 다.

"너무 덥고 해서 시원하게 잘랐어요."

"잘랐다고? 더워서?"

희경은 왼쪽 눈두덩을 손으로 덮은 채 황당하다는 듯 반문했다. 서우가 고개를 끄덕였다.

"하지만 지금껏 계속 긴 머리였잖아."

"한계가 온 거죠. 넌더리가 나서 더는 못 견디겠지 뭐예요. 잘랐더니 후 련해요."

서우는 싱긋 웃고, 이내 정색을 하며 희경의 얼굴에 대해 물었다.

"그 왼쪽 눈, 어떻게 된 거예요? 꼭 누구한테 얻어맞은 사람처럼."

"…짐작대로야. 얻어맞았어. 지난밤에."

여전히 그녀의 머리에서 시선을 떼지 못하며 희경이 말했다. 서우가 무 슨 일이 있었던 거냐고 묻자 희경은 몸을 배배 꼬아가며 우물거렸다.

"솔직히 잘 기억은 안 나는데, 술 마시다가 옆 테이블이랑 시비가 붙었 던 것 같아. 티격태격 몸싸움이 좀 오가던 차에 태승이가 와서 끌어내줬 고. 자기 전에는 그래도 괜찮았어, 일어나 보니까 이렇게… 멍이 든 거지."

"술 마시고 싸웠다고요? 오빠가 애예요?"

"내가 잘못한 건 맞지만, 그렇게 정곡을 찔러버리면…."

입술을 비죽거리던 희경이 돌연 자숙모드에서 공격모드로 돌변했다.

"이렇게 눈두덩이 시퍼레졌는데 아프진 않은지 걱정도 안 돼? 나 같으면 걱정돼서 화낼 틈도 없겠네."

뻔뻔하지만 유용한 기만책이긴 했다. 서우는 한숨짓고 희경에게 다가가 그의 얼굴을 찬찬히 살펴보았다.

왼쪽 눈두덩부터 광대까지 울긋불긋 퍼져 나간 푸르죽죽한 멍. 피부가 흰 탓에 더 심해 보이긴 해도, 눈에는 별문제가 없어 보였다.

"눈은 용케 괜찮은 것 같은데, 혹시 앞이 잘 안 보인다거나 하진 않아요?"

"그건 괜찮아. 여기, 두덩이 부어서 깜박일 때 좀 뻑뻑한 건 있지만."

"많이 아파요?"

"가만히 있으면 별로 안 아파. 근데 만지면 아파."

"달걀 같은 걸로 문질러 줘야 하나?"

맞은 곳이 얼굴이다 보니 서우도 뾰족한 답이 없다. 적어도 그녀는 얼굴만큼은 맞지 않고 자랐다.

"아프지 말라고 쓰담쓰담 해줘."

희경은 서우의 손을 들어 눈에 가져다 댔다. 이 판국에 무슨 시시한 수작인가 싶어 서우는 미간을 찡그렸지만 희경은 아랑곳하지 않고 어리광을 피웠다. 그런 식으로 야단맞을 상황을 어물쩍 넘기는 게 그의 재주긴 했다.

여태까지는 잘 통했지만, 이번만큼은 어울려주는 시늉만 하고 그의 손에서 손을 빼냈다. 그리고 사무적인 어조로 서우가 말했다.

"노닥거릴 시간 없는 거 알죠? 지금부터 준비하고 나가도 시간이 많지 않아요."

"알아. 그래서 어머니한테 나는 못 갈지도 모르니까 알고 계시라고 했어."

"뭐라고요? 언제 그랬는데요?"

"아까 통화할 때."

"그러니까 그게 언젠데요?"

"한 시간 쯤 됐나? 비비크림 발랐는데도 답이 없는 것 좀 봐. 선글라스로 가려질 위치도 아니고. 어머니가 보시면 괜히 걱정만 하시지. 내 손에 거스러미만 생겨도 노심초사하는 분이잖아."

휴대폰을 거울삼아 제 얼굴을 들여다보는 희경을 서우는 빤히 응시했다. 한 차례 가만히 심호흡도 했지만, 별 효과가 없다. 두 번째 심호흡을 하는 대신 서우는 날카롭게 쏘아붙였다.

"오빠 대체 책임감을 뭐라고 생각하는 거예요!"

"…어?"

그녀의 뾰족한 반응에 놀란 듯 희경의 눈이 커다래졌다.

"어머니 모시고 제대로 밥 한 끼 먹고 싶다고 일정 맞춰달라고 할 때 오빠가 오늘 저녁이면 된다고 했어요, 맞죠?"

"어, 어어, 그랬지."

"그런데 컨디션 조절 따윈 개나 주란 것처럼 들입다 술을 마시고, 시비에 휘말려 얼굴이나 다치고, 이제 약속시간 코앞에 두고 어머니한테 못 갈지도 모르니까 알고 계시라고 통보했어요? 그래서 어머니한텐 못 가는 이유를 뭐라고 했는데요?"

"그게 저기, 간밤에 과음했더니 속이 안 좋다고…."

비로소 싸늘하게 식은 서우의 눈빛을 깨달은 양 희경의 어깨가 움츠러들었다. 작은 지탄에도 한없이 취약한, 온실의 왕자님다웠다.

"속 안 좋아요?"

"어? 어, 약간 쓰리긴 해."

"못 참을 정도예요?"

"그 정도는 아니고."

248

"그럼 됐어요. 나가요."

"하지만 이 얼굴로?"

서우의 단호한 결정에 희경이 울상을 하며 호소했다. 서우는 잠시 입술을 잘근거리다 해답을 내놓았다.

"가는 길에 화장품 가게 들러서 컨실러를 사죠. 컨실러 바르고 쿠션 덧바르면 어떻게든 될 거예요."

"…될까?"

"해보는 데까진 해야죠. 그런데, 그 차림으로 나갈 거예요?"

갸웃하면서 서우는 희경의 옷차림을 살폈다. 언뜻 봐서는 몰랐는데 다시 보니 어딘가 어색한 차림이었다.

새삼 찬찬히 보는데, 그의 셔츠가 걸렸다. 약간 오버사이즈에 가까운 블루 셔츠. 항상 딱 맞게 옷을 입는 그의 스타일이 아니다. 그런데 옷은 눈에 익어서 이상하게 여기다가, 불쑥 떠오른 게 있어 태승을 돌아보았다.

컵에 꽂힌 장미를 만지작거리고 있던 태승이 시선을 느꼈는지 고개를 들었다. 막 둘의 눈이 마주친 순간,

"아, 역시 알겠어? 이 옷 태승이 거야."

희경이 말했다. 서우는 다시 희경에게 시선을 돌려 말없이 눈빛으로 이유를 물었다.

"싸움질하다가 옷까지 찢어먹었나 봐. 서우야, 화내지 마, 그게 실은 네가 선물해준 옷이야. 어제 개시했는데 그걸 글쎄… 아, 운도 없지."

희경은 도리질하며 한숨을 내쉰 뒤 입고 있는 블루 셔츠의 옷자락을 쓸어 만졌다.

"이거 같은 모델이야. 태승이네 백화점에 올해 론칭한 브랜드인 거 몰랐지? 오늘은 급한 대로 빌려 입고, 재고 있는지 알아봐달라고 말해놨어."

얼른 그녀의 표정을 살피며 사과하는 것도 잊지 않았다.

"생일선물인데 제대로 간수 못 해서 미안해. 하지만 꼭 같은 걸로 다시 구할게."

서우는 씁쓰레하게 미소하며 고개를 끄덕였다. 그렇게 옷을 구한다 한들 '같은 것'은 아님을 입 아프게 설명할 필요는 없을 터였다. 그냥 한마디, 빌려 입은 블루 셔츠에 대한 감상을 내놓았다.

"안 어울리네요, 오빠랑. 핑크 셔츠도 이렇게 안 어울렸어요?"

"아니야, 어제 입은 건 딱 내 옷이었어. 이건, 음, 태승아, 뭐 다른 거 걸칠 거 없어? 영 아닌가 보다, 서우가."

"세탁 맡겨서 달리 여벌이 없어. 못 봐줄 정도는 아닌데, 그냥 입지?"

태승의 대꾸에 희경은 어쩔 수 없다는 듯 서우를 쳐다보았다. 서우는 잠자코 손목시계를 들여다보며 아무튼 나가자고 이야기했다. 현관으로 향하는 둘에게 그럼 가라고 한마디 하고 태승은 창가 옆의 테이블로 걸어갔다.

읽다 둔 책을 손에 들며 의자에 앉는 태승을 힐긋 보고 서우는 방을 뒤로했다. 희경이 문을 닫는데 엷은 장미 향기가 복도에 퍼져 나가는 게 느껴졌다. 저도 모르게 숨을 깊게 들이쉬는 서우 곁에서 희경도 장미 이야길 꺼냈다.

"안에선 잘 몰랐는데 역시 냄새가 강하네. 장미, 봤지?"

"안 볼 수가 없던데요."

"여자의 흔적이야."

"여자요?"

그녀의 음정이 불안정한 걸 희경은 알아채지 못했다.

"남자가 꽃을 사는 게 여자 말고 무슨 이유가 있겠어?"

"글쎄요, 지나다 보기 좋아서 샀다거나."

"살 수도 있지. 나라면. 하지만 태승이가? 절대 아니야."

희경은 단호하게 고개를 젓고, 이내 궁금해했다.

"세린이랑 별다른 진전이 있는 것 같지는 않던데. 대체 누구지? 떠봤는데 도통 입을 안 열어."

"한가한 고민은 나중에 하는 게 어때요? 우린 정말 목전의 일에 집중할 때에요."

때마침 내려오던 엘리베이터가 있어 거의 기다리지 않고 올라탈 수 있었다. 다른 손님이 타고 있어 대화를 멈춘 대신 둘은 엘리베이터 문의 매끄러운 표면에 비친 서로의 모습을 눈에 담았다. 그녀의 머리를 바라보는 희경의 표정이 재차 심각해지거나 말거나 서우는 그의 셔츠 때문에 머릿속이 복잡했다.

왜 하필 이 옷을 빌려줬을까. 달리 입을 옷이 없다는 말은 진짜일까. 아아, 모르겠다. 태승이 무슨 생각을 하는 건지.

요전 날 호텔에서 머물 때 99%의 잡담 사이사이 1% 남짓의 '탐색' 비슷한 것을 나눈 두 사람이지만 그 탐색조차도 주변부에 머물렀다. 핵심은 여전히 건드리지 못했다.

'거기서 내가 어떻게 더해? 나는 충분히 여지를 줬어.'

뾰로통해져선 상대에게 책임을 전가한다. 이쪽이 손을 내밀자 확 다가서서 사람을 당황시키고, 슬슬 무르춤하게 물러서며 간격을 벌리는가 싶더니, 딱 이렇게 신경이 쓰이는 거리를 지키며 서성거리는 저 남자.

지금은 태승에게 신경 쓸 때가 아니라며 자신을 단속해 보아도, 주의를 완벽히 꺼버리는 게 쉽지 않다. 문을 닫았는데도 틈새로 흘러나오던 장미 향기랑 닮았다.

제대로 살펴볼 틈도 없었던 저 붉은 장미들과 방에 남겨두고 온 태승이 오버랩된다. 그녀가 나올 때 손에 들었던 책을 지금도 읽고 있을까? 그렇지 않으면….

호텔에서 나온 서우는 차에 오르기 전에 슥 고개를 들어 위를 쳐다보았다. 뭔가 확인할 수 있을 거란 기대를 했던 건 아니다. 실제로 태승이 머문 호실의 창문을 그 짧은 시선에 특정하여 파악하는 건 불가능에 가깝다.

그러나 위에서 내려다본다면 이야기가 다르겠지. 만약의 이야기이다. 서우는 그 '만약'을 의식하고 긴장한 자신의 몸을 느꼈다. 사람이란, 막중한 과제를 목전에 두고도 완전히 다른 곳에 한눈을 팔 수 있다는 것을 그녀는 절감했다.

일껏 서둘렀어도 한정식집에 도착한 것은 약속시간을 20분 남짓 넘긴 때였다. 다행히 송 여사는 수행비서와 함께 한정식집 뜨락에 나와 만개한 하얀 목백일홍을 감상하느라 시간 가는 줄 몰랐다 한다.

여기서도 잠시 서우의 깜짝 단발이 화제가 됐다. 아량이 넓은 송 여사는 한 번 해본 말인 줄 알았더니 정말 저질렀느냐며 껄껄 웃었다.

"그래도 가뿐한 게 시원해 보여서 좋긴 하구나. 어디, 나도 이참에 한 번 확 쳐버릴까?"

"기분 전환 삼아 약간 손보셔도 좋겠죠. 어머니도 늘 같은 스타일만 해오셨잖아요."

서우의 말에 송 여사는 단정한 올림머리를 매만지며 고개를 끄덕였다.

"시집온 후로 머리를 짧게 잘라본 기억이 없으니 말 다했지. 그래, 나도 과감하게 변신을 한 번 해봐야겠다. 사실 어릴 적부터 늘 사내아이들 같은 숏커트가 해보고 싶었어."

"어머닌 두상이 예쁘셔서 짧은 머리도 잘 어울리실 것 같아요."

하하 호호 웃으며 말하는 둘 옆에서 희경이 뜨악하게 벌어진 입을 다물

줄을 몰랐다.

"그걸 부추겨서 어쩌자는 거야, 서우야. 우리 아버지 아시면 놀라서 기함하시겠다. 엄마, 엄마도 연세를 생각하셔야죠, 그 나이에 숏커트가 웬 말이에요. 기분 전환을 하고 싶으신 거면 차라리 가발을 사서 쓰세요."

"가발 쓴 거랑 내 머리랑 같니? 자기 머리는 지지고 볶고 잘만 하면서 웬 시어머니 노릇이람?"

곱게 눈을 흘기는 송 여사 옆에서 서우도 고개를 끄덕끄덕했다. 희경이 진땀을 뺐다.

"엄마, 잔소리를 하려는 게 아니라 머리 자르는 걸 그렇게 쉽게 생각하지 말라는 말씀을 드리는 거예요. 바라보는 입장에선 충격이 심하단 말이야."

"그걸 아는 사람이 그렇게 총천연색으로 머리를 가지고 놀았구나?"

송 여사의 지적에 희경도 그만 꿀 먹은 벙어리가 됐다. 지금은 무난한 검은 머리를 유지하고 있는 희경이지만, 대학생 시절의 몇 년간은 한 달이 멀다 하고 머리색을 바꿔댄 전력이 있다. 서우가 송 여사의 팔을 들어 K.O 승을 선언했다.

"자, 이걸로 어머니 머리에 관해서 희경 오빠는 발언권이 없습니다. 어머니, 어머니 좋으실 대로 다~ 하세요."

"오오냐, 다음에 만날 때를 기대하고 있으렴."

찡긋 윙크하는 송 여사의 애교 넘치는 눈매를 보면 도시 아픈 사람으로는 보이지 않았다. 그러나 역시 화장이 전보다 짙어진 게 눈에 띄었다. 여름날의 긴 해는 무정하게도, 노부인이 안색을 환하게 꾸미려고 노력한 흔적을 여과 없이 드러냈던 것이다.

저도 모르게 안쓰러운 표정을 짓지 않으려고 애쓰는 서우를 송 여사는 새삼 찬찬히 바라보다 방긋 웃었다.

"성이 백씨라 그런가 참 하얀 옷이 잘도 어울려. 얘, 서우야. 저리 가서 서보지 않을래? 지금 네 차림이랑 꽃이랑 아주 딱일 것 같구나."

송 여사의 말씀에 서우가 잠자코 목백일홍 옆에 가서 섰다. 송 여사가 손짓하는 대로 조금씩 위치를 바꾸길 몇 차례, 마침내 송 여사가 거기가 좋다며 멈추라고 손짓했다. 그러곤 휴대폰을 꺼내 서우의 사진을 몇 장 찍고선, 다시 휴대폰을 멀뚱히 지켜보던 희경에게 맡겼다.

"우리 사진 좀 찍어다오. 잘 찍어야 한다, 알았지?"

"사진 하면 또 이 최희경 아니겠습니까, 어마마마. 믿고 맡기시지요."

희경은 너스레를 떨고 맡은 바 임무에 열성적으로 임했다. 희경까지 셋이서도 찍자고 송 여사가 손짓하는 것을 희경은 그건 좀 봐달라며 뒤로 물러났다.

"꽃이랑 사진 찍고 그러는 거 너무 올드해요. 나는 한 20년 후쯤에나 생각해볼게요."

"20년 후엔 엄마가 없을 것 같은데?"

"에이, 내기할래요, 엄마? 난 틀림없이 계신다에 1억 걸게요. 아니다, 20년 후니까 그때 가치로 10억 내기, 어때요? 아니면 통 크게 건물 하나쯤 걸까요?"

신이 나서 자꾸 단위를 올리는 아들을 바라보며 송 여사는 한숨을 쉬었다.

"아무래도 지 새끼가 생겨야 철이 들 모양이야."

하지만 서우를 돌아보며 짐짓 흉보는 두 눈엔 아들에 대한 애정이 그득했다. 서우는 빙그레 웃고 희경에게 가서 휴대폰을 건네받았다.

"저기 가서 어머니랑 사진 찍어요, 오빠."

"으아, 너까지 압박하기 있어?"

"찍어요. 오빠 때문에 지각했는데 이 정도 효도도 못해요?"

눈에 힘을 주며 서우는 나무를 가리켰다. 결국 희경이 터덜터덜 걸어가 송 여사 옆에 섰다.

"오빠, 웃어요. 더 크게. 20년 후에 받을 건물 생각이라도 해봐요."

서우의 주문에 희경이 아닌 송 여사가 웃음을 터뜨렸다. 어머니의 기분 좋은 웃음소리에 희경도 덩달아 얼굴이 환해졌다. 그리하여 꽤 좋은 사진을 몇 장 건졌다.

그 좋은 분위기를 고대로 가지고 방으로 가서 한방백숙을 먹었다. 한방과 백숙이라는 전혀 좋아하지 않는 조합에 울적해하던 희경도 무난히 한 그릇은 비울 만큼 맛있는 저녁이었다. 특히 송 여사가 잘 드시는 모습에 서우는 기뻐했다.

"입에 맞으셨어요, 어머니?"

"응, 맛이 좋구나. 너도 알다시피 우리 집에서 백숙 좋아하는 사람이 달리 있어야지. 제사나 돼야 겨우 맛보고 그랬는데."

"여기 삼계탕도 잘한대요. 드시고 싶으면 주저 마시고 오빠에게 같이 오자고 하세요."

"어? 나?"

잘 먹었으면서도 희경은 난감해했다.

"어쩌다 한 번이니까 먹었지, 여기서 또 삼계탕은 그렇다, 서우야. 편식 안 하는 우리 공주님이 나 대신 어마마마 모시고 와주지 않을래용?"

두 손을 모으고 한껏 애교를 떠는 희경을 깔끔히 무시하고 서우는 송 여사에게 말했다.

"오빠 밖에 나와서 사느라고 몸에 좋은 거 별로 안 챙겨 먹어요. 간밤에도 과음해서 아직까지 얼굴이 부어 있는 거예요, 글쎄."

"서, 서우야!"

희경이 뒤늦게 그녀의 입을 막으려 해도 이미 늦었다. 송 여사는 새삼스레 아들의 얼굴을 살피며 혀를 찼다.

"안 그래도 안색이 칙칙해서 한마디 하려다 말았지. 그러면 또 잔소리한다고 할 테고."

"그런 잔소리는 얼마든지 하셔도 돼요. 그리고 좋은 음식으로 몸보신시킨다고 생각하고 자꾸 데리고 다니시고요. 아, 아예 본가에 불러들이셔도 좋을 것 같아요."

"본가에?"

송 여사도 놀라고 희경은 완전히 멍해져서 서우를 돌아보았다. 급히 귓속말로 "나한테 화난 거 있어?" 하고 묻는데 못 들은 체하며 서우는 말했다.

"아무래도 생활이 너무 방만해져서 이러다 건강을 해칠까 겁나요. 오빠는 독신생활에 필요한 자제력이 아직 좀 부족하지 싶네요."

"뜻은 알겠다만, 여태 자유롭게 살던 아이가 도로 들어오려고 하겠니? 어차피 너희들 결혼하면 거기서 신접살림도 차릴 테고…."

"내일 당장 결혼하는 거 아니잖아요. 당분간이라도 데리고 계시면서 규칙적인 생활 리듬을 회복시켜 주는 것도 좋겠다, 뭐 그런 뜻이에요. 물론 결정은 상의한 후에 내리시고요. 저야 의견을 제시했을 뿐이에요."

송 여사는 고개를 주억거리고 희경에게 말했다.

"서우 얘가 옆에서 보기에 오죽 안 되겠으면 이런 말을 할까? 곧 결혼도 할 녀석이… 쯧쯧."

"그렇게 큰 사고 같은 거 친 건 없는데."

"얼씨구, 자잘한 사고는 좀 있고?"

예리한 간파에 희경의 볼멘소리도 쏙 들어갔다.

슬슬 자리를 정리하고 일어나면서 계산 문제 때문에 옥신각신 말이 오갔다. 서우가 식사 초입에 슬쩍 나갔다 오면서 계산을 해버린 까닭에 송 여사가 이런 법은 없다며 언짢아한 것이다.

"할아버지가 저더러 꼭 대접하라고 신신당부하셨어요. 전 할아버지가 시킨 대로 했으니까, 언짢으신 점은 할아버지와 말씀하세요. 전 말 잘 듣는 손녀딸인 죄밖에 없답니다."

서우의 싹싹한 방어에 송 여사는 하릴없이 입맛을 다셨다.

"원 어른 체면을 망쳐도 참. 알았다, 내 돌아가서 전화로 한바탕 퍼부어 드리련다. 너는, 이번 주말에 양평에 와서 자거라."

희경에게는 주말 본가 소환령이 떨어졌다. 명령을 거두어달라는 읍소는 무위에 그치고, 결국 희경은 서우와 함께 공손히 떠나가는 차를 배웅했다.

"우리도 갈까요?"

생긋 웃고 차로 걸어가는 서우의 팔을 희경이 덥석 붙잡았다. 돌아보자 여전히 울상인 채로 "나한테 서운한 거 있지? 그치?" 하고 묻는다.

"내가 강릉에서 혼자 와 버린 것 때문에 그러는 거면, 진짜 진짜 만회할 거야. 나 믿어줘, 응? 내가 만날 공수표 날리고 그러지는 않잖아."

"그건 화 안 났다는 데도 그러네."

"그럼 뭐에 삐친 거야?"

"안 삐쳤어요. 오빠한테 화난 것도, 토라진 것도 없어. 내 눈 봐요. 내가 거짓말하는 것처럼 보여요?"

시킨 대로 서우의 눈을 빤히 바라보던 희경이 마침내 한숨을 쉬며 "그래, 그건 아니네." 했다.

"근데 아까 그 말들은 다 뭐야. 내가 독립하고 얼마나 홀가분해했는지 잘 아는 사람이 별안간 어머니한테 그런 말은 왜 해. 나하고 사전에 상의 한마디 없이. 아무리 약혼자라고 해도 너, 무례했어."

서우는 빙그레 웃고 고개를 두 번 주억거렸다. 하지만 사과하는 대신 엉뚱한 제안을 했다.

"오늘은 다른 약속 없죠, 오빠? 나랑 술 한잔해요."

"술?"

"아, 오빠 어제 과음했으니까 술 말고 다른 거 마셔요. 오빠 몫까지 술은 내가 마실게요."

의외란 듯이 눈을 깜박거리던 희경이 그럼 그러자고 응했다. 그래도 갸웃하며 서우의 볼을 살짝 꼬집는 눈에 장난기가 떠올랐다.

"무슨 바람이 분 거지, 우리 공주님? 긴 머리를 자른 탓인가, 평소보다 명랑해진 것 같아."

"상관이 없진 않겠죠? 머리카락 무게도 무시 못 하거든요."

차에 올라타서 안전벨트를 매면서 희경은 어디로 마시러 갈까 고민하는 눈치다. 서우는 별 고민 없이 내비게이션에 희경의 아파트를 목적지로 찍었다.

"아파트는 왜? 아, 나 옷 갈아입으라고?"

지레짐작하고 희경이 고개를 끄덕거리는 것을 서우는 간단하게 수정해 주었다.

"그 근처 바에 갈 거예요. 마니에리스모."

"마니에리스모…. 맞아, 아파트 앞에 있지. 거기 우리가 언제 가봤더라? 작년? 재작년? 거기 아직 하나?"

"멀쩡히 간판 걸고 영업하고 있어요."

희경은 감탄하며 웃었다.

"한 번 가고 난 잊어버렸는데 우리 공주님이 잘 기억하고 있었네."

"한 번 아니라 두 번 갔어요. 오빠는 두 번 다 위스키를 마셨고요. 한 번은 스트레이트였고, 한 번은 온더록스로."

"와우, 우리 서우 기억력은 참."

휘파람을 부는 시늉을 하고 희경이 서우의 볼을 건드렸다.

"애들은 엄마 머리 닮는다는 소리가 제발 사실이어야 할 텐데 말이야."

잠자코 웃고 서우는 주차장을 벗어나 도로로 차를 몰았다. 희경은 아파트로 향하는 시간의 태반은 잠으로 소요했다. 거푸 하품을 하면서도 졸지 않으려고 기를 쓰는 그에게 서우가 잠시 눈 좀 붙이라고 말하자, 그럼 잠깐만 잘게 하더니 바로 곯아떨어졌다.

목적지에 도착해서도 자력으로는 깰 것 같지 않은 희경을 서우는 한동안 물끄러미 바라보았다. 성격이 원만한 것과 별개로 잠자리에 있어선 무척 까다로운 사람이다. 여행지에서도 침대가 맘에 안 들어 몇 번이고 컴플레인을 거는 것쯤은 다반사. 그런 사람이 이렇게 무방비한 모습으로 자는 모습을 보여준다는 건, 묵직한 신뢰의 증거였다.

때문에 언젠가 봄에 피크닉을 갔다가 그가 그녀의 무릎을 베고 잠들었을 때, 그 상황이 벅차서 서우는 감격했었다. 이제 정말 내가 이 사람에게 가족이나 다름없는 사람이 되었다는 실감으로, 다리가 저린 줄도 모르고 언제까지고 꼼짝 않고 있었다.

많이 좋아했다. 사랑했다. 다른 누구도 아닌 '이 사람'을 갖고 싶다고 생각한 계기는 다소 불순했을지언정 최희경이라는 반짝반짝한 사람에게 반했던 것은 틀림없는 사실이다.

그래서 조금 유감스럽기도 했다. 이제 더는 그녀의 눈에 비친 그가 반짝거리지 않는다는 게.

"참 예쁜 빛깔이었는데…."

나직이 한숨을 쉬며 중얼거리자니, 희경이 부르르 몸을 떨며 문득 눈을 떴다.

"다 왔어? 그럼 깨우지. 아함, 보양식을 먹었는데 왜 졸리지, 서우야? 이거 혹시 부작용인가?"

"단순한 식곤증이에요. 자, 나가서 진한 커피라도 마시면 정신이 들 거예요."

차에서 내려 걸음을 옮기면서도 희경은 졸음에 겨워 비트적비트적, 기어코 서우의 부축을 받았다. 사양 않고 체중까지 얼마쯤 맡겨오는 희경을 데리고 서우는 계단을 걸어 내려갔다. 입구에 들어서자 오늘도 〈불카누스의 대장간〉이 강한 존재감을 뽐내며 손님을 맞이했다.

"오오, 터프한 비너스, 여전히 아름답군."

아는 체하는 희경의 말에 서우는 쓴웃음을 지었다. 예전에도 그림 속 여인은 비너스가 아니라 미네르바라고 서우가 분명 정정해주었을 것이다. 그러나 희경은 이 바의 존재를 잊었듯 그것도 잊었다. 그리고 이제, 서우는 다시 정정해줄 의의를 찾을 수 없다.

덤덤하게 그림을 지나쳐 안으로 들어가 적당한 구석 자리를 골라 앉았다. 오늘도 드문드문 떨어져 앉아 있는 몇 쌍의 손님들을 제외하고 바(bar) 안은 한가했다. 주문을 받으러 온 웨이터에게 희경은 위스키를 섞은 진한 커피를, 서우는 드라이 마티니를 주문했다.

이윽고 주문한 음료가 나오자, 희경은 한 모금 마시고 인상을 찌푸렸다.

"위스키랑 커피를 따로 주문할 걸 그랬나 봐. 오, 우리 공주님 술 좀 마시는데? 맛있어, 마티니?"

입술을 적실 정도로 홀짝거리는 대신, 서우는 깔끔하게 잔을 비우고 올리브를 깨물었다. 희경의 물음엔 눈짓으로 대답하고 손을 들어 웨이터를 불러 마티니를 추가로 주문했다. 희경이 히죽 웃으며 눈알을 굴렸다.

"이야, 초반부터 기선제압이야? 나 좀 두근두근하려고 하네."

"취해서 주정 부리지 않을 테니까 안심해요."

"아니, 그건 좀 부려주라. 알지? 나 딱히 소원 같은 거 없는 인간인데 그래도 하나가 있다면, 너 취하는 거 보는 거야. 취해서 주정 부리는 백서우, 생전에 꼭 한번 보고 싶습니다."

그가 상체를 기울여오며 두 손을 쥐고 기도하듯 말하는 모습에 서우는 피식 웃었다.

"어쩌죠, 그 소원은 영원히 이루어지지 않겠네요."

"에이! 그렇게 야박하게 말하지 말고. 앞으로 살날이 얼마나 긴데 미리 단정이야. 훗날을 생각해서라도 '영원'이란 거창한 표현은 취소하자, 우리? 응?"

서우는 잠자코 어깨를 으쓱하고 얼음물로 입을 축였다. 여전히 최악이란 표정으로 커피를 홀짝거리던 희경은 두 번째 마티니가 나올 때 화장실에 다녀오겠다며 자리를 비웠다.

그가 돌아올 즈음엔 서우의 손에 들린 잔이 또 바뀌어, 그녀는 위스키소다를 들여다보고 있었다. 정작 희경은 뭔가 다른 것에 정신이 팔린 듯 그 변화를 알아채지 못했다.

서우는 희경의 미간에 서린 수심의 그림자를 읽었다. 부정적인 감정에 익숙하지 않은 만큼, 감추는 것도 서투른 사람이었다. 화장실은 핑계였고 누군가와 연락을 하고 왔을 거란 짐작이 굳어졌지만, 그에 따른 동요는 없었다.

서우는 위스키소다를 한 모금 삼키고 자신의 용건에 집중하기로 했다.

"본가에 들어가요, 오빠. 그것도 최대한 빨리요."

"응? …본가? 뭐야, 아직도 그 이야기야?"

희경이 고개를 내저으며 그 소린 그만하자고 말했다.

"나 맞고 온 것 때문에 그러나 본데, 두 번 다시 그럴 일 없을 거야. 그 비슷한 시비 같은 것도 다신 없을 거라고 맹세할게. 어젯밤엔 정말 운이 더럽게 없었어, 왜 사람이 그렇게 뭘 해도 운이 나쁜 날이 한 번씩은 있잖아."

그렇다면 거기에 오늘 하루도 추가해야 할 것이다. 서우는 충격을 완화할 만한 쿠션 같은 건 전혀 준비하지 않은 채로 수류탄의 핀을 뽑았다.

"오빠 오늘 어머니 보면서 아무 생각도 없었죠?"

"무슨 생각?"

"어떤 생각이든지요."

"왜? 앗, 설마 무슨 기념일 다가오나?"

어리둥절한 얼굴로 희경이 휴대폰을 들여다봤다.

"어머니가 좀 아프세요."

"아프시대? 아, 허리? 그건 나도 알지."

"허리 말고, 암이요. 대장암 2기라고 들었어요."

허공에 던진 폭탄이 소리 없이 폭발했다. 희경은 한동안 꼼짝도 않다가 천천히 눈을 들어 서우를 보았다. 금세라도 웃음을 터뜨릴 것처럼 실룩이는 입술. 커다란 눈에 어린 것도 차라리 웃음에 가까웠다.

아니지? 농담이지, 그거? 당장에라도 그렇게 말할 것 같은 눈을 보며 서우는 다시 한번 좀 전의 말을 반복했다.

"그렇다고 전해 들었을 뿐 더 자세한 사항은 몰라요. 그러니 오빠가 알아봐요. 본가에 들어가서, 이제라도 아들 노릇 하면서."

"잠깐, 잠깐만 서우야. 이건 아무래도 농담이 지나친데."

그만 말하라는 듯 희경은 손을 뻗었지만 서우는 내처 못 박았다.

"내가 이런 일로 농담할 사람이에요?"

"그러니까 말이야. 근데 네가 지금 그 말도 안 되는 농담을…."

"오빠, 숨 깊게 들이쉬고 날 봐요. 내 눈을 똑바로 보라고요."

단호한 명령으로 희경의 주의를 사로잡았다. 그리고 희경이 받아들일 때까지 올곧게 응시했다.

희경이 진정으로 깨달을 때까지. 서우는 결코 장난으로라도 그런 악랄한 농담 따위 할 수 없는 사람임을.

"…어떻게 알게 된 거야? 말해봐, 전부, 말해봐."

일그러진 얼굴로 희경이 재촉하는 말에 서우는 병원에서 송 여사의 둘째 며느리를 본 것부터 차근차근 이야기했다. 자초지종을 듣고서도 희경은 차마 믿을 수 없다는 듯 도리질을 했다.

"말도 안 돼. 어째서, 어떻게 어머니한테 그런…. 뭔가 잘못된 거야. 뭔가 중간에 착오가 있었던 게 틀림없어."

서우는 그럴 수도 있다고 고개를 끄덕였다.

"내가 잘못 안 걸 수도 있어요. 그러니까 오빠가 확인해요. 어머니를 뵙고 알려달라고 청해요. 그럴 자격 있어요, 아들이니까. 대신, 알게 된 뒤에 의무를 다할 각오도 하고요."

"의무?"

"힘이 되어 드려야죠. 볕 좋은 날에 웃으며 어울리는 건 누구라도 해요. 그렇지 않은 날에 곁을 지키는 버팀목이 되느냐 마느냐로 안팎이 나뉘는 거고요."

힘주어 말해도 희경의 눈빛에 알아들었다는 기색은 없다. 서우는 차분히 그의 현실을 일깨웠다.

"오빠를 둘러싼 세상이 아무리 관대해도, 시간만큼은 정직해요. 연로하신 부모님이 언제까지고 오빠를 보호해줄 수 있을 거라고 생각하진 않았을 거잖아요? 이렇게 눈에 띄게든, 눈에 띄지 않게든 두 분은 조금씩 허물어져 갈 거예요. 돌아가서 그 사실과 마주해요. 오빠도 그만, 유원지 바깥을 볼 때가 됐어요."

"유원지…. 여태 내가 있던 곳이 놀이공원이었다고?"

희경의 물음에 서우는 옅은 미소를 머금고 반문했다.

"아니라고 말할 수 있어요?"

희경의 입술이 떨렸다. 황망하게 요동치는 그의 눈동자는, 세찬 도리질로 잠시 정색을 하는데 성공하나 싶었지만, 금세 가랑가랑 차오른 눈물과 함께 허물어졌다.

"알아, 나도! 언제까지 어리광이나 피우면서 살 수 없다는 것도 알고 있다고! 하지만… 하지만 이렇게 급작스럽게 끝이 닥치면 어쩌란 거야, 내가 할 수 있는 게 뭐가 있다고…."

"끝이라고 말하진 않았어요. 오빠, 난 오빠한테 유원지 바깥을 보라고 했지 거기서 나오라고 한 건 아니에요."

무슨 소리냐는 듯 쳐다보는 눈에서 닭똥 같은 눈물이 뚝뚝 떨어졌다. 사고가 멈춘 그는 거의 어린아이나 다름없었다.

"오빠 부모님도 그런 걸 원하시진 않을 거예요. 최희경이잖아요. 사랑하는 막내가 좋아하는 일 하면서 자유롭게, 즐겁게 사는 걸 보는 게 두 분의 기쁨인 건 앞으로도 변함없겠죠. 그렇지만 그런 아량에 기대어 최소한의 도리도 모르고 사는 반푼이가 되진 말았으면 해요."

"병든 노모를 외면하는 바보짓 같은 거?"

회경의 자조에는 욕지기가 뒤따랐다. 입을 틀어막으며 일련의 상상에서 온 격렬한 거부감과 싸우는 그를, 서우는 안쓰러이 바라보았다.

이를테면 그에겐 블러드포비아가 있다. 애초엔 그저 생리적으로 피를 싫어하는 기피 정도에 불과했을 것을, 주위 사람들이 그런 건 보지 말자, 보지 말자 하고 감춰주기에 급급해서 공포를 조장했다. 행여 달리다가 넘어져 무릎이라도 쓸릴라치면 온 집이 들썩일 정도로 애지중지 자라난 어린 왕자님은, 결국 피라는 것에 덤덤해질 기회가 없었던 셈이다.

피라는 단적인 예처럼, 주변인들은 회경을 과보호하며 부정적인 일에서 최대한 배제했다.

너까지 이런 걸 볼 필욘 없어.

그 곱고 사소한 배려가 쌓여서 괴롭고 힘든 일 앞에서 그는 물러나는 게 당연해졌다.

요컨대 내성의 문제였다. 날이 저문 후의 유원지 바깥의 세계에선 어떤 일이 일어나는지, 이제라도 하나둘 보면서 익혀나가는 것 말고는 답이 없는.

그렇다고 회경을 온전히 동정하는 것은 아니다. 보고 배운 게 그것뿐이라고 핑계를 댈 수 있는 건, 미성년자까지이다. 눈을 떠서 다른 사람들은 어떻게 사는지 두루 살펴볼 시간은 충분했다. 아무도 그를 유원지에 가둬놓지 않았다.

그러니 뒤늦게 맞닥뜨릴 성장통이 아무리 호되더라도, 감당하는 건 그의 몫이다. 이거야말로 돈 주고 사서라도 해야 할 고생일지 모른다.

"미리 최악을 상상하진 말아요, 오빠. 요즘은 의술이 좋아서 대장암 2기 정도는 무난히 완치할 수 있다고들 하더라고요. 그리고 정작 힘든 건 어머니시잖아요. 지금은 펑펑 울어도, 어머니 앞에선 오빠가 잘하는 걸 했으면

265

좋겠어요."

"내가 잘하는 게 뭐가 있는데? 실없는 광대짓?"

자포자기해서 아무 말이나 쏟아내는 그를 보며 서우는 엷게 웃었다.

"늘 사람들을 웃게 하는 거요. 밝은 꿈을 꾸게 하는 거요. 오빠는 환하게 주변을 밝히고, 따스하게 데우는 재주가 있어요. 지은 씨 말처럼, 나중에 정치를 해야 할 사람일지도 모르겠어요."

"나 참, 지은이가 너한테도 그런 바보 같은 소릴 했어?"

그나마 그렇게라도 희경이 웃었다. 서우도 빙그레 웃고 말했다.

"웃어요, 오빠. 오빠는 웃는 표정일 때가 제일 잘생겼어. 그리고 그 웃는 얼굴이라면 단연코 어떤 약보다도 어머니께 효과가 좋을 거예요."

"아아, 내 웃음이 좀 강력하긴 해. 강한 힘에는 그만큼 강한 책임이 따른다고… 내가 좋아하는 히어로 영화에서 그랬나?"

"네, 〈스파이더맨〉이요."

"난 사실 아이언맨 팬인데."

눈물을 훔치며 희경이 익살스럽게 말했다. 간신히 좀 추슬러가는 모양이었다.

"뭐 좋아, 뭐라도 좋으니 당분간 히어로 견습이라고 생각하고 뛰어들어 보겠어. 어머닐 구해내야지."

"듬직해라."

서우의 격려에 희경이 방긋 웃었다. 그리고 이내 다시 침울해지려는 표정을 눌러가며 짐짓 밝게 말했다.

"예전에 엄마 따라간 절에서 엄마보고 백 살도 넘게 장수할 거랬어. 내 아들딸도 엄마가 키워줄 거니까 아무 걱정 말라고. 나는 걱정 안 해. 우리 엄마 아직 여든도 안 됐다 뭐."

"맞아요. 누구신지 참 영험한 말씀을 하셨네."

"아, 근데 나 왜 이렇게 떨리지? 서우야, 나 술 딱 한 잔만 마실게. 그래도 되지?"

서우는 고개를 끄덕이고 우선 이거라도 마시라고 위스키소다를 건넸다. 목이 말랐던지 희경이 벌컥벌컥 단박에 들이켜는 모습을 보고 서우도 새삼 술이 고파졌다. 그래서 손을 들어 두 잔째의 위스키소다와 온더록스 한 잔을 시켰다.

희경도 두 번째 잔을 마다하지 않았다. 이번엔 천천히 시간을 들여 술잔을 기울이는 그에게 보조를 맞추어 서우도 조금씩 위스키를 넘겼다.

독한 술의 화기는 가슴으로, 냉기는 머리로 향했다. 어쩌면 그편이 좋았다. 서우는 다시 한번 침착하게 자신의 결정을 재고할 수 있었고, 용기를 내어 운을 뗄 수도 있었다.

"나 오빠에게 돌려줄 게 있어요."

"응? 뭘?"

서우는 토트백에서 꺼낸 작은 쇼핑백째로 희경에게 밀어주었다. 쇼핑백에서 나온 건 한눈에 보아도 장신구 케이스로 보이는 벨벳 상자.

"뭐지, 이거? 생일선물을 또 주는 건 아닐 테고."

돌려준다고 한 표현을 제대로 듣지 않았는지, 그는 조금 들뜬 표정을 지었다. 하지만 내용물을 보고 희경은 의아한 눈을 그녀에게 옮겼다.

"이걸 왜 줘?"

전혀 짐작조차 못 한다. 이 순간 어떤 기분이 들지, 서우는 여러 번 상상해 보았지만 정작 당면한 지금에 이르러보니 삭막할 정도로 아무 느낌도 없었다. 저 사람에게 흘러가던 새빨간 마음은 그녀의 꿈이었나 싶을 만큼, 주위가 새하얗다. 그녀만 느낄 수 있는 서늘하고 상쾌한 바람. 후회할 일은 없을 거라고 비로소 확신할 수 있었다.

"말했잖아요. 돌려준다고."

"…그러니까 왜?"

서우가 싱긋 웃었다.

"파혼해요, 우리."

또 한 번의 공백이 희경을 사로잡았다. 마침내 정신을 차린 그는 이번에야말로 농담이라고 믿어 마지않았다.

"와, 나 방금 심장이 덜컥 내려앉았어. 충격요법을 이렇게 세게 하기 있어?"

진저리를 내면서 너 나빴다고 한참을 원망을 늘어놓는 걸 서우는 덤덤한 얼굴로 들었다. 눈길은 자신이 건넨 작은 상자에 둔 채로. 바로 어제까지도 그녀의 목을 장식했던 핑크 다이아 목걸이가 이제는 거짓말처럼 낯설었다.

마침내 희경이 조용해지자, 서우는 눈길을 들어 그를 보았다.

"충분히 말했죠? 그럼 이제 내 차례예요. 먼저 그 사람 의향을 알아봐야겠지만, 그래도 그쪽이 개의치 않는다면 줘도 괜찮아요. 원래 한 쌍으로 만들어진 거니까 기왕이면 함께 있는 편이 목걸이도 기쁘겠죠."

"…서우야, 너 대체 왜 이래? 이걸 너 말고 누구한테 주라는 거냐고 대체."

"누구겠어요, 유지은 씨죠."

희경의 표정이 얼어붙었다. 직전의 공백과는 다른 의미의 침묵에 덜미를 잡힌 그를 보며 서우는 말했다.

"반지는 이미 가지고 있잖아요. 안 그래요?"

"나는, 네가 무슨 소리를 하는지 통…."

"오빠?"

부드럽게 부르며 서우는 톡톡 테이블을 두드렸다. 희경은 문득 정신이 든 것처럼 꿀꺽 마른침을 삼키며 자세를 고쳐 앉았다.

"나 다 알아요. 그러니까 그 일로 옥신각신하고 싶지 않아요. 모른 척 덮고 가느냐 마느냐의 문제였는데, 그러지 않기로 결정한 거고요. 그렇게까지 할 이유, 이젠 없어서."

"서우야, 누구한테 무슨 소릴 들었는지 모르지만, 네가 생각하는 그런 거 아니야. 바람도 뭣도 아니야, 걔랑 난…."

"설명도 변명도 필요 없어요. 난 내가 본 걸로 충분해요."

거칠게 술을 들이켠 희경이 크게 숨을 고르고선 대체 뭘 봤는지 말이나 해보라고 했다.

증거의 나열이라…. 이럴 때 드라마라면 처음으로 부정을 맞닥뜨린 그날 밤의 회상 장면을 보여주려나? 서우는 희미하게 웃고 순순히 들려주었다.

"내가 저번에 며칠간 피렌체에 다녀오겠다고 했던 거 기억나요? 실은 그때 나 피렌체에 안 갔어요. 파리에서 묵을 거였거든요. 오빠랑 같이."

"나? 무슨 소리야, 그런 말은 일언반구도 없었잖아."

"서프라이즈 이벤트였으니까요. 그래서 예고도 없이 오빠 아파트에 들이닥쳤어요. 그런데 내가 거기서 뭘 봤을까요?"

서우의 물음이 기억을 되살려준 듯, 희경의 안색이 창백해졌다. 잠시 음미하도록 시간을 줬더니 그는 진부한 변명을 들고 나왔다.

"실수였어, 서우야, 어쩌다 보니까 분위기에 휩쓸려서 그만—."

"에이, 오빠. 실수란 건 말 그대로 어쩌다 한 번 돌부리에 걸려 넘어지는 걸 보고 실수라고 하는 거죠. 오빠는 아니잖아요. 내가 지은 씨, D호텔에서 봤다고 했잖아요. 그때 오빠도 봤는데?"

　희경은 멍하니 입을 벌린 채 굳어버렸다. 평소의 쾌활한 모습을 익히 아
는 만큼, 그렇게 넋을 놓아버린 모습이 우스꽝스러워서 조금 마음이 아플
정도였다. 멍든 흔적을 가리려고 애써 화장한 게 슬슬 무너져서 얼굴색은
얼룩덜룩하고 입가엔 포진도 올라와서 전에 없이 추레했다. 특히 입가의
포진을 보니 떠오르는 게 있었다.

　"결정적으로 지은 씨 반지를 봤죠. 이 목걸이도 사실 그 사람이 골라준
거죠? 뭐 이젠 상관없으니까 말하지 않아도 돼요. 근데 지은 씨가 그런 말
은 안 했어요? 산부인과에서 나랑 만났다고."

　별안간 희경이 벌떡 일어서는 바람에 서우는 휘둥그레 그를 바라보았
다. 희경은 마냥 입술을 뻐끔거리다가 마침내 도로 주저앉아 머리를 쥐어
뜯었다.

　"지운다고 해놓고 기어코 너한테 말한 거야? 막말로 낳아달라고 해도 낳
을 것도 아니면서…."

　자기 몸만 상하는 게 분하다며 억울해하더니 이렇게 치졸하게 나올 줄
몰랐다는 둥, 희경은 한동안 지리멸렬하게 웅얼거렸다. 그 속에서 천천히
서우는 자기가 들은 것을 소화해냈다.

　'그러니까 내가 들은 게… 아기? 그 여자, 임신한 거야?'

　하, 하고 서우가 웃었다. 고개를 젖히며 또 한 번 웃었다. 세상일이란 건
엉뚱한 데서 참 재밌다고 생각하며 그녀는 가방을 손에 들었다. 희경을 바
라보는 얼굴에 갈무리 못한 웃음이 넘실거렸다.

　"좀 잘해 봐요, 오빠. 멀리서라도 응원할게요."

　자리에서 일어나 희경을 뒤로하고 걸음을 옮겼다. 부르는 소리가 들렸
지만 돌아보지 않았다. 면목이 없었는지 그는 차마 따라 나오진 못하고 몇

번이고 애타게 불러댈 따름이었다.

　〈불카누스의 대장간〉 옆을 지나며 눈에 들어온 그림 속 여신이 이해한다는 듯 웃고 있었다. 서우는 살짝 고개를 숙여 인사하고 마니에리스모의 문을 닫았다.

24
암호

"어머, 웬일이야. 어머, 어머, 내가 진짜 뭘 들은 거니?"

무릎을 치며 웃는 것으로 모자라, 온몸을 들썩이며 호들갑을 떨던 선비가 쿵 하고 소파에서 굴러떨어졌다. 놀라서 돌아본 서우의 염려가 부질없게도, 선비는 떨어진 그대로 목젖이 보이도록 웃어댔다. 서우가 기가 막혀 혀를 찼다.

"나 파혼했다는 이야기가 그렇게 웃겨?"

"웃겨서 그러겠어? 기뻐서 그러지! 오오, 히말라야의 산신령은 영험한지고!"

"안나푸르나의 요정님이 아니라?"

선비가 두 팔을 번쩍 들어 멀리 있는 산신령을 찬탄하는 걸 보고 서우가 눈알을 굴렸다. 말하는 것만 보면 히말라야 등반이라도 성공하고 온 사람이나 다름없다, 진짜.

네팔에 가서 히말라야를 호흡하고 오겠다던 선비의 소원은 안나푸르나의 베이스캠프 트래킹 정도가 최대치였다. 거창한 꿈을 꾸되, 뼛속 깊이 현실주의자라서 가능한 타협의 소산이다. 정작 네팔 체류의 절반은 카트만 두 시내에서 유유자적 게으름을 피우며 지냈었다는 말씀.

그러나 넘어가주자. 지금껏 열심히 살아온 친구가 생애 처음으로 자신에게 허락한 사치스러운 휴가였음을, 서우는 잘 알고 있다.

하지만 커피콩처럼 탄 얼굴로 이를 드러내고 낄낄거리는 친구 때문에 슬쩍 기분이 상한 건 별개의 문제다. 그래서 잠자코 프라이팬에 고추기름을 한 큰술—줄줄 흘러내리는 한 큰술을—더하고 봤다. 고슬고슬 볶아나가던 돼지고기가 시뻘겋게 물들고, 서우의 마음에도 평화가 퍼졌다.

다시 소파에 올라가 누운 선비가 아쉽다는 듯 입맛을 다셨다.

"이럴 줄 알았으면 좀 더 소원을 세게 부르는 건데. 영험한 산을 앞에 두고 돈 이야기를 꺼내면 안 될 것 같아서, 세계 평화 같은 것만 빌고 왔거든."

"세계 평화랑 나 파혼하는 거랑은 하늘과 땅 차인데?"

"내 소중한 사람들이 늘 건강하고, 인생의 올바른 방향으로 걸어가게 해달라고 빌었어. 당장 네가 이렇게 현명한 결정을 내린 것 좀 봐. 아무래도 돈 모아서 내년에 네팔 또 가야겠어. 백설, 그땐 진짜 같이 가자, 응?"

"생각해볼게."

다진 생강이며 마늘, 대파를 넣어 다시 볶아낸 재료에 물을 붓고, 두반장이며 굴소스 등을 넣어 간을 맞췄다. 살짝 맛을 보니 평소보다 과하게 맵다. 어느새 마음이 약해져 설탕 양념통으로 급하게 뻗어가는 손.

"그래도 놀랍긴 하다. 너라면 꼼짝없이 그 한량 도련님이랑 결혼해서 커다란 애 키우고 살겠네 했더니, 이렇게 결정적으로 틀어지는 때가 다 오네. 심지어 아직 결혼도 안 했어!"

선비의 감탄에 서우는 한숨을 쉬며 친구를 돌아보았다.

"결혼 후에 내가 이혼하길 기다렸던 사람 같구나."

"아니, 기다렸던 건 아니고."

살랑살랑 손을 저은 선비가 이내 씩 웃었다.

"네가 알아서 정신 차릴 거라고 믿었지."

"그래, 넌 옛날부터 쭉 희경 오빠 탐탁찮아 했으니까."

아무래도 서우의 절친이다 보니 이래저래 희경과도 자주 마주쳤다. 그럴 때마다 싹싹하게 굴기는 하지만 묘하게 데면데면 예의를 차리는 구석이 있는 선비를 희경은 은근히 어려워했다. 선비는 선비대로 어째 편하지가 않다며 낯을 가렸고.

둘의 약혼 이후 본격적으로 그 서름한 공기를 바꿔볼 겸, 희경이 선비에게 적극적으로 다가갔지만 효과는 미미했다. 나중에는 희경도 지쳐서 나하고 주파수가 잘 안 맞는 것 같다며 포기하기에 이르렀다.

"좋은 사람인 건 알지만, 절친 남편감으로는 영 아닌 걸 어떡해."

지금처럼 단정적으로 말한 적은 없었다. 서우가 먼저 상담을 청하지 않는 한, 친구의 연애에 대해 오지랖을 떠는 건 선비의 스타일이 아니었다. 다만 약혼을 앞두고 꽤 강하게 회의적인 반응을 보이긴 했다.

─그래도 연애를 좀 해봐야 하는 거 아니야? 한두 달이라도 사귀어 봤으면 몰라, 덜컥 약혼하고 결혼하겠다니 너무… 모험인 것 같은데.

위중한 희경의 할머니의 병세에 몰아치듯 결정됐던 약혼. 선비가 하려는 말은 이해했지만 당시의 서우는 희경의 약혼자가 된다는 생각에 들떠서 깊게 숙고하지 않았다.

─당장 결혼을 하는 것도 아니고, 말이 약혼이지 가족끼리 단출하게 밥 정도도 먹는 거야. 결혼 전제로 사귀기 시작하면 돼. 오빠도 그렇게 말했고.

─저쪽은 너무 가볍고, 너는 너무 낙관적이고. 나는 잘 모르겠어. 가장 만만한 상대라서 널 골랐다는 생각도 들고.

—조금 갑작스러웠지만, 그래도 정중하게 내 의견을 물었어. 오랫동안 봐와서 나라면 믿을 수 있대. 믿는다는 거, 좋은 거잖아.

—믿음 좋지. 좋지만… 과연 그 사람한테 네가 1순위였을까?

선비의 말은 아닌 게 아니라 서우의 불안을 건드렸다. 그러나 차마 내색할 수 없었다. 가장 친한 친구에게도 내보일 수 없는 그런 종류의 불안을, 서우는 들추지 않고 그대로 덮는 쪽을 택했다. 그리곤 있는 힘껏 허세를 떨었다.

—지나간 일은 상관 안 해. 앞으로 서로에게 충실한 거, 그걸로 충분해난.

—하긴, 과거랑 싸워서 뭐하겠니. 앞으로가 중요하지. 짝사랑하던 왕자님이랑 약혼부터 시작하는 행운이 어디 흔하겠어? 자, 백설! 할 거면 제대로 잘 해봐.

선비는 쉽게 물러났다. 아마도 친구의 기쁨에 초를 치기 싫었던 것이리라. 서우는 기꺼이 제 기쁨에 취했다. 그녀는 낙관적이었던 것이다. 친구의 말대로 '너무' 낙관적이었을지도 모른다.

"혹시 너, 나한테는 말 못한 불편한 진실 같은 거 알고 있었어?"

전분을 물에 개며 서우가 묻자 선비가 글쎄, 하고 운을 뗐다.

"너도 모르는 비밀을 나라고 알까. 하지만 제삼자의 눈으로 보면 당사자한텐 안 보이는 게 보이기도 하니까."

"이를테면?"

"이를테면 최희경이 누리는 유흥의 범위 같은 거? 늙은 부모님 간섭 없이 마음껏 놀고 싶어서 독립까지 한 남자가 과연 얼마나 건전할 수 있을지 신용이 안 가더라고."

서우는 왠지 스스로를 변명하고픈 마음이 들었다.

"오빠 눈이 참 맑잖아. 사람 눈을 보고 믿는 건 어리석은 일인가?"

"맞아, 눈 참 맑고 예쁘지. 그건 나도 인정. 근데 내가 너보다 이래저래 사람이랑 많이 부대꼈잖니. 보니까 그래. 티 없이 맑은 눈의 사기꾼도 있고, 파리 한 마리 못 죽일 것 같은 지순한 얼굴로 뒤에선 어마어마한 독종이 되는 경우도 있더라 이거야. 어디에나 예외가 있어. 믿음은 좋지만, 방심하지도 말라 이거지."

"…그러네. 난 방심한 나머지 맹신했나 봐."

조금 더 일찍 친구의 조언을 청할 걸 그랬다. 그러나 새삼 후회하기도 뭣한 게, 눈이 멀었을 때의 서우는 나쁜 예감 같은 건 손톱만큼도 못 느꼈다. 그저 자신을 둘러싼 세계에 지극히 만족해서는 보고 싶은 것만 보고 살았다.

학자가 되겠다는 사람이 정작 자기 인생에선 그렇게 시야가 협소했으니…. 봐야 할 것은 안 보고, 설혹 봤어도 모르고 지나가고.

'창피하다, 과거의 나야.'

한일자로 꾹 입을 다물며 서우는 두부를 확 팬에 부었다. 부서지지 않게 조심해도 모자랄 판에 박력을 발휘했으니 두부는 벌써부터 여기저기 균열이 가고 난리다. 당장 후회가 돼서 한숨을 푹 쉬는데, 선비가 다독다독 위로했다.

"그래도 믿었다가 배신당하는 게, 아무도 믿지 않아서 배신당할 일도 없는 것보다는 낫다고 봐. 그런 일을 겪으면서 사람 보는 눈도 기르는 거고. 툭 까놓고 말해서 믿은 쪽의 잘못이 1이라면 배신한 쪽은 99지. 안 그래?"

"확실히 위안이 되는 수친걸?"

서우는 빙그레 웃고 한동안 실리콘 주걱으로 음식을 뒤적였다. 적당하다 싶을 때 물을 붓기 시작하면서 그녀가 불쑥 말했다.

"나 다음 학기엔 휴학하고 알바를 좀 해볼까 봐."

"알바? 왜? 심란해서 공부가 안 될까 봐 그래?"

부스럭거리는 소리가 난다 싶더니 금세 선비가 옆에 와서 서우의 얼굴을 들여다보았다. 걱정스럽다고 이마에 적어 놓은 표정이었다.

"만날 책만 들입다 팔 게 아니라 세상 공부도 좀 해보려고 그런다, 왜? 겸사겸사 시야도 좀 넓히고."

"차라리 여행을 다니지 그래? 난 네가 구태여 힘든 일에 발을 담그는 건 반대야. 고생은 고생대로 하고, 시야는 오히려 바늘구멍만 해지는 부작용도 올 수 있어."

"여행도 좋지. 근데 가면 내가 땀 흘려 번 돈으로 갈래. 너처럼. 물론 너랑 같은 선에 두고 비교한다는 자체가 우습겠지만."

"당연하지! 나같이 초년복 박살 난 인생이 세상에 흔한 줄 아니. 백 년을 애써봐라, 날 따라오나."

제아무리 서글픈 말도 선비처럼 턱을 치켜들고 우쭐대면서 하면 당당한 자랑거리가 되기도 한다. 실제로 온전히 제 힘만으로 뚫고 왔기에, 그것은 '진짜'이다.

"정말 하겠다면 나도 나름 힘이 될 수 있을 거야. 하지만 우선은 좀 더 생각해봐. 당장 지금 기분으로 덜컥 결정하지 말고."

"그럴게."

잠시 물이 졸아들길 기다리며 뚜껑을 덮고 기다린다. 서우와 선비 둘 다 닫아놓은 뚜껑을 물끄러미 바라보며 보글보글 끓는 소리에 귀 기울였다.

"그래서 파혼을 결심한 이유는⋯."

선비가 조용히 꺼낸 말에 서우는 짧게 대답했다.

"여자가 있더라고."

"과연. 너도 아는 사람?"

"희경 오빠 동창."

"아는 얼굴이겠네. 뭐 대충 그림은 그려진다, 야. 주위에 사람이 워낙 많았어야지. 순순히 인정은 하고?"

눈살을 찌푸리며 서우는 쓰게 웃었다.

"인정은 하지. 아직 승복을 못할 뿐."

걸핏하면 걸려오는 전화와 메시지 폭탄. 당분간 차단해둘 참이다. 더불어 멀쩡한 집 두고 선비 빌라에 와서 지내고 있다.

"어른들도 다 아시는 거야?"

서우는 이틀 전에 핀란드로 출국한 할아버지와 줄리아를 떠올렸다. 길면 두 달 예정. 일단 가을에는 줄리아 병원 때문이라도 돌아올 것이다.

"두 분은 아직 모르셔. 저쪽 집은, 오빠가 먼저 말하는 게 나을 것 같아서 기다리고 있고."

"음…. 그러다 흐지부지 다시 붙어버리는 건…."

선비가 신음하듯 하는 말에 서우는 고개를 저었다. 그래도 선비의 얼굴에 의혹이 맴도는 걸, 서우는 친구의 눈을 쳐다보며 그럴 일 없다고 확고히 선언했다.

"날 유일하게 생각해주지 않는 사람, 나도 필요 없어."

"각오는 기특한데, 마음이란 게 각오대로 움직이나 어디."

서우는 한숨을 쉬며 싱크대 서랍장을 올려다보았다. 우연하게도 시선이 닿는 곳에 전에 살던 사람의 작품인지 빨간 장미 형상의 스티커가 붙어 있었다.

그 촌스러운 메타포가 서우를 조금 더 솔직한 쪽으로 이끌었다. 마음, 그녀의 마음이란 건 지금….

"그게, 순서가 좀 달라."

"순서?"

"각오를 세우고 애써 마음을 정리했다, 그런 게 아니거든. 마음은 어느 틈엔가 이미 달라져 있었어. 거기에 대한 온당한 해명을 붙일 겸 각오라는 형식을 세웠던 거지."

"다시 말해서… 명분? 최희경과 갈라설 명분을 그럴싸하게 정리한 것뿐이라고?"

내가 제대로 이해한 게 맞냐며 선비는 고개를 갸웃거렸다. 서우는 그 해석도 틀리지 않다고 인정했다. 선비는 못내 어리둥절한 얼굴을 했다.

"뭐야, 왜 이렇게 쿨해. 내가 아는 백설 맞아? 아니면 충격이 너무 커서 공주 때려치우고 눈의 여왕이 되기로 작심했어? 백설, 정신 차려, 나한테까지 강한 척 안 해도 돼."

이제 점차 걱정이 되는지 선비가 서우의 어깨를 잡고 흔들었다. 서우는 미소했다.

"강한 척하는 게 아니야. 정말로 마음이 바뀌었어."

"바뀌었다고 믿고 싶은 건 아니고?"

"말했잖아. 애쓰지 않았다니까? 그냥 흐름이 바뀌었을 뿐이야. 그나마 내가 노력한 게 있다면, 그 사실을 부정하는 걸 그만둔 정도?"

"으, 난 연애는 젬병이라 누가 좀 해독을 해줬으면 좋겠다!"

잘 참던 선비가 머리를 쥐어뜯으며 폭발했다. 친구의 악성 곱슬이 더 위태로워지기 전에 서우가 명쾌한 설명을 떠먹여줄 차례였다.

"나, 다른 사람이 눈에 들어오기 시작했어. 이제 이해가 돼?"

머리를 쥐어뜯던 그대로 선비가 얼음이 됐다. 보글보글, 보글보글, 마파두부가 끓고 있다. 바야흐로 전분을 조금씩 끼얹어줄 때였다.

새벽녘의 전화는 곧잘 사람을 놀라게 한다. 다행히 서우는 이제 막 얕은 잠이 들었을 때라 벨이 길게 울리기 전에 휴대폰을 확인했다.

2시가 훌쩍 넘은 시각. 액정에 뜬 T라는 이니셜을 보고 서우의 눈이 커졌다. 안방에 있는 선비는 잠이 안 올 것 같다고 투덜거리더니 지금은 조용했다. 그래도 혹시 몰라 조용히 일어나 미닫이를 열고 부엌방으로 자리를 옮겼다.

흐흠. 목을 가다듬고서야 조심스레 전화를 받았다.

"여보세요."

—엇! 받았다, 우리 공주님, 서우야아아—.

뜻밖에 희경의 어리광 섞인 목소리가 고막을 때렸다. 흠칫하며 재차 확인한 액정엔 여전히 T라는 문자가 선명했다. 그녀가 잘못 본 게 아니다.

—서우야, 서우야? 백서우, 전화 좀 받아라, 으응?

술에 듬뿍 절여진 희경의 목소리가 계속 흘러나왔다. 혹시 몰라 낯선 전화는 피했는데 결국 이렇게 붙들렸나, 하며 서우는 한숨을 쉬었다.

다시 휴대폰을 귀에 대니 희경의 목소리 너머로 왁자하게 오가는 사람들의 말소리가 들렸다. 음악 소리까지는 모르겠지만 대충 어디서 뭘 하고 있는지는 그림이 그려졌다. 조용히 칩거하며 제 행실을 돌아볼 거란 기대까진 안 했어도, 조금은 울적해 있지 않을까 했는데. 하기야 그 울적함마저도 사람들 속에서 푸는 게 최희경답긴 했다.

—서우야, 서우…. 얘 전화 끊었나 봐. 아닌데, 야, 태승아, 통화는 되는데 말소리가 안 들린다? 네 폰 고장났나 봐.

이렇게까지 다른 사람이랑 잘도 맞춰갈 수 있을 거라고 생각했다니. 아니지, 일방적으로 맞출 자신이 있었다고 봐야겠지. 그때는 그랬다.

—서우야, 오빠 아파. 오빠 아픈데 걱정 안 돼? 서우야, 내 말 듣고 있어?

히잉, 말도 안 하네. 나랑 이제 말도 하기 싫은 거야?

깊게 심호흡을 하고 서우가 입을 열었다.

"새벽에 전화해서 술주정하는 거 딱 질색이라고 했는데. 이젠 남의 휴대폰까지 빌려서 술주정을 해요?"

―아아아, 야단맞았어. 태승아, 서우가 나 야단쳤어. 그래도 말해주는 게 어디야. 서우야, 있지, 있지, 나 오늘 주차장에서 차 타다가 꿍하고 넘어져서 머리에 혹 났어. 지금도 만져보면 욱신욱신 아파.

"그렇게 머리가 아프단 사람이 이 시간까지 술 먹고 있는 거예요? 퍽도 많이 아프겠네요."

―진짜 아파. 나 병원에도 갔단 말이야. 근데 의사가 며칠 쉬면 나을 거라고 그냥 보내는 거 있지. 아니 내가 아파 죽겠다는데 지가 어떻게 알고 그냥 보내냐고. 나 진짜 머리도 아프고 가슴도 아프고… 만신창이나 다름없는데… 으허엉.

급기야 울음을 터뜨렸는지 통곡하는 소리를 들으며 서우는 이마를 짚었다. 자기애가 강한 사람은 자기 연민도 남들하고는 차원이 다르다고 해야 하나.

"오빠? 알았으니까 옆에 있는 사람 좀 바꿔줘요."

―없어. 나한테 누가 있다고 그래. 난 혼자야. 온 우주에 혼자라고. 흐엉엉.

"바꿔요, 좀. 오빠 얼마나 다쳤는지 물어보게."

―알았어. 태승아, 전화 받아봐.

약간의 시간을 두고 수화기 너머에서 태승의 목소리가 들려왔다. 묵직하게 끝이 뚝 떨어지는, "여보세요."에 서우는 저도 모르게 한숨을 쉬었다. 그리고 다시 정신을 붙잡아,

"통화 괜찮아요?"

하고 물었다. 태승은 복도에 나왔다고 대답했다. 서우는 냉장고 옆 벽에 기대어 할 말을 고민하다가 희경의 상태부터 물었다. 별로, 라고 태승이 끊어 말했다.

—병원에서 쫓아낸 거 보면 알 만하잖아. 신경 쓸 정도 아니야.

"신경 쓸 정도는 아닌데, 그쪽은 같이 어울려서 위로해주나 보네요?"

—불러내는 거 사양하고 안 나갔더니, 들이닥쳤어. 난들 별수 있어?

"어디요, 호텔방에요?"

—네, 짐작하시는 곳 맞습니다.

그의 맥없는 빈정거림에 서우는 지끈거리는 관자놀이를 눌렀다. 반사적으로 미안하다고 말할 뻔한 걸 겨우 삼킨 참이다.

"혼자 온 거 아닌 것 같은데."

—안 세어 봤는데 세어 볼까? 둘, 넷, 여섯… 여덟 명, 아니 아홉이겠네. 희경이까지.

"그쯤 되면 거절해야지 그걸 그냥 받아줘요?"

—비탄에 잠긴 최희경과 그 추종자들을 단칼에 쫓아 보냈어야 한단 말이지. 말로 하니까 참 쉽네. 그 쉬운 걸 내가 왜 못했지?

행간에 밴 쓴웃음이 서우에게도 물들었다.

"할 마음이 없었기 때문이겠죠. 휩쓸리지 않는 거 생각보다 간단해요. 나도 해냈으니까."

—아아, 그거 굉장하네… 라고 감탄이라도 해야 하나? 냉전 중이란 거 들었어. 희경이 표현대로라면 널 크게 실망시켰다지?

"우리가 냉전 중이라고 말했어요? 오빠가?"

—연락 안 받고, 안 만나주고. 너 화나니까 무섭다고 희경이가 상심해

282

있어.

서우는 언짢은 나머지 태승에게 날을 세웠다.

"그래서 그걸 그렇게 상냥하게 전하는 이유가 뭐예요? 오빠 상심하지 않게 얼른 마음 풀고 화해하라고 종용하는 거예요?"

—그거야 네 기분에 달렸지. 내가 뭐라고 종용까지 하겠어.

순간 빠직하고 머릿속에서 뭔가 선이 하나 끊어졌다. 서우는 심호흡을 하고 말했다.

"그게 당신 진심이에요?"

—내 진심이 여기서 왜 필요한데?

"왜냐니 그걸 몰라서—."

지나치게 끓어올랐다. 자각한 순간 다시 숨을 깨물어 누그러뜨리는 데 성공했다. 간신히.

또 끓어오르기 전에 서우는 지금 대화의 문제점을 간파했다. 전화로는 중요한 이야기를 할 수 없다. 다른 감각에게도 판단할 근거를 줘야 한다.

"정말 알고 싶으면 와서 직접 들어요. 곧장 오는 게 좋을 거예요. 날이 밝으면 말할 기분이 완전히 사라져버릴 것 같으니까."

다분히 억지에 가까운 요구를 던지고, 일방적으로 전화를 끊었다. 심지어 서우는 자신이 어디 있는지도 말해주지 않았다. 알지도 못하는 곳에 오라니 이만저만한 막무가내가 아니지만, 그럼에도 불구하고 와줬으면 하고 바라고 있다.

주르륵 벽에 기대어 주저앉으며 서우는 두 손에 얼굴을 묻었다.

"미쳤나 봐, 진짜."

스스로도 이해할 수 없는 일을 덜컥 저지르고, 심지어 후회도 하지 않고. 무엇보다 이 후련한 심정. 어라, 하고 정신을 차려보니 키득키득 웃고 있기까지 했다.

뭐 조금은 미친 게 사실이라고 치고 만약 그가 온다면, 정말로 온다면. 그도 분명 정상은 아닐 것이다.

"미쳤구나, 당신. 정말로 여길 왔어."

30분 조금 못 돼서 태승에게서 전화가 왔다. 밑에 와 있으니 내려오라는 말에 어딜 와 있다는 거냐고 물었더니 태승은 내다보면 알 거라고 말했다. 서우는 설마 하면서도 창가로 가서 아래를 내려다보았다. 그리고 빌라 앞의 가로등 옆에 서서 위를 올려다보던 태승과 눈이 마주쳤다.

발소리를 죽여가며 계단을 내려가는 서우의 심장이 세차게 고동쳤다. 그것은 가로등 옆에 서 있는 태승의 앞에 선 순간 최고조에 이르렀다.

"당장 오라고 한 게 누군데 그래."

눈을 가늘게 뜨고 부신 듯이 그녀를 바라보며 태승이 웃었다. 간격을 좁히면 심장 소리가 들릴까 봐 서우는 도리어 반보쯤 물러났다.

"올 줄 알았겠어요? 여기가 어딘 줄 알고."

말하고 보니 불쑥 의혹이 일어 서우의 표정이 굳어졌다.

"아니죠? 설마 나 모르게 위치추적 앱 같은 걸 깔아뒀다거나 하는 건⋯."

"아니야, 안심해. 나 그렇게까지 무도하진 않아."

약간 변수가 있는 말 같지만, 일단 액면 그대로 믿어본다. 하지만 그게 아니라면 더욱더 이상했다.

"그럼 어떻게 알고 왔어요?"

"집에 없다는 건 희경이한테 들어서 알고. 그렇다고 나처럼 호텔이나 모텔을 잡아 나와 있는 건 상상이 안 되고. 그럼 곱슬머리 친구네겠구나 했지."

타당한 추론에 고개를 끄덕이다가 서우는 다시 갸웃했다.

"그럼 그 친구네가 이 빌라라는 건?"

"기억 안 나? 이 빌라 계약해도 괜찮은 거냐고 희경이한테 등기부등본 보여줄 때 나도 그 자리에 있었어."

생각해보니 그런 일이 있었다. 1년 좀 넘었나? 본 중에 제일 괜찮긴 한데 빌라에 이것저것 걸린 게 많아서 선비가 계약을 망설이고 있을 때, 서우가 내가 알아볼게 하며 등기부등본을 받아갔다. 그것을 희경에게 전했다.

물론 희경이 확인한 게 아니라 회사 법무팀 쪽에 슬쩍 검토를 부탁한 것이다. 희경이 휴대폰으로 등기부등본을 찍어 보내고 얼마 안 되어 이 정도면 깨끗하다고 답변이 와서, 그 길로 선비는 집 계약을 했다.

"그걸 여태 기억하고 있었단 말이에요?"

서우가 놀라 물으니 희경이 피식 웃었다.

"뭐가 더 신기한데? 내가 기억하는 거? 아니면 희경이가 기억 못 하는 거?"

뜻밖의 지적에 서우는 말문이 막혔다. 희경이 내처 말했다.

"이 친구 집에 있을 거라고 희경이도 짐작은 해. 근데 어딘질 모르겠대. 전화번호도 저장 안 해놨다며 자기 발등을 찍으려고 하더라. 퍽도 이상하지? 너한테 친구가 많은 것도 아니고 곱슬머리 친구가 누가 뭐래도 단짝인데."

"선비예요."

"응?"

"친구 이름이요. 선비라고요."

"아아, 알아. 도선비잖아. 이름 들었을 때 쟤는 나중에 도선사가 되려나 했었지."

멀뚱히 태승을 쳐다보던 서우가 마침내 픽 하고 실소했다.

"설마 지금 그걸 농담이라고….'"

"아니, 진심이었는데."

"그게 더 코미디네. 행여 나중에 만나도 그런 소리 하지 말아요. 이름으로 놀리는 거 질색하니까. 그리고 타고난 맥주병이라 도선사 같은 건 꿈에 지나지 않고요."

"아, 동지였구나."

"동지?"

"여기 맥주병 하나 추가."

태승이 본인을 지목하는 걸 보고 서우의 눈이 동그래졌다.

"맥주병? 상상이 안 가는데. 운동 잘하지 않아요?"

"잘해. 물에서 하는 거 빼고 다."

그가 짐짓 뻐기는 표정을 짓는 바람에 서우는 웃고 말았다. 그러다 툭 뺨에 물방울이 떨어져서 위를 올려다보았다. 연달아 툭, 툭, 얼굴에 찬 기운이 떨어졌다.

"아침부터 비 올 거라더니 하늘이 급했나 보네. 차에 가서 이야기할래? 이 근처에 댈 데 없어서 저 아래 세워뒀어."

"그래요."

태승의 제안을 받아들여 걸음을 떼어놓은 길. 얼마 안 되는 거리였지만 금세 빗발이 굵어지는 기세가 만만치 않았다. 덥석 태승이 그녀의 손을 잡아 인적 없는 골목길을 달음질쳐 내려가는 것에 서우도 열심히 보조를 맞췄다.

이윽고 차 안에 뛰어들어간 둘은, 쏴아아 하고 본격적으로 차 지붕을 난타하는 빗소리를 들으며 서로를 돌아보았다. 왠지 모르게 웃음이 났다.

"까딱하면 저 비를 다 맞을 뻔했네요."

"그러게. 근데 그래도 좀 맞았다. 잠깐 있어 봐."

글러브박스에서 포켓티슈를 꺼낸 태승이 잔뜩 뽑아서 서우의 머리며 얼굴의 빗물을 훔쳐 주었다. 내가 하겠다고 사양하려던 손을, 서우는 허공중에서 가만히 감아쥐고 무릎 위에 내려놓았다. 대신 눈을 감고 그의 손길에 몸을 맡겼다.

다독다독 살갗을 건드리던 부드러운 감촉이 조금씩 느려지는 것에 반비례하듯 태승의 숨소리가 크게 들려왔다. 마침내 턱 언저리에서 멈춘 손이 바르르 떨리나 싶더니 이내 멀어져갔다.

천천히 눈을 뜬 서우는 정작 그 자신은 아무렇게나 건성으로 물기를 훔치고 있는 태승 때문에 웃음을 깨물었다. 흐릿한 실내등 불빛에도 불구하고 그의 귓바퀴가 빨갛게 물든 건 환히 보여서, 자꾸만 입가가 풀어지려 했다.

"참, 상처 괜찮아요? 아까처럼 뛰면 안 되지 않나?"

짐짓 모른 체하며 서우가 묻자 태승은 괜찮다고 대답했다.

"겉은 거의 아물었어. 그 정도 뛰었다고 다시 터질 염려는 없어."

"아무래도 흉은 남겠죠?"

"남겠지 아마."

"안 남았으면 좋겠어."

"없앨까? 거슬리면 없애고."

"당신 의견은요? 그거, 안 거슬려요?"

서우는 힐긋 그의 옆구리를 쳐다보며 물었다. 태승은 단순히 이번에 생긴 흉터 이야기가 아님을 깨달았는지 표정이 묘해졌다.

"이건 말하자면 차용증 같은 거라서… 흉하다 어쩌다 생각해본 적이 없어."

"이제라도 생각해볼 수 있잖아요. 3초 안에 대답해봐요. 그거, 싫지 않아요?"

"굳이 말하자면 싫어. 그렇지만 없애진 않을 거야. 이건 내 초심을 일깨우는 곰쓸개 같은 거라서."

"'와신상담' 할 때의 그 쓸개?"

"맞아. 사람이 힘이 없으면, 그야말로 몸뚱이라도 팔아서 딛고 올라설 발판을 만들어야 한다는 쓰디쓴 증명이지. 내버려둘 거야. 못내 절망스러운 때에도 이걸 보면 사치스러운 고민을 하고 있구나 싶어서 정신이 번쩍 들거든."

서우를 보는 태승의 눈에 잔잔한 웃음이 떠올랐다.

"더 견딜 힘이 생겨. 멀리 바라보고 호흡을 길게 할 각오도 다시 다질 수 있고."

"한창 현재진행형인 이야기로 들리네요. 어머니랑 동생 문제는 그럭저럭 해결된 걸로 아는데, 아직도 절망할 일이 있어요?"

그녀의 지적에 태승은 잠자코 웃을 뿐 가타부타 말하지 않았다. 서우는 거기에 대해 더 말하고 싶었지만, 태승이 한발 빨리 화제를 가져갔다.

"희경이랑 싸웠다는 거, 그 여자 일이지?"

"미주알고주알 털어놓을 줄 알았는데, 오빠가 그 이야긴 안 했나 봐요?"

"그냥 너무 자만하고 있다가 들켰다는 식으로 말하기에 아, 그거구나 했지. 어머니 병환 이야기도 들었어. 희경이더러 본가에 들어가라고 했다며."

"그랬죠. 근데 본가는커녕 술독에…. 아무리 철이 없어도 우선순위는 판단하겠거니 했는데."

서우는 설레설레 고개를 저으며 한숨을 쉬었다. 태승이 흥미롭다는 듯 말했다.

"자못 냉정하게 말하네. 희경이가 풀죽은 게 과장이 아니었구나."

당연하죠. 우린 애초에 단순히 싸운 수준이 아니니까. 서우는 허전한 목덜미를 만지작거렸다. 희경의 미적거림은 예상 못 한 바가 아니다. 희경이 서우의 결정을 그대로 깔고 뭉갤 요량이라면 그녀에게도 따로 생각이 있다.

하지만 희경의 일과 태승은 별개의 문제였다. 서우는 태승에게 가기 위해 희경을 잘라낸 게 아니다. 희경의 손을 놓았으니 태승의 손을 잡을 수도 있다는, 여지가 생겼을 뿐이다.

결정적인 행동 없이 언제까지고 관망만 하는 남자에게 먼저 여기 내 마음이 있습니다, 하고 들춰 보일 생각은 없었다. 고리타분하다고 해도 좋다. 두 번째 사랑만큼은 타는 듯한 갈망 앞에 자신을 내던지고 싶다는 그녀의 바람은, 이기적인 만큼 솔직했다.

은근한 눈빛과 무수한 암시로 이루어지는 느린 사랑에도 정취는 있으리라. 그러나 지금의 서우에게는 아니었다. 가슴을 태우고 있는 불길의 먹이가 될 만한 기름진 제물이, 그녀는 목말랐다.

'그것이 당신이었으면 하지만.'

노골적으로 유도할 뜻은 없다. 한 번이라도 좋으니 당신이 먼저, 이빨을 드러내 날 빼앗겠다는 각오 정도는 보여줘야 해.

그래서 파혼 이야기는 결코 꺼내지 않았다. 그저 핵심을 비껴간 주제를 건성으로 건드렸다.

"당연하죠. 사랑이니 바람이니 지금 그딴 게 문제겠어요. 어머니에게만 온 신경을 집중해도 부족할 판에."

"희경이 입장에서 보면 무턱대고 그럴 수만도 없지. 당장 네가 이렇게 달라져 버렸잖아. 늘 사이가 좋았던 만큼 타격이 클 거야. 너희들 애초에 싸움이란 걸 해보긴 했어?"

서우는 한 번도 한 적 없다고 순순히 인정했다.

"우린 평생 싸움다운 싸움 없이도 살 수 있었을 거예요. 오빠한테 맞춰 줄 자신 있었거든요. 오빠가 날 배신하지 않았다면, 언제까지고 오빠가 내 유일한 사랑이라는 환상에서 깨지 않고 온 정성을 다했겠죠. 알다시피 내 판타지는 산산이 깨졌어요. 오빠가 나 때문에 많이 괴로워하나요? 그러라고 해요. 하나도 불쌍하지 않아."

"…희경이 녀석, 세상 끝난 것처럼 요란을 떨기에 오버하지 말라고 타박했는데. 내가 잘못한 것 같아."

태승의 반성에 서우가 피식 웃으며 그를 돌아보았다.

"그럼 돌아가서 사과라도 하지 그래요? 내친김에 상냥하게 위로도 하고 격려도 해줘요. 다시 분발해서 서우한테 용서를 받으라고."

"기분 풀어주려고 애쓰는 어릿광대는 많던데 뭘. 나까지 안 거들어도 충분할 거야."

태승은 덤덤히 말하고선 슥 시선을 피하며 말을 이었다.

"안 그래도 그런 말은 했어. 마음이 깊은 만큼 화가 난 것도 당연하다고. 일의 경중을 모르진 않을 테니 쉽게 용서받으리라는 기대는 말라고. 희경이도 그 말은 납득하는 것 같더라."

"위로하려고 애쓴 건 알겠는데… 핀트가 좀 엇나갔다고 생각 안 해요?"

서우의 물음에 태승의 눈이 다시 그녀에게 향했다. 나직이 "어떤 면에서?"라고 묻는 말에 서우는 어깨를 으쓱했다.

"모른다면 어쩔 수 없고."

"말해줘. 여기까지 오면 말해주겠다고 했잖아."

"내가요? 글쎄, 내 기억으론 그런 뜻으로 나온 말이 아닌 줄 아는데. 나는 분명 그게 당신 진심이냐고 물었고—."

"나는 내 진심이 여기서 왜 필요하냐고 물었지."

잊은 건 아니었군, 하는 뜻으로 서우가 눈썹을 치켜올렸다. 태승은 입이 탄지 마른 입술을 혀로 훔치고서 말했다.

"아직도 내 속내가 궁금해?"

"말해주게요?"

"왜 알고 싶은지 말해주면, 나도 말할 기분이 들지도 모르지."

으레 말해주겠다도 아니고, 말할 기분이 들지도 모른단다. 별안간 흥이 확 깨진 것처럼 서우 안에서 뭔가가 식었다. 그녀는 주먹을 쥐었다 폈다 하며 저 밑바닥부터 찰찰 차고 올라오는 냉기에 몸을 맡겼다.

"그냥 그땐 그게 궁금했어요. 근데 지금은 딱히."

서우가 심드렁하게 대꾸하자 태승은 말문이 막힌 듯 한동안 빠르게 눈만 깜박거렸다.

"그게 전부야? 그때는 궁금했는데 지금은 아니다?"

"그렇다니까요?"

"단순히 변덕을 부렸다는 말을 나더러 믿으라고?"

"왜 못 믿어요? 내가 그렇다고 인정하잖아요."

전면 유리 너머로 쏟아지는 세찬 빗줄기를 응시하며 서우는 신랄하게 말했다.

"설마 진짜 올 줄 알았겠어요? 짜증난 김에 아무렇게나 던져본 말을 두고, 정말 실행할 줄은 몰랐죠."

"변덕에, 생각 없이 지껄인 말에. 백서우답지 않은 일을 고루고루 다 했네?"

태승의 반응은 무시했다. 서우는 제 할 말에만 집중했다.

"괜히 수고스럽게 한 점은 미안해요. 하지만 그쪽 잘못도 있어요. 애초에 오빠가 부탁한다고 해서, 나한테 전화를 걸지 말았어야죠. 잠 잘 자다가 억지로 깬 사람한테 뭐 대단한 걸 바라요?"

"아아, 기가 막히는군."

태승이 크게 한숨을 쉬며 한탄했다.

"한쪽은 느닷없이 들이닥쳐서 끝도 없이 하소연을 늘어놓고 있고, 다른 한쪽은 중재를 못한 탓이라며 심술을 부리고 있고. 나 졸지에 고래 싸움에 등 터진 새우 꼴이 된 거지?"

"그러게요. 딱하기도 하지."

메마른 동정을 표시하고 서우는 앉은 자세를 고치며 혹시 예비 우산 없느냐고 물었다.

"뒷좌석 아래에 굴러다니는 게 하나 있을 거야."

대답은 하면서도 태승은 찾아줄 생각은 하지 않았다. 피곤해지기라도 했는지 눈썹 위를 문지르는 그에게서 시선을 돌려 서우가 뒷좌석을 돌아보았다. 시트 아래의 어딘가를 찾아 헤매던 그녀의 시선을 정작 엉뚱한 것이 붙들었다.

텅 빈 좌석을 당당히 차지한 장미 세 송이. 미묘하게 색도 모양도 다른 장미를 개별 포장해서 리본으로 한데 묶었다. 멋모르는 사람이 보고 다 같은 붉은 장미라고 착각할 법도 한 세 꽃송이의 연맹이었다.

"아직도 내가 말한 장미를 찾고 있나 봐요?"

"한 번 꽂히면 집요하다고 말한 것 같은데, 내가?"

"보고가 뜸해져서 단념했나 보다 했죠."

"벌써 단념하면 집요 운운할 필요가 없지."

태승이 힐긋 뒷좌석의 장미를 돌아보았다.

"굳이 널 귀찮게 하지 않아도 되겠다는 생각을 했어. 대중적으로 유통되는 빨간 장미 품종이 많으면 얼마나 많겠어? 기회 있을 때마다 보고 눈에 익혀두면 그중 하나는 네가 말한 장미겠지."

"사면에 그물을 펼치겠다 이거군요. 적중률은 포기할망정, 언젠가 하나는 걸릴 거라고…."

"좀 무식한 수법이긴 하지."

손을 뻗어 태승은 뒷좌석의 장미다발을 가져왔다. 세 송이밖에 안 돼도 하나하나가 풍성한 볼륨을 자랑해서 초라하다는 느낌은 없었다. 그런 것을 슥 서우의 눈앞에 디밀고 물었다.

"혹시 이 중에 있나?"

서우는 물끄러미 꽃송이 하나하나를 눈에 담고 말했다.

"더 환한 곳에서 봤으면 좋았을 텐데. 하지만 없는 것 같아요. 내가 말한 장미랑은 느낌이 달라요."

"그런가. 유감이군. 뭐 큰 기대는 하지 않았으니까."

고개를 끄덕이며 장미를 들여다보던 태승이 다시 서우에게 꽃을 내밀었다.

"그래도 또 모르니까 가져가서 볼래? 네 말대로 여긴 좀 침침하잖아."

"어렵지 않죠."

서우는 선선히 받아들고 조심스레 비닐 포장을 다듬었다. 옆에서 그 모습을 지켜보던 태승이 불쑥 말했다.

"확실히 빨간 장미가 더 잘 어울리는구나."

"그렇게 봐서 그래요. 내가 노란 장미를 좋아한다고 했으면 그땐 또 말이 달라졌을 걸요?"

"그랬을까?"

"틀림없다니까요."

서우의 장담에도 태승은 반신반의하는 눈치였다. 꽃과 그녀를 번갈아가며 바라보는 눈빛이 더할 나위 없이 진지해졌다.

그 눈빛의 무게를 덜어낼 겸 서우는 본래 주제로 돌아가 뒷좌석의 우산을 찾는 데 노력했다. 좀처럼 보이지 않아서 우산이 정말 있긴 한 거냐고 묻자 태승은 트렁크에 있는 모양이라고 김을 뺐다.

"퍽도 일찍 말해주네요. 사람이 열심히 찾는 거 보면서. 왜요? 누구한테 연락 왔어요?"

태승이 휴대폰을 만지작거리고 있는 걸 보고 서우가 물었다. 그는 고개를 저으며 "사진." 하고 말했다.

"사진?"

"꽃 찍어놓으려고. 데이터는 확실히 등록해야지."

제법 본격적이네 하고 서우가 놀라거나 말거나 태승은 장미 하나하나를 사진으로 남겼다. 그리고 바로 찍은 사진을 확인하며 아쉬운 듯 중얼거렸다.

"이 오퍼스는 나름 기대가 컸는데."

"오퍼스? 어떤 거요?"

귀에 설지 않은 장미 품종을 듣고 서우가 관심을 보였다.

"이거. 흑적색 장미 중에서도 최상급이라고 해서 내심 이게 아닐까 했거든."

"음, 꽤 비슷한 느낌이 있긴 한데…."

사진을 보느라고 잠시 둘의 머리가 가까워졌다. 비스듬히 기울어졌던 얼굴에서 서우는 시선만 살짝 들었다.

"자세히 좀 봐도 돼요?"

태승은 크게 고개를 끄덕이고 휴대폰을 그녀에게 맡겼다. 서우는 비단 그 사진에 그치지 않고 슬라이드 해가며 다른 사진들도 구경했다. 갖가지 빨간 장미들의 경연장. 개중엔 서우도 낯설어서 이런 장미도 있네 하고 찬찬히 들여다본 것도 있었다.

"역시 없어?"

잠자코 휴대폰을 돌려주니 태승이 물었다. 서우는 고개를 저었다.

"잘해 봐요."

이젠 정말 가야겠다고 그녀가 우산 없이라도 차에서 내리려는 것을, 태승이 기다리라고 하고 먼저 내렸다. 과연 트렁크에 우산이 있었던지 잠시 후 태승이 우산을 쓰고 조수석 문을 열어주었다.

"어차피 내린 김에 빌라까지 데려다줄게."

"그래요, 그럼."

세찬 빗발에 넉넉한 장우산도 맥을 못 춘다. 게다가 서우에게 우산을 기울여주느라 태승의 왼쪽 반신이 고스란히 비에 노출된 것을 보고, 서우가 그의 팔을 잡으며 바투 다가섰다. 그렇게 꼭 붙어서도 들치는 비는 어쩔 수 없었다.

"정말 하늘에 구멍이라도 난 것처럼… 내리네요."

서우의 감상은 문득 그녀의 어깨를 끌어당기는 손 때문에 조금 흔들렸다. 태승이 우산을 고쳐 쥐고 그녀의 어깨에 팔을 둘렀던 것이다. 말없이 올려다보니 "젖잖아." 하고 그가 중얼거렸다. 정작 자신은 우산을 쓴 보람이 없으면서.

"경호원 알바한 적 있어요?"

"아니. 안 해봤는데. 갑자기 그건 왜?"

"지금 꼭 그거 같아서요. 클라이언트에게 우산 씌워주고 밀착 경호하는 경호원. 아예 그냥 옆으로 물러서서 우산만 씌워주지 그래요?"

"아⋯."

뒤늦게 그가 겸연쩍어하며 우산 속으로 좀 더 들어왔지만, 경호 모드는 크게 나아진 것이 없지 싶다. 서우가 나지막이 한숨을 쉬었다.

"당신 분명 동생한테 자상한 형이었을 거야."

"내가? 글쎄⋯."

"말해 봐요, 동생한테 잘해 줬죠?"

"묵묵히 해야 할 일만 했어. 표현이 서툴렀거든. 지금도 크게 나아진 건 없지만."

"확실히, 크게 나아진 건 없어 보이네요."

서우의 중얼거림에 태승이 빤히 쳐다보다가 고개를 돌렸다. 발치를 내려다보며 그는 침묵했고 서우도 달리 입을 열지 않았다. 사방을 두들기는 빗소리가 엄연한데도 묘하게 조용하게 느껴지는 길을 자박자박 걸어 올라갔다.

빌라 입구에 이르러 서우가 우산 속에서 빠져나오며 그만 가라고 인사하는데 태승이 머뭇머뭇 말을 꺼냈다.

"다음 주에 세부 가는 거⋯ 희경이가 같이 가자고 권하던데. 내가 끼면 아무래도 불편하겠지?"

"나는 상관없어요. 어차피 안 갈 거니까."

태승의 눈이 살짝 벌어졌다.

"희경이네 가족여행을 빠지겠다고? 아무리 다퉜어도 그건 좀, 경솔하지 않나? 어른들 눈도 있는데."

"그건 내가 알아서 할 거예요. 오빠에게 맡겨뒀다간 죽도 밥도 안 될 게 거의 확실하고."

"결심은 확고한 거야? 안 가는 쪽으로?"

서우는 장미를 쳐다보며 대꾸했다.

"오빠랑 다 이야기된 일이에요. 오빠는 이번 기회에 원치 않는 일도 받아들이는 법을 배워야 할 거예요."

"버릇을 고쳐주겠다는 거네."

옅게 웃으며 중얼거리는 태승의 목소리가 자칫 빗발에 묻힐 만큼 나직했다. 서우가 물끄러미 바라보자 그가 이해한다는 듯 고개를 끄덕였다.

"충격요법치고는 나쁘지 않아. 희경이도 저렇게 당황해서 어쩔 줄 몰라 하는 걸 보면, 뭔가 달라지는 게 있겠지. 그래야 할 거야. 안 그래? 너한테 그렇게 큰 상처를 입혔으니."

"두고 보면 알겠죠."

아무 기대도 없다. 스스로도 놀라울 만큼 희경의 미래가 막연하고 멀게만 느껴졌다. 어느 정도 남아서 질척거리던 감정의 찌꺼기도 희경이 지은의 '아기'에 대해 입에 담는 순간 거짓말처럼 사라졌다. 마치 그 순간 그를 '다른 여자의 남자'라고 선을 그어버린 것처럼.

이제는 최희경이 궁금하지 않다. 그 대신 희경에게 쏟던 에너지의 상당 부분이 여기 눈앞에 서 있는 남자에게로 방향을 틀었음을 인정한다.

"호텔로 돌아갈 건가요?"

"가야겠지? 여전히 그 법석을 떨고 있을지 모르겠네."

"같이 왔다는 사람들…. 팔각 멤버도 꽤 있어요?"

"유지은이 왔는지 궁금해? 그 여자라면 없어."

"당신 좋아하는 그 여자는 어때요?"

"날 좋아하는 여자? 누구?"

떠보는 말인 줄 알았는데 정말 태승의 표정이 전혀 모르겠단 얼굴이라 서우는 웃고 말았다.

"후보자가 너무 많아서 헷갈리는 거예요? 홍세린 씨 말고 또 누가 있나 보네."

"아, 그 여자."

노골적으로 시들한 목소리였다. 오긴 했는데 별말 안 했다고 하면서, 태승은 퍽 둔감한 소릴 지껄였다.

"내가 반응이 없으니 그 여자도 식었겠지. 자존심이 없는 사람도 아닌데 여태 관심 가질 일이 있겠어?"

자존심이 높은 사람이라 더더욱 문제라는 걸 왜 모를까. 그들은 원하는 것을 갖는 것에 너무도 익숙하다. 때문에 그 반대상황이 오면 좀처럼 믿지 못하는 것이다. 내가 원하는데, 이건 왜 내 손에 들어오지 않는 거지? 그 불가사의 앞에서 그들의 행동력이 더욱 고무될 수 있다는 것을, 태승이 짐작도 못 한다는 게 믿기지가 않았다.

"공연히 헛수고시킨 게 미안해서 충고 하나 할게요."

서우가 입을 열자 태승이 고개를 끄덕였다.

"내가 당신이라면 그녀랑 둘이서 어울리게 되는 상황은 피할 거예요. 그래도 피치 못할 자리가 만들어지면 그때는 태도를 확실히 할 거고요. 거절이란 말의 개념은 알아도 그게 남의 이야긴 줄만 아는 사람은, 희경 오빠만이 아니거든요."

"…유념할게."

약간의 말미를 두고 태승이 대답했다. 조금 더 확실한 암시를 줄 걸 그랬나? 떨떠름한 기분으로 돌아서는 서우를 태승이 불러 세웠다.

"서우야, 잠깐만."

"왜요?"

"혹시 너…."

"혹시 뭐요?"

조금 다그치듯 대꾸한 것 같아 입을 다물고 가만히 기다렸지만, 태승은 입술만 몇 번 들썩이다가 아무것도 아니라고 고개를 저었다. 결국 서우는 태승을 뒤로하고 안으로 걸음을 옮겼다. 4층에 이르러 복도의 창문으로 아래를 내려다보니 여전히 거기 서 있는 태승이 눈에 들어왔다.

"답답이."

투덜거림 반, 한숨 반. 조심스레 현관문을 열고 집 안으로 들어가는데 불쑥 주방에서 선비가 머리를 내밀어서 깜짝 놀랐다.

"놀래라. 안 잤어?"

"갈증 나서 깼어."

손에 든 우유를 흔들며 선비가 물었다.

"오밤중에 어디 갔다 와? 편의점? 잉, 웬 꽃이야?"

"주웠어."

"주웠다고?"

서우가 곧장 욕실로 가서 젖은 발을 샤워기로 씻으려니 뒤따라온 선비가 문간에 기대어 우유를 마시며 갸우뚱거렸다.

"주워온 꽃처럼 안 보이는데…. 야, 이실직고해. 최희경이지? 꽃 세 송이 들고 온 게 딱 최희경 삘이네."

"꽃 세 송이가 어쨌다고 그래?"

조금 언짢아져서 묻는 말에 선비가 "아, 모르나?" 한다.

"내가 이벤트 시즌이면 꽃장사 알바도 했잖아. 그래서 꽃말이라든가 꽃 송이 수의 의미 따위를 꿰고 있거든. 뭐가 됐든 돈이 되는 건 기억이 오래

가지."

꽃송이 수에도 의미가 있다니 금시초문이다. 세상엔 참 번거로운 지식이 많다고 생각하면서도 세면대에 넣어놓은 장미를 보는 서우의 눈에는 호기심이 반짝였다.

"그래서 세 송이 의미는 뭔데?"

"세 송이는…. 아니, 잠깐. 질문은 내가 먼저 했거든? 누가 준 거야? 진짜 최희경이야? 꽃을 받았다는 건 설마 다시 잘 해보겠다는 의미야? 야, 그 인간 너 두고 지 여사친이랑 바람피웠어! 그것도 너도 빤히 아는 여자랑 그 짓을 했다고!"

길길이 뛸 기세인 선비에게, 서우는 단호하게 손을 뻗어 그런 거 아니라고 잘라 말했다.

"그 사람 아니야."

"아니면? 어… 설마?"

"그래, 그 설마야. 그 왕답답이가 줬어."

"왕답답이인 거야?!"

과하게 놀라는 선비 때문에 서우는 쓴웃음을 지었다. 영양가 없는 소리만 잔뜩 늘어놓고, 결국 만나서 한 게 뭐지? 답답해 빠진 건 피차일반이었다.

"이 새벽에 빗길을 뚫고 와서 장미를 선물하는 남자라니, 돈키호테랑 막 상막하인 것 같은데. 그런데도 왕답답이라. 이미지가 상상이 안 가네."

"선물 같은 거 아니야. 그냥 자기 보려고 산 거 어쩌다 내가 갖게 된 거지."

"그래? 다 늦게 꽃시장을 다녀온 모양이네. 뭔가 이미지가 더 복잡해졌어."

"그런 건 아니고…."

미리 사둔 걸 거야, 라고 말하려던 서우는 문득 걸리는 게 있어 말끝을 흐렸다. 이제 보니 세면대에 넣어둔 장미꽃이 하나같이 싱싱했다.

새삼 다발을 들어 올려 요리조리 뜯어본다. 여름 날씨에 차 뒷좌석에서 한동안 방치된 꽃이라면 이렇게까지 쌩쌩할 수는 없지 않을까? 꼭 여기 오는 길에 갓 사온 마냥 세 송이 모두 싱그러운 것이….

"그래서 꽃 세 송이의 뜻은 뭐야?"

"아, 그게 말이지, 꽃 세 송이는…."

이실직고의 대가로 자그마한 잡학을 전수받았다. 너무도 귀에 콱 박히는 말에 조금 놀라긴 했다. 하지만 이내 피식 웃고 고개를 저었다.

"그런 뜻 같은 거 전혀 모를 사람이야."

"그래?"

"그래."

"에이, 재미없게 됐네."

맥이 빠졌는지 우유갑을 세워 마지막 한 방울까지 탈탈 털어 마신 선비가 욕실 문간에서 사라졌다. 터벅터벅 멀어져가는 발소리를 들으며 서우는 물끄러미 꽃을 보다가, 다시 고개를 저었다.

"설마."

장미 세 송이는 플라스틱 머그컵을 둥지 삼아 거실의 작은 커피테이블 위에 자리잡았다. 그리곤 소파에 누워 잠을 청하는 서우를 교묘하게 훼방 놓곤 했다.

꽃의 의미 따위는 아무래도 상관없다. 그저 며칠 만에 본 태승의 얼굴이 그 위로 어른거렸을 뿐이다.

잠시라도 봐서 좋았다.

그런 생각의 한편으로, 너무 짧게 봐서 도리어 감질난다고 투덜대는 큰 목소리가 있었다.

'이래서 사진이 필요한 건가.'

전전반측하며 여름의 짧은 밤이 지나가고 있었다.

25
추락

다음날 정오 즈음하여, 내일이 칠석이고 하니 와서 정찬을 함께하지 않겠느냐는 송 여사의 전화가 왔다. 온 김에 하룻밤 묵고 가면 더 좋겠다고도 하신다. 평소와 전혀 다를 바 없는 목소리에, 서우는 희경이 아무 말도 하지 않았음을 확신했다.

"오늘 찾아뵙고 싶은데 괜찮으실까요? 뵙고 드릴 말씀이 있어요."

—오늘도 보게? 그럼 나야 좋지.

전화를 끊고 서우는 잠시 현실에서 도피하고 싶은 충동을 강하게 느꼈다. 그때 그녀의 눈에 들어온 게 예의 장미꽃 세 송이였다.

"똑바로 걸어가는 수밖에 없어."

꽃을 보며 다짐을 확인했다. 자신은 희경과 함께 걸어가던 레일에서 이탈했다. 돌아보면 그 분기점이 아직 선명히 보일지도 모르지만, 돌아볼 생각 자체가 없다.

그 점을 송 여사에게도 분명히 전해야 할 것이다. 자상한 노부인의 상심은 그녀의 다정한 아들에게 맡기고.

서우는 책을 덮고 소파에서 일어났다. 이제 집에 돌아갈 때였다.

그날 밤 서우는 일찍 잠자리에 들었다. 각오했던 것보다 더 힘든 하루에 마음이 그만 탈진해버렸다. 쉽사리 잠도 오지 않아, 최 교수의 수면제 힘을 빌려 억지로 하루를 마감하기로 했다.

약효가 좋아서 거짓말처럼 깊게 잠들 수 있었다. 그러다 또 어제와 비슷한 시간 즈음하여 전화벨 소리에 눈을 떴다. 약 때문인지 머리뿐만 아니라 온몸이 무거운 것을 겨우 일으켜 휴대폰을 확인했다.

"홍세린?"

뜻밖의 이름에 아주 조금 시야가 트였다. 어제는 태승이더니 오늘은 이 여잔가? 희경의 사주가 분명하지 싶어 전화를 무시할 생각도 해봤다.

그러나 오후에 송 여사를 만나고 온 일을 떠올리고 마음을 바꿨다. 아직도 희경이 쓸데없는 희망 같은 걸 품고 있다면 모질게 부숴줘야 한다. 기꺼이 자근자근 밟아 주리라.

"여보세요, 세린 씨?"

—아아, 이제야 받네. 정말 내가 얼마나 전화한 줄 알아요?

다짜고짜 들려오는 큰 음성에 서우는 움찔했다.

"자고 있었거든요. 전화 못 받은 건 유감이지만 지금 시각이….."

—일어났으면 얼른 건너와요. 아무튼 큰일났으니까!

어디로 건너오란 거지? 큰일은 또 뭐고? 아직 잠이 덜 깬 머리로 멀뚱대고 있으려니, 세린의 기차 화통을 삶아 먹은 듯 큰 목소리가 서우의 고막을 두들겨댔다.

—희경이가 한강에 빠졌다고요! 붙잡고 실랑이하던 태승 씨도 덩달아 빠지고—. 아악, 돌겠다, 진짜. 이게 웬 난리야!

급기야 세린이 울음을 터뜨리는 가운데, 서우의 손에서 주르륵 휴대폰이 미끄러졌다.

희경은 해도 떨어지지 않았을 때부터 시작해서 폭음을 했다고 한다. 별 안간 답답증을 내며 술집을 옮겨 다닌 것만도 세 차례. 새벽 1시가 넘어 또 그의 답답증이 도졌다. 이번엔 바다가 보고 싶다고 그렇게 사람을 들볶았단다.

'바다는 그렇고, 한강이라도 데려갈까?'

술자리의 누군가가 그런 의견을 냈고 다들 좋은 의견이라며 뜻을 모았다. 아, 마땅찮아 한 사람이 한 명 있긴 했다. 홍청망청 고주망태가 되어 가는 사람들 속에서 홀로 술은 입에도 대지 않고 파수꾼 노릇을 하던 이, 주태승.

그러나 사람은 단체가 되면 멍청해진다. 하물며 모두 취했을 때 홀로 취하지 않은 한 명은 도리어 상멍청이로 몰린다. 좋은 생각이 아니라고 주변을 설득하려던 태승의 의견은 깔끔히 묵살되었다.

다들 우르르 일어나 한강으로 향했다. 하나둘 빠지고 늘어나기를 거듭하던 술친구들이 열 명 가까이 되는 상황이었다. 이동한 차량만도 넉 대. 희경을 위로하려던 취지는 까맣게 잊고 다들 홍청거리는 분위기였다.

그렇게 마포대교를 지나고 있을 때, 희경이 욕지기를 호소했다. 태승이 갓길에 차를 대고 희경을 부축해서 내렸다. 세린도 따라 내렸다가 희경이 토하는 모습을 보고 도로 차로 들어갔다. 다른 일행들은 먼저 가 있으라고 보낸 상태였다.

한바탕 토한 희경은 그제야 한강이 눈에 들어왔는지 한동안 우두망찰해 있었다. 그리고 느닷없이 죽고 싶다며 다리 난간을 붙들고 강에 뛰어들 것처럼 굴었다. 물론 태승이 옆에서 뜯어말렸다.

요 며칠 죽고 싶단 소리를 입에 달고 살아서 저러다 말겠거니, 세린은 생각했단다. 그러나 5분이 지나고 10분이 지나도 이어지는 실랑이에 세린도 슬며시 술이 깼다.

차에서 내려 그녀도 희경을 달래는데 한 손 보태려 했다. 그런데 정말 뭐에 홀린 것처럼 희경이 날뛰는 것에는 그만 기가 질려버렸다.

'죽을 거야, 죽을 거야, 나 같은 놈은 죽어야 해!'

옆에서 뭐라고 해도 들리지 않는 듯, 악을 써대며 똑같은 말만 거듭했다. 기운도 장난이 아니라 태승도 간신히 붙들고 있는 것처럼 보였다.

'애들더러 다시 오라고 할까요?'

'차라리 신고를 해요!'

'신고?'

태승의 외침에 세린은 순간 어리둥절해졌다. 그러나 태승이 '경찰이든 뭐든!' 하고 다그치는 말에 번쩍 정신이 들었다. 조수석으로 돌아간 세린은 휴대폰을 들었지만, 신고 번호가 얼른 떠오르지 않았다. 그러니까 그게… 하고 몇 번 헛손질만 하다 차창 밖으로 머리를 내밀어 전화번호 좀 불러달라고 말했다.

기가 막힌 얼굴로 태승이 그녀를 돌아보았다. 그 순간, 가까스로 붙들고 있던 술 취한 짐승이 그의 손아귀를 빠져나갔다. 난간 너머로 희경의 모습이 어른대다 사라졌다.

잠시 세상이 멈춘 것 같았던 몇 초.

직후에 태승도 훌쩍 난간을 뛰어넘었다.

멍하니 쳐다보던 세린이 마침내 차에서 뛰어나와 난간 아래를 내려다보았을 땐, 두 사람처럼 보이는 시커먼 덩어리가 저 멀리 물살에 쓸려 떠내려가는 게 보일 따름이었다.

세린은 그때가 되어서야 119번호를 기억해냈다. 신고 시각 1시 47분. 서우와 통화가 된 시각은 2시 3분이었다.

서우는 무슨 정신으로 한강둔치까지 운전을 해서 갔는지 전혀 기억에 없다. 아무튼 잠옷 바람으로 서우가 몰려 있는 사람들 사이에 뛰어들어갔을 땐, 마침 희경이 구조된 참이었다.

수영이라면 자면서도 할 수 있다는 자랑이 허언이 아닐 만큼 물개나 다름없는 사람이다. 그럼에도 불구하고 그는 거의 탈진하여 덜덜덜 떨면서 연신 물을 토해냈다.

물에 빠지고서 40여 분 만에 구조됐다. 여름이라고 해도 해가 진 후의 강물은 만만히 볼 수 없다. 하물며 그 전날 폭우가 내린 시점, 그것도 밤이다. 물도 불고 수온도 뚝 떨어진 한강에 뛰어들다니, 죽으려고 작정한 미친 짓이었다.

"태승이는? 태승이는 어디 갔어? 태승이가 계속 나 잡아주고 있었는데…."

경황이 없는 중에도 두리번거리며 태승을 찾는 희경을 구조대가 들것에 실어 구급차로 옮겼다. 세린이 따라 타라고 하는 것을 서우는 꼼짝도 하지 않았다. 그녀의 시선은 강물에 못 박혀 있었다.

마포대교에서 떨어진 사람이 여기까지 떠내려올 동안의 시간. 용케 희경은 구조라도 됐다. 태승은 어디로 갔을까? 수영도 못한다는 사람이 대체 어디에 있는 거지?

구조대를 실은 보트는 아래쪽으로 향하고 있다. 그러나 이 넓은 강물을 감당하기엔 보트의 수가 끔찍하도록 적다. 두 사람이 물에 빠졌다. 그런데 그 두 사람 모두에게 기적이 일어날 확률은….

순간 망연자실하여 비틀거리는 서우를 세린이 붙들었다. 얼마나 울었는지 눈이 퉁퉁 부은 세린이 틀림없이 찾을 거라며 몇 번이고 말했다.

"찾아요? 어떻게 찾아요? 수영도 못하는 사람을."

"태승 씨 수영 못해요? 하지만 아까 희경이가 그랬잖아요, 태승 씨가 자기 붙잡아 주고 있었다고."

"뭔가 착각하는 거겠죠. 오빠 진탕 취했다면서요. 취한 사람이, 헛소리하는 거예요. 그 사람 수영 못해요. 못한댔어요. 운동 엄청 잘하게 생긴 사람이 맥주병이라기에 얼마나 웃었는데요…."

멍하니 중얼거리노라니, 별안간 눈이 훅 달아오르며 눈물이 터져 나왔다. 고장이라도 난 것처럼 줄줄 흘러내리는 눈물이, 아직 확인되지 않은 비극에 대한 암시 같았다.

죽었다, 그 사람이 죽었다.

죽기 전에 마지막으로 한 말이 뭐였더라?

아, 그러고 보니 장미, 고맙다고 인사도 못했는데.

그것만 못했나? 제대로 된 이야기는 하나도 하지 못했어.

그 사람은 몰라. 이젠 절대로 알 수가 없을 거야.

내가 그 사람을 사랑하기 시작했다는 거, 그 사람에 대해 더 많이 알고 싶었다는 거, 하나도 모르는 채로 죽어버렸어.

"멍청이… 왕답답이, 그 바보 등신!"

버럭 외치고 서우는 멀어져가는 보트를 따라 달리기 시작했다. 세린이 뒤따라 달리다가 숨이 차서 서우를 부르는 소리가 몇 번 들려오더니 이윽고 잠잠해졌다.

무작정 달렸다. 귓전을 두들기고 지나가는 바람 소리와 둥둥둥 북 치는 소리처럼 거센 심장고동에 떠밀리듯 뛰고 또 뛰었다. 그대로 폐가 터지거나 심장이 터지거나, 둘 중 무어라도 끝장이 나서 이 끔찍한 현실이 펑 하고 폭발하길 바라며 서우는 미친 듯이 내달렸다.

그러나 필사의 질주는, 갑작스러운 운동에 놀란 다리 근육이 경련을 하면서 바닥에 나뒹구는 걸로 끝났다. 겨우 일어나서 몸을 추슬러보니 넘어지면서 발목을 삐끗했는지 왼발에 불이라도 난 듯 통증이 일었다.

무시하고 다시 달리려고 했지만, 된통 아프기만 하고 힘은 제대로 들어가지 않는 발로는 절룩거리며 걷는 게 고작이었다. 고작 발목 좀 삐끗했을 뿐인데, 사람의 몸은 이렇게나 간사하다.

그러나 그 간사함조차 살아 있기에 누릴 수 있는 것.

서우는 줄줄 눈물을 흘리며 옆에서 흘러가는 강물을 쳐다보았다. 어딘가에 태승을 품고 있을 저 시커먼 물의 지옥.

만약, 아주 만약에라도 한량없는 자비를 베풀어 그 사람을 삼키지 않고 도로 토해내 준다면, 서우는 그 천 배, 만 배라도 지구에게 보답하겠다고 결심해 본다.

"···그러니까 돌려주세요. 돌려주세요, 저한테 돌려주세요. 제발 저한테, 돌려주세요."

눈물을 쏟고, 중얼중얼 외면서 미친 여자처럼 걸어갔다.

그로부터 20분 남짓 지나, 교각에 매달려 있는 태승을 구조대가 발견했다.

그는, 살아 있었다.

일주일 후.

희경에게서 전화가 왔다. 지금 공항이라고 했다.

—역시 안 오는 거지?

아직도 추스르지 못한 미련의 한 귀퉁이가 어른대는 질문. 서우는 창밖으로 보이는 녹음에서 책상 위의 무언가로 시선을 옮기며 말했다.

이제 잠시 후면 출발할 세부행 비행기표. 이틀 전에 소인도 무엇도 없이 봉투에 덜렁 들어 있는 걸, 우체통에서 발견했다. 아마 희경이 몰래 다녀간 것이리라.

"네, 안 가요."

─…그래. 그럴 거라고 생각했어. 그래도 전화해봤어, 마지막으로. 어머니도 은근히 그러란 눈치셨거든.

진실인지 핑계인지는 희경의 양심에 맡길 일이다. 서우가 파혼 의사를 알렸을 때, 송 여사는 못내 비통하고 유감스러워하면서도 서우의 뜻을 받아들여주었다.

'너처럼 진중한 아이가 그런 결정을 할 때엔, 얼마나 많은 고민을 했을지 사무치게 느낄 수 있구나. 미안하다, 아가. 미안하다, 서우야. 내가 아이를 너무 곱게만 키웠어.'

희미하게 비치는 눈물을 손수건으로 닦으면서, 그래도 꼭 한 번은 마음을 돌릴 수 없겠느냐 물었다.

'올겨울의 결혼은 미뤄도 좋으니까, 조금만 더 생각해보면 안 되겠니? 지금은 죽어도 용납 못 할 것 같은 일도 시간이 지나면 조금씩 무뎌진단다. 그동안 내가 틀림없이 희경이 그 아이 정신머리를 싹 뜯어 고쳐놓을 테니까, 나를 믿고 딱 한 번만 다시 생각해보렴, 응, 아가?'

그때가 가장 고비였다. 희경에 대해선 더 이상 단호할 수 없을 정도로 단단히 돌아선 마음이, 송 여사의 하소연에 갈피를 못 잡을 정도로 흔들렸다. 머리로 굳게 각오하고 온 바는, 노부인의 눈물 몇 방울에 형체가 위태로울 정도로 녹아내렸다.

그만큼 좋아했다. 희경의 부모님과 형제, 그들의 자녀에 이르기까지 좋아하는 사람이 참 많았다. 셋이서 단출하게 살았던 서우는 희경을 이루고 있는 복작거리는 가족들이 또한 그렇게 매력적이었더랬다. 그리하여 그 유쾌한 사람들 사이에 꼭 들어맞는 퍼즐로 동참하는 날을 손꼽아 기다렸지만….

'죄송합니다. 그렇게는 못할 것 같아요.'

겨우 그 말을 꺼내는 서우의 눈도 흠뻑 젖었다. 송 여사는 길게 한탄하고, 마침내 '그러니. 그렇구나.' 하고 고개를 끄덕였다. 그리고 더는 서우를 곤란하게 할 어떤 말도 하지 않았다.

돌아가는 서우를 대문까지 나와 배웅해 주면서도, 애써 웃으며 덤덤한 척해 주셨다. 깊게 머리 숙여 인사하고 돌아설 때, 서우는 또 눈물이 터지려는 것을 필사적으로 참았다.

정말 내 집이거니 하고 드나들었던 저택의 대문이 천천히 닫히는 모습을 사이드미러로 바라보며, 그제야 펑펑 울었다. 문은 닫히고, 그 안에 서우의 마음 한 조각도 남았다. 근 10년 가까이 키워온 소녀의 풋사랑과 함께.

차츰차츰 출발 시각이 다가오는 비행기표를 바라보며, 서우는 저택에 남겨두고 온 자신의 마음을 생각했다. 거기서 시나브로 풍화되어 가다가 언젠가 어여쁜 '추억'이라는 이름으로 포장되는 날이 오는 걸까?

잘 모르겠다. 적어도 지금의 서우는 그 지저분한 마감처리 때문에 그쪽으론 가능한 한 눈길도 주고 싶지 않았다.

"어머니는 이해하실 거예요. 오빠도 정신 바짝 차리고 어머니 챙겨드려요. 이번 여행에서 10년은 젊어지실 수 있게 재능 발휘 잘해 보라고요. 자신 있죠?"

─노력해야지.

"자신 있다고 대답할 줄 알았는데."

─네가 사정을 몰라서 그래. 엄마, 나한테 단단히 실망하셨단 말이야.

내 얼굴도 잘 안 보려고 해서.

"그런 걸 자업자득이라고 해요."

―으으….

서우의 냉담한 말에 희경이 길게 한숨을 쉬었다. 처량했다. 집 잃은 개처럼, 비 맞은 쥐처럼. 그 어느 쪽도 희경에게 어울리지 않아서 더, 초라했다.

"억울해하지 말고 어머니가 돌아봐주실 때까지 노력해요. 오래 걸리지 않을 거라는 거에 내 비틀을 걸게요. 누가 뭐래도 오빤, 눈에 넣어도 안 아픈 막둥이잖아요."

후려쳤던 만큼 살살 얼러준다. 아무래도 최희경을 철두철미하게 냉대하는 일은 서우에게 불가능하지 싶다.

그리고 그녀의 말은 단지 격려의 의미가 아니라 엄연한 사실이었다. 송 여사가 지금 잠시 희경을 냉대할망정, 그게 오래갈 리가 없다.

희경을 곱게 키운 자신을 탓할 때조차 송 여사에게 그는 '아이'였다. 때론 표현이 모든 것을 규정하기도 한다. 송 여사의 마음속에서 희경은 언제까지고, 너무 늦게 낳아 모유 한 번 제대로 못 먹여 키운 아픈 손가락일 것이다.

―…고마워. 나도 그렇게 믿고, 힘낼게.

슬슬 끝나가는 통화를 예감하며 서우는 조금 마음에 걸렸던 것을 묻기로 했다.

"지은 씨랑은 그 후로 이야기 좀 해봤어요?"

'그 후'라는 건 불과 며칠 전을 기점으로 한다. 한강에서의 소란이 있고서 사흘 남짓, 희경도 병원 신세를 졌다.

희경에게 화가 잔뜩 나 있던 서우가 마침내 마음을 고쳐먹고 사흘째 되던 날 병실을 찾아갔을 때, 거긴 먼저 와 있는 손님이 있었다. 유지은. 무슨 이야기 중이었는지 서우를 돌아보는 얼굴이 눈물범벅이었다.

서우가 나중에 다시 오겠다고 자리를 뜨려 했지만, 자리를 박차고 나온 지은이 병원 복도를 뛰어가는 쪽이 더 빨랐다. 서우는 물끄러미 그 뒷모습이 사라질 때까지 바라보다가 희경의 병실에 들어갔다.

형식적인 문병이었고, 희경 또한 딴생각에 빠져서 넋이 나갈 때가 많았다. 자리에 없는 지은의 존재가 유령처럼 맴돌고 있었다.

그런데도 두 사람 다 그 이야기는 피했다. 희경은 면목이 없었을 것이고 서우 또한 벌써 아무렇지 않게 지은의 일을 거론할 만큼 쿨한 편은 못 됐다.

그래도 병실을 떠날 때 최소한의 인정에 이끌려 희경에게 몇 마디 했다.

'결정이야 두 사람이 알아서 하겠지만, 그래도 너무 쉬운 쪽으로만 생각하지 않았으면 좋겠네요. 둘 다 어른이잖아요. 어디에 무게를 둘지 잘 판단해 봐요, 오빠.'

난감한 듯 희경은 아무 말도 못했다. 서우는 이게 오지랖일까, 아닐까 고민하며 한마디 더 보탰다.

'지은 씨, 플랫슈즈 신고 있던데. 봤어요?'

멍하니 쳐다보는 희경을 뒤로하고 서우는 병실을 떠났다.

그렇게 며칠이 지나갔다. 그리고 이제 조금 후면 영영 쓸모없어질 비행기표를 바라보며 서우는 희경의 대답을 기다리고 있다.

목을 가다듬는지 희경은 두세 번 헛기침을 했다. 이어서 짧게 한숨을 쉬고 말을 쏟아냈다.

—여행에서 돌아오면 지은이 찾아갈 거야. 나는 한 가지 제안을 할 거고, 그걸 지은이가 받아들이든 거절하든 전적으로 그 애 결정에 따를 거야.

어떤 제안인지 어렴풋이 짐작이 갔다. 서우는 피식 웃고 말했다.

"반지 사이즈는 이미 알 테니 내가 걱정할 건 없겠죠?"

—아….

"농담이에요. 그렇게 얼 거 없어. 나 오빠에게 앙심 같은 거 품을 만큼 한가한 사람 아니에요."

슬며시 거들먹거리자 그제야 어색하게 희경이 웃는 소리가 났다.

—알아, 너 좋은 여자인 거.

"맞아요, 나 좋은 여자예요. 더할 나위 없이 좋은 아내도 됐을 텐데, 오빠가 굴러들어온 복을 찼죠. 모쪼록 오빠의 운이 이 불행을 상쇄할 만큼 강력해야 할 텐데 말이에요."

—으으, 너 진짜 앙심 안 품은 거 맞아?

희경의 처량 맞은 물음에 서우는 가볍게 웃음을 터뜨렸다. 여행 즐겁게 다녀오라고 인사하고 전화를 끊고서도 그 웃음은 그녀의 입가와 눈가에 남아 반짝거렸다.

비행기표를 손에 들어 지긋이 쳐다보았다.

자, 이걸 어쩜? 가지 않은 길에 대한 상징 삼아서 다이어리에 곱게 끼워 남겨둘까? 언젠가 이 또한 추억으로 박제되지 말란 법도 없고?

그러나 서우의 선택은 표를 쥐고 천천히 양분하여 찢는 쪽이었다. 찢어진 표를 모아 다시 찢고, 또 찢기를 거듭하여 마침내 작은 종이 가루로 만들어 홱 공중으로 날렸다. 그리고 눈이라도 맞는 양 눈을 감고 뱅그르르 의자와 함께 돌았다.

"아, 지저분해졌어."

눈을 뜨자 영화와는 다른 현실이 기다리고 있었다. 너저분해진 방바닥을 치우기 위해 청소기를 가지러 가면서 서우는 벽시계를 쳐다보았다.

핀란드에 전화를 걸고 싶지만, 그쪽은 아직 아침 해도 안 떴을 때다. 선비는 이 시간이면 땜빵으로 들어온 야외수영장 안전요원 알바를 하고 있을 테고.

그럼 이야기할 만한 사람이 누가 남지?

청소기를 돌리며 슬쩍 휴대폰을 보는데 아까까진 없던 파란 불빛이 반짝거리고 있었다. 당장 책상 앞으로 가 메시지를 확인했다.

[나 오늘 퇴원해.]

씨익, 서우가 웃었다.

"네."

똑똑 노크하자 안에서 대답이 흘러나왔다.

"안녕. 즐거운 점심때가 돌아오나 봐요. 엘리베이터 앞에 웬건 행렬이 있었어요."

거침없이 병실로 들어가 탁자 위에 안고 온 종이 봉지를 내려놓는 서우를 태승이 멍하니 쳐다보았다. 서우는 부스럭거리며 봉지에서 샌드위치와 샐러드 용기, 포크 등을 꺼내 먹기 좋게 세팅했다. 그 후에 슥 고개를 들어 태승을 쳐다보자 그제야 그가 가볍게 실소했다.

"안 올 것처럼 말하더니."

"내가요? 그런 말 한 적 없는데?"

"짐 잘 챙겨서 집에 돌아가 푹 쉬라며?"

"푹 쉬어야죠. 푹 안 쉴 거예요?"

그녀의 반문에 태승이 졌다는 듯 두 손을 들다가 얼른 팔을 내렸다. 똑같이 팔을 들어도 오른손이 왼손보다 덜 올라간다. 다친 어깨가 아직 제대로 기능을 하지 않는 까닭이다. 두 팔 다 상태가 안 좋긴 했지만 특히 오른

쪽은 어깨 힘줄에 염증은 물론 부분파열까지 있어서 상황이 더 나빴다.

살기 위해 사력을 다했던 저 밤이 준 선물. 다행히 수술까지는 가지 않았지만 앞으로 몇 달은 약물치료며 물리치료를 병행해야 할 것이다.

아픈 것도 아픈 건데, 태승이 신경 쓰는 건 서우의 시선이었다. 사고가 난 다음다음 날과 또 그 이틀 뒤, 도합 두 번의 방문에서 서우는 그의 어깨를 보고 별안간 수도꼭지를 튼 것처럼 눈물을 뚝뚝 흘렸던 것이다. 당황한 태승이 허둥지둥 달래려고 들면 또 언제 그랬냐는 듯 눈물을 그쳤지만, 그 짧고도 강렬한 낙루가 그에게 미친 영향은 컸다.

"발은 이제 괜찮아졌어? 들어올 때 보니까 저는 것 같지 않던데."

얼른 화제를 돌리려고 태승이 그녀의 발을 보며 물었다. 서우는 여봐란 듯이 납작한 샌들을 신은 다리를 들어 올려 까딱까딱 발을 흔들었다.

"여기 오기 전에 마사지도 받고 왔어요. 한 이틀만 더 주의하면, 마라톤에 나가도 끄떡없을 거래요."

"정말 실력이 좋은 분이신가 보네."

"그렇다니까요. 거기 수습생이 어지간한 정형외과 의사보다 나을 걸요? 그러니 당신 어깨도 걱정 말아요."

애써 돌린 화제가 그렇게 다시 어깨 문제로 돌아갔다. 때마침 점심식사라며 병실 문을 노크하는 소리가 나서 태승은 얼른 식판을 받으러 갔다.

"마지막 병원 밥이네요. 감개가 무량하겠어요?"

"감개까진 아니지만 다신 볼 일이 없었으면 싶긴 해."

태승은 목을 움켜쥐는 시늉을 하며 눈알을 굴렸다.

"이렇게 맛없을 수 있다니. 이 정도면 숫제 고문이야, 고문."

"언제는 먹을 만하다더니."

"세뇌를 한 거지. 하지만 이제 끝이잖아?"

태승이 씩 웃자 서우도 희미하게 웃고, 가져온 샌드위치 한 조각을 그의 식판에 놓아 주었다.

"자, 포상으로 염분으로 충만한 햄샌드위치를 줄게요. 급하게 만들어서 내 원래 실력은 안 나왔지만요."

당장 태승이 샌드위치를 들어 반을 덥석 베어 물었다. 그리고 눈을 감고 음미하며 길게 신음했다.

"기가 막히게 맛있어. 아, 새삼 살아 있는 게 너무 기뻐."

"오버하지는 말고요."

서우는 손을 내젓고 샌드위치를 먹었다. 한동안 식사에 집중하느라 조용해진 병실 안. 서우는 음식물을 꼭꼭 씹는 중에도 말끄러미 태승을 쳐다보았다.

그가 어떤 모습으로 구조되었는지, 그녀는 알지 못했다. 무작정 발을 끌며 걷던 그 어느 때에 세린에게서 그를 찾았다는 전화를 받고, 그만 탈진하듯 주저앉아 버렸다. 살아 있고, 의식도 있다는 말을 듣고 엎드려 엉엉 소리 내어 울었던 기억이 아주 먼 옛날의 일처럼 아득하다.

차츰 정신을 추슬러서 병원으로 가려고 하다가 뒤늦게 엉망이 된 자신의 꼴이 눈에 들어왔다. 흰 잠옷은 흙투성이에, 신고 있는 슬리퍼도 한쪽뿐이었다. 이 꼴로는 아무 데도 못 가지. 그런 생각을 할 여유가 생긴 기쁨을 만끽하며 그녀는 집으로 돌아갔다. 그리고 행색을 재정비하여 병원으로 향했다.

두 남자가 같은 병원에 있었다. 희경에 비해 태승의 저체온증 정도가 더 심하긴 했지만, 생명에 지장이 있을 정도는 아니라는 이야길 들었다. 아침 7시 즈음해서 태승도 일반 병실로 올라간 걸 확인하고 서우는 병원을 떠났다.

어느 쪽도 직접 가서 보지는 않았다. 그러니 둘은 그녀가 거기 있었다는 걸 모를 수도 있다. 그 점에 서운해한다고 해도 상관없다. 두 남자가 회복하려고 치열하게 싸우고 있었던 것처럼, 그녀도 쇼크로 너덜너덜해진 정신을 추스르려면 혼자여야만 했다.

태승을 찾아가는 데는 그러고도 또 하루가 필요했다. 사실 그 전날 저녁에 찾아갔는데 세린이 좀처럼 떠날 생각을 하지 않아서 결국 포기하고 돌아서야 했다.

다음날 찾아가니 병실에 태승 혼자였다.

'누구 또 올 사람 없어요?'

문간에 선 채로 저도 모르게 뾰족하게 물었더니,

'아무도 없어.'

라며 태승이 고개를 저었다. 그래도 서우가 주저하는 것을 태승이 다가와 안으로 잡아끌었다.

'올 사람 없어. 희경이도 아까 다녀갔고. 그 녀석 벌써 쌩쌩해졌더라. 봤어?'

'몰라요, 그런 바보.'

'…다리는 왜 그래? 다쳤어?'

'지금 내 걱정할 때에요? 어깨 좀 봐요.'

어깨를 보려고 했을 뿐인데, 환자복을 걷어내자 훨씬 끔찍한 광경이 기다리고 있었다. 그의 흰 살갗을 캔버스로 형편없는 예술가가 전위예술이라도 펼친 양 온통 생채기며 울긋불긋한 멍투성이였다.

'보기만 이렇지, 흔한 타박상이야. 며칠 쉬면 깨끗이 나을 거야.'

그가 서둘러 변명했지만 서우의 눈물샘이 그만 제멋대로 풀려버린 뒤였다.

'서우야, 나 괜찮아, 정말로 별거—.'

'닥치고 가만있어요, 나도 그치려고 애쓰는 중이니까.'

터프한 서우가 튀어나와 그의 입을 다물렸다. 서우도 입술을 깨문 채 눈물을 그치려고 노력했다. 시간 자체는 얼마 안 됐지만, 눈물 흘리는 쪽이나 보는 쪽이나 까마득하게 긴 시간이었다.

그 시간이 지나자 창피해서 더는 있을 수 없었다. 허둥지둥 떠나는 그녀의 뒤에서 태승이 머뭇머뭇 한마디 물었다.

'파혼하자고 했다며?'

그녀는 가타부타 대답하지 않고 떠났다. 심술 같은 건 아니었다. 당장 그 순간엔 그 일에 대해 차분히 말할 여유가 없었던 것뿐.

마음을 다스리고—다스렸다고 믿고—찾아간 다음번 문병 때도 상황은 나아지지 않았다. 마침 태승이 물리치료 때문에 병실을 비운 때라, 서우는 물리치료실을 찾아가 몰래 그를 지켜보았다. 아픈 내색은 거의 하지 않았지만, 이를 앙다물고 비 오듯 땀을 흘리는 모습만 봐도 그가 참아내는 것의 무게가 짐작이 갔다.

처음보다 조금 더 길었던 문병. 아주 잠깐 서우가 울었고, 서로의 부상 경과에 대해 말했고, 병원식에 대한 짧은 담론을 펼쳤다. 조만간 퇴원할 것 같다는 태승의 말에 허가 나오면 연락하라고 하고 서우는 병실을 떠났다. 파혼의 '파'자도 꺼내지 않은 채.

시간을 내어 정성스레 그를 간병해줄 수도 있었지만 그러지 않았다. 1인실에서 홀로 보낸 며칠이 그에겐 유난히 길었을지도 모른다. 더없이 익숙하고 편한 집에 있었던 서우도 그랬으니까.

함께 있고 싶었다. 그러나 더 이상 아무 명분도 없이 서로가 함께인 것에 대해서, 생각해볼 때였다.

"…있잖아. 계속 그렇게 쳐다보니까 밥이 잘 안 넘어가."

문득 태승이 중얼거리는 말에 서우는 상념에서 깨어났다.

"아, 먹어요. 안 볼 테니까."

시선 때문에 밥도 잘 못 먹었다는 누구와 달리 서우는 어느새 샌드위치를 동냈다. 다음으로 샐러드를 먹으려고 뒤적거리면서 그녀가 물었다.

"갈아입고 갈 옷은 있어요? 따로 준비가 안 됐을 것 같은데."

"있어."

"병원 실려 올 때 입고 있었던 옷?"

"그건 다시 못 입지 싶은데."

고개를 절레절레 젓고 태승이 머뭇머뭇 말했다.

"사실 아까 희경이가 주고 갔어. 미리 챙겼어야 하는데 깜빡 늦었다고. 나 이제 최희경 생명의 은인이야. 나 보고 자기 목숨이라도 내어달라면 내어주겠대."

"허풍이에요. 너무 믿지 마요."

서우가 단호히 선을 긋자 태승이 싱겁게 웃었다.

"알아, 말이라도 재밌잖아. 하지만 조금은 마음의 짐을 덜었달까."

"마음의 짐 뭐요? 혹시 그거 나랑도 관계있는 건가?"

태승은 곤혹스러운 듯 눈을 내리깔았다. 서우가 쌩하니 쏘아붙였다.

"정말 나랑 관계있는 거라면 사뿐히 구겨서 쓰레기통에 처박아요. 하등 쓸데없는 선비정신 같은 거 발휘하지 말고."

"…하여간 나한테만 험하게 말한다니까."

태승의 투덜거림에 서우가 도끼눈을 치떴다.

"내가 얼마나 갈고닦은 인내심을 발휘하고 있는지 모르는군요. 머리끝까지 화난 걸, 아픈 사람이라서 꾹 참고 봐줬더니 고마운 줄을 몰라."

"참아줘서 고맙다고 해야 해? 애당초 왜 그렇게 화를 내는지 나는 잘….
태승의 말은 점점 무섭게 변하는 서우의 표정을 보고 꼬리가 잦아들었다. 꿀꺽, 마른침을 삼키고 태승이 더듬거리며 말했다.

"희, 회경일 구한 거잖아. 오, 옳은 일을 한 거야, 착한 일이기도 하고."

"그러다 당신이 죽기라도 했으면 세상 멍청한 바보짓이었을 거고요!"

"아, 안 죽었잖아."

"더럽게 운이 좋았을 뿐이에요! 애초에 맥주병이란 사람이 물에 뛰어들어요? 한강에? 술도 안 마셨다면서 대체 그게 무슨 객기예요!"

"그래도 생존수영 정도는 할 수 있으니까…."

"생존수영은 한강에 투신하는 멍청이한테 쓰라고 있는 게 아니에요! 거기 빠지면 수면에 떠오를 기회조차 못 잡고 죽을 수 있다는 걸 정말 몰랐단 말이에요?"

말할수록 분이 나서 귀까지 새빨개진 서우를, 태승이 멍하니 바라보다가 이윽고 고개를 떨구며 깊은 한숨을 쉬었다.

"생각할 겨를이 없었어. 걔 떨어지는 거 보는데…."

방황하던 그의 눈길이 그녀에게로 돌아왔다.

"네가 떠올라서. 무작정 어떻게든 붙잡아야 한다는 생각뿐이었어."

"…그러니까, 나를 위해 회경 오빠를 구하러 뛰어들었다고요?"

"사랑하잖아, 회경일. 그 지독한 일을 겪고도 끝내 침묵을 고수한 건…."

"고수하지 않았어요. 터뜨리고 파혼하자고 한 걸요. 어머니한테도 말씀드렸어요. 그러니까, 오빠 어머니요."

거기서 쓸쓸하게 서우는 머리를 내저었다.

"바로 그날 밤에 그런 일이 일어났죠. 정말, 회경 오빠가 잘못되기라도 했다면 나는 평생 죄인 아닌 죄인으로 살았을 거예요. 어쩜 그렇게 자기 생각밖에 못 할까. 하아."

"나는 병원에서 처음 들었어, 그 이야기. 그냥 심하게 다툰 정도로만 알고 있었어."

태승은 혀로 입술을 훔치고 가늘어진 눈으로 그녀를 응시했다. 모종의 초조함이 노골적으로 엿보였다.

"아주 결정한 거야? 아니면 희경이 버릇 고치려고? 그런 거라면 너무 끄는 건 좋지 않아. 아까 보니까 희경이 반은 체념한 눈치였어. 너 한 번 뱉은 말은 번복하는 법이 없다고 하면서."

희경이 그 점 하나는 서우를 잘 알고 있었다. 서우는 입술을 비쭉하고 식사나 마저 하라고 퉁명스레 말했다. 샐러드를 먹는 그녀를 보고 태승도 묵묵히 식사를 재개했지만, 이따금 그녀에게 던지는 시선은 전류라도 입힌 양 따끔따끔했다.

식사를 마쳤으니 본격적으로 퇴원 준비를 할 때였다. 거의 다 버리고 가면 될 것들이었지만, 십수 권의 책들은 별개의 문제. 하나같이 어쩌면 그리 두꺼운 책들뿐인지. 태승이 자기가 들 수 있다고 만류하는 것을, 서우도 쇼핑백 하나를 가득 채운 책을 품에 안고 나섰다.

"아주 제대로 휴가를 만끽하셨군요."

엘리베이터에 올라 서우가 빈정거리는 말에 태승이 그런 셈이라고 웃었다.

"희경이 어머님 비서분께 신세 좀 졌지. 신분증이며 카드 재발급 같은 것도 도맡아 처리해주시고."

고개를 갸웃하며 서우가 그를 돌아보았다.

"지갑 잃어버렸어요? 하지만 휴대폰은⋯."

"그건 차 안에 있었고. 지갑은 바지 뒷주머니에 있었거든. 목숨 건진 마당에 지갑 잃어버렸다고 울상을 해서야 안 되겠지만 말이야."

말로는 울상은 하지 않는다면서 씁쓸한 표정은 감추질 못했다.

"그러게요. 속상해할 게 따로 있지. 좀 좋은 지갑이었나?"

"피렌체 갔을 때 아웃렛에서 산 거였어. 아주 좋다고 말할 정도는 못 되겠지."

"그럼 그 안에 든 게 중요했나 봐요? 혹시 돈 많이 벌라고 영험한 부적 같은 거라도 넣어뒀어요?"

서우의 엉뚱한 추측에 태승이 피식 웃었다.

"뭐 일종의 부적이었다면 부적이고."

"뭔데요? 혹시 알아요? 내가 다시 구해줄 수 있을지. 말이나 해봐요, 뭔지."

태승이 그녀를 쳐다보았지만, 그 말에 대답하는 대신 고개를 저으며 침묵하는 쪽을 택했다. 정말이지 서우는 희경에게 넘쳐나는 경박한 면을 한 귀퉁이만 뚝 잘라 태승에게 갖다 붙여주고 싶어졌다.

주차장에 세워둔 차에 올라 호텔로 갈 건지 확인하자, 태승이 아파트를 입에 올렸다. 서우는 흥미를 느끼고 물었다.

"어머니랑 동생은 나간 거예요?"

"응, 둘이 같이 지낼 만한 병원을 찾았어. 한동안은 치료에 전념할 수 있겠지."

"멋지네요. 치료 잘 받고 어서 두 사람이 오붓하게 살게 되면 좋겠어요."

"조급해하지 않으려고. 느리더라도 확실하게 그 둘이 행복해질 방법을 모색할 거야."

"믿음직스럽네. 혹시 마음에 여유가 되면 나랑 의남매나 할래요? 오빠 대접 깍듯하게 해줄게."

태승이 표가 날 정도로 움찔하며 돌아보는 바람에 서우가 웃음을 터뜨렸다.

"농담이에요. 당신이나 나나 마인드가 그렇게 쿨한 편은 못 되지."

태승은 자세를 고쳐 앉으며 차창 밖을 응시했다. 진한 눈썹이 언짢은 듯 찌푸려져 있는 것을 서우가 곁눈질했다. 그래 봤자 이 정도 소소한 심술쯤은 전혀 미안하지 않았다.

그리고 미안하지 않은 자신에게 좀 놀랐다. 아까 태승도 언급한 것처럼, 이상하게 그에게는 스스럼없이 거친 면을 보여주게 된다. 솔직해진달지, 뻔뻔해진달지.

희경 앞에서 항상 예쁘게 웃으며 둥그런 부분만 골라 내밀었던 자신과는 사뭇 달랐다. 그때는 그렇게 하는 것이 '정성'이라고 생각했다. '예의'라고도 생각했다.

하지만 그건….

곰곰이 생각을 정리하다 보니 어느새 아파트가 코앞이다. 무심코 차량 방문증을 내밀고 주차장으로 들어가던 서우는, 이것도 이제 다시 발급받든지 반납하든지 해야겠다고 생각했다.

그런데 잠시 후, 그녀의 결정을 확실히 반납 쪽으로 기울게 하는 일이 생겼다.

"도어록이 바뀌었어…."

"비번이 바뀌었다고요?"

"번호가 아니라 도어록 자체가. 몸통이 아예 다른 거야."

태승의 말에 찬찬히 쳐다본 도어록이 과연 막 비닐을 벗겨 낸 듯한 신품처럼 보였다.

"당신은 전혀 모르는 일이고요?"

"몰라. 나 머리는 멀쩡하니까 그쪽은 걱정하지 마."

태승은 바로 관리사무소에 전화를 걸었다. 어쩐지 차분해 보이는 그의 표정에 서우는 이미 그가 짐작하는 게 있음을 깨달았다. 어떤 말을 들었는 지 통화 중에 그는 피식 웃기까지 했다.

"기껏 올라왔는데 다시 내려가야겠다."

"내려가는 건 상관없는데 이유나 듣고 내려가죠."

아파트 문을 한 번 담담히 쳐다보고 태승은 먼저 엘리베이터 쪽으로 걸음을 옮겼다. 올라왔던 그대로 멈춰 있던 엘리베이터를 열어 다시 안으로 들어가며 서우에게도 오라고 눈짓했다. 일단 올라타고 그를 쳐다보자, 태승은 슬쩍 구석으로 물러나며 이유를 말해주었다.

"며칠 전에 와서 짐을 뺐대. 나 이사 간다고 정산까지 다 마쳤다네."

"이사… 가요?"

"예정엔 없었지만 그래야겠지?"

태승은 씩 웃었지만 서우는 아연해서 저도 모르게 숨을 삼켰다.

"그거, 본가에서 그런 거죠? 혹시 집으로 불러들이시려고?"

"무릎 꿇고 살려달라고 읍소하길 기대하시는 거냐고? 그건 아닐 거야. 뭐 멀리 내다보면 그런 그림도 그리실지는 모르겠지만 당장엔 그냥, 비 오는 날에 개를 쫓아내는 기분? 뭐 그 정도 아닐까."

잠시 통화 좀 하겠다고 양해를 구하고 태승은 또 누군가에게 전화를 걸었다. 비서님 운운하는 게 역시 본가 쪽 인물인 듯했다. 부드러운 말씨로 딱 필요한 것만 묻고 얻어내는 방식이 너무 차분해서 조금도 당혹스러워 하는 사람 같지 않았다. 이것이 이 사람의 내력耐力일 거라고 서우는 생각했다.

"다행히 짐 버리지 않고 보관해두고 있대. 다 버렸다고 하면 조금 난감할 뻔했는데."

"다행이네요. 그럼 거기부터 들러볼까요?"

시원스러운 서우의 대꾸에 태승이 비로소 살짝 미간을 찌푸렸다.

"미안해. 고급인력을 기사로 부리기나 하고."

"말로만 미안해하지 말고 이따 맛있는 밥 사요."

마침 주차장에 다다라 엘리베이터에서 내리면서 서우는 방금 한 말을 정정했다.

"아 참, 그쪽 집도 절도 없이 붕 뜬 거 깜박했네요. 맛있는 밥은 킵해 둘 게요. 아니다, 컨테이너 가서 현물로 챙겨올까?"

"짐을 팔아서라도 밥은 사줄게."

"아, 근데 당신 차는요?"

"내 백마라면 견인당한 걸 왕실 마구간지기가 압수해갔다는 전갈입니다."

"압수? 그거 당신 힘으로 마련한 차잖아요. 얼른 쳐들어가서 찾아와요."

"지금 말씀이십니까?"

"못할 거 있나? 내가 같이 가줄게요."

씩씩한 서우를 내려다보는 태승의 표정이 무척이나 오묘했다. 그러다 끝내 푸후, 하고 웃음을 터뜨렸다.

"그 건은 제가 어떻게든 해결하겠습니다. 프린세스께서는 심려 마시길."

"도와준다는 데도 튕기네."

못마땅한 듯 새치름하게 쏘아봤지만, 태승의 심정도 이해가 가서 서우도 더는 고집하지 않았다. 대신 앙증맞은 비틀의 활약으로 오래잖아 보관 컨테이너에서 태승의 이삿짐과 마주하게 되었다. 책과 컴퓨터 등의 집기를 빼면 별것이 없어 퍽 단출했다. 그마저도 책 박스가 압도적.

326

"음, 이 기회에 책을 좀 정리해 보는 건….”

"알았어. 책 팔아서 밥 사줄게.”

"후훗, 꼭 그러란 건 아니고요.”

"한 번 정리해야지 하는 생각은 했어. 다시 보고 싶은 책이랑 소장하고 싶은 책 기준으로 분류하면 탈락할 책 수두룩해.”

"근데 여태 안 했잖아요.”

"보기만 해도 배불러서? 어릴 땐 읽고 싶은 책 마음껏 사보는 게 소원이었거든. 그 탓인가 서재가 책으로 그득그득하면 왠지 안심이 돼.”

"어떤 느낌인지 너무 잘 알 것 같아요.”

서우도 최 교수의 집에 처음 와서 본 할아버지의 서고와 당장 사랑에 빠졌다. 대학 들어가면서 굳이 별채로 나와 지낸 것도 자신만의 서고, 연구실을 꾸미겠다는 당찬 계획이 한몫했다.

"당신 그러고 보니까 내 서고 본 적 없죠? 이따 보여줄게요.”

서우가 자랑스럽게 말하자 태승이 웃으며 고개를 끄덕이다가 살짝 주춤했다.

"…이따가?”

자신이 제대로 이해했냐는 듯 확인하는 물음에 서우는 어깨를 으쓱했다.

"당장 갈 데 없잖아요? 또 호텔로 갈 거예요? 돈 좀 아껴 쓰죠? 여길 보아하니 카드며 용돈도 끊어버릴 분위긴데.”

썰렁한 창고 안을 둘러보며 서우는 더 직설적으로 캐물었다.

"말해봐요, 병원에 있는 동안 본가에서 누가 들여다보긴 했어요?”

태승은 고개를 저으며 “기대도 안 했어.” 하고 중얼거렸다. 그랬을 것이다. 그러니 병원에 있는 동안 아파트의 짐을 다 빼서 내친 이 폭거에도 마냥 덤덤할 수 있겠지.

"벌을 이런 식으로 줄 생각을 다 하고. 참 스케일도 크셔라."

"거기가 좀 그래. 누가 뭐래도 심술보 여왕님이 군림하고 계시니까."

"심술보 여왕님. 훗, 너무 고상한 거 아니에요? 나 같으면 그냥 심술마녀라고 하겠다. 조금 보태서 대왕심술마녀."

눈이 마주치자 어느 쪽이 먼저랄 것 없이 웃음이 터졌다. 창고를 나와 차로 향하는 태승의 발걸음도 한결 가뿐해 보였다.

"아파트 나와서 독립할 생각은 쭉 하고 있었어. 당장엔 더 급한 게 있어서 계획에는 한참 못 미치겠지만, 그래도 오롯이 내 터전을 찾을 생각을 하니 좀 들뜨게 되네. 나 철없어 보여?"

"전혀요. 철없다는 말은 그런 데다 쓰는 게 아니죠."

"친구 따라 한강에 뛰어드는 데에는 쓸 수 있고?"

"아~주 잘 알고 계십니다."

태승은 소리 내어 웃고 한동안 생각에 잠긴 얼굴로 차창 밖을 응시했다. 확실히 생각해야 할 게 많을 것이다. 그의 표정이 편안해 보여서 서우도 느긋하게 운전에 집중할 수 있었다.

어영부영 길에서 오후를 다 보내고 집으로 돌아왔다. 슬슬 노을이 지는 하늘을 뒤로하고 서우는 별채의 문을 열어 태승을 안으로 맞아들였다.

"저녁부터 먹고 손님방으로 데려다줄게요. 아, 혹시 피곤해요? 좀 쉬고 싶어요?"

"쉬는 것보다, 먼저 좀 씻고 싶은데…."

곤혹스러운 듯 태승이 목덜미의 땀을 훔쳤다.

"약 때문인지 요 며칠 유난히 땀이 나네. 냄새 많이 나지, 나?"

"글쎄, 난 잘 모르겠던데요."

어쩐지 묘하게 거리를 두고 있다 했더니 그런 게 신경 쓰였던 건가. 서우는 전혀 생각 못했던 일이다. 도리어 그의 언급에 체취를 의식해버려서 괜스레 심장 고동만 빨라졌다.

"아무튼 샤워하고 있어요. 할아버지 옷 입을 만한 거 가져다줄게요."

컨테이너에 중구난방으로 쌓아놓은 짐 때문에 여름옷을 결국 챙겨오지 못한 터였다. 태승을 1층에 있는 욕실 앞까지 데려다주고 서우가 돌아서려는데, 불쑥 그가 물었다.

"왜 이렇게 잘해줘?"

26
용감한 겁쟁이

힐긋 돌아보자 태승의 눈가에 예의 초조함이 넘실거렸다. 앙다문 입술에선, 궁금한 건 맞지만 이유를 듣는 건 무서워서 여태 주저한 흔적이 느껴졌다. 바라보자니 가슴이 아릿아릿한 것을 서우는 약간의 심술로 얼버무렸다.

"어려운 이웃을 만나, 덕을 쌓는 중이지요."

합장하며 눙치는 말에 그만 말문이 막혔던지 태승도 더는 붙잡지 않았다. 자리를 뜨며 서우는 속으로 타이밍이 나빴다고 태승을 나무랐다. 그럼 적당한 타이밍은 언제 오는 걸까, 스스로도 갸웃하긴 했지만.

손님방을 살펴보고 돌아와 오전에 끓여둔 죽을 데우고 식탁을 차리고 있자니 최 교수의 옷으로 갈아입은 태승이 주방으로 왔다. 최대한 여유 있는 소재를 찾다 주었건만 형이 동생 옷을 빌려 입은 듯 어색한 모양새에 웃음이 났다.

"메뉴가 뭐야? 굉장히 맛있는 냄새가 나."

놀릴까 봐 걱정됐는지 얼른 태승이 물었다.

"소고기 낙지죽이요."

"와아, 죽이다."

마음에도 없는 환호란 게 너무 티가 나서 서우가 웃었다.

"미안, 죽이 싫다는 게 아니라 병원식의 연장 같아서…."

"그 생각 안 한 거 아닌데, 편견을 버려요. 이건 우리 집 당당한 보양식 메뉴예요. 당신 병원에서 말복 지낸 게 불쌍해서 정성을 다해 끓였거든요? 맛있게 먹어요, 무조건."

"네, 정말 맛있게 먹겠습니다."

기합이 바짝 들어가서 거수경례까지 하며 대답하는 태승 때문에 서우는 또 웃음이 터졌다.

그리고 그녀의 강요가 아니었더라도, 소고기 낙지죽은 맛있었다. 괜히 서우네 집 보양식에 이름을 올리고 있는 게 아니란 걸 증명하듯 먹으면서 벌써 따뜻한 기운이 몽글몽글 전신에 퍼지는 느낌이었다. 한 그릇 더 청해서 맛있게 비우는 태승의 모습은 연기라고 보기엔 너무 뛰어났고 말이다.

"병원에서 절식한 바람에 위가 줄었나 봐. 기분 같아선 세 그릇도 먹겠는데."

"천천히 늘려가요. 당신 아직 환자 졸업한 게 아니란 거 잊지 말고요."

"이 보답을 어떻게 하지?"

"요리학원 다닌다면서요? 나한테 해줄 비장의 요리 없어요?"

"음… 너무 많은데."

"뭐야, 별안간 잘난 체하기 있어요?"

그녀의 야유에 태승이 배시시 웃었다. 그리고 이내 눈을 반짝이며 말했다.

"초계탕 좋아해? 내 입으로 말하긴 뭐하지만 어딜 가도 내 손으로 한 초계탕만 한 게 별로 없더라."

"아무래도 찬 음식이라 자주 먹진 않았어요. 하지만 그렇게 자신만만해 하니 조금 기대해 볼까요?"

"기대해. 멋지게 부응할 테니까."

"또, 또 잘난 체한다."

서우가 혀를 내둘러도 태승은 마냥 싱글거리다가 문득 제 오른손을 보며 시무룩해졌다.

"근데 조금 보조를 해줘야 할지도 몰라."

"할게요. 대신 레시피 훔쳐가도 눈감아주기."

"아, 얼마든지 훔쳐가. 어차피 음식은 손맛이지."

하여간 음식에 대한 태승의 자부심은 콘셉트인지 실제인지 판단하기 힘들었다. 여하튼 그의 새로운 면모가 싫지는 않았다. 꽤 재밌기도 하고.

식사 후에 태승이 지낼 방을 알려주었다. 안을 들여다본 태승은 도로 문을 닫고 서우의 서고가 궁금하다며 눈을 빛냈다. 기꺼이 서우는 그를 2층으로 이끌었다.

"여기예요. 내 서고이자 연구실."

두 개의 작은 방을 터서 하나로 만든 서고는 널찍하게 여유로워 보이지만 안에 들어오면 아늑하고 안정감이 느껴지는 공간이었다.

잘 짜인 삼나무 서가가 쭈르륵 벽을 아우르는 가운데, 문을 등지고 창문을 면하여 놓인 멋스러운 마호가니 책상은 엔티크풍의 이채를 발했다. 그 앞으로 깔린 차분한 상아색 카펫의 좌우에 크림색 패브릭 소파와 빨간 안락의자가 놓여 있다. 안락의자 자체도 포인트였지만 의자에서 마주 보이는 벽에 걸린 그림이 특히 눈길을 끈다.

"예쁘죠?"

태승의 눈길이 그림에 머문 것을 보고 서우가 말을 걸었다.

"델핀 엔졸라의 〈책읽는 여인〉 모사품이에요. 책에서 보고 첫눈에 반해서 내 서고에 꼭 걸어놓아야지 했어요."

19세기 부르주아 저택의 거실을 배경으로 붉은 드레스를 입은 여인이 책을 읽는 모습을 담은 그림. 화면 전체에 흐르는 은은한 붉은색 기조는 여인의 화사한 드레스에서 단연 절정을 이룬다.

"예쁘다. 널 닮은 게."

"나랑 닮았어요?"

의외의 말에 새삼 그림 속 여인을 쳐다보는 서우에게 태승이 당황한 얼굴로 중얼거렸다.

"머리가, 단발인 게…."

"나랑은 좀 다른데. 나도 아래에 컬을 줘서 말아볼까?"

갸웃거리며 머리를 만지고 있자니 태승이 서둘러 책장 앞으로 걸음을 옮겼다. 미리 말하지만 책 종류는 한정적이라고 변명한 서우는 뭐 이상한 건 없겠지 하고 재빨리 둘러보다가 뭔가 발견하고 꺼내 들었다.

"책 구경은 차차 하고, 이거 같이 볼래요?"

태승이 돌아보자 서우가 손에 든 큼직한 물건을 흔들었다.

"내 앨범이에요."

달려들듯 다가오는 태승 때문에 서우가 흠칫 놀랐다. 태승도 뒤늦게 그런 자신을 깨닫고선 짐짓 헛기침으로 얼버무렸다.

"내가 사진에 좀 관심이 많거든."

"그래요? 금시초문이지만 기억해 둘게요."

평정을 되찾은 서우가 먼저 소파에 가서 앉았다. 천천히 다가온 태승이 약간의 간격을 두고 옆에 앉았다.

첫 장을 펼치자 그녀의 침실에도 있는 가족사진이 등장했다. 잔뜩 표정이 얼어 있는 꼬마 서우와 한결 젊은 최 교수와 줄리아가 함께 한. 서우는 이게 가장 오래된 사진이라고 말했다.

"나 옛날 사진이 거의 없어요. 백일사진이며 돌사진 그런 거는 물론 초등학교 때까지의 사진이 전혀 없다시피 해요. 알다시피 어릴 적엔 누가 찍어줘야 그런 게 남잖아요. 그래서 없어요. 당신은요?"

"난 아예 앨범도 없는 걸 뭐."

"없어요? …방금 사진에 관심이 많다고 한 건 뭐였지? 환청이 들렸나?"

"없어서 관심이 많은 거야. 나한테는 없으니까."

웃으려고 한 말이었는데 태승의 진지한 답변에, 아, 정말 그럴 수도 있겠구나 싶어졌다. 서우는 앨범으로 눈길을 돌리며 말했다.

"관심만 갖지 말고 당신도 앨범 하나 마련해요. SNS 같은 것도 거의 안 하잖아요. 이렇게 사진이라도 남기지 않으면 나중엔 아무래도 아리송해져 버려요."

"딱히 남기고 싶었던 순간이 별로 없었어. 그렇지만 생각해볼게."

"앨범이 생기면 사진으로 찍고 싶은 순간이 생길 거예요. 앨범은 사진을 끌어당기니까. 웃지 말아요, 농담 아니야."

"믿겠습니다."

피식 웃고 태승은 다시금 사진 속에 빠져들 듯 집중했다. 서우는 조금씩 부끄러워졌다. 따로 목표가 있긴 했지만, 과거의 사진을 파노라마처럼 보여준다는 게 이렇게 부끄러움을 수반한 일일 줄은 몰랐다. 안쓰럽도록 경직된 제 어린 시절을 잘도 보여줄 생각을 했지, 참.

서둘러 앞부분을 넘겨나가자 그래도 점점 사진 속 표정이 좋아졌다. 그리고 웃는 얼굴이 자연스러워질 즈음부터 사진에 희경이 등장했다. 마침내는 주연이 누구인지 헷갈릴 만큼 사진마다 희경이 강한 존재감을 발하기에 이르렀다.

그중 하나, 서우네 가족과 희경, 넷이서 함께 찍은 사진을 가리키며 그녀가 말했다.

"내 표정 좋죠? 나 사실 이때부터 희경 오빠를 짝사랑했어요."

"그러게. 보이네, 사진에."

조금 쓸쓸하게 들리는 목소리에 서우는 고개를 돌리지 않고 서둘러 앨범을 넘겼다.

이즈음에 있지 않았나 하고 찾던 사진을 발견하고 서우가 또 가리켰다. 희경의 양평 본가에서 서우네 가족과 희경의 부모님, 희경까지 여섯이서 찍은 사진이다. 서우의 고등학교 입학을 축하해준다면서 송 여사가 열어준 가든파티의 흔적으로, 작정하고 찍은 게 아니라 우연히 한 프레임에 다 모여 있어서 재미난 사진이었다. 약혼식 사진을 빼면 이렇게 여섯만 있는 사진은 달리 없다.

"근데 내 짝사랑은 단순히 이게 아니라…."

서우는 희경의 얼굴 주위로 동그라미를 그렸다가, 다시 그녀를 뺀 나머지 다섯을 아울러 큰 동그라미를 그렸다.

"이만큼 갖고 싶은 욕심이었어요. 무슨 말인지 모르겠죠?"

그녀가 묻자 태승은 천천히 눈을 깜박였다.

"희경 오빠 아버지랑 우리 할아버지 사이에 얽힌 인연은 대충 알죠?"

"응. 두 분 다 종갓집 대를 잇기 위한 양자 후보였다고 들었어. 희경이 아버지로 결정됐지만, 그분은 최 교수님이 양보해 준 거라고 항상 고맙게 생각하셨다지 아마?"

고개를 끄덕이며 서우는 사진 속의 돈독해 보이는 두 어른들을 바라보았다.

"할아버지는 아니라고 말씀하시지만 그런 부분이 없잖아 있었을 거예요. 몰락했다고 해도 만석꾼 소리 듣던 최부잣집 종가였어요. 저택이며 선산만 해도 상당했죠. 그런데 회장님한텐 9명이나 되는 자식 건사할 마음에 아들이 꼭 양자가 되었으면 하는 부모님이 계셨던 반면, 우리 할아버지는 홀어머니도 재가하시고 고모 댁에서 더부살이하는 처지였대요. 더 절실한 쪽에 양보하는 거, 할아버지 성품을 보면 자연스러워요. 할아버지는 일 많은 종손 대신 영국에 유학 가서 하고 싶은 공부하는 쪽이 백번 좋았다고 하시지만요."

태승이 가만히 고개를 주억거렸다. 서우는 사진 위를 가볍게 쓸어 만지며 말했다.

"그런 인연이니까 우리 아이들이라도 좋은 인연으로 짝지어주면 오죽 좋겠냐고, 회장님께서 언젠가 말씀하시는 걸 우연히 들었어요. 할아버지는 그런 건 순리대로 흘러가게 두자며 웃으셨지만, 나한텐 그 말씀이 꼭 예언 같았어요. 내가 희경 오빠랑 결혼하면 할아버지가 오래전에 양보했던 것이 먼 길을 돌아 조금은 할아버지의 차지가 되는 게 아닐까, 그런 생각도 들었고요. 할아버지와 줄리아를 기쁘게 해드리고 싶었어요. 하다못해 제비도 박씨를 가져와서 은혜를 갚는데, 난 더 커다란 걸 해드려야 하는 거잖아요."

"제비라…. 그런 생각을 했구나."

턱을 받치며 태승은 나직이 중얼거렸다. 서우는 빙긋 웃고 재잘거렸다.

"제비도 제빈데, '은혜 갚은 까치' 이야기 알죠? 나, 예전엔 정말 그 정도의 사명감에 불탔거든요."

"은혜 갚은 까치라면, 선비한테 은혜 갚으려고 종을 머리로 때렸던…?"

"네."

"은혜 갚으려다 다 죽잖아?"

태승의 표정이 하도 볼만해서 서우는 웃음을 터뜨렸다. 어찌나 웃었는지 눈물까지 난 바람에, 눈꼬리를 훔치며 서우가 말했다.

"맞아요, 다 머리가 깨져서 죽어요. 동환데 참 결말이 무섭죠? 그래서 인상이 강하게 남았나 봐요. 은혜란 건 그 정도의 비장한 각오로 갚아야 하는구나 하고 어린 마음에 새길 만큼."

"감수성이 너무 발달했던 것 같은데. 나도 그 책 읽기는 했지만 그런 생각까지는…."

고개를 절레절레 짓는 태승에게서 사진으로 시선을 옮겨오며 서우는 폭한숨을 내쉬었다.

"아무튼 나는 그랬어요. 그런 각오가 희경 오빠를 보는 눈도 달라지게 했던 것 같아요. 원래 참 상냥한 오빠구나 하긴 했지만 그 순간을 기점으로 꼭 저 오빠랑 결혼해야지! 하고 불타올랐달까?"

"비장한 각오가 도발한 야망인가?"

"야망…. 맞아요, 야망이라고 할 수도 있겠네요. 분명 그때부터 희경 오빠랑 오빠네 가족들한테 잘 보이려고 마음을 썼어요. 나, 예전엔 낯가림이 무척 심했거든요. 희경 오빠네도 할아버지가 종종 데려가니까 가서 얌전히 있다 돌아오는 정도였는데, 거기서 더 나아가 적극적으로 친해지려고 노력한 거죠. 근데 안 하던 짓을 하려니 쉬울 리가 있나요. 지금 생각해보면 정말 아무것도 아닌 일에도 무던히 끙끙거리며 애를 썼어요. 희경 오빠네만 갔다 오면 애가 몸살이 나곤 해서 줄리아가 이상해할 정도였어요."

"어쩐지 알 것 같아. 나도…."

태승의 중얼거림에 서우가 그를 쳐다보았다. 괜한 소리를 했다 싶었던지 태승은 머쓱해하며 턱을 문질렀다.

"잠시 본가에 있을 때가 떠올랐어. 하나부터 열까지 안 맞는 곳이라 하루가 끝날 무렵엔 파김치가 되곤 했거든. 걸핏하면 몸살 기운이 있었지."

"기억나요. 당신 고등학교 때는 퍽 병약한 이미지였잖아요."

"에이, 병약까지는 아니다."

"정말인데? 빼빼 말라서 얼마나 창백했다고요."

"아아, 알았어. 그랬다고 치고, 네 이야기 마저 해줘."

"그랬다고 치긴 뭘, 사실인데."

서우는 입술을 비쭉거리면서 일단 하던 이야기로 복귀했다.

"하지만 그렇게 노력한 덕분에 내향적이던 성격이 꽤 밝아진 건 사실이에요. 다양한 연령대의 사람들과 어울리는 훈련이 됐다고 할까? 그리고 오빠를 정말 좋아하게 됐죠. 갖고 싶은 걸 자주 보면 욕심이란 게 저 혼자 가지를 쳐서 무성해지더라고요. 어떻게든 하루에 한 번은 오빠를 보려고 학교에서도 오빠가 있을 만한 곳을 찾아다니던 날들…. 부끄러우리만치 지극정성이었네요, 진짜."

한숨을 내쉰 서우가 문득 궁금해져서 태승에게 물었다.

"그래서 한동안 당신이랑도 거의 매일 봤잖아요. 기억해요?"

"기억해."

"그때 오빠가 나 두고 무슨 이야기 안 했어요?"

"귀여워했지. 너 쪼그만 엄지공주만 할 때부터 봤다면서."

"그건 너무 과장이다! 엄지공주라니. 하고 많은 공주 중에 왜."

희경이 입에 달고 살던 공주님의 정체가 그거였단 말인가. 서우는 뒤늦게 한 방 맞은 기분이었다. 태승이 살짝 손을 흔들었다.

"그만큼 오래 알았다는 개 나름의 허세였지. 애초에 공주라고 부른 건 네 친구 때문이었어. 도선비, 개가 널 백설, 백설 하고 부르고 다녔잖아."

"지금도 그렇게 불러요. 아주 입에 붙었어."

하지만 그때는 더 우렁차게 불렀다. 희경이 딴 데 주의가 팔려 있더라도 선비의 우렁찬 '백설!' 소리엔 으레 이쪽으로 고개가 돌아왔다.

지금도 생생히 떠올릴 수 있다. 친구들과 이야기 삼매경에 빠진 희경을 발견하고, 선비가 슬쩍 서우의 등을 앞으로 떠민다. 그리고 서우가 앞으로 몇 걸음 걸어가노라면 기다렸다는 듯 선비가 크게 서우를 부르는 것이다.

몇 번을 되풀이해도 번번이 뺨이 발갛게 물들던 그 느낌. 쑥스러움을 꾹 참으며 앞을 보면 저편에서 희경이 이쪽으로 고개를 돌린다. 단박에 성공할 때도 있었지만, 대개는 옆의 누군가가 희경에게 눈치를 줬다. 그리고 그 누군가 중엔….

'어?'

태승이 있었다. 자주. 아니, 자주라는 빈도보다 훨씬 더 많이. 희경보다 먼저 태승의 주의를 끌어서, 그 찌르는 듯한 눈과 마주쳤던 기억이 생각보다 많다는 걸 새삼 깨닫고 서우는 마른침을 삼켰다.

"사실은 그때, 내가 그랬어."

문득 태승이 중얼거리는 말에 당황스러운 상념도 흩어졌다.

"네 친구가 부르는 소리가 들리면 저기 네 공주님 오신다 하고, 희경이한테 말하곤 했거든. 엄지공주보다 그게 먼저야. '백설, 공주'라서 공주님. 비하의 뜻은 없었어, 맹세코."

"비하가 아니었다면, 찬탄의 뜻은 좀 있었나요?"

짐짓 떠보는 물음에 태승이 또 턱을 문질렀다.

"생각하기에 따라서? 예쁜 사람더러 미인이라고 부르는 자체가 찬탄이듯이 말이야."

"요컨대, 나는 백설공주라고 부를 만했다?"

조금 더 확실한 답이 듣고 싶은 마음에 서우가 유도를 해본다. 태승은 툭 사진을 건드리며 말했다.

"너도 눈 있으면 알 거 아냐."

바라는 대답은 아니지만 그 정도에서 만족하기로 했다. 발갛게 물든 태승의 왼쪽 귀가 그녀의 눈을 즐겁게 해준 까닭도 있고.

"요컨대, 스노우화이트는 인내와 끈기를 가지고 희경 프린스 주변을 맴돌았답니다."

다시 본 주제로.

"그 결과, 프린스에게 하늘에서 뚝 떨어진 신붓감이 필요한 순간 유력한 후보에 오를 수 있었죠. 오빠에게 자신과 약혼하지 않겠냐는 말을 들었을 때, 너무 기뻤어요. 하지만 그 기쁨은 할아버지와 줄리아에게 이야기를 꺼내는 순간에 비할 바는 아니었어요. 겉으로는 침착함을 가장하려고 애썼지만, 속으론 '할아버지, 줄리아, 여기 제가 가져온 박씨 좀 보세요!' 하고 환호하고 야단도 아니었어요."

"한결같았구나, 참."

"그럼요. 운도 따라줬지만, 기회가 왔을 때 잡을 수 있었던 건 그만큼 내가 노력해온 보답이라고 생각하고 마음껏 기뻐했어요. 이제 남은 건 '영원히 행복하게 살아가는' 것뿐이라고 믿었고요."

"그래. 그때의 너희는 정말…."

태승은 고개를 들어 먼 곳을 바라보는 눈빛으로 중얼거렸다.

"한편의 완결된 동화 같았지."

태승의 근사한 표현을 곱씹으며 서우는 갓 약혼한 무렵의, 세상 어느 것도 부럽지 않던 충만함을 반추했다. 그때의 자신은 더없이 진실한 마음으로 온 세상을 사랑하고 있었다. 자신을 둘러싼 세계가 온통 환하게 웃어주면서 빛으로 넘쳐나는데, 사랑에 빠지는 것 말고 다른 어떤 답이 있단 말인가.

그런 기분을 맛보게 해주었으니 희경을 사랑했던 시절이 헛되지는 않다고 서우는 생각했다. 한 번쯤은 자신이 세상의 중심이라는 황홀한 착각도 해보고 볼 일이다.

어차피 천천히 거품이 가라앉으면서 머리가 식을 때가 온다. 그것을 얼마만큼 담백하게 받아들이고, 최대한 직시할 수 있느냐가 관건인데 서우는 후자를 조금 게을리했다.

게으름, 혹은 기만. 어떤 말이라도 좋다. 서우는 거품을 걷어낸 자리에 남은 제 사랑의 민낯을 돌아보지 않았다. 화려한 포장을 씌워놓은 커다란 선물 상자째로 계속, 계속 안고 갔을 뿐.

"동화에서 말하는 완벽한 사랑도, 영원한 행복도 다 꿈에 불과한데. 근데 나는 그걸 노력으로 어찌할 수 있다고 믿었나 봐요. 십 대 소녀도 아니고 스무 살이 지나서 그러는 건 반칙인데 말이죠."

서우는 짧게 한숨을 내쉬고 앨범 한 장을 넘겼다. 여름 바다에 놀러 가서 찍은 사진이 나왔다. 모처럼 희경이 아니라 선비와 찍은 사진들이었다.

그늘 한 점 없는 뙤약볕 아래서 경쟁하듯 익살스러운 표정을 한 두 소녀의 모습이 눈부시다. 실제로 눈이 부셔서 제대로 눈도 못 뜨고 있다. 서우가 주목한 건 그 사진에 넘쳐나는 빛이었다.

"돌이켜보면, 제대로 된 그늘이 없었던 게 문제였던 것 같아요."

"그늘?"

"내 첫 번째 연애의 치명적인 약점이요."

물끄러미 옆얼굴에 와 닿는 시선을 감내하며 서우는 말을 이어갔다.

"우린 늘 서로의 곱고 반짝거리는 면만 보고 지냈지 싶어요. 나, 가끔은 희경 오빠의 방대한 친분 때문에 숨이 막히고, 쓸쓸할 때가 있었어요. 그렇지만 그것을 말로 표현해서 투정 부려볼 생각은 못했어요. 오빠가 친구 좋아하는 거 아니까, 나더러 늘 이해심 많고 어른스럽다고 칭찬해주니까, 못난 질투 따위는 내 안으로 삭이는 게 당연했어요. 시간이 흘러서 시원스럽게 '그쯤이야' 하고 초월을 한 것도 아니고, 그냥 조금 마음이 비뚜름하다 싶으면 꼭꼭 감춰버린 거예요. 거기 있는 어둠을 보여주면 큰일날 줄만 알고."

숨을 돌릴 겸 앨범을 또 한 장 넘기자 여지없이 희경이 주연배우로 복귀했다. 피식 그녀가 웃었다.

"우린 싸움다운 싸움을 한 번도 안 해봤어요. 저번에 오빠한테도 그 이야기하면서 그랬어요. 평생 안 싸우고 행복하게 살 수도 있었는데 오빠가 다 망친 거라고. 근데 이제 생각해보니까 그 말도 틀린 것 같아요."

골똘히, 그러나 무겁지 않게 자신에게 건네는 질문.

"평생 안 싸우고 사는 게 과연 진짜 행복일까요? 서로 다른 두 사람이 만나서 어깨를 겯고 걸어가면서 단 한 번도 싸울 일이 없다는 게, 정말 자랑할 만한 일인 걸까요?"

서우는 살짝 고개를 내저었다.

"그건 좀, 위태로운 평화 같아요. 가끔은 싸움도 하고 실망도 하면서 서로 미운 정도 들이며 내력耐力 쌓았어야 하는데. 나를 봐요, 단 한 번 크게 실망한 걸로 제대로 된 싸움을 할 일도 없이 다 무너져 내렸어요. 꼭 모래 위에 쌓은 성처럼."

후회는 아니지만 회한을 닮은 무언가가 가슴을 흔들고 지나갔다.

"우린 서로의 그늘을 들여다봤어야 해요. 만나서 밥 먹고, 적당히 웃고 즐기다가 헤어질 게 아니라 가끔은 서로의 심약한 부분, 그림자를 끌어와서 토닥토닥 위로라도 했어야 해요. 그마저도 하지 않았으니 단 한 번의 큰 파도에 그렇게 맥없이 부서지죠."

서우에게는 '어머니'라는 이름의 그림자가 있다. 하지만 그것에 관해 희경과 이야기한 적은 없다. 그늘이라곤 없어 보였던 희경에게도 무언가 아픈 가시로 남은 기억이 있었을지도 모른다. 아, 최소한 그의 블러드포비아에 대해서는 알았는데. 그러나 번연히 제공된 정보조차 서우는 깊게 파고들 생각을 못했다.

"꼭 밝은 날에만 모여서 소꿉놀이하고, 저물기 전에 얼른 집에 가버리는 꼬맹이들 같았네."

"…너무 회의적으로 바라볼 건 없어."

가만히 들어주던 태승이 입을 뗐다.

"사랑의 형태엔 여러 가지가 있으니까. 그리고 다 지나간 뒤에 이런저런 말을 하는 건 쉽지. 중요한 건 그때의 네가 얼마나 최선을 다했느냐 아닐까? 나는 네가 늘 최선을 다하는 걸로 보였어. 그리고 희경이와 함께인 게 행복해 보였어. 약간의 어둠을 품고서도, 행복한 나날들이었어. 안 그래?"

태승의 말이 옳다. 모든 게 끝나고 수면 위로 드러난 결과를 뒤적거리며 지적할 거리를 찾는 건 너무 쉽다.

사려 깊지 못했던 자신이 아쉬울 수는 있다. 그러나 성실했던 기억까지 평가절하할 건 없다. 이 길이 아니라고 생각하면서 어쩔 수 없이 내딛었던 걸음은 단 한 걸음도 없었다. 그녀는 틀림없이 행복했다.

제 행복에 집중하느라, 그녀를 바라보는 누군가의 간절한 마음도 까맣게 모를 만큼.

고개를 주억거리며 서우는 또 한 장의 앨범을 넘겼다. 마침내 그 사진이 나왔다. 서우의 시선만큼이나, 아니 분명히 훨씬 더 강렬한 시선이 같은 사진에 쏠렸다.

아마도 이 앨범에 존재하는 유일한 태승의 사진일 것이다. 태승, 희경, 그리고 서우가 한 장의 사진에 함께 담겨 있다.

그건 두 남자가 고등학교를 졸업하던 날의 일이다. 아직 서우가 희경에게 잘 아는 귀여운 동생 정도에 지나지 않았던 때.

졸업식이야 졸업하는 학생 모두가 주인공이겠지만, 그래도 그날 단연 돋보인 사람을 꼽자면 역시 최희경이었다. 넘쳐나는 꽃다발을 받을 손이 없어 동아리 후배 둘이 따라다니며 꽃을 챙길 정도였으니 말 다했지. 사진을 찍자는 사람들과 한 컷 찍고 일일이 몇 마디 나누는 것도 한세월이었다.

그런 속에서 서우는 송 여사가 잠깐 들렀을 때, 학생회 일에 붙잡혀 있느라 끼어들지 못한 불운을 한탄했다. 송 여사라는 배경 없이는, 그녀도 희경에게 사진 한 장 찍고 말 몇 마디 나눌 대기행렬의 한 사람에 불과했다. 그나마도 열심히 쫓아다니며 기회를 엿봐야 했다. 그날은 하필 든든한 우군인 선비도 곁에 없었다.

몇 번이나 기회를 놓치고 주위를 맴돌길 거듭하던 그녀에게 별안간 태승이 '뭐 하냐?' 하고 한심한 눈초리로 물어온 순간이 있었다. 어름거리는 서우의 소매를 잡아끌며 희경 쪽으로 데려가는 태승의 뒷모습을 동그랗게 뜬 눈으로 쳐다보았다.

'야, 얘가 너랑 사진 찍고 싶대.'

아마 그렇게 말했을 것이다. 희경은 웃으면서 흔쾌히 응했다. 그런데 무슨 변덕이었을까, 희경은 막 자리를 뜨려는 태승을 못 가게 잡았다.

'너도 같이 찍어.'

그러면서 품에 몇 개나 들고 있던 꽃다발 중 하나를 태승에게 밀치듯 건 넸다. 그게 방금 전 서우에게서 받은 꽃다발이란 건, 희경의 안중에 없었을 것이다. 그렇게 희경을 가운데에 두고 태승과 서우가 나란히 서서 사진을 찍었다.

희경 혼자 표정이 유별나게 환한 건 그런 까닭이다. 태승의 떨떠름함과 서우의 채 감추지 못한 의기소침함, 그런 게 이렇게 확실하게 박제되고 말 았다.

"너 혹시 우는 거 아닌가 조마조마했었는데."

태승의 말에 서우가 퍼뜩 놀라 고개를 들었다. 그는 사진을 바라보며 씁 쓸하게 중얼거렸다.

"기껏 선물한 꽃다발도 나 같은 놈한테 뺏겼지, 정작 둘이선 사진도 제 대로 못 찍었지. 나중에 보자고 희경이한테 인사하고 가는 뒷모습이 엄청 쓸쓸했어, 너."

"그건 정말 희경 오빠가 무심했어요."

자그맣게 변명하는 서우의 뺨이 슬며시 달아올랐다.

"대신 당신은 무척 유심히 봤던 모양이네요. 그때 사진도 당신이 데려가 서 찍은 거 기억나요?"

"기억하지. 몇 년이나 됐다고 그걸 잊어."

별거 아닌 듯이 심상하게 대꾸하는 모습에 서우는 코웃음을 쳤다.

"단지 그것뿐이에요? 당신 머리가 좋아서 잘 기억하고 있다, 딱 그거뿐?"

"그게 아니면 뭐? 이게 무슨 특별한 때나 된다고 내가… 기억하고 있을, 거라는 거야?"

태연자약하게 말하던 태승은 서우와 눈이 마주친 순간부터 눈에 띄게 목소리가 불안해졌다. 서우는 빤히 그를 쳐다보다가 문제의 사진을 아무렇지 않게 뜯어냈다.

"아무것도 아니면 이 기회에 그냥 정리해야겠네. 사진이 이렇게 많은데 굳이 마음 아픈 사진 간직할 이유도 없고."

그러면서 서우가 사진을 찢으려고 하자, 태승이 확 손을 뻗어 그녀의 손을 잡았다.

"찢을 거면 나 줘. 나도 찍혀 있는데. 나한텐 없는 사진이니까 내가 보관할게."

쫓기듯이 빠른 음성으로 그가 그렇게 말하는데, 서우는 저도 모르게 웃음이 날 뻔했다. 하지만 잘 참아내고 도발의 수위를 높였다.

"가질래요? 그럼 나 있는 부분만 잘라서 줄게요. 잠깐만요, 가위 가져올게요."

서우는 사진을 내려놓고 마호가니 책상 서랍에서 가위를 가져왔다. 그러나 내려놓은 사진이 보이지 않았다. 태승을 쳐다보니 가슴팍을 누른 손 뒤로 사진의 귀퉁이가 엿보였다. 서우의 폭거로부터 사진을 피신시킨 곳이 겨우 거기였다.

"안 잘라도 돼. 괜히 사진만 망가져."

"안 망가지게 잘 자를게요. 오빠랑 당신은 잘 나왔을지 몰라도 나는 정말 못생기게 나왔단 말이야."

"전혀. 그건 너의 왜곡된 기억에서 온 착각이야."

"뭐라는 거야. 아무튼 이리 내요. 아직 그거 내 사진이거든요?"

"버릴 거잖아. 그냥 곱게 내게 버려주면 안 되겠어?"

"흥. 그럼 내가 꼭 그래야 하는 이유를 대봐요."

"이유?"

태승은 순간 멍한 얼굴을 했다. 그리고 잠시 후 이유랍시고 몇 가지 늘어놓기 시작했는데,

"나한테 없는 고등학교 때 사진이기도 하고, 이제 말했다시피 앨범을 하나 마련한다고 해도 첫 장에 제대로 된 사진이 있었으면 싶고, 그 출발이 고등학교 졸업식 사진이란 게 나름 의미가 있고, 근데 그게 또 사람 하나가 잘려나가면 볼썽사나울성싶고…."

중언부언, 지리멸렬했다. 스윽. 서우는 가위 끝으로 태승의 턱을 받쳐 올림으로써, 말허리를 잘랐다. 그리고 생긋 웃었다.

"첫 번째 기회는 실패했어요. 다시 기회를 줄 테니까 이번엔 제대로 해요."

"제대로라니 도대체…."

"아, 난 실수를 반복하는 사람, 사실 굉장히 싫어해요. 하지만 그보다 더 싫은 건 눈을 똑바로 쳐다보면서 거짓말하는 사람이에요."

꿀꺽하며 태승의 울대가 크게 위아래로 물결쳤다. 그의 눈은 그녀에게 사로잡혀 있다. 서우는 거기서 살짝 다정하게 그를 북돋웠다.

"있는 그대로 말해요. 누가 알아요? 솔직함이 지구를 구할지."

엉뚱한 지구 운운에 오히려 혼란만 가중된 듯한 표정이었지만, 오래지 않아 태승의 눈빛에 뭔가가 서렸다. 마침내 조금 힘이 빠진 목소리로 그가 중얼거렸다.

"가지고 싶어서 그래. 같은 사진이 있었는데 잃어버렸어."

"이 사진을 간직하고 있었다고요? 당신이?"

"응."

"어쩌다 잃어버렸는데요?"

"…지갑, 잃어버리면서."

"어머, 혹시 그 지갑이란 게 한강에서 잃어버린 그거예요?"

응, 하고 태승은 고개를 푹 숙이며 대답했다. 모르쇠를 놓으며 연기를 펼치던 서우의 얼굴에 뭉클한 감정이 가득 어렸다. 일단 다시 시치미를 떼고.

"사진이 정~말 없었나 보다. 고등학교 졸업식 사진을 다 가지고 있고. 대체 그 지갑에 사진을 몇 장이나 가지고 다닌 거예요?"

진실만, 딱 진실만 말해달라고 속으로 기도했다.

"두 장."

"그럼 다른 하나는 대학교 졸업사진인가?"

"단순한, 증명사진이야."

여기까진 끌어냈다. 그런데 여기서 그게 누구 증명사진이냐고 묻는 건, 아무래도 억지스럽지 싶다. 지갑에 넣어 다니는 증명사진이라면 으레 본인의 것이겠거니 하는 게 자연스러울 테니까. 하물며 그게 내 것이냐고 물으려니 서우는 도무지 입이 떨어지지 않았다.

"사실, 훔친 거야."

그런데 태승이 묻지도 않은 걸 고백했다.

"저번에 네 침실에 갔을 때, 훔쳤어. 네 액자 뒤에서."

슥 고개를 들어 그녀를 바라보며 그는 미소했다.

"아마 그래서 지갑도 잃어버렸나 봐. 벌 받아서."

서우는 천천히 숨을 고르며 소파에 앉았다. 태승은 그녀에게 내주지 않으려고 애쓰던 사진을 손바닥 위에 놓고 물끄러미 바라보았다.

이미 알고 있었다. 그가 저 사진을 간직했던 방식을. 언젠가 호텔방에서, 그녀는 보고 말았으니까.

교묘하게 접어서 희경이 보이지 않게, 마치 태승과 서우 둘이서만 찍은 것처럼 만들어둔 사진이었다. 서로가 다른 곳을 보고 있는 그 반쪽짜리 사진을 뭐라도 되는 것처럼 소중하게 지갑 깊숙이 숨겨두었던 것이다.

그때서야 여태 보이지 않던, 보려고 생각하지도 않았던 태승의 마음이 보였다. 급기야 해일처럼 다가오는 그 감정의 크기에 서우는 도망치듯이 호텔방을 떠났었다.

차라리 몸만을 원하는 거라면 상관없었다. 하지만 그게 마음의 문제가 되어버리니, 모든 게 달라졌다. 저 주태승이란 사람이 대체 누구인지 어리둥절해졌고, 급기야 겁까지 났다. 아직 희경을 단념할 생각이 추호도 없던 서우에게 태승의 마음은 장애물, 나아가 폭탄으로까지 여겨졌다.

그래서 그를 피해 최 교수와 줄리아를 부추겨 일찍 가족 여행길에 나섰다. 거기서마저 태승과 얽힐 거라곤 생각 못했다. 그러나 그런 일이 일어났다. 심지어 정신을 잃은 태승을 병원에서 간호하기까지 했다.

사뭇 마음이 어지러웠던 그 밤에, 서우는 태승의 마음을 폭탄이라고까지 매도했던 자신의 이면을 읽었다. 어느새 그렇게 커졌던 것이다. 그녀 안에서 태승이, 마침내 그녀의 세계를 터뜨리는 폭탄이 될 수 있을 만큼.

"왜 훔쳤어요, 내 사진은?"

"갖고 싶었으니까."

"그러니까 왜요?"

"…"

가장 결정적인 고백을 앞에 놓고 태승은 바위처럼 침묵했다. 기다리다 못해 서우가 소리쳐 말했다.

"있는 그대로 말하라고 했잖아요! 대체 뭘 겁내는 거예요, 여기까지 와서?"

"…내가 아무것도 없는 게 겁나."

태승이 말했다.

"네가 앞으로 누릴 수 있는 세상이 어떤 곳인지 번연히 알면서 그런 거다 팽개치고 날 잡으라고 말할 때는, 최선은 못 될망정 차선쯤은 되어야 하는 거잖아. 그런데 난 모든 게 불투명해졌어. 그런 주제에 무슨 자격으로 널 빼앗아오지? 봤잖아. 난 이젠 집조차도 없이 공중에 붕 떴어."

그의 목소리가 바람 속 촛불처럼 흔들거렸다.

"성은커녕 변변한 오두막 하나 없는 왕자가 무슨 자격으로 공주를 욕심내겠어. …하면 그렇게 뻔뻔해서는 안 되는 거잖아."

"다시 말해봐요, 방금 그 말."

"오두막 하나 없는 왕자?"

"아뇨, 그 뒤에!"

태승은 난감한 듯 이마를 문지르며 또다시 입속에서 웅얼거렸다.

"…하면 그렇게 뻔뻔해서는 안 된다고 했어."

"정말이지!"

서우가 태승의 손을 확 잡아채며 기어이 그가 자신을 똑바로 보게끔 했다. 고뇌로 흔들리는 태승의 눈에 그 어느 때보다 조바심으로 어쩔 줄 모르는 그녀가 비쳤다.

"세상에 다 들릴 만큼 소리치라는 거 아니에요. 하지만 적어도 나한테는 들리게 말해요. 안 그러면 나 화낼 거예요. 나 진짜 화나면 눈에 보이는 거 없어지는 거, 당신도 잘 알죠?"

"알지. 그래도 난 그 덕을 톡톡히 봤는걸?"

태승은 피식 웃고, 더없이 간절하게 그녀를 응시했다. 그리고 마침내, 정말로 그녀에게만 겨우 들릴 정도로 작게 속삭였다.

"사랑해, 서우야."

당연하지. 이미 잘 알고 있었다고. 그런데도 그 쉬운 말 한마디를 안 해서 사람 애간장만 태우고. 서우는 그러한 여유를 가지고, 그 말을 소화할 수 있을 줄 알았다. 직접 듣기 전까지는.

하지만 막상 그 순간과 만나자 숨이 깜빡 멎으며 온몸이 몽글몽글한 젤리처럼 허물어질 것 같았다. 그래서, 무어라도 단단한 버팀목이 필요해서 태승의 어깨를 덥석 잡았다. 잡았더니 빨려들어 가듯이 그의 입술에 키스하고 있었다.

어? 하고 입술을 떼자 거기도 반은 젤리가 되어버린 남자가 있었다. 빨갛게 먹기 좋은 빛깔로 물들어가는 젤리였다.

"다시 말해요."

"사랑해."

쪽, 또 한 번 키스했다.

"다시."

"사랑해."

몇 번이고, 몇 번이고 되풀이했다. 흠뻑 끌어안고 포갠 입술을 더는 뗄 수 없을 때까지. 껴안은 몸을 더듬어 올라오는 태승의 손이 절박해지며, 목 깊숙이에서 애처로운 신음이 흘러나왔다. 서우가 더욱더 대담하게 그에게 몸을 밀착시키자 그는 발작하듯 부르르 떨었다.

서우의 신호는 완벽했다. 태승의 반응도 완벽했다. 그럼에도 불구하고 그는 그녀를 밀어냈다. 멍한 눈으로 이유를 묻는 그녀에게 태승은 붉게 물든 얼굴을 일그러뜨리며 거칠게 도리질했다.

"말했잖아, 지금의 난 안 된다고. 사람이 기껏, 이를 악물고 참고 있는데… 이렇게 부추겨서 어쩌자는 거야."

"부추기면 안 참을 거예요? 그럼 더 기합을 넣어서 부추겨봐야겠네?"

서우가 쿡 웃자 태승의 눈에 불이 일었다.

"정말 내가 눈이 뒤집혀서 뻔뻔스레 매달리길 원해? 기회는 이때다, 하고 희경이 자리 차지하고 싶어서 발악하는 게 보고 싶냐고!"

"왜요, 그럼 좀 안 돼요?"

서우의 천진한 반문에 태승은 말문이 막힌 얼굴이었다. 서우는 아직 딱지가 떨어지지 않은 태승의 뺨을 가만히 어루만지며 말했다.

"보고 싶어요. 아무것도 없는 데도 나부터 욕심내는 당신. 날, 어지간한 거 다 거머쥔 후에야 욕심낼 수 있는 트로피 같은 걸로 만들지 마요. 나는 당신 심장에 철썩 달라붙어서 심장이 뛸 때마다 보고 싶은, 그런 간절함인 쪽이 훨씬 좋아."

"트로피 같은 거 아니야. 지금도 내 심장에 있어, 너. 간절해. 말할 수 없이. 하지만 그래서 더 너한테 오점이 되기 싫어. 알잖아, 나는⋯."

"성도 뭣도 없는 왕자에, 하물며 서자라는 거죠? 근데 그거 알아요?"

서우가 싱긋 웃고 말했다.

"어차피 옛날에도 왕의 자리는 한정적이고 왕자들은 넘쳐났어요. 왕좌에 못 앉을 왕자들? 수행이랍시고 떠돌아다니는 게 일이었고요. 그래서 동화에 그렇게 모험하는 왕자님들이 많은 거예요. 툭하면 마왕이랑 싸우고 괴물 붙잡으러 다니는 왕자님들 있죠? 다 그쪽이에요."

쪽 태승의 코끝에 키스하고 서우는 속살거렸다.

"그리고 왕이라고 다 똑같나? 왕이라면 역시 창업군주지. 그거 진~짜 특출한 영웅 아니면 아무나 못하는 거거든요. 그러니까 주태승 씨, 지금은 아무것도 없어도 좋으니까 나한테 한편의 건국서사시를 보여줘요. 내가 반한 남자가 이렇게 굉장한 왕재였다는 걸, 세상 모두가 알 수 있게."

조금 입을 벌리고 멍하니 바라보는 태승을 보며, 서우가 갸웃했다.

"부담이 너무 큰가? 나 그렇게 엄청난 나라를 원하는 건 아닌데. 소박해요, 이를테면… 저기 '한 입 베어먹은 사과' 정도?"

작정한 농담에 비로소 태승이 픽 실소했다.

태승은 손을 들어 그녀의 머리를 쓰다듬으며 천천히 그의 가슴팍으로 이끌었다. 그렇게 품에 얼굴을 묻게 하고, 떨리는 목소리로 물었다.

"나한테 정말, 반했어?"

"반했어요."

"날… 사랑해?"

"사랑해요."

주저 없이 말하고, 서우는 숨도 쉬지 않고 속삭였다.

"사랑한다고 백만 번은 더 말할 수 있어요. 그러니까 당신도 백만 번은 말해줘요. 그거 다 말하기 전에 마음이 변하면, 죽여 버릴 거야. 그때 가서 아, 한강에 빠졌을 때 죽었어야 했는데 하고 후회해도 소용없으니까 각오 단단히 해요. 자신 없으면 아예 지금 말하고."

가쁘게 숨을 몰아쉬는 서우에게, 기대고 있는 가슴 너머의 심장이 먼저 대답했다.

쿵쿵쿵쿵쿵.

당장이라도 폭발할 것처럼 힘차고 크게, 대답했다.

Epilogue
Scarlet Meidiland

우산을 든 사람이 종종 보인다 했더니 지하철역 밖에는 눈이 내리고 있었다.

며칠 전 새벽에 비에 섞여 싸라기눈이 흩뿌렸다고는 하지만, 기억에 남을 첫눈은 오늘이지 싶었다. 은근히 징조 같은 것에 신경 쓰는 희경이라면 좋은 조짐이라며 함박웃음을 짓고 있으리라.

내려가서 우산을 사야 하나 잠시 고민했지만 짐이 될 거란 생각에 그만뒀다. 쌓일 정도로 오는 눈도 아니었다. 태승은 호텔을 향해 힘차게 걸음을 내디뎠다.

예식홀이 있는 2층에 올라갈 것도 없이 로비에서부터 익숙한 얼굴들이 눈에 띄었다. 인사를 건넬 만한 사이는 아닌 쟁쟁한 유명 인사들이 너무 흔하게 뒤섞여 있는 광경을 보니 조금은 현실감이 떨어지기도 했다. 우리 집이 재벌 소리 들을 정도는 아니지, 하며 희경은 손을 내저을 테지만 여기 모인 재계의 명사들과 아무렇지 않게 아저씨, 아주머니 하며 인사를 나눌 모습을 상상하면 확실히 그의 세계가 실감이 났다.

'이제 거기에 정계 인맥까지 더해지게 되는 건가.'

그나마 재계라면 태승도 그럭저럭 익숙했지만 정계는 역시 생소해서 매스컴으로나 보던 사람들이 눈앞에 걸어 다니는 걸 보니 흡사 연예인을 보는 느낌이었다. 정작 연예인으로 짐작되는 얼굴들이 있어도 병풍이 되고 마는 묘한 판이었다.

"어, 태승 씨 아니에요?"

누군가 부르는 소리가 들려 돌아보니 홍세린이었다. 옆에 팔짱을 끼고 있는 남자가 있기에 슬쩍 눈인사만 건네고 가려는 것을, 그녀가 굳이 남자를 데리고 그의 앞으로 왔다.

"몇 달 동안 코빼기도 못 봐서 서울 뜬 건가 했는데 희경이 결혼식에는 오네요?"

"와야죠. 희경이 결혼인데."

"그러니까 서울에 있긴 했나 봐요?"

"있었습니다. 틀림없이."

"대학원도 휴학하고 뭐 했는데요?"

"이것저것?"

태승은 씩 웃고 세린의 옆에 있는 남자에게 시선을 옮겼다.

"초면이던가요? 얼굴이 아주 낯설진 않은데."

세린이 모 바이오 기업을 들먹이며 그 일가라고 두루뭉술하게 소개했다. 듣고 보니 남자에게서 고인이 된 창업주 얼굴이 언뜻 엿보였다.

가볍게 서로의 이름 정도를 교환하며, 태승은 남자의 넥타이와 세린의 드레스가 매우 흡사한 빛깔임을 눈치챘다. 남자가 여자 드레스에 넥타이 색깔을 맞출 정도면 이야기는 다 끝난 거라고 해도 무방할 것이다.

"희경이 다음 타자는 혹시 세린 씨가 되려나요?"

조금 들떠 있다 보니 속으로 생각만 해도 될 걸 묻고 말았다. 마냥 엉뚱한 소리는 아니었던지 세린은 동그래진 눈을 깜박이며 옆에 있는 남자를 쳐다보았다.

"내가 부케 받는다고 희경이가 그래요? 받을 사람이 없다고 통사정을 해서 받아주는 거지, 딱히 진행 중인 이야기가 있어서 그런 건 아니에요."

펄쩍 뛰며 부정하는 것과는 묘하게 다른 뉘앙스를 풍기는 말이었다. 남자와 주고받는 눈빛에도 태승은 해독 못 할 둘만의 언어가 오가는 것처럼 느껴져서, 눈치 없는 훼방꾼이 되기 전에 얼른 물러나기로 했다.

"여하튼 반가웠습니다. 나중에라도 좋은 소식이 있다면 희경이 편에 전해 주세요."

"아, 네. 또 봐요."

과연 세린은 곁에 있는 남자에게 신경이 쏠려 태승이 가거나 말거나 관심이 없었다.

한 번 빠지면 주위가 안 보이게 되는 연애를 하는 사람. 태승이 유일하게 세린에게 흥미를 가진 점이 있었다면 그런 저돌적인 면이었다. 아무래도 그는 태생적으로 이것저것 눈치를 보게끔 단련된 탓에, 그런 날것에 가까운 몰두는 거의 꿈이나 다름없었으니까.

그는 푹 빠져 허우적거리던 때조차 자신의 가능성을 점치기에 바빴다. 한순간 고무됐다가 다음 순간 좌절하기를 거듭했다. 돌이켜보면 잘도 그렇게 어지러운 롤러코스터에서 튕겨 나가지 않았구나 하고 가슴을 쓸어내릴 정도였다.

2층으로 올라가자 로비에서 본 건 댈 것도 아니란 것처럼 사람으로 벅적거리는 풍경이 펼쳐졌다. 큰 키를 십분 활용해 그 속에서도 희경을 찾아내고 걸음을 옮기던 그를 또 "어이, 어이, 주태승!" 하며 쫓아오는 목소리가 있었다.

돌아보니 저편에서 이리 오라고 손짓하는 한준이 보였다. 다가가서 오랜만이라고 인사를 채 끝마치기도 전에, 한준은 왔으면 식권 좀 챙겨가라며 푹 찔러줬다.

"연회실은 3층입니다. 두 곳이니까 봐서 마음에 드는 데로 가든가 말든가. 연회실은 지정석 없습니다. 아, 까먹지 말고 저쪽 가서 방명록 작성하시고요."

달달 외운 말을 귀찮아 죽겠다는 듯 뱉는 한준을 보고 태승이 피식 웃으며 주위를 둘러보았다.

"어쩌다 네가 이러고 있어? 사회 본다고 들은 것 같은데."

"하던 녀석이 화장실 갔어. 잠깐이면 된다더니 함흥차사다, 함흥차사."

"손님이 워낙 많아야지. 좀만 더 고생해라."

"그런 영혼 없는 위로 대신 여길 좀 맡아주는 건 어때? 상명이 곧 올 거야. 화장실에서 죽은 게 아니라면."

"희경이한테 인사부터 하고."

"인사 전에 방명록! 그게 제일 중요하다고 희경이가 신신당부를 하더라."

"알았다."

"희경이한테 인사하고 와, 응? 오는 거다?"

별나게 애절한 한준의 목소리를 뒤로하고 태승은 방명록이 있는 테이블로 향했다. 먼저 온 두 사람이 볼 일을 마치기를 기다리며 태승은 품속에서 만년필을 꺼냈다. 그리고 잠시 축사를 고민하고 있자니 앞이 비었다.

막상 백지를 보니 막막해져서 다른 사람들이 쓴 것을 슬쩍 커닝했다. 그러나 서너 장 가량 넘기며 훑어봐도 썩 다가오는 말이 없었다.

"음…."

만년필 뚜껑 끝으로 턱을 꾹 누르고 고민한 끝에 적어넣은 말은 잘 살라는 한마디. 그리고 서명을 하자니 어쩐지 미진하다. 태승은 지긋이 여백을 노려보았다. 희경에게 한 번쯤 하고 싶은 말이 있기는 했는데….

"야, 주태승, 너 인마!"

별안간 철썩 등을 때리는 손 때문에 태승은 상념에서 끌려 나왔다. 돌아본 곳에 서 있는 건 흰 턱시도가 눈이 부신 새신랑, 희경이었다.

태승을 보고 짐짓 인상을 쓰던 것도 잠시, 희경은 이내 와아 하고 웃으며 두 팔 벌려 태승을 끌어안았다.

"너 이 자식 오늘도 안 나타나면 절교하려고 했더니, 겨우 명줄 유지한다, 응?"

"온다고 했잖아. 내가 한번 말한 거 어기는 거 봤어?"

"안 어기지. 그래서 더 괘씸했잖아. 뭐? 결혼하는 거 아니면 네가 연락할 때까지 찾지 말라고? 달랑 그 통보 하나 하고 진짜로 내 연락을 씹어? 야, 대체 어디서 뭘 한 거야, 인마!"

"차차 말할게. 오늘은 일단 결혼이나 해라."

희경의 등을 두드려주고 포옹을 푼 태승은 아직 손에 든 만년필에 생각이 미쳐, 방명록 작성부터 끝마쳤다. 결국 잘 살라는 한마디에, 이름을 적은 게 전부인 썰렁한 축사를 보고 쓴웃음 짓는 옆에서 희경이 엉뚱한 것에 관심을 보였다.

"못 보던 거다? 멋진데?"

희경은 태승의 장미목 만년필을 보고 눈을 빛냈다. 구경에 그치지 않고 달라고 해서 찬찬히 살펴보기까지 했다.

"만년필 맞지? 허, 이런데 내 취향이 숨어 있었네. 어디서 산 거야?"

태승은 잠시 묘한 미소를 짓고 대답했다.

"선물 받았어. 아는 은사님께."

"센스 좋은 분이시네. 흐음….""

여전히 반짝거리는 희경의 눈을 못 본 척, 만년필을 돌려받은 태승은 흐트러진 친구의 옷깃을 고쳐주며 물었다.

"얼굴은 좋아 보이는데. 어때, 행복하냐, 새신랑?"

순간 만감이 교차한다고 해야 할지, 한마디 말로 표현할 수 없는 표정이 희경의 얼굴에 떠올랐다가 종국엔 웃음으로 귀결되었다.

"행복하지. 나야 항상 행복해. 몰랐냐?"

순도 백 퍼센트의 진심이라고 믿기엔, 태승이 희경과 알고 지낸 시간이 길었다. 희경은 지금 적을 만난 목도리도마뱀처럼 잔뜩 목의 피부를 펼쳐 허세를 떨고 있었다.

"그럼 됐지 뭐. 축하한다."

그래도 믿는 척 눈감아버리는 것을, 희경도 느낄지 모르겠다. 그렇다 한들 별수 없다. 항상 차가운 타산이 공존했던 이 친구와의 우정은 앞으로 점점 더 허물어져 갈 일밖에 남지 않았음을, 너무도 잘 알고 있다.

"고맙다. 야, 너 아무리 바빠도 식만 보지 말고 밥도 먹고 가. 피로연에서 이것저것 재밌는 것도 할 거니까."

"네가 재밌다고 하면 나는 걱정부터 되던데."

"전혀 긴장할 거 없어. 오늘은 아주 건전하다. 이 하얀 턱시도를 보라고. 최희경, 세인트(saint) 버전이야."

두 손을 모아 경건하게 기도하는 시늉을 하는 희경에게선 아직도 개구쟁이 같은 천진난만함이 엿보였다. 이 천성에서 비롯된 밝음은, 아마 태승이 평생을 노력해도 따라잡지 못할 것이다.

그 대신 더 크게 눈을 뜨고 끊임없이 마음을 기울이는 것으로 명도의 부족함을 상쇄할 수 있길 바라고 있다. 다행히 태승은 노력하는 재능만큼은 출중했다. 그리고 이제 새삼 돌아보면 운도 썩 나쁘지 않았다.

그때 사람들 말소리로 시끌시끌하던 주변의 데시벨이 순간 2, 30 수치쯤 뚝 떨어진 것 같은 묘한 분위기가 일어났다. 거기엔 좀전의 장난스러운 표정이 씻은 듯이 사라진 희경의 응시도 한몫했다. 희경의 시선이 향하는 방향을 좇아, 태승도 천천히 고개를 돌렸다.

'아아.'

내심 기다리고 있던 광경 앞에 태승의 눈이 가늘어졌다.

새신랑의 전 약혼녀가 나타났다.

약혼 기간만 만으로 2년. 웨딩홀을 메운 하객의 최소 3분의 1은 신랑의 지난 2년을 함께 한 약혼녀의 존재를 인지하고 있다. 그리고 그 약혼이 깨어진 이유도.

그렇기에 이 자리에 전 약혼녀가 나타나리라고 생각한 사람은 많지 않으리라. 뜻밖이었던 만큼 사람들은 놀라고, 나름의 흥미를 담아 흘깃흘깃 여자를 바라보는 것이었다.

정작 태풍의 눈 속의 주인공은 더없이 평화로운 얼굴로 신랑의 가족들과 인사를 나누고 있었다.

살짝 펌을 해 부풀린 찰랑거리는 단발도 더없이 잘 어울리는 단정한 얼굴. A라인의 새하얀 롱코트로 늘씬한 몸을 감싼 그녀는 이 자리에 넘쳐나는 그 어떤 귀빈보다도 더 우아한 존재였다.

이윽고 인사를 마치고 이쪽을 돌아본 그녀의 눈에 자그마한 이채가 반짝 맴돌다 사라졌다. 그리고 봄볕 같은 상냥한 미소를 담고 걸어오는 그녀에게서 태승은 미처 시선을 뗄 순간을 찾지 못했다.

"안녕, 오빠. 태승 씨도 안녕하세요."

두 사람 앞에 이르러 서우가 인사를 건네자, 가까스로 태승도 인사를 빌미로 눈을 내리깔았다. 옆에서 희경의 들뜬 목소리가 들려왔다.

"우리 공주님은 오늘도 상큼하구나. 와줘서 기뻐. 이 꽃은 나 주는 선물?"

꽃? 무슨 꽃을 말하는 걸까 의아하여 다시 돌아본 태승의 눈에 그제야 서우가 들고 있는 꽃다발이 보였다. 흰 안개꽃 속에 딱 한 송이의 붉은 장미가 도도하게 군림하고 있는 꽃다발은 지금 그녀의 모습과 매우 흡사한 데가 있었다.

"어머, 미안해요, 오빠. 그냥 오다가 예뻐서 산 거예요. 줘도 상관은 없지만 지금 오빠에겐 짐밖에 안 되겠네요."

부드럽게 말하며 서우는 꽃다발을 아래로 늘어뜨렸다. 그만하면 희경에게 줄 생각이 없다는 확실한 의사표명이었다.

"오빠 늘 멋지지만 오늘은 특히 눈부시네요. 인생 최고의 날이 될 수 있길 빌게요. 오빠, 결혼 축하해요."

"고맙다, 서우야. 정말 고마워."

지나치게 힘이 들어간 목소리에 태승이 쳐다보니, 희경은 눈가가 촉촉해져선 당장 낙루를 해도 이상하지 않을 얼굴을 하고 있었다.

이러다 정말 그가 서우를 붙잡고 울기라도 한다면 그야말로 남의 말하기 좋아하는 사람들만 살판나는 일. 서둘러 태승은 둘 사이에 오가는 시선을 가로막듯 끼어들었다.

"나는 그만 안에 들어가 있을게. 혹시 좌석 세팅 같은 것도 미리 해뒀나?"

"아, 응. 세팅돼 있어. 들어가면 도우미가 안내해줄 거야."

"그럼 오빠, 저도 들어가 있을게요."

태승이 슬쩍 퇴로를 열자 기다렸다는 듯 서우도 거기에 동참했다. 태승은 먼저 가라는 뜻으로 손짓했고 그녀는 가볍게 눈인사를 건넨 후 걸음을 옮겼다. 뒤따라가는 태승의 목덜미에 따끔따끔 부딪히는 시선의 존재. 희경이 여전히 서우에게서 눈길을 못 떼고 있음을 깨닫고, 태승은 넓은 어깨를 한껏 펼쳐 훼방을 놓았다.

'미안하지만 단념해줘. 영원히.'

서늘하게 피어오르는 경계심을 자각하며 태승은 방명록에 끝내 적지 못한 말을 되뇌었다.

'미안했다, 최희경.'

그것은 단순히 희경의 실책을 틈타 사랑을 빼앗은 것에 대한 사과는 아니다. 애초에 그 실책이 빚어지는 것을 방관한, 어쩌면 은밀히 조장한 자로서의 낡은 가책일 뿐.

희경이 처음부터 서우를 기만했던 것은 아니다. 주변 상황에 등 떠밀리듯 한 약혼이었어도, 차츰 그 약혼녀의 존재에 빠지는 게 보였다. 귀여운 동생으로만 여기던 아이가 매력적인 여자임을 깨달았을 때, 자연스레 욕망 또한 품었다. 그리고 그것을 거부당했을 땐, 전에 없이 상심하기도 했다.

'…졸지에 수절하게 생겼어.'

희경은 태승을 앉혀놓고 넋두리를 했다. 딴에는 태승의 무거운 입을 믿고 하소연한 거겠지만, 그는 의논의 상대를 잘못 골랐다.

수년간 품은 마음 한 자락 건네보지 못한 상대를 단번에 약혼자로 차지한 친구를 바라보는 태승의 눈 너머에선 음습한 어둠이 준동했다. 전부 다 가진 녀석의 턱없이 배부른 고민을 보라지! 전에 없이 격렬한 시기심에 휩싸인 태승의 안에서 무언가가 조용히, 확고하게 일그러졌다.

'지켜줘야지. 그런 아이는.'

속닥거렸다. 희경은 귀 기울였다.

'조신하고 단아한 품성. 네 주위에 그중 하나라도 제대로 갖춘 여자가 있었나? 널 그렇게 좋아하는데도 쉽게 몸을 허락하지 않는 걸 봐. 잠시 아쉬울진 몰라도 머지않아 아내가 될 걸 생각하면, 충분히 존중받아야 할 미덕이야.'

'…그래, 미덕이긴 하지. 보기 드물게 순수한 아이야.'

담백하게 인정하는 희경의 미소엔, 자신의 진귀한 수집품을 자랑스러워하는 듯한 기색마저 있었다. 태승은 한 톨의 주저도 없이 뱀의 혀를 놀렸다.

'그러니 존중해줘. 약혼녀의 순수를 값싼 욕정으로 깨트려 먹지 말고. 그런 걸 해소할 방법은 얼마든지 있잖아?'

'…얼마든지?'

'하기 나름이잖아. 안 그래?'

태승의 단언에 곰곰이 생각하던 희경이 문득 히죽거리며 놀려댔다.

'짜식, 신부님인 줄 알았는데 꼭 그렇지만도 않구만?'

'신부라고 사내자식 아니냐? 너무 참으면 병나.'

'맞지. 병나지. 썩을지도…. 으아아, 수절은 역시 무리야!'

희경의 얄팍한 인내를 자극하는 건 어린아이 손목 비틀기처럼 간단했다. 거기서 더 부추길 건 없었다. 희경은 제 방식대로 욕정을 해소할 곳을 찾았다. 그것이 태승처럼 지극히 금욕적인 자기 위로에 그치리라곤 처음부터 생각도 안 했다. 주변에 널린 유혹을 참아내기엔, 희경의 인내심이 한없이 가벼웠으니.

차곡차곡 기만이 쌓여갈수록, 희경은 더 능숙하고 대담해졌다. 마침내는 서우의 눈앞에 파트너를 드러내는 것조차 주저함이 없었다. 그는 정말로 죄의식 없이 서우를 기만하고, 또 그만큼 사랑했다.

태승은 자신이 뭉치는 걸 거들어준 스노우볼이 굽이굽이 구르며 몸집을 불려가는 걸 지켜보았다. 언젠가 그것이 몰고 올 조용한 파국을 열망하면서.

문득 오른쪽 어깨가 욱신거리며 아팠다. 오늘처럼 저기압인 날이면 가끔 있는 증상. 그것을 저 오랜 저열한 기도의 대가라고 생각하면, 차라리 태승은 홀가분했다.

그러니까 더는 미안해하지 않을 것이다. 언젠가 희경이 바로 지척에 있었던 악의를 깨닫고 기함할 날이 온다고 해도, 태승은 추호도 인정하지 않을 것이다.

여전히 서우에게 따라붙는 희경의 시선을 가로막는 태승의 등에선 그런 결기가 파르라니 날을 세우고 있었다.

희경의 의도가 무엇이었건, 새신랑이 한가할 틈은 길지 않았다. 시선은 사라졌고, 태승은 비로소 안도하며 앞에 가는 서우의 뒷모습을 응시했다. 그러다 하마터면 좌석 안내를 맡은 도우미도 그냥 지나칠 뻔했다.

워낙 하객이 많아서 안내 도우미도 여럿이라 서우는 옆에 있는 다른 도우미가 맡았다. 태승의 초대장을 보고 명단과 대조해서 가르쳐준 자리는 애석하게도 서우와 두 테이블 떨어져 있었다. 그것도 좌석 배치상 태승은 서우의 등밖에 보이지 않았다. 그마저도 의자가 반 넘게 가려 버리는 데에는 정말 두 손 들었다.

차라리 잘된 일이라고 여기고 결혼식에만 집중하자고 마음을 다스려도, 테이블의 다른 하객들과 인사를 나누는 그녀의 목소리에 벌써부터 귀가 한껏 늘어날 것만 같다. 하릴없이 시계를 들여다보니 본식 시작까지 10분은 더 남았다.

'이래서 일찍 안 오려고 했는데.'

태승은 짐짓 피곤한 듯 테이블에 팔을 괴고 머리를 받치고 있다가 벌떡 일어나 홀을 나갔다.

깜박 잊고 있었던 한준의 당부가 떠오른 것이다. 무어라도 할 일이 생겨서 기쁜 태승의 발걸음이 나비처럼 가벼웠다.

꼬리에 꼬리를 무는 이벤트가 슬슬 지겨워질 즈음 본식이 끝나고 사진 촬영이 시작되었다. 직계가족 및 형제자매들과의 촬영이 끝나고, 각 집안의 친척들이 모조리 동원되는 때에, 송 여사가 문득 주변을 두리번거리다가 누군가에게 얼른 나오라고 손짓했다. 그 시선을 받은 상대방이 괜찮다고 손을 내저어도 송 여사는 단념하는 법 없이 계속 오라고 손짓이다.

급기야 손자를 보내 데려오라고 시키는 것 같았다. 태승도 익히 아는 내년이면 고등학교에 들어갈 개구쟁이 녀석이, 기다렸다는 듯이 달려가서 그 사람의 팔을 잡아끌었다.

'저게 감히 누구 팔을 잡고….'

순간 울컥하며 심기가 나빠진 태승이 입을 꾹 다물고 바라보자니, 그 사람이 결국엔 못 이기고 져주는 모양이다. 자리에서 일어난 서우가 흰 롱코트를 벗는 걸 착잡하게 지켜보던 태승의 눈에 또 금세 환한 빛이 들었다.

흰 코트 안에 저렇게 고운 붉은 드레스를 입고 있었구나. 은은한 광택을 머금은 고급스러운 벨벳의 감촉을 상상하며 태승은 저도 모르게 열띤 한숨을 내쉬었다.

중앙으로 데려가는 것만큼은 한사코 사양하고 서우는 뒷줄 구석에 숨듯이 서서 사진을 찍었다. 하지만 눈에 띄지 않으려는 그녀의 노력이 과연 성공적일지, 태승은 못내 의심스러워졌다.

이윽고 친구들 차례가 되어 단상으로 향하며 태승은 부러 서우의 테이블 근처로 지나갔다. 덕분에 마침 코트를 입던 그녀의 팔이 살짝 스치는 행운을 얻었다.

"아, 죄송해요."

돌아보며 사과하던 서우가 태승을 보곤, 그만 눈치챌 수 있게 찡긋 윙크했다. 그러곤 무슨 일이 있었냐는 듯 돌아서는 그녀와 달리 태승은 덜컥덜컥 심장의 톱니 하나가 빠져나간 모양새로 걸음을 옮겼다. 다행히 정신은 없어도, 사진작가의 주문대로 이리 보고 저리 보며 움직이는 사이 어떻게 촬영이 끝났다.

다시 자리로 돌아와 벌컥벌컥 생수를 들이켜고 보니, 저편에 있어야 할 서우가 보이지 않았다. 휑하니 사람들이 빠져나간 홀을 당황해서 두리번거리는데 누군가 그의 어깨를 치며 연회실로 가자고 했다.

연회실. 그렇다. 아직 피로연이 남아 있었다. 틀림없이 서우도 거기 있겠거니 하고 무리에 섞여 이동했다.

좌우로 나뉜 연회실에서 희경의 친구들이 우르르 몰려간 좌측 연회실에 서우도 이미 와서 앉아 있었다. 여기는 지정 좌석이 아님을 얼른 확인한 태승이 걸음을 재우쳐 그녀에게 더 가깝고 잘 보이는 좌석을 확보하는 데 성공했다.

그 탓에 얼굴만 아는 정도인 지인들 속에 혼자 섬처럼 동그마니 앉게 됐지만, 조금도 불편하지 않았다. 태승은 고개만 들면 서우가 보이는 자리에 앉게 된 게 그저 기꺼웠다. 옆에 앉은 여자와 이야기 중이던 서우도 문득 태승과 눈이 마주치자 2, 3초쯤 지긋하게 웃으며 바라봤다.

신랑 신부가 옷을 갈아입고 올라오기를 기다리는 동안 연회실 안은 식사가 시작되었다. 딱히 음식 생각이 없는 중에도 태승은 남들처럼 포크를 들고 요리를 먹었다. 맛은 아무래도 좋았지만 깔끔한 모양새며 선명한 색채의 조화가 눈을 즐겁게 했다.

더 솔직히 말하자면 눈요기조차 아무래도 좋았다. 지금 그는 눈앞에 있는 모든 것에 찬사를 보낼 수 있었다. 바로 저기 눈 닿는 곳에 서우가 있다는 것만으로 온 세상이 사랑스럽기 짝이 없었다. 하물며 이 행복은 최대치가 아니다. 이제 막 상승 곡선이 시작되었을 뿐—.

"…여간내기가 아니라니까. 이따 테이블마다 돌면서 인사할 거 생각해 봐."

"페이스 투 페이스라. 아, 나는 도저히 자신 없어. 참 강심장이긴 해."

"유유상종인 거야. 최희경이 아무나 만났겠어?"

하지만 태승이 전에 없이 들떠 있어도, 주변 소음을 전부 무시하고 자기 세상에 있는 건 아니었다. 예의 바른 침묵이 요구되던 웨딩홀에서와 달리 연회장 안에는 이야기꽃이 만개하고 있었다. 그리고 태승의 주변에서 피어나는 꽃의 주제는 한결같이 한 사람에게로 흘러갔다.

"속도 좋아. 임신한 여사친한테 뺏긴 약혼자 보러 올 생각을 하고."

"그만큼 살뜰하게 위로받았나 보지. 못 봤어? 아까 여사님이 챙기시는데, 눈물겹더라. 모르긴 몰라도 위로금 조로 적잖이 집어줬을 거야."

"얼마나 줬을까? 손 크다고 소문난 분이라 오히려 가늠이 안 가네."

"뭐 이 정도쯤 아닐까? 더 위이거나…."

"에이, 그건 좀 과하지 않나? 이혼한 것도 아니고."

"이혼하고 다를 거 있나? 약혼만 2년이야."

"하긴, 2년이면 거의 부부나 다름없지."

"그냥 부부야, 부부."

누군가에게는 상처가 될 가십을, 버젓이 그 사람도 있는 공간에서 잘도 발라먹고들 있다. 당사자에게는 들리지 않겠거니 하고 지껄이는 소리에 따끔따끔 태승의 생살이 할퀴는 것은 모르고.

"돈 밝힐 것처럼 생기지 않았는데. 책벌레라며?"

"그런 사람이 더해. 누구는 얼굴에 나 돈 밝혀요, 라고 써 있나?"

"써 있지, 왜. 솔직히 유지은, 작심하고 판 벌인 거 아니냐고."

"걔가? 자긴 정략결혼 할 거라고 노래를 불렀잖아."

"그게 다 연막이야. 최희경 겨울에 결혼 말 나오니까 기다렸단 듯이 꿰 찬 거 봐봐."

"매의 눈으로 주시하고 있었나?"

"백 프로야. 걔 어마어마한 불여우인 거 모르는 사람이 누가 있어?"

"어쨌든 안 됐다. 귀티나게 생겼는데 부잣집 며느리 될 팔자는 아니었나 봐."

"그건 또 모르지. 이번에 배운 게 있는데. 그리고 늙은이들이 좋아할 타입인 게 어디 가나?"

차라리 자신에게 칼끝을 겨눈 비난이라면 눈 하나 깜빡 안 하고 무시할 수 있을 텐데. 태승은 이를 앙다물고 역겨운 기분을 진정시키려 애썼지만 전혀 성과가 없었다. 그러다 문득 자신이 바보짓을 하고 있음을 깨달았다.

'이런 노력이 통할 리가 없잖아.'

태승에게 있어, 서우의 존재는 성역이다. 감히 그 신성함을 침범하는 야만인들을 앞에 두고 웬 쓸데없는 노력으로 힘을 빼고 있는 건지.

태승은 벌떡 자리에서 일어났다. 그리고 곧장 맞은편에 있는 서우에게로 걸어갔다.

별안간 바람을 일으킬 것 같은 기세로 다가온 그를 테이블의 모두가 멀뚱히 올려다보았다. 태승은 서우만을 보며 말했다.

"식사 입맛에 안 맞을 것 같은데. 나가지 않을래?"

예쁜 눈을 깜박거리며 그를 쳐다보던 서우가 천천히 요리 접시 위로 시선을 내렸다.

"좀 그렇긴 하네요."

미온적으로 인정하고 다시 그를 올려다보며 물었다.

"더 맛있는 데를 아나 보죠?"

"최소한 여기보단 나을 거야."

"흠, 그렇다면야…."

달그락, 그녀가 포크를 내려놓는 소리가 유난히 크게 들린 건 어느새 주위가 몰라보게 조용해진 까닭이다. 서우는 무릎에 올려놓고 있던 꽃다발을 태승에게 들어달라고 부탁하고 코트를 입었다. 허리끈을 조이고 핸드백을 멘 그녀가 "가요." 하고 말하자 태승이 몸을 돌려 입구를 향해 걸음을 옮겼다.

손에 꼭 쥔 꽃다발이, 어쩐지 어둠을 밝히는 초롱 같다고 생각하며 태승은 둥실둥실 떠오를 것 같은 발을 단단히 지상에 내려놓았다. 그렇게 사람들의 시선을 헤쳐가며 등 뒤에 숨긴 공주를 진흙탕 바깥으로 이끌었다.

"적당히 어울리다가, 뒤풀이 도중에 스리슬쩍 사라지기로 한 거 아니었나? 목격자는 두세 명 정도로. 방금 건 목격자가 너무 많은데."

등 뒤에서 들려오는 혼잣말에 태승은 슬쩍 꽃다발을 내려다보며 우물거렸다.

"그러게 누가 그렇게 예쁘래?"

"…어쩜. 말문을 막는 기막힌 재주가 있었네."

나선 계단을 빙글빙글 돌아 로비로 내려왔을 때, 희경의 먼 친척뻘 되는

사람과 마주쳤지만, 그 사람은 통화 중이라 이쪽을 쳐다만 볼 뿐 말을 걸
짬은 없었다. 그렇게 거의 아무런 방해도 없이 호텔 밖으로 나서는 순간,
뒤에서 서우가 짧게 탄식했다.

"눈 좀 봐요!"

작은 밥알 같던 눈 부스러기가 어느새 함박눈으로 바뀌어 있었다. 태승
도 잠시 멍하니 하늘을 올려다보다가 퍼뜩 미간을 찡그리며 뒤를 돌아보
았다.

"미안, 나 우산이 없어."

"우산?"

머플러를 두르던 서우가 그를 쳐다보고 이내 쿡 웃었다.

"없으면 어때요. 첫눈인데, 머리에 내려앉을 만큼 맞아줘야 운치가 있
죠."

그러고서 그녀가 태승의 앞으로 나서며 말했다.

"차 좀 멀리 세워놨거든요? 5분은 걸어가야 해요. 길 잃지 말고 잘 따라
와요."

"대체 무슨 짓을 해야 길을 잃을 수 있는지, 부디 좀 알려주지 않을래?"

"글쎄, 봐서요."

웃음소리를 남기고 자박자박 걸음을 옮기는 그녀를 태승은 두어 걸음
뒤에서 따라갔다. 바로 곁에 서는 게 아니라면 딱 그 정도 뒤가 좋았다.

그녀의 뒷모습을 전부 아우를 수 있는 거리. 이 고대하던 재회를 체하지
않게 꼭꼭 씹으며 만끽할 수 있는 거리이기도 했다.

앞에서 그녀의 목소리가 흘러온다.

"조금 마른 것 같은데. 정말 잘 먹고 지낸 거 맞아요?"

"잘 챙겨 먹고 지냈어. 힘쓰는 일을 해서 그런가, 도리어 체중은 불었어.

2킬로쯤."

"전혀 모르겠는데."

어깨 너머로 돌아본 서우가 아리송하다는 듯 갸웃거렸다.

"이제 눈도 오는데 계속할 건 아니죠?"

"일감이야 있겠지만, 하지 말라고 하면 안 할게. 그 정도 여력은 생겼어."

"듣던 중 반가운 소리네요."

흐뭇해하는 목소리에 태승의 입가도 부드럽게 풀어졌다.

집도 절도 없이 덜컥 거리로 내몰렸던 저 여름부터, 그는 돈 되는 거라면 닥치는 대로 일을 했다. 주중엔 학원 강사 아르바이트를 심야까지 빽빽하게 짜고, 그래도 스케줄이 없는 날엔 당일치기 막노동도 가리지 않고 했다.

이젠 학원 일에도 요령이 생겨서 양보다 질에 치중할 여유가 생겼고, 개인 과외도 몇 건 확보했다. 덕분에 하루쯤 비는 날이 생겨도 당장 고시원을 박차고 나가야 할 것 같은 압박감은 좀 잦아들었다. 종잣돈을 확보해 2단계 계획에 착수할 시기는 그의 예상보다 조금 빠를 것 같다.

"너는? 학원 일 계속할 참이야?"

"네. 꽤 재밌다니까요. 전에 교생실습 나갔을 때도 느꼈는데 가르치는 게 확실히 나랑 맞아요. 아무래도 난, 우리 할아버지보다 훨씬 잘 나가는 교수가 될 것 같아."

"이야, 그것도 듣던 중 반가운 소린데?"

태승은 너털웃음을 지었다. 서우도 한 학기 휴학을 결정하고 친구가 소개해준 학원에서 영어를 가르치면서 지냈다. 수업이 없는 날엔 이런저런 봉사를 다니면서 열심히 구르는 돌로 살고 있다고 했다. 어떤 심경의 발로

였는지 확실히는 알지 못한다. 그저 막연히 짐작하고 이해할 뿐.

그렇게 저 무더웠던 여름으로부터 몇 달간, 둘은 단 한 번도 만나지 않았다. 다만 생존보고처럼 매일 하루의 끝에서, 몇 줄의 감상을 텍스트로 상대의 전화기에 남겨놓았다.

메시지에 바로 반응하지 않기. 생존의 기로에 선 긴급상황이 아닌 이상 전화하지 않기. 그런 조건들. 그렇게 둘은 하루의 딜레이를 두고 시대착오적인 연애편지를 주고받았다.

그럼 언제 만날까?

때가 오면 알려주겠다고 서우가 약속했었다.

그것이 오늘이었다.

무대는 전 약혼자의 결혼식장.

뭇 사람의 동정과 얼마쯤의 조소, 불미스러운 사태를 염려한 조심스러운 눈길을 한몸에 받을 전 약혼녀에게 전 약혼자의 친구가 접근한다. 위로인 듯 위로와는 관계없는 공허한 말들을 전하던 남자는, 저물어가는 밤과 함께 여자를 이끌어 무대 뒤편으로 사라진다.

신파 같은 이야기이다. 한동안 말 많은 사람들 입방아에 오르내리기 충분한.

그러나 누구도 여기에 모럴의 잣대를 들이밀 수는 없다. 아무도 다치는 사람이 없으니까.

물론, 여사친을 임신시켜서 약혼녀를 버린 약혼자는 말할 것도 없이.

그것이 서우가 구상한, 둘의 공식적인 연애의 시작점이다. 실제로 시작한 날짜가 다르지 않냐고? 그거야 당연히 대외비.

'누구도 우리에게 돌을 던지지 못하게 할 거예요. 진짜는 우리만 알고 있으면 돼. 그래도 되죠?'

그의 몸 위에 누워 있던 서우가 땀에 젖은 말간 얼굴로 그를 내려다보며 물었을 때, 태승은 고개를 끄덕이는 것 말고 다른 어떤 선택지도 없었다. 내 허락 같은 건 구하지 않아도 돼. 뭐든 명령해. 기쁘게, 그저 기쁘게 따를 테니까.

그렇기에 몇 달 동안 서우를 보지 못하는 괴로움도 오히려 달게 감내했다. 서우를 마음에 품은 뒤, 그렇게 오래도록 보지 않은 건 두 번째였다.

203일이었다. 서우를 가장 오래 못 봤던 기록이. 그녀의 피렌체 유학과 그의 군복무가 맞물려서 계절이 몇 번이나 바뀌도록 그녀의 목소리 한 번 듣지 못하고, 그저 살아만 있던 나날이었다.

제대하고 곧장 한 게 비행기표를 끊어 피렌체로 날아가는 거였다. 아는 거라곤 서우가 다니는 대학 이름뿐이었지만, 대학 앞 카페에서 죽치고 앉아서 기다린 지 한나절 만에 친구들과 웃으며 지나가는 그녀를 볼 수 있었다. 정말이지 행운의 여신은 그를 홀대하지 않았다.

'아니, 어쩌면 나는….'

문득 바람결에 세차게 흔들리는 서우의 머플러에 태승의 눈빛이 아련해졌다. 어쩌면 그는 누구 못지않은 포르투나(Fortuna: 로마 신화의 운명과 행운을 맡아 보는 여신)의 총아가 아닐까.

이렇게 눈이 흩날리던 날 서우와 처음 만났다. 그녀는 부탁할 게 있다며 그에게 말을 걸었다. 태승은 그 요청에 응해 바람에 날아가 나뭇가지에 걸린 머플러를 내려주었다.

서우는 까맣게 잊었을지 모르는 짧은 기억. 태승이 기억하니까 그런 건 아무래도 좋다.

소중하게, 소중하게 간직하고 있다. 그 행운의 날을. 그리고 그날로부터 뻗어온 긴 길의 끝에, 지금 서우와 함께 서 있다.

이 극명한 행운의 증거를 놓고도 '나 정도면 운이 나쁘진 않지.' 하고 있는 그를 포르투나가 어이없다는 듯이 보고 있을 광경이 그려졌다.

'여신이여, 죄송합니다. 그리고 감사합니다.'

태승은 빙그레 웃으며 마음속으로 정중히 사과했다. 하필 그렇게 행복에 겨워 싱글거리고 있을 때 서우가 빙글 돌아보며 다 왔다고 말했다.

"뭐지? 계속 그렇게 웃으면서 온 거예요?"

"왜? 이상해?"

헤실헤실 풀어진 얼굴을 더듬는 그를, 서우가 경계의 눈초리로 쳐다보았다.

"무섭잖아요, 내 뒤통수 보면서 그렇게 웃고 있었을 거라고 생각하니까. 어쩐지 사람들이 피해가더라."

"그랬나?"

이제 와 근엄한 척 표정을 다잡으려고 해도 여의치 않다. 태승은 아예 그냥 내려놓을 작정으로 배시시 웃었다.

"못 말려. 그렇게 좋나?"

핀잔하는 척 말하지만 서우의 눈에도 몽글몽글 웃음이 차올랐다.

종종 꿈에서도 보았던 분홍색 비틀에 올라탄 태승은 더는 참지 못하고 서우를 덥석 끌어안았다. 마주 안아주던 서우가 갑자기 "꽃! 꽃!" 하며 그를 밀어냈다.

둘 사이에서 느닷없는 쿠션 노릇에 찌그러졌던 꽃다발은, 다행히 안개꽃의 완충 역할로 장미만큼은 온전했다. 미안하다고 사과하던 태승이 문득 눈빛을 달리해서 장미를 들여다보았다.

"혹시 이 장미가…?"

"유감스럽지만 아니에요."

"정말로 오다가 예뻐서 산 것뿐이야?"

"예뻐서 샀어요. 당신 주려고."

이내 서우가 쿡쿡 웃으며 한 가지 진실을 덧붙였다.

"오늘 당신 볼 거라니까 선비가 이렇게 사라고 코치해줬어요. 포장해놓은 거 보고 알았는데, 당신이랑 닮았죠?"

"이게?"

새하얀 안개를 두른 고고한 붉은 장미.

"너랑 닮았는데?"

"그런가?"

잠시 갸웃하며 두 사람은 나란히 꽃을 들여다보았다. 장미를 보고 있자니 태승은 아직도 찾아내지 못한 저 환상의 빨간 장미의 존재 자체가 의심스러워졌다.

"네가 말한 그 빨간 장미, 세상에 정말 있기는 한 거지?"

"당연히 있죠. 알고 보면 얼마나 흔한 건데."

"흔해?"

서우가 싱긋 웃고 그의 코에 쪼옥 입맞췄다.

"느긋하게 기다려 봐요. 7월, 아니 이르면 6월 초부터 우리 동네 담장마다 흐드러지니까요. 우리 집 마당에도 잔뜩 피어서 여름 내내 꽃을 볼 수 있답니다."

"…그러니까 울타리에 피어 있던 그 장미?"

"학명도 들었는데, 잊어버렸네요. 줄리아가 알아요. 요번에 핀란드 가면 물어봐야지. 아, 혹시 신정에 무슨 계획 있어요? 나 핀란드행 비행기표가 두 장 있는데…."

태승은 뭔가 사기를 당한 것 같은 허탈함과 눈앞에서 오물거리는 그녀의 빨간 입술에의 끌림 사이에서 오락가락했다. 답은 정해져 있었다.

와락 덤벼들어 입술을 빼앗는 태승에게서 서우는 가까스로 꽃다발을 피신시키는 데 성공했다. 그리고 그의 품에 함빡 안겨 열렬히 키스에 응했다.

언젠가 세 송이 장미꽃으로 고백한 남자에게, 오늘에야 한 송이 장미가 돌아왔다.

당신을 사랑합니다.

나도 당신만을, 사랑합니다.

소복소복 주차장 바깥에는 눈이 쌓여 가는데, 연인들에겐 딴 세상일일 따름이다.

자그마한 차 안의 우주엔 벌써 봄이 오고 따뜻해졌나 싶던 바람은 어느새 후끈한 여름으로 달려가고 있다. 그리고 둘만의 우주에는, 아롱아롱 덩굴장미가 피어난다.

스칼렛 메잇랜드(Scarlet Meidiland).

바야흐로 꽃의 계절이었다.

⟨The End⟩